哈佛燕京圖書館書目叢刊第七種

沈津 著

美國哈佛大學哈佛燕京圖書館中文善本書志

九四老人顧廷龍題

上海辭書出版社

沈 津 編著

顧廷龍年譜

廷龍敬題

上海古籍出版社

哈佛燕京圖書館學術叢刊第六種

中國珍稀古籍善本書錄

◎廣西師範大學出版社

老蠹魚
读书随笔

● 沈津 著

广西师范大学出版社

书丛老蠹鱼　沈津

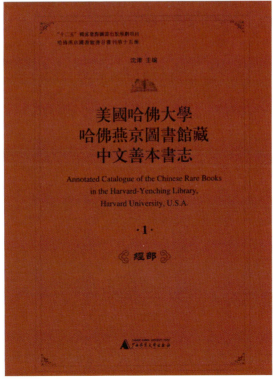

"十二五"國家重點圖書出版規劃項目
哈佛燕京圖書館書目叢刊第十五種

沈津 主編

美國哈佛大學
哈佛燕京圖書館藏
中文善本書志

Annotated Catalogue of the Chinese Rare Books
in the Harvard-Yenching Library,
Harvard University, U.S.A.

·1·

經部

广西师范大学出版社

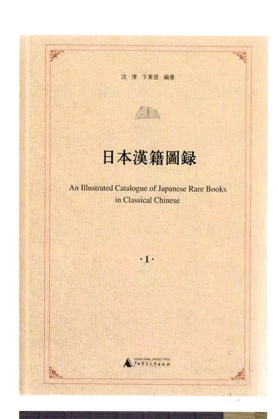

沈　津　卞東波　編著

日本漢籍圖録

An Illustrated Catalogue of Japanese Rare Books
in Classical Chinese

·1·

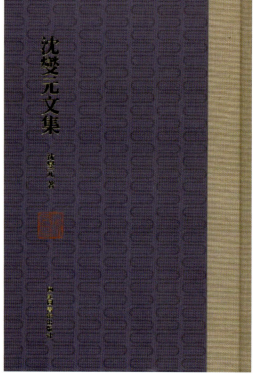

沈津序文集

沈津 著

王宇 编

国家图书馆出版社

图书在版编目（CIP）数据

沈津序文集 / 沈津著；王宇编 . —北京 : 国家图书馆出
版社 , 2023.12

ISBN 978-7-5013-7517-2

Ⅰ . ①沈… Ⅱ . ①沈… ②王… Ⅲ . ①序跋—作品集
—中国—当代 Ⅳ . ① I217.2

中国版本图书馆 CIP 数据核字（2022）第 009868 号

书　　名　沈津序文集
著　　者　沈津 著　王宇 编
责任编辑　潘肖蔷
封面设计　一飘文化·邱特聪

出版发行　国家图书馆出版社（北京市西城区文津街 7 号　　100034）
　　　　　（原书目文献出版社　北京图书馆出版社）
　　　　　010-66114536　63802249　nlcpress@nlc.cn（邮购）
网　　址　http://www.nlcpress.com
排　　版　九章文化
印　　装　北京科信印刷有限公司
版次印次　2023 年 12 月第 1 版　2023 年 12 月第 1 次印刷

开　　本　710×1000　1/16
印　　张　20
字　　数　264 千字
书　　号　ISBN 978-7-5013-7517-2
定　　价　96.00 元

出版说明

本书共收沈津先生所做序文44篇。沈先生撰写的这些序文，前后时间跨度较长，各出版社执行的标法不一，因此再次编辑须列以说明：

一、序文按照撰写的先后时间顺序汇编，未来仍有序文未及加入者，以出版的时间点为限。

二、在原刊出版的序文基础上重新对照核查，经沈先生再次斟酌，略有删减，零星误字稍作修改。如另存有港台版本，原则上依凭大陆版本。

三、为追求内容的格式美观，各种标法、落款重新调整统一。

序

　　沈津先生可以说是当代版本学界的一个奇人：少从名师，恣览万千善本佳椠；中年即功成名就，却又高蹈远举，为域外汉籍的保护和回归呕心沥血；晚年则勤于笔耕，将一生所历所见付诸纸墨，化为等身之著作。近年来沈先生更是出了大名，因为他的博客"书丛老蠹鱼"，因为他的哈佛燕京图书馆古籍善本书志，因为他的大作迭出，因为他在中山大学图书馆特藏部的非凡业绩，因为他担任复旦大学中华古籍保护研究院特聘教授的倾情讲授，各家媒体争相报道，遍布全国的粉丝不计其数。凭借古籍版本学这样一个小众学问，而能获得如此旺盛的人气，当今学者中实不多见。

　　盘点起来，我于 2008 年发表于《天一阁文丛》（第 6 辑）的《当代版本学家的典范——论沈津先生的学术历程》，竟然可以算是最早较为系统全面地介绍沈津先生生平成就的学术文章。那篇文章可以说是我的一种学术直觉，近万字的篇幅满是对沈先生学术人生真心敬佩的书面告白。也许是由于这个原因，沈津先生竟然让我为他即将出版的序文集写序。我比沈先生小整整 18 岁，为学界前辈的书做序，实在是诚惶诚恐，愧不敢当。但长者令行勿迟，承蒙沈先生抬爱，我岂能抗命不遵？于是只好静下心来，将全书逐篇认真学习一过。

　　本书共收沈先生所作序跋文 44 篇，我分析了一下，大约可归为 4 类：

第一类是分别为古籍影印本《百尺梧桐阁集》《宋刻算经六种》《宋刻韵语阳秋》所写的3篇出版说明。这是沈先生的早期作品，写得中规中矩，但也显示了作者深厚的学术素养和扎实的文字功底。

第二类是为重新问世的珍稀文献孔子《圣迹图》、《红军长征记》、延安版《参考消息》、哈佛燕京图书馆藏二册《永乐大典》、韩南教授所藏清末民初小说宝卷、《美国哈佛大学哈佛燕京图书馆藏中文善本汇刊》所作的6篇序文。这些文献大多是哈佛燕京图书馆的馆藏，为沈先生所发现和惊叹，并促成其在国内正式出版。各篇序文叙述了这些馆藏文献的来龙去脉，行文中时时带着作者真挚的感受和情感，也见证了沈先生多方面的贡献。其中《红军长征记》、延安版《参考消息》，都是2005年我和沈先生同处一个办公室时，他从书库中特意拿出来给我看过的，足见他对这两种文献的高度重视。《美国哈佛大学哈佛燕京图书馆藏中文善本汇刊》的序称为"代序"，是代当时的哈佛燕京学社社长杜维明写的，因为需要以杜社长的身份来对这套书的出版作一个说明。但杜社长不肯掠美，在署名的后面明确标注："本序由哈佛大学哈佛燕京图书馆善本部主任沈津先生起草"，可见杜社长深知沈先生在《美国哈佛大学哈佛燕京图书馆藏中文善本汇刊》编辑出版中所发挥的重要作用。

第三类是17篇为本人著作所撰之序或后记，其中13篇是作者独撰著作的序文，即:《书城抱翠录》《翁方纲年谱》《顾廷龙年谱》《中国珍稀古籍善本书录》《书城风弦录》《书韵悠悠一脉香》《老蠹鱼读书随笔》《书丛老蠹鱼》《伏枥集》《书林物语》《书海扬舲录》《美国哈佛大学哈佛燕京图书馆中文善本书志》《顾廷龙年谱长编》。还有4篇是为与他人合作之书所撰之序，即:《顾廷龙书题留影》《美国哈佛大学哈佛燕京图书馆藏中文善本书志》《中国大陆古籍存藏概况》《日本汉籍图录》。沈先生的书很少请人作序，一般都是他自己作自序，这就使得他的这部序文集成为其几乎全部著作的一个总体展示。其著述之宏富，令人赞叹，而这些书序因出自作者之手，可以将各书的编写缘起、成书经过、作者感受非常真实准确地表达出来，更是对沈先生迄今为止学术成就最准确的总结和诠释。我以为这是此序文集最突出的价值之一。

第四类是17篇为他人著作写的序，即：顾廷龙先生过录前人批注的徐康的《前尘梦影录》，顾诵芬的《自将摩挲认前朝——宋绍定井栏题字释注》，钱存训的《书于竹帛》，丁瑜的《延年集》，《沈燮元文集》，王謇撰、王学雷笺证的《续补藏书纪事诗笺证》，易福平的《万篆楼藏契》，林章松的《松荫轩藏印谱提要》《印谱所见人物小传》和《公私藏印谱综录》，永芸法师的《你不用读书了：哈佛燕京的沉思》，徐雁的《藏书与读书》，姚伯岳的《惜古拂尘录》，刘蔷的《天禄琳琅知见书录》，乔晓勤的《加拿大多伦多大学东亚图书馆藏中文古籍善本提要》，沈强的《现代彩墨书作品集》和沈强所书《唐诗三百首》。顾廷龙先生是沈先生的恩师，对其一生影响巨大。其他的作者无论是已故的钱存训先生、丁瑜先生，还是老辈的沈燮元先生，沈先生的同代人顾诵芬先生、林章松先生，以及晚辈的王学雷、易福平、乔晓勤、徐雁、姚伯岳、刘蔷，还有佛门弟子永芸法师，都是沈先生感情上极为亲近、或内心非常认可的人。《前尘梦影录》《书于竹帛》《沈燮元文集》《延年集》各序中对前辈发自内心的敬意，《藏书与读书》《惜古拂尘录》《天禄琳琅知见书录》各序中对晚辈的欣赏和嘉勉，都让人感觉到沈先生待人的真诚和深情。《现代彩墨书作品集》和书写版《唐诗三百首》的作者沈强是沈先生的二弟，两篇序文中，兄弟之情溢于纸面，令人倍觉温馨。据我所知，沈先生还有一个弟弟叫沈平，是香港著名水墨、水彩画及油画家，香港水彩画研究会会长。一门三杰，让我认识到沈津先生的成功真不是偶然的。

还有一篇《一片冰心在玉壶——忆潘景郑先生》其实并非序跋，而是为纪念潘景郑先生诞辰一百周年所作。潘老原是藏书大家，其著砚楼累藏珍本数万册，拓片近2万种，均捐献给合众图书馆等图书馆，今北京大学图书馆也有大量潘景郑原藏书。潘老是沈先生在上海图书馆杖随30年的老师之一，其学问人品深为沈先生所折服。此文情真意切，感人至深。我以为，今后如编辑出版《潘景郑全集》或《潘景郑藏书精华》，沈先生此文作为序言那是再合适不过的了。

一个人撰写的各书序文能够编印成集绝非易事，只有学富五车的名人才有此可能。近现代如张元济的《涉园序跋集录》、《朱自清序跋集》、巴金的《序跋集》、《季羡林序跋集》等等，作者都是如雷贯耳的人物。沈先生序文集的出版，更加奠定了他作为当代版本学家代表人物的地位。版本学在当代的发扬光大，沈先生功不可没。我辈学人乐见其成，与有荣焉。是为序。

姚伯岳

2022 年 9 月 5 日

夏弦春诵　蠹语流年——沈津先生传略

原本我是没有资格为沈津先生写学术传记的，因学识浅陋，对沈津先生学问的精奥知之甚少。但是几月前，我以偶然的因缘与沈津先生相识于天津的一次研讨会。自那以后，一一研读沈先生著作，并时时得以聆听先生畅语天下。沈先生的严谨治学、苦学力文、博学洽闻、谦逊典雅，如同一幅多彩的画卷，在我面前一一展开。适逢杜泽逊先生向沈先生约稿，沈先生于是鼓励我尝试为之。沈先生曾将自己的书丛生涯称作"蠹鱼"的岁月。我遂不揣简陋，以"蠹语流年"为题，撰写此传，希望将先生之学术经历与学术成就，浅析于次，以飨同道。

（一）幸遇名师，玉汝于成

沈津祖籍安徽合肥，祖父名沈曾迈（1900~1969），字竹群，号斐庐，曾师从张子开学书法。张子开为合肥最有名的藏书家，善本、名帖不下数千卷，尤以书法闻名。而沈曾迈青出于蓝胜于蓝。据郑逸梅《艺林散叶》记载："沈斐庐从张子开文运学书，子开仅工真行，斐庐于四体书无所不工。"沈曾迈在天津办私塾期间，很多名门子弟都曾跟随他学习，李鸿章之子李经迈也请他到家里作家庭教师。其后沈曾迈师从书画家吴昌硕，20 世纪三四十年代曾在天津和上海办书法展，一时洛阳纸贵。他的篆字曾被人当作吴昌硕的字拿到市面上卖，因为足以乱真。沈津生于1945年，幼年时期曾跟随祖父临帖、描红、学习书法，对书法颇有领悟。

与多数出身于学院派的名家不同，沈津的学术生涯从一开始就是生活的一部分。20世纪50年代中后期，上海市历史文献图书馆（前身为合众图书馆）、报刊图书馆、科学技术图书馆、上海人民图书馆都合并到上海图书馆，很多书集中在一起，需要找临时工帮忙整理。1959年刚刚初中毕业的沈津，由于家中生活条件不怎么好，毅然辍学进入上海图书馆。从那时起，他的一生，便再没与书分开过。

作为临时小工，说与书结缘，原本以为只是搬书上架下架而已。但生活是残酷的，也可以是幸运的。1960年3月，历史赐予了沈津一段良机，上海市委宣传部要求文化系统的老艺人、老专家收徒传承技艺。沈津由于有文史基础和书法功底，又勤奋好学，有幸被选拔成为青年学员，成为时近六旬的上海图书馆馆长顾廷龙先生的座下弟子，潘景郑先生、瞿凤起先生从旁辅导。顾廷龙先生是版本目录学泰斗、图书馆学家、书法家；潘景郑先生是国学大师章太炎、吴梅的学生，也是潘祖荫滂喜斋后人，家有宝山楼，富藏书，精鉴别；瞿凤起先生为清代四大藏书楼铁琴铜剑楼后人，家学渊源深厚，对于宋元本鉴定颇有研究。沈津跟着三位先生，如入芝兰之室，学习熏陶达30年之久，实是书林一大罕见和幸福之事。

沈津在上海图书馆继续练习基本功，学习古文、练习书法、熟悉名家。顾廷龙先生要求他每天临池一小时，写大小楷，临摹碑帖。顾老认为，鉴定古代抄本、校本、稿本，以及题跋、尺牍真伪，一定要接受书法训练，"一般来说，藏书家或学者在书上写题识、跋语，都是事先想好的，或有草稿，然后一气呵成，笔墨自然，而且连贯。如果是作伪，那么作伪者的心态就是尽量摹仿逼真，就似临帖一般，也就没有气，所以写出来的字必定有破绽"，"自己搦管操翰熟了，很容易就辨认出什么样的起笔落笔是自然的"。沈津按照顾师教诲，通过临摹名家字帖，用心熟悉和比较名家手迹，将笔迹印在脑子里，以后对这些人的字体一看就知道真伪，"比如纪昀、王士禛的字，本来就不怎么好，碰到端端正正的，就得要引起注意"。沈津临帖大约有三年多时间，临过唐代欧阳询、褚遂良的字，其中褚遂良的字帖大概临摹有一年多。宋代书法家黄庭坚，清代梁巘、顾莼的字也都临过。顾莼的字帖是潘景郑先生从家里拿来的潘家宝山楼影印的珂罗版小本。"顾先生有时站在旁边看我临摹，性起时甚至还亲自作示范，我至今留有一两张顾师改动过的作业。"

此外，顾廷龙先生还要求沈津阅读版本学、目录学、文献学方面的书，如《四库全书总目》、叶德辉《书林清话》、钱基博《版本通义》、刘国钧《中国书史简编》等。潘景郑先生和瞿凤起先生则每个星期要给沈津和其他几位青年学员集中讲课，讲课的内容不固定，也没有教学大纲，每次一般讲一个半小时，讲《纲鉴易知录》，讲上海的地方志，也讲《唐诗三百首》和陶渊明的《桃花源记》等。

顾廷龙先生习惯每周日上午去长乐路书库，也就是原合众图书馆，在那里思考问题，写一些东西，沈津也跟着一起去。于是每周日上午八点半到十二点，长乐路书库顾先生办公室，师徒二人对面而坐，有不少时光是沈津聆听顾先生讲过去的事情，如清末民初遗老的掌故，张元济、叶景葵北平沪渎的访书趣事，以及节衣缩食、穷搜坟典、勤俭办馆的旧事等等，有时顾先生也让沈津查书或抄材料。周末在长乐路的时光极大地拓展了沈津的见闻。

除了顾廷龙、潘景郑、瞿凤起三位老师，沈津在上海图书馆还遇见不少颇有名气的老师，如夏承焘、胡道静、汤志钧、周芜等等。他来到图书馆时年龄尚小，又只是初中毕业，必须在文化上有所进修。当时上海市文化局有一个夜校性质的"职工业余学校"，一星期大约二三个晚上有课，请来授课的都是很有水平和名气的老师，比如语文课就由《上海戏剧》主编、著名编剧和文艺评论家何慢讲授。因此，沈津在拿到高中文凭的同时，也打下了较为深厚的国学和文学艺术功底。今天和沈津接触，可以轻易感受到他不俗的审美水准，以及精准典雅的文字表达，这应该与他青少年时期所接受的文化艺术熏陶不无干系。1963 年，沈津又考入武汉大学图书馆学系函授班，系统学习图书馆学、目录学、分类法、读者工作、工具书使用等方面的课程。函授班教材由武汉大学寄到上海，授课的大都是上海图书馆有着丰富实践经验的专家，例如副馆长韩静华、方法研究部主任陈石铭，以及其他部门的主任如陈柱麟等。这些老师精熟业务，因此讲起课来很有针对性，比起全日制大学生，少了很多空谈的理论，学到的更多是实实在在的实践知识。

学习版本鉴定，实践经验很重要。从 1961、1962 年开始，沈津所在的上海图书馆善本组，最主要的工作是编制《上海图书馆古籍善本书目》。每天瞿凤起先生会交给沈津一沓按经史子集分类排列的卡片，沈津拿着卡片推着书车到书库把书一部一部取出来，交给瞿先生，瞿先生和潘先生负责用书核对卡片。每张卡片上面有书名、卷数、作者、版本等稽核项，遇有不对之处，就在上面用毛笔修改，有时也在卡片背面增录一些原来没有的信息，比如钤印、行款、鱼尾、刻工以及其他比较特殊的如牌记、扉页上的文字等。潘先生、瞿先生对卡片上所作的修改，沈津和当时的同事吴织都会再看一遍，仔细揣摩，了解修改和增减的原因。就这样逐渐地积累起版本著录的经验，慢慢地对版本的鉴别有了心得。善本书库涉及保卫工作，沈津比较年轻，又没有家室之累，领导就安排他住在那里晚上值班。因此沈津不光是白天看这些古籍善本，晚上也看，当天的书必须当天看完，因为第二天瞿先生又会给一沓新的卡片。这样的训练每天都要进行，直到"文化大革命"前才告一段落。在那几年时间里，上海图书馆所有的宋刻本、元刻本、明刻本、清刻善本、稿本、抄本、批校本、活字本、套印本，大约一万四千部，包括名人题跋等，沈津都来个"兜底翻"，学会了辨识各代版刻、明清名家批校题跋及各种钤印。

除了学习版本鉴定之外，沈津也跟随潘先生和瞿先生去古籍书店选书买书，参与查重，这个过程也是很好的训练。另外上海图书馆还承担上海古籍书店出口图书的鉴定工作，凡出口到香港的图书，或是供海外学者选购的线装书，都要经过鉴定，确定符合出口的标准，打上火漆印之后才能出口。当时的标准是 1911 年以前的不能出口，1911 年以后的才可以出口。潘先生、瞿先生看过这些书后，就由沈津来盖火漆印。每一次沈津都会经眼几百种线装书，即使十部里只记住一部，也积少成多了。除了善本书，沈津也要去看普通线装书和旧平装书（1949 年以前的出版物）、新书（1949 年以后出版的书），了解这些书的用处。沈津就在这样的环境里如饥似渴地学习，每一天都过得非常充实，这些实践经验沉淀在脑子里，使得他后来撰写书志能够旁征博采，信手拈来。

生活看似平淡如水，沈津却已在名师的熏陶和自己的苦读中养成了腹内乾坤。"文革"期间上海图书馆整理陈清华的郇斋藏书、朱学勤结一庐的旧藏，都由沈津张罗整理编目的具体事宜。他把工作生涯当作学术生涯，从图书馆的青年学员逐步成长为一名古籍版本整理编目鉴定的专业人员，在脚踏实地中沉淀出独有的自信与勇气，完成了人生的华丽蜕变。

（二）参编大典，奋发有为

1975 年，周恩来总理在病重时提出"要尽快把全国古籍善本书目编出来"。1977 年，顾廷龙先生挑起这副重担，任《中国古籍善本书目》主编。编纂这部书目是对全国各图书馆、博物馆、纪念馆所藏中国古籍善本作一次摸清家底的整理，作为顾廷龙先生的大弟子，沈津全程参与了编纂工作。

第一次工作会议是 1978 年 3 月的南京会议，这是一次国内图书馆学界落实周恩来总理的指示，为编纂《中国古籍善本书目》统一思想的大会。全国各省、市、自治区图书馆、文化局的负责人几乎全都到了，古籍整理方面的不少专家也到场参与讨论。南京会议是古籍整理界在全国范围内第一次开这么大的会，沈津担任会务组组长。会议解决了三个问题：一是统一著录条例，二是确定收录范围，三是制订分类法。南京会议结束以后，以大区为单位分头行动，有东北、华北、西北、华东、中南、西南等六个地区，由各大区的重要图书馆牵头开展工作，沈津负责上海地区。因为工作关系，他和很多大馆的馆长，以及不少特藏部门的负责人都熟悉起来。《中国古籍善本书目》编委会主任委员的扩大会议，沈津基本上都参加了，并在专题讨论中作了关于古籍版本鉴定的专题报告。

划分大区以后，普查工作开始展开。所有图书馆馆藏的善本书卡片，都要进行书卡核对，上海图书馆尽管基础比较好，但还是每一部书都要以卡片来核书，重新校对。各地图书馆提供的善本卡片陆续汇总到北京香厂路国务院招待所，共有13万张卡片。这些书目卡片要先经过初审，初审的时候是大兵团作战，几十个"片子手"集中在一起，编委会成立了经、史、子、集、丛五个编辑室，沈津是经部副主编，每天就是跟卡片打交道，在香厂路招待所工作了八个月。接下来是复审、定稿。复审是小范围作业，经部、史部由顾廷龙先生负责在上海复审，子部由潘天祯先生在南京负责，集部由冀淑英先生在北京负责。最后集中在上海定稿，除了正副主编之外，沈津和丁瑜、沈燮元、任光亮、陈杏珍都是主要参与者。

各地交上来的书目数据标准不一，有的图书馆尽管也是地区大馆，但缺乏古籍方面的专家，著录版本常有错误。比如某大学图书馆提交的一个数据，说是《洪武正韵》的明初刻本，让人生疑，沈津就写信去请他们把复印件寄过来，发现原来是万历刻本，他们只是从洪武年间的序来认定的明初刻本。各个基层单位的数据都要集中到省里，经过省里专家审核，所以编委会工作人员每天要审核很多卡片，在卡片中发现问题。当时不如现在这样方便，没有网络，发现问题只能发函外调，索取书影，通过比对确定版本异同。省馆还好办，有些小图书馆、文化馆没有配备复印机，就很难办了，沈津和同事们得到国内的不少图书馆去鉴别版本。这种实践虽然辛苦，且多是"云烟过眼"，但是经验却不会忘却，对沈津来说也是不错的锻炼。

《中国古籍善本书目》全书收录中国大陆近八百家文化机构所收藏古籍善本 6 万种，约 13 万部，从酝酿到出版，整整干了 18 年。直到 1993 年 3 月，才全部出版完成。沈津从头到尾参与了《中国古籍善本书目》汇编、整理、定稿等各个环节的工作，并起草《书目》的前言，这在冀淑英先生撰写的后记里有记载。通过编纂《中国古籍善本书目》，整天跟目录卡片打交道，学习怎样去判定、辨别书目记录的正误，且又是过去从来没有参与过的大工程，得以把之前多年的所学所想在实践中加以运用和检验，进一步巩固了知识，开阔了眼界，增长了见识，同时也拓宽了学术人脉。经过这次大规模的训练，沈津对全国图书馆的古籍馆藏有了大致了解，版本鉴别的本领也更加精深独到。光阴荏苒，不知不觉中，这名年轻学者已从上海图书馆走向国家大舞台，受到了业界普遍的赏识和认可。

（三）漂洋过海，博采穷搜

沈津的幸运，还表现在 20 世纪 80 年代中后期即赴美国做了近两年的访问学者，是改革开放后较早走出国门寻访海外汉籍的大陆学者。1986 年 2 月，著名物理学家杨振宁邀请沈津前往美国纽约州立大学石溪分校世界宗教高等研究院图书馆做访问学者，杨振宁教授当时主持全美华人协会和美中文化交流协会，给了沈津很多帮助。一年期满后，又继续支持他到美国各地参观不同的图书馆，访查中文古籍，这次访学一直持续到 1987 年 10 月。沈津四处打探寻访中文古籍，先后去了哈佛大学哈佛燕京图书馆、哥伦比亚大学、耶鲁大学、普林斯顿大学、纽约市公共图书馆、美国国会图书馆、犹他州族谱图书馆等。说起初到美国的感受，沈津记忆犹新："对各个馆的工作方法、领导方式我不感兴趣，我想看的是被带到美国的那些中国古籍到底怎样了？还在不在？保管得如何？哪些是中国没有的。"当时国内对流失海外的中文古籍的情况所知甚少，沈津暗想，一定要努力将这些藏于大洋彼岸的宝贝"解密"，让国人知道。

除了访书，访学期间沈津也讲学，鉴定版本。他受牟复礼先生邀请在普林斯顿大学东亚系讲《上海图书馆的古籍收藏》；受钱存训先生邀请在芝加哥大学作关于《中国古籍善本书目》编纂的演讲；去犹他州族谱图书馆，在杨百翰大学图书馆作关于中国大陆古籍收藏的演讲；受王冀先生邀请到纽约的美国亚洲学会图书馆年会作关于图书编纂的演讲；到美国国会图书馆看书，国会馆存放中文善本的地方是一个装有密码锁的大铁笼子，每天沈津就一个人待在里面看善本，主要看王重民先生20世纪三四十年代在国会图书馆时没有看过的部分，以及二战以后美国从日本得到的大批中文古籍。两个星期之后，他写成了200多种古籍的版本鉴定记录交给国会馆亚洲部中文组的负责人王冀。

沈津跟哈佛大学哈佛燕京图书馆的交往，也是从那时开始的。在美访学期间，沈津一共去过哈佛燕京图书馆四次。第一次是佩斯大学历史系主任郑培凯教授陪着去的，那时候善本书库任何读者都可以进去，沈津就在书库里到处看，整整看了三天，见到难得的好本子就记录下来。哈佛燕京图书馆的吴文津馆长知道以后请沈津吃饭，就这么互相认识了。以后的三次都是受吴文津先生邀请，帮助鉴定哈佛燕京图书馆所藏的中文古籍善本。沈津后来写了一篇两万多字的《哈佛燕京访书记》，讲哈佛燕京图书馆善本的来源、特点，发表在1987年香港《明报月刊》第6、7、8、9期，反响很不错。吴文津见到这篇文章非常高兴，认为沈津为哈佛燕京图书馆作了宣传。沈津到美国寻访中文善本古籍的事情，国内《参考消息》、《人民日报》海外版、《文汇报》等大报，以及当时美国两大中文报纸之一的《中报》都有报道，在国内外产生了广泛影响。

1987年10月，沈津结束美国访学回到上海图书馆。由于已在《中华文史论丛》、各种图书馆学专业刊物以及香港的《明报月刊》《九州学刊》上发表了十余篇文章，且完成了《翁方纲年谱》的初稿 45 万字，在美国访书也成效显著，1988 年沈津顺利评上研究馆员。那是新中国历史上第一次给文博、图书馆系统的从业人员评定职称，沈津成为当时中国图书馆学界最年轻的研究馆员，并接任了上海图书馆特藏部主任一职。

1990 年 4 月，沈津离开上海，应聘到香港中文大学，在中国文化研究所和图书馆工作，主要还是和图书及目录打交道。当时中国文化研究所正在编纂关于先秦典籍的逐字索引，沈津在那里的工作主要是选择好的版本作为编制索引的基础。在香港中文大学图书馆，他的工作则主要是写善本书志，这些书志相当一部分收入《书城抱翠录》。香港中文大学是 1963 年由新亚书院、崇基学院和联合书院三所学校合并成立的，图书馆的古籍主要来自一些藏书家的捐献或出售。沈津调查了馆藏，挑出其中的善本，建议馆方把善本书集中起来，但当时囿于条件未能实现。若干年后，香港中文大学和上海图书馆达成协议，让上海图书馆派陈秉仁和周秋芳将香港中大图书馆所藏全部善本写出善本书志出版。周秋芳后来告诉沈津，他们写书志时"把《书城抱翠录》常备案头，作为参考"。

1992 年 4 月，沈津得到哈佛燕京学社社长韩南（Patrick Hanan）的同意和资助，到哈佛大学哈佛燕京图书馆做访问学者。哈佛燕京图书馆馆长吴文津先生希望沈津用两年时间写出哈佛燕京图书馆藏宋、元、明部分的中文善本书志。美国节假日比较多，除了周末双休日，还有圣诞节、感恩节、老兵节、国庆节、哥伦布发现新大陆日、马丁·路德·金日等节日，工作日只有 200 多天。沈津夜以继日全身心投入，每天平均撰写书志三篇以上。这种写作基本上是一蹴而就，怎么写、格式怎样，都由他自己决定，没有回头修改的机会。正因为如此，沈津反倒创立出一种书志写作的模式，后来被称作"哈佛模式"。具体来讲，就是规范了书志的结构，包括书名、卷数、作者、版本、著者生平、内容介绍、作者写这部书的目的和宗旨、前人对这部书的评价、版本特征、存藏情况、钤印等等。沈津花了两年时间，以一己之力，完成了《美国哈佛大学哈佛燕京图书馆中文善本书志》（宋元明部分），1433 种，共计 152 万字，1999 年交由上海辞书出版社出版。沈津在上海图书馆时也曾经挑选上图所藏珍稀宋元明别集写过一些书志，在《文献》上发表，这次撰写书志，他在上图鉴定古籍版本、撰写书志的经验，参编《中国古籍善本总目》时当"片子手"的功夫，全都派上了用场。

两年的访学生涯很快过去，沈津也正式成为哈佛大学哈佛燕京图书馆的一员，并且担任哈佛燕京图书馆善本室主任。他心里有了更清晰的计划："哈佛燕京是全美最重要的东亚图书馆，收藏了那么多的中文古籍，许多都是中华文明的精华，我一定要把国内所没有的珍贵文献通过合法的方式回归到中国去，为学界所用。"

编纂《美国哈佛大学哈佛燕京图书馆藏中文善本汇刊》便是沈津的计划之一。他遴选出珍藏于该馆的稀见中文古籍 67 种，都是国内没有的珍稀善本，其中宋代珍本 3 种，元代 2 种，明代 62 种。涉及经传、音韵、宗谱、方志、兵法、中医、文学、佛教、戏曲等，隶属经史子集四部。每种书一一撰写提要，介绍作者、内容、版本、源流，为读者提供丰富、准确的考证材料和线索，对中国古籍版本研究具有重要的学术价值，该书于 2003 年广西师范大学出版社出版，共 37 册。编这类大型汇刊，在国内一般需要成立一个十几人的编委会来承担，但在哈佛燕京图书馆，就沈津一个人，花了半年时间自己编，自己写提要。说起这份艰苦，沈津乐呵呵地："通过写作过程，我知道了要怎么来立意，怎么做凡例，怎么实际操作，学到了很多东西。"

撰写书志的工作继续进行，《美国哈佛大学哈佛燕京图书馆中文善本书志》的清代部分提上日程。这次沈津邀请了严佐之、谷辉之、刘蔷、张丽娟四位中国学者合作撰写。按沈津要求，访问学者需具备一二十年的专业训练基础；

到美国之前，需熟读《美国哈佛大学哈佛燕京图书馆中文善本书志》（宋元明部分），以便他们到哈佛的第二天，就可以动笔。他们的撰写照例遵循沈津的"哈佛模式"，四位学者每人完成 200 篇善本书志，20 多万字，"这种'赶鸭子上架'的方式，让他们最后都成功了"。业师顾廷龙先生的严格、严谨影响了沈津，沈津也逐步影响着后来人。这部书志将哈佛燕京馆除方志之外的所有中文古籍善本悉数囊括，总计 3098 种，400 万字，四位学者共撰写 100 万字，沈津一个人完成了 300 万字的任务。为了与之前的宋元明部分有所区别，这部书志取名为《美国哈佛大学哈佛燕京图书馆藏中文善本书志》，书名中增加一个"藏"字。洋洋 6 册，皇皇巨著，2011 年由广西师范大学出版社出版。这部巨著荣获中国国家新闻出版广电总局颁发的第三届中国出版政府奖图书奖。中国出版政府奖是我国新闻出版范畴的最高奖，由国家新闻出版总署主持评定，每三年一次，旨在嘉奖国内出版界的优良出版物、出版单位和个人。获此大奖，是实至名归，是对沈津工作和学术水平的肯定。

至此，沈津完成了为哈佛燕京图书馆撰写书志揭示馆藏的任务。他是迄今为止古籍版本学界撰写书志最多的学者，中山大学图书馆馆长程焕文评论沈津道："环顾海内外中文古籍界，能出其右者难以寻觅。"后来吴文津先生在撰文纪念哈佛燕京学社第五任社长韩南时说到，韩南教授对哈佛燕京图书馆有二个大贡献，其一是申请资金将哈佛燕京图书馆中的卡片目录转化为电子目录，第二就是"邀请沈津作为哈佛燕京学社访问学人来编辑哈佛燕京图书馆中文善本书志"。由此评价，可以看出吴文津馆长对沈津的工作相当满意。在哈佛燕京图书馆，除了撰写书志，沈津还和台湾的潘美月教授合编《中国大陆古籍存藏概况》。潘美月负责在台北编译馆申请经费，沈津因为在学术圈人脉甚广，就由他出面约请大陆古籍界的朋友写文章介绍每个图书馆的古籍收藏情况，并用自己的工资垫付稿费，最后集中到潘美月处报账。其中北京图书馆（即现在的中国国家图书馆）是收藏古籍的重头，由于各种原因，约请的几个专家都未能最后执笔，沈津遂以"慕维"为笔名来亲自撰写北京图书馆的概况。他搜集了所有能够找到的介绍北图馆藏的文章，经过仔细阅读分析，统计出北图所收藏的宋、元、明、清的版本、抄本、校本、稿本、活字本、套印本等的数量，再根据北京图书馆的善本书目，逐条款目分别列表统计，又把《中国地方志联合目录》中北图藏的方志数量全部统计出来，一共 6066 种，并弄清了北图所藏重要典籍的价值，比如《西厢记》在明代刻本中有多少不同版本，所藏清代升平署戏曲资料的情况，郑振铎专藏的稀有版本等等。写完这篇《概述》，沈津无疑已成为北图编外人员中比较了解北图善本馆藏的学者。他统计的一些确切数字，放到今天来看也不过时。

2011 年 2 月，沈津从哈佛大学退休。同年受聘为中山大学图书馆特聘专家，2017 年又受聘为复旦大学古籍保护研究院特聘教授。沈津在两所大学开班授课，也利用闲暇时间到各大高校和图书馆讲学，将自己丰富的学识和经验传授给莘莘学子，为祖国培养古籍版本学专业人才贡献力量。

（四）厚积薄发，名满天下

沈津幼承家学，除了有书法功底之外，也喜欢文史知识。进到上海图书馆，更像一块海绵一样自由舒展地吸收知识。看得多了，有了想法和体会，也跃跃欲试，渴望表达自己。但业师顾廷龙教诲他不要急于写文章，要打基础，多读书，多收集资料，"这对你将来有好处，要大器晚成"。沈津一直记住顾师的教诲，直到 20 世纪 70 年代中期，过了而立之年，才开始写作古籍版本与鉴定方面的文章。至于独立发表论文，已是八十年代中期，发表的第一篇《校理〈四库全书总目提要〉残稿的新发现》，题目还是老师顾廷龙起的。他的著作则基本都是去到美国之后才开始动笔，真正属于厚积薄发。然而这一发，竟如同滔滔江水，气势磅礴，奔流不息。

目前，沈津已出版撰著十三部：《书城挹翠录》，33万字；《美国哈佛大学哈佛图书馆中文善本书志》，152万字；《翁方纲年谱》，45万字；《顾廷龙年谱》，72万字；《书城风弦录》，40万字；《书韵悠悠一脉香》，43万字；《中国珍稀善本书录》，73万字；《老蠹鱼读书随笔》，14万字；《书丛老蠹鱼》，20万字；《书林物语》，12万字；《书海扬舲录》，29万字；《伏枥集》，30万字；《沈津自选集》，50万字。辑录《翁方纲题跋手札集录》一部，110万字。主编或合编的著作六部：主编《美国哈佛大学哈佛图书馆藏中文善本书志》6册，400万字；主编《美国哈佛大学哈佛燕京图书馆中文善本汇刊》37册；与顾诵芬、高桥智合编《顾廷龙书题留影》；与潘美月合编《中国大陆古籍存藏概况》；与卞东波合编《日本汉籍图录》9册；与卞东波合编《清代版刻图录》约10册也出版有期。

成就多了，名气大了，各种头衔也纷至沓来。1988年4月19日沈津被聘为中国图书馆学会第三届理事会古籍版本分委员会副主任；1988年8月1日被聘为政协上海市委办公厅文史资料委员会委员；1988年12月被聘为上海图书馆研究馆员；1988年被聘为中国族谱研究会理事；1988年为上海市图书馆学会理事、学术工作委员会委员、古籍版本组组长；1990年被聘为上海图书馆学术咨询委员；2015年10月16日被聘为《广州大典》编委会和学术委员会顾问等等。各大媒体也争相采访，经粗略统计，大众媒体有关沈津的采访报道有六十余篇。

虽然著作等身，名满天下，但沈津对自己的学问一直看得低，常把"为他人作嫁衣裳"这句话挂在嘴边，说自己"这辈子都是和古籍善本打交道，想做的事情无非有三，一是将所见善本书的部分写成书志；再是将一些难得之本写成书话之类的小文，尽可能写出点所以然；三则想把这些年中目之所接、耳之所闻，与古籍版本有关的人和事，或自以为有点心得的感想写出来，或可补文献学史、印刷史、出版史之所遗"。几十年书丛生涯，沈津始终孜孜矻矻，坚定而从容，他一直记着顾师的话："火车只要开出，就一定会到站的。"如今他不折不扣地完成了既定目标，"火车"算是完美"到站"了。沈津毕生的治学，紧紧围绕着书而展开，堪称书文化的巨匠。他的贡献集中在三个方面。第一是撰写善本书志，利用自己多年来对于古文献学、版本目录校勘方面深厚的积累，撰写书志，评论善本的优劣，揭示古籍的精华。通过撰写书志，让深藏秘阁的文化瑰宝展示人间，让大家能够了解古代珍品的真实面貌。所以，在揭示古籍内涵方面，沈津是当之无愧的功臣。第二是在美国抢救重要文献珍宝，沈津广征博览，以多年经眼古籍的老道经验，发现许多从未被人发现的清人手稿，明代重要学者的手札，大陆未存藏的中国共产党在延安时期的革命文献数十种，以及一些重要学者的书信等等，使许多行将被埋没的古籍文献得以发掘，重现人间。所以，沈津是抢救文献的功臣。第三是在书写书的文化和历史方面，揭示中国古籍的研究过程、中华传统文化的传播、嬗递，以及书林轶事、人情掌故等等。沈津也善于利用新兴媒体传播书文化，他于 2007 年 8 月 30 日在新浪网开通"书丛老蠹鱼"个人博客，迄今为止发表学术博文 497 篇，博客访问量达 734893 人次，这在专业的学术博客中是非常了不起的数据。他将自己对书的深厚情感融入博文，感染更多学人。所以沈津是书写中华书文化的功臣。

问渠哪得清如许，为有源头活水来。在梳理沈津的学术成就时，我反复思考这样一个问题：是什么原因造就了他如此瞩目的成就？通过仔细爬梳沈津 60 年学术历程，我认为他的与众不同之处有三。其一是师缘，沈津从青年时期即师从顾廷龙、潘景郑、瞿凤起这样的大师，且三十年相随学习，打下了坚实的学问基础，这是其他学人所不可能具备的条件。其二是书缘，饱览汉籍藏书精华，是成就版本目录学大家的先决条件，上海图书馆和哈佛大学哈佛燕京图书馆赋予了沈津发挥潜能的舞台。其三是勤奋，六十年坚韧不拔，与奋斗一起飞翔，加倍的努力给予了沈津加倍的赏赐。

流光容易把人抛，作为一枚"书丛蠹鱼"，与流年不相负的只有春诵夏弦，黾勉珍惜。直至今天，沈津依然笔耕不辍，新作蓄势待发。《新书林清话》预计 2023 年完稿；《老蠹鱼书话》《顾廷龙年谱长编》将于 2023 年出版；"蠹鱼"的书缘、书事、书趣，让人充满期待。

罗　彧

目　录

《百尺梧桐阁集》出版说明

　　汪懋麟（1640~1688），字季用，后更号蛟门，江都人。康熙二年（1663）举乡试，六年（1667）成进士，授内阁中书。每入直必携书数册，公事毕，辄竟夜展读，由是学日益博，诗文日益有名。举博学鸿词，以刑部主事入史馆充纂修官，与修《明史》，著史传若干篇，补《崇祯实录》若干卷。越三年，补刑部，能办疑狱，发奸摘伏，为时人所称。

　　作者幼颖异殊常儿，少年早发，聪明豪达，笃志经史，曾受业于王士祯。其诗才隽异，与汪揖齐名。初年沉酣于唐调，中年变化于宋元，诗不专一体，不学一人，作诗慷慨而深沉。王士祯《汪比部传》云：君诗才票姚跌荡，其师法在退之、子瞻两家，而时出新意。称诗辇下，与田纶霞、宋牧仲、曹颂嘉、丁澹汝、王幼华、颜修来、曹升六、谢千仞、叶井叔相倡和，人称十子。懋麟于古文，独喜王介甫。古文词峭刻，豪宕一扫公家言。杜濬序其文集云："君集文章第一，诗二，词三，二与三对文章言之，若孤行仍不妨第一也。"又云："今蛟门之文，质坚而气厚，才地有余，而一禀于裁，不使篇有剩字，高古顿挫，使览者惟恐其尽。"综上所述，可证懋麟文法欧、曾，诗合唐、宋为一炉，不愧为清初著名诗文家。

　　懋麟之《百尺梧桐阁诗集》十六卷，为康熙十七年（1678）自刻，计收自康熙壬寅（1662）至戊午（1678）古今体诗1290首，仅其所作十之四五。

皆懋麟奔走南北，触绪写怀之作。于诗中可窥其根柢之深，于昌黎、香山、东坡、放翁各家均有所取。徐乾学以为是集之诗"雄爽而激发""典实而春容"，誉懋麟为"博达之才，经世之器"。

懋麟之《文集》，为其侄荃于清康熙五十四年（1715）所刻，时懋麟已故去二十余年，所存文稿不多，荃收拾残篇，为之编排，分书、序、记、书后，跋、传、墓志铭、墓表、碑阴、杂文、祭文、行状计139篇，厘为八卷。

《锦瑟词》乃懋麟丙辰（康熙十五年，1676）以前所作，刊刻时间当在此稍后不久。

《诗集》《文集》于嘉庆六年（1801）时曾经清代著名学者焦循阅过，书中间有焦氏圈点和批语。《文集》卷一《与陈椒峰书》有"循所欲言，先生为我言之于先，读之不觉一快"；卷二《宋牧仲诗集序》有"次叙处风神跃跃，不愧作家"之语，可见焦循于汪氏评价甚高。

据汪荃云："公之古文自归田后增刻数十篇在前集内，其遗稿数十篇与《明史拟稿》二卷、《琉球国纪事》一卷及《四声古叶录》《通志闲稿》诸书，将别辑成帙以传也"，但均未行世，恐已不传。

懋麟之《百尺梧桐阁诗集》《文集》《遗稿》《锦瑟词》诸书，传世不多。今借得北京大学图书馆藏《诗集》《文集》，北京图书馆藏《遗稿》《锦瑟词》据以影印出版，对研究清初诗文，当有所参考和借鉴。

《宋刻算经六种》出版说明

我国古代天文历算之学，远在隋唐以前即已盛行。隋设立算学于国子监内，有博士、助教、学生等名目。唐高宗显庆元年（656）在国子监内添设算学馆，以李淳风等注释的十部算经为课本，同时在科举考试中，添设了明算科一门。据《数术记遗》一书所载："唐以明算取士，其立于学官者，曰《九章》《海岛》《孙子》《五曹》《张丘建》《夏侯阳》《周髀》《五经算》《缀术》《缉古》凡十经。"这就是后世称的《算经十书》。

《算经十书》流传到北宋元丰年间，《缀术》已失传，元丰七年（1084）秘书省刻的算经，只存九种。靖康二年（1127），金人入侵汴梁，秘阁典籍和各种书版损失殆尽。南宋时，汀州守鲍澣之先后收集到北宋秘书省刻的算经数种，又在杭州七宝山宁寿观所藏道书中觅得徐岳《数术记遗》一卷，一并重刻于福建汀州（今长汀县）。

鲍澣之，字仲祺，浙江处州括苍人，通晓历算。初任隆兴府靖安县主簿，开禧三年（1207）以大理评事上书论历，拟成开禧新历，嘉定元年（1208）以开禧新历附统天历颁之。嘉定六年（1213）为"承议郎权汀州军州，兼管内劝农事，主管坑冶"，重刻算经，即在此时。按坑冶即指开发金、银、铜、铁、锡、铅、水银、朱砂等矿场。由于鲍澣之主管地方的农业、矿业；工作上都离不开丈量、勘查、计算等技术，因此他主持刊刻了这批古算经。

自是以后，宋刻算经历经岁月，渐致毁失。北宋原刻已无踪迹可寻。南宋鲍浣之刻本幸得部分流传至今者也仅有六种，皆海内孤本。明清以来，经过不少著名藏书家之手，各钤有藏印。其中《周髀算经》《九章算经》《张丘建算经》《孙子算经》四种原藏潘祖荫滂喜斋，现藏上海图书馆；《五曹算经》《数术记遗》两种，原藏李盛铎木犀轩，现藏北京大学图书馆。今据以影印，汇编为一书，定名《宋刻算经六种（附一种）》。

数百年来，宋刻算经流传极稀，见者绝少。传世的《算经十书》，自清以来，主要有下列几种版本：

一、毛氏汲古阁影抄宋椠算经七种。清康熙年间毛氏汲古阁后人毛扆得鲍浣之重刻《孙子》《五曹》《张丘建》《夏侯阳》《周髀》《缉古》《九章》等七种算经，"求善书者刻画影摹"之。此本后入清宫。

二、《永乐大典》辑本算经七种。清乾隆时戴震自《永乐大典》中辑出《周髀》《九章》《孙子》《海岛》《五曹》《夏侯阳》《五经》等七种算经，印入《武英殿聚珍版书》中。

三、清乾隆三十八年（1773）曲阜孔继涵刻《算经十书》。序云："今得毛氏汲古阁所藏宋元丰监本七种，又假戴东原先生所辑《永乐大典》中《海岛算》《五经算》，而十备其九，旧附一（《数术记遗》），今附三而并梓之。"

四、1932年故宫博物院影印汲古阁影宋抄本算经七种，辑入《天禄琳琅丛书》。

以上诸本，都是溯源于鲍浣之刻本，对于《算经十书》的流传，不无椎轮之功。

此宋刻算经六种，为南宋宁宗时福建地区所刻。《数术记遗》之后，还附有不传于世的《算学源流》一种，不著作者姓名，版式相同，当亦同为鲍氏所刻。各书均九行十八字，书法秀丽，楮墨清朗，刀法也不离原意，可称写刻俱佳。今存六种除《数术记遗》外，俱系汲古阁所据以影摹之底本。故毛宸曾有"字画端楷，雕镂精工，真希世之宝"的评价。每书后面列有秘书省校书郎并进呈批准校定镂板、秘书少监、秘书丞姓名；又有宰辅大臣司马光、吕公著等人姓名，具见北宋监本的面目，说明当时政府对数学典籍的刊行是很郑重其事的。

各书均载有刻工姓名，《周髀》有傅汶、叶才、蔡文、吴显、愧才、愧甫、叶全、叶定、蔡政、陈文、何全；《张丘建》有余仲成、正、傅汶、愧茂、愧中、愧元；《孙子》有傅璋、陈圭、丁用，《九章》有游旻、徐子成、徐成、全、俞、魏信、徐定、余夫；《五曹》有吴显；《数术记遗》有翁遂等；详列于此，以便研究刻本者参考。

中国古代数学在世界科学史上占有领先地位。《周髀算经》等算书，不仅是我国古代伟大的数学专集，同时也是早期世界自然科学论著中之瑰宝。以《九章算经》来说，它包括了算术、初等代数学和平面几何学、立体几何学的部分，许多计算方法直到现在还有其实用价值，是我国最早的一部数学著作。《周髀算经》还是我国最早的一部天文学著作，受到国内外学者的重视。文物出版社今据两馆所藏的六种宋本算经影印出版，对于我们继承古代数学文化遗产，激发爱国主义精神，勇攀新的科学高峰，加速实现四个现代化，是有其积极意义的。

《宋刻韵语阳秋》出版说明

　　《韵语阳秋》二十卷，宋刻本，南宋葛立方撰。立方（？～1164），字常之，丹阳人，绍兴八年（1138）进士，官至吏部侍郎。著有《西畴笔耕》五十卷，《方舆别志》二十卷，《归愚集》二十卷，《归愚词》一卷。前两种今佚。《韵语阳秋》，后人或称《葛常之诗话》《葛立方诗话》，是一部评论和记录宋及宋以前诗人流派和意旨之是非的专著，因取晋人语"皮里阳秋"之义，故名。

　　此宋刻本前有徐林序，书后有立方跋及沈洵跋。据徐林序："隆兴元年，常之由天官侍郎罢七年矣，于是《韵语阳秋》之书成。"当为葛氏晚年之作。沈洵跋云："吏部侍郎葛公博极群书，以文章名一世，暇日尝著《韵语阳秋》廿卷，自汉魏以来诗人篇咏，咸参稽抉摘，以品藻其是非，不以名取人，亦不以人废言，质事揆理而维当之为贵。"全书共422则，由于广泛采辑，保存了一些不传于世的宋及宋以前的文学作品，为后人研究中国文学史提供了有用的资料。

　　宋刻《韵语阳秋》传世仅见此本。至明代正德时江阴葛谌为之重刻。此外明刻尚有白口十行本。清乾隆间《历代诗话》，道光间《学海类编》，清末《常州先哲遗书》均经重刻。清初宛委山堂刻《说郛》收有《韵语阳秋》一卷，仅采十七则。以宋本和明清各本对校，宋本在某些方面可正他本之误，或补其缺漏。如卷四第四页"李涉在岳阳"，明正德本"李涉"误"李沙"；卷十四第六页"刻石表功",明正德本"刻石"误"刻右";卷十五第五页"一弹一唱",《历代诗话》本"一唱"误"一曲"。又如宋本卷四韦应物、杜子美、杜牧之、李白等六则都为他本所缺。此宋本,每半页十四行,行二十四字,左右双栏,白口,双鱼尾,皮纸精印。宋讳遇"敦""廓"字不避,当为光宗以前刻本。全书多简笔及别体字。书体精整,刷印清朗,实为宋椠中之佳本。清初曾藏季振宜家,后入清宫,《天禄琳琅书目后编》著录,今藏上海图书馆。

写在沈强《现代彩墨书作品集》出版前

　　我第一次听说"现代彩墨书法"这个词，是在 1991 年的夏天。那天，在我香港的寓所里，沈强对杨振宁教授说，他正在研究彩墨书法，我由于没有见到他的作品，所以觉得很玄乎。今年 2 月，他自日本东京寄来了一张他的彩墨书法个展的宣传品，继而不少报纸又报道了相关消息，他所创作的几十幅作品居然获得了日本各界的肯定，也得到了同行们的赞赏。

　　沈强是我的二弟，在几个弟兄中，他是在艺术领域里耕耘最为刻苦的一个，从少年时代起，他就在少年宫习画；在艺术院校求学期间，又师从钱君匋先生习书法、刻印之道，那时他每天临池不辍，家中的废报纸都被他充分利用，而写秃的毛笔又不知凡几，负笈东瀛后，他攻读的是书法专业。按理说，书法的故乡在中国，为什么要舍近求远跑到扶桑之地去学习呢，实际上，日本的书道在中国的唐宋以来即有长足的发展，可是在中国，却乏人研究。

　　沈强在日本的 6 年里，不仅努力完成了自己的学业，又利用各种条件孜孜不倦地观摩欧美各大家的绘画，汲取各派所长，尽量地充实自己。他曾经利用各种假日，几乎看遍了日本各大博物馆的精品收藏，在较多的日本书道展览中，只要有机会，他一定会送出自己精心创作的作品去参展，他的篆刻作品曾荣获前年《产经新闻》主办的国际特大奖。几年来，他的书法、篆刻作品不仅有中日各家之长，而且又演变成自己的面目。

千百年来，人们脑海里的中国历代书法作品，多是所谓"白纸黑字"，这也许是千古不变的传统。而今，沈强的彩墨书法却是别具一格、新颖奇绝的艺术，它以现代中西绘画形式渗入书法，在字形之中，配以鲜艳的块状色彩，又借鉴秦汉古印中古朴浑厚带有粗犷、雄奇而奔放的意境，使人看了顿觉耳目一新。我以为，彩墨书法不仅是一种彩墨互融，而且在那参差错落的文字之间又流露出一种金石气，远远望去，似乎还有装饰画的感觉，带给人们一种雅的享受。祖国大陆的书法普及，书家辈出，但细细品味，不少人墨守成规，变化不大，创新更不足，要跳出传统的框架实在是不容易的事。"书法贵在创新"，就是要给予传统的书法艺术以新的艺术生命。创新是多方面的，问题是着眼点放在什么地方。创新者的尝试和成功，并非一朝一夕之功，这种探索或者就来自那一瞬的灵感，而它在某些方面也和科学实验一般，必须付出艰辛的劳动和无数次的实践。同样的道理，一幅彩墨书法的创作也凝结着作者的深思和熟练的书法功力。当然，一种新的艺术实践被人们所接受，需要时间。我相信，彩墨书法一定能为人们所喜爱。同时，我也期望，沈强能不断地总结经验，以取得更大的进步。

1995 年 5 月 31 日

于美国哈佛大学

《书城挹翠录》自序

收在这本小书中的书志，共 300 篇，是我从事古籍整理、编目、鉴定、研究工作三十余年的一个小结。这些书志大多写于 1987~1992 年，有的曾在北京书目文献出版社的《文献》、上海市图书馆学会的《图书馆杂志》、台湾《"中央图书馆"馆刊》、《书目季刊》、香港《九州学刊》等刊物上发表过。

1961 年，我从师于上海图书馆馆长顾廷龙先生，研习图书流略之学。同时，受教于潘景郑先生、瞿凤起先生，三位先生都是中国当代版本目录学的名家。那时《上海图书馆古籍善本书目》（初稿）开始编纂，我在协助三位先生工作之时，学习辨识各代版刻以及明清名家的批校题跋和各种钤印，我几乎把馆藏古籍善本全部都翻看了一遍，包括敦煌写经、宋元明清各代刻本、抄本、稿本、校本、活字本、套印本、版画等等。我以为，这种实践是在大学图书馆学系的讲堂和书本上学不到的。至今我十分怀念那段时光，既钦佩顾师和潘、瞿二先生的道德文章，又感激他们无保留地谆谆以教、提携后进的可贵精神。

"文革"劫难的结束，标志着中国图书馆事业的新生。由于周恩来总理生前提出"要尽快地把古籍善本书目编出来"的指示，古籍版本目录之学又获重视。我有幸参与此项盛举，并在编辑《中国古籍善本书目》的八年实践工作中，我能时时向编委会中的前辈学者、专家请益，又学到了不少书本上没有的知识。

我曾先后忝任上海图书馆、香港中文大学图书馆、美国哈佛大学哈佛燕京图书馆专司特藏以及古籍善本书管理之职，前者和后者都是世界上负有盛名的图书馆。前者是大陆执牛耳的省市一级的公共图书馆，仅次于北京图书馆；后者是美洲地区排名第一的大学东亚图书馆，古籍善本之藏完全可以媲美于美国国会图书馆。善本书，就是因为属于珍本、罕见本而被图书馆珍藏起来，在大陆，就是学者要借阅善本以作研究之用，也是不易之事，而一般读者更鲜有机会一睹真貌。我在上海的时候，顾师多次要求我注意藏、用关系：善本书也是书，不仅要保存好，而且要利用它，凡是研究者，我们都应提供方便。多年来，我牢记这句话。由于条件的限制，不少研究人员对于图书馆所藏善本书的情况浑然不知，往往为了一本书而来回奔波，方知有无。那时我总是希望如果能有人将馆藏的每一种善本都写成书志的形式，以供读者知悉，提供一些咨询，那该多好。

无论是大陆，还是台湾地区，有关目录学和版本学的专书出了一些，这种使读者或学生了解雕版印刷以及版本的各项知识，都是必要的。但是，用书志的形式写成专书的著作似乎太少。三十多年来，我所经眼的各种善本书约在 2 万种以上，有鉴于此，我很希望有系统地做一些对读者有益的工作，其中一项即是撰写上图善本书志。但是，我虽厕身研究馆员之列，却无时间去做自己想做的事，只能在工作之余，断断续续地在上图所藏的善本书中选取较有特点的或它馆所未收藏者写了几十篇，后来又将集部别集类中的罕见本写了近百种，这实在是九牛一毛而已。

海外的中国古籍收藏，对于大陆的学者历来似谜一般，随着中国改革开放的发展，有限的学者也可以到美国等地访问、参观，东亚图书馆所藏的善本书也逐步被人们所认识。1986 年至 1987 年，我作为访问学者在纽约州立大学石溪分校世界高等宗教研究院图书馆作图书馆学的研究。期间，我先后访问了美国国会图书馆、哥伦比亚大学东亚图书馆、纽约市立公共图书馆、普林斯顿大学葛思德东方图书馆、哈佛大学哈佛燕京图书馆、芝加哥大学远东图书馆、耶鲁大学东亚图书馆、犹他州族谱图书馆等。我除了在那儿演讲、研究、工作外，还对美国收藏的中国汉籍，尤其是古籍善本有了新的了解。在近万种的善本书中就有上千种中国大陆未藏，以哈佛燕京为例，该馆藏明刻本中有180余种为中国大陆、台湾地区及日本等图书馆善本书目没有著录。

《书城挹翠录》所收的书，除了上海图书馆等馆所藏外，其余多是美国的一些东亚图书馆以及香港中文大学图书馆所藏。当然，海外和香港所藏在此书中的反映也只是沧海一粟。此外，这三百来篇书志的着眼点，不在宋元旧椠，因为宋元刻本历来就被人们重视，且多流传有绪，有著录可循，而稿本（尤其是未刻稿本）、抄本（或早于刻本、或未刻）的鉴定，较之刻本要难，其中不仅有名家的真伪之辨，而且还需了解有无充分的学术价值和历史收藏价值，故我选录了稿本、抄本近百种，几乎占全书三分之一。其中美国的收藏不少为大陆学人所未知，如《炮录》《赵烈文函牍稿》《梯山汪氏家谱》《南阜山人诗集类稿》《蓬庐文钞》《适园诗集》《沅湘耆旧集续编》等等。这里，我想说明的一点是，哈佛大学哈佛燕京图书馆藏的宋元明刻本约1450种，我已全部撰成书志，凡100万字。清初刻本约2000种，现已完成200种。这些志稿出版有期，故不在其内。而该馆藏的稿本、抄本约千种，多年前，我曾写过十余种，今选择数种收入此书。总之，出版这本小书的本意仅是希望向读者提供一点信息而已。此书以《书城挹翠录》为书名，盖"书城"者，谓笔者工作之图书馆藏书之多，有"坐拥书城"之意。挹者，汲取也，翠者，宝石也，此指善本书中之难得者。

我在离开大陆之前，顾师送了一张小篆给我作为纪念，上面写的是"资之深则取之左右逢其原"。语出孟子"离娄章句"。全文为"君子深造之以道，欲其自得之也。自得之，则居之安；居之安，则资之深；资之深，则取之左右逢其原，故君子欲其自得之也"。顾师之意在于鼓励我多读书，多思考，多为读者做些有益的事情。在这本小书结集之时，我非常感谢曾经帮助过我的师友、同事。顾师廷龙先生为之题署书名，潘师景郑先生填词，王多闻先生为之作序，均使本书生色不少，在此一并道谢。

1995 年 7 月

于美国哈佛燕京

寂中有音，静中有动——《你不用读书了：哈佛燕京的沉思》序

　　为朋友的书写序，这是第一次。之前，都是为自己的几本书写，或为旧籍新印的书写"出版说明"而已。

　　和永芸法师结识，大约是有点"缘"吧。"有缘千里会，无缘对面遥"，那是明代大小说家冯梦龙的《挂枝儿》"缘法"中的一句话。佛家喜用"缘"字，而我也是很看重这个"缘"字的。法师是佛光山的弟子，是星云大师培养的众多优秀人物中的佼佼者之一。去年夏天，她来哈佛大学访问进修，到访"燕京"的第一天，即来我的办公室探访，自此之后，她每天都会来我处，跟我聊佛光山，谈星云大师，回忆她读过的书，也说图书馆里的藏书，当然是以佛家典籍为多。

　　永芸法师并不壮实，不高的个子，但她的眼神里却透出一种明亮的神采，使你感觉到她是精明干练的出家人。每天她都是一袭黄色袈裟，手提一个背包，一瓶净水，笔和记事本自然是少不了的，走进"燕京"的参考阅览室，也就开始了她一天的"工作"。"燕京"没有传之四方的有如古乐的晨钟之鸣，也没有那声声入耳的有规律的木鱼敲打之音，更没有佛光山气势恢弘的道场，只是在窗明几净的环境下，提供所有的读者所需要的精神食粮。法师也不例

外，她在这里，每天都与古人相遇，和今人对话，悠游书城，乐在其中。

哈佛大学，当然是世界上最著名的大学之一，即以这些年来的美国大学名次排列来看，哈佛也都名列第一或是名列前茅。记得好几年前，刘梦溪教授对我说：我每次进入哈佛的校园，就会嗅到一种"气"，这种"气"是哈佛特有的学术之气。"哈佛燕京"则是个研究性的图书馆，也是欧美地区的汉学重镇，它的服务对象就是本校的教授、研究生、学生以及来自四方的专家学者，它的宗旨就是"学术乃天下之公器"，所以该馆所收藏的所有书刊，包括珍贵典籍，全部对外开放，彻底打破了旧时藏书家的那种视善本书若枕秘而不公开的陈腐观念。

来"燕京"的佛家之人也不少，中、日、韩都有，但多是慕名而来，走马观花，罕有坐下来作研究者。当然，以"哈佛"为名而撰写的书，也不知凡几，即使是中文方面的人文著作，也有好几本。然而，以"哈佛燕京"为题来写的，这可是第一本。永芸法师和一般探访者不同，之所以这么说，是因为她是用出家人敏锐的眼光来观察"哈佛燕京"的，她是用特有的"报人"的立场来写"哈佛燕京"的，她对图书馆是有感情的。

君不见在她笔下所刻画"燕京"里的众生相，莘莘学子在异国他乡的刻苦、洋学生孜孜不倦地钻研着中国的古文，甚至学生牵狗也能登"哈佛"之堂、入"燕京"之室，这或许是在别处很少得见的"风景"。永芸也是有真情真义的比丘尼，她的文章，细细读来，不仅文字流畅，而且还有那种寂中有音，静中有动的感觉，这大约是她多年来的佛理修养以及禅意的色彩所导致的。

永芸法师数日前致信于我，嘱我为她的书写序，或许是因为我和"佛"也有点缘吧。实际上，我对佛光山和星云大师的法号，迟至1986年时方才有所知晓，那时我正作为访问学者，在美国纽约州立大学石溪分校世界宗教高等研究院图书馆做图书馆学的研究，并利用那难得的机会，翻看了不少在大陆看不到的一些佛教典籍，以及当代台港学者所作的研究成果。当然，我也去了不少美国的东亚图书馆，看到了数百种难得一见的中国古籍善本，其中就有一些是罕传的宋、元、明三代所刻的佛经典籍，包括《碛砂藏》的全帙以及《开宝藏》《万寿大藏》《毗卢大藏》的零本。遗憾的是，我慧根太差，只能从图书馆的角度，在目录学、版本学上做一些自己力所能及的事情。

三国魏刘劭的《人物志》"材理"里讲"浮沉之人，不能沉思"。不过，我是很佩服永芸的。永芸并非浮沉之人，而佛家殿堂本身就是清净之地。她是《人间福报》的社长兼总编辑，业务上的难事，已够她忙的了，她居然在办报的同时，忙里偷闲，见缝插针，又写成了一本新书。我以为，如果没有她对佛光山事业的执着，没有那种拼搏精神，没有在丛林中凝聚的沉思，没有在文学上的修养，是很难做得到的。

法师嘱序，盛情难却，勉力为之，是为序。

《美国哈佛大学哈佛燕京图书馆中文善本书志》后记

《美国哈佛大学哈佛燕京图书馆中文善本书志》的复印本寄交出版社后，我面对那盈尺的底稿，心中的快慰油然而生。这本书志的写作，始于1992年5月1日，那是我由香港飞抵美国波士顿的第三天，而完成的时间是1994年4月30日，整整两年。

哈佛燕京图书馆，在世界上是一个非常著名的图书馆，但是它的历史和藏书对我来说，却是迟至七十年代初期才有所了解。在那个年代，我从来没有能去那儿看一看的念头，因为那是根本不可能的事。直到1986年2月，我受聘去美国纽约州立大学石溪分校世界宗教高等研究院图书馆为访问学者做图书馆学的研究时，才有机会去参观了哈佛燕京图书馆，并先后去了美国国会图书馆、纽约市立公共图书馆、普林斯顿大学葛思德东方图书馆、哥伦比亚大学东亚图书馆、芝加哥大学远东图书馆、耶鲁大学东亚图书馆、杨百翰大学东方图书馆、盐湖城族谱学会图书馆等，在这些地方我看了不少中国古籍善本，尤其是一些大陆已不见流传的罕见孤本、珍本，使我感慨非常，同时也有一种入宝山而流连忘返之感。

这些文化典籍在美国的保管条件不仅较之大陆各图书馆要好，而且这些图书馆的历任负责人多是华裔，如裘开明、童世纲以及钱存训、吴文津诸先生。他们早年受中国传统文化的教育，在美国又受西方文化的熏陶，他们基于祖国文化的背景，有着一种炎黄子孙、血浓于水的不可分离的情感，对于传播中国文化和保存善本图书更是不遗余力，并图有所进一步发扬而光大。

1991 年初春，我在香港中文大学工作。实在是机缘，吴文津馆长从美国到中文大学参加一个会议，我们又得见面。当他知道我已定居香港后，说希望我能再访哈佛。同年 8 月，他趁去台北开会之际，中途专程来港，和我谈了撰写哈佛燕京中文善本书志的计划，邀我去做这项工作，并作了具体安排。翌年 4 月底，我即携妻女离港赴美开始编纂工作。

哈佛燕京收藏的善本书中，有宋椠元刻 30 余种，明刻本 1400 余部，清初刻本 2000 余部，稿本、抄本 1000 余部（此外又有唐人写经、明清学者尺牍、民国名人手札、舆图以及各种特藏资料，其中明人尺牍达 700 余通），这个数字较之中国大陆的大专院校图书馆来说，或仅次于北京大学图书馆，其他大学图书馆多莫能望其项背。就是大陆的一些省市图书馆，除北京、上海、南京、浙江、天津、辽宁、重庆馆之外，也不比它多。仅以明刻本中不见中国大陆、台湾、香港以及美国、日本等重要图书馆收藏者而论，就在 170 种以上。又如清乾隆年间因编辑《四库全书》而被禁毁的明刻本，即有 70 余种。其他如难得之帙、精雕之本比比皆是。可以说，哈佛燕京中文善本书的收藏，在欧美或东南亚地区的大学图书馆中是独占鳌头的。同时，它的质与量，都完全可以同美国国会图书馆的收藏相颉颃。

在美国，以书志形式问世的，有王重民先生的《美国国会图书馆藏中文善本书录》（袁同礼校订）及《美国普林斯顿大学葛思德东方图书馆中文善本书志》（屈万里重订），两本书志的撰写，都是在 40 年代，而出版则是在 50 年代和 70 年代，总共 70 万字，著录了 2800 余部包括宋元明清刻本以及稿本、抄本、写经等。本书著录 1425 种哈佛燕京珍藏的宋元明刻本，计一百余万字。清初刻本将收入续编。

人生难得几回搏。我把写作这本《书志》看作是一种绝无仅有的挑战，写作期间，自始至终，都有一种紧迫感，即必须在五百多天的有限时间里，完成这部《书志》，并将它全部排竣。所以在撰写中，我没有草稿，只能直接将原书面貌、作者简历、全书要旨、特点源流、题跋牌记、收藏情况以及刻工、钤印，包括自己对该书的认识，逐一写在稿纸上。最初的写作模式设立在似较王重民先生所写的两本《书志》为详，大约每篇书志在五百至六百字，然也还似过于简单。在征得吴文津馆长的同意后，索性放手去写，长短不拘，有内容的多写些，反之则少写。写作中，几乎每篇都要核查十种以上的工具书及参考书，而许多作者的小传，都是从燕京那丰富的地方志中查得。工作量之大，使我就像一颗过了河的卒子，竭尽驽钝，全力以赴。在相当长的一段时间里，我在每天来回哈佛燕京的路上，在就寝前都在思索着《书志》的撰写。唐贾岛《剑客》诗有云："十年磨一剑。"清屈复《弱水集》卷三《感遇》诗第 25 首又云："十年磨一剑，三年不窥园。"在撰写的两年间，虽有节假日，但我都没有应朋友之邀，再去那些旧日曾踏足之处重游。我实在是把全部心力都投入到写作这本《书志》上去了。我总是想，对于别人，或许是"十年磨一剑"，但对我来说，却是有一种三十年写一志的感受。

在哈佛燕京工作的戴廉先生，在《书志》告成时，写了一首词送我，那是调寄清纳兰容若的《长相思》，词云："经一篇，史一篇，书志撰成百万先，小楼人未闲。风一天，雪一天，废寝忘餐志不迁，世间难此缘。"我特别欣赏那最后一句。三十余年来，除了那史无前例的"文革"，我几乎都在和书打交道，而又特别和善本书结缘，经眼的宋元明清善本、抄校稿本、敦煌写经也不下两万部。我很想做的一件事，就是把那特别有价值的善本书写成书志，给"无缘"看到原书的读者一种信息。但是，我虽曾充为上海图书馆研究馆员，却无时间做自己想做的事，繁琐的行政事务、会议、接待，余暇实在无多。如今，能撰写如哈佛燕京的《书志》，也算能达到我的夙愿了。

在完成这本《书志》的时候，我必须要感谢哈佛燕京图书馆馆长吴文津先生和哈佛燕京学社前任社长韩南（Patrick D. Hanan）教授。《书志》的编纂是由他们策划发起的，撰写期间又得到他们不断的鼓励并提供各种方便，没有他们的安排，这本《书志》的写作是不可能进行和完成的。现任哈佛燕京学社社长杜维明教授对《书志》的编纂工作继续予以有力的支持，并由哈佛燕京学社提供出版经费，一并致谢。我也特别感谢我的老师顾廷龙先生，这位九五高龄、德高望重的上海图书馆名誉馆长，是中国当代重要的目录学家和版本家，他的学问和道德文章，都是后来者所敬仰的。我有幸厕列门墙，忝为弟子，三十年来他的谆谆教诲，耳提面命，都是我铭感五内的。同时，我也不会忘记在编纂《中国古籍善本书目》的八年中，我参与了汇编、审校、定稿，以及其他重大活动，我能在实践中向编委会里的第一流专家、学者时时请益，对我来说，这些都是在学校的讲堂和书本上所学不到的。我深深地感谢那些曾经帮助过我的师友和同事们。

这本《书志》，实在是一本急就稿，清李渔的《奈何天·筹饷》有云："不能够从容细绘流民状，只好在马上封题急就章。"事实上也确实如此。《书志》完成之后，我又开始了清初善本书志的撰写工作，其间还因为负责哈佛燕京图书馆善本部的工作，忙于别的事务，无暇再将《书志》的稿本重新再看一遍，更谈不上修改了。因此，错误在所难免，我恳请方家学者有所匡正。在此，我对上海辞书出版社社长李伟国以及编辑先生提出的关于《书志》稿的若干建议以及做了大量的额外工作表示衷心的感谢。在撰写过程中，张海惠小姐曾用一个月的时间助我查找资料，特此致谢。我也十分感谢我的内人赵宏梅女士，为免除我的后顾之忧，她担当了几乎所有的家务，使我得以用全副精力去写作这本《书志》。

1997 年 3 月

于哈佛燕京

《美国哈佛大学哈佛燕京图书馆藏中文善本汇刊》代序

　　美国哈佛大学创立于 1636 年（明崇祯九年）。经过 360 余年持续不断的发展，学术积累颇有可观，人文学（文史哲）的基础建设（如图书馆）相当扎实。哈佛虽然地处东亚研究的边陲，中国研究的历史尚不及百年，然而在欧美学术界则是"汉学中心"之一。哈佛燕京图书馆是哈佛大学的组成部分，隶属于哈佛燕京学社和哈佛文理学院图书馆。自 1928 年成立至今，藏书虽不过百万，但因坚守"学术乃天下公器"的基本原则，典籍的流传和借阅的频率很高，影响遍及全球各地。

　　燕京图书馆的首任馆长裘开明先生（1898~1977），字暗辉，为浙江镇海县人。武昌文华大学图书科毕业后，赴美深造（1925），在纽约公共图书馆学校毕业，并获哈佛大学文学硕士（1927）及哲学博士（1933）。1927 年应哈佛燕京学社社长艾里赛也夫（Serge Elisseeff）教授及哈佛大学图书馆馆长柯立芝（Archibald Cary Coolidge）博士的聘请，创办汉和图书馆，直至 1965 年荣休。四十年间，他筚路蓝缕，竭尽心智，致使藏书日益增多，而中、日、韩古籍之收集，更奠定了馆藏之基础。

　　第二任馆长吴文津先生，1946 年肄业于重庆中央大学外文系。旅美多年，毕业于西雅图华盛顿大学，并获图书馆学院硕士（1951），在斯坦福大学修完中国近代史博士课程后，出任斯坦福大学胡佛研究所图书馆馆长。吴先生于1965年接掌燕京后，大力采购中国现代图书，强调近现代史料的收集，直至1997年12月方退休。七十年中，"哈佛燕京"仅有馆长两任，由于他们的努力，哈佛燕京图书馆的中、日、韩文献享誉欧美地区，尤其是中国古籍善本的收藏，更可与美国国会图书馆比美，同时也保证了全馆的总体发展策略。

郑炯文先生是哈佛燕京图书馆的第三任馆长，1998年5月上任后，即将"燕京馆"定位为"研究图书馆"的性质，并积极推展为学术界提供高效服务的理念。譬如，哈佛燕京学社配合大学图书目录数据化的构想，为全球各地研究学人的方便，拨出巨款，把全部珍藏于"燕京馆"的馆藏卡片目录纳入电子输出系统。我们认为燕京图书馆内所有藏书以及珍贵文献，都是人类文明发展之轨迹、传统文化之见证，必须公之于世，方能充分体现"公器"的原则。我们的基本理念是，在一个文明对话和文化多元的时代，善本藏书绝不应视若枕秘，奇货可居，而应该广为流传，发扬文化资源的传世功能。基于这样的立场，我专就"哈佛燕京"的发展、前景作些介绍。

百年来，中国的古籍文献通过捐赠、收购等多种渠道进入美国，分别为图书馆、博物馆或私家收藏，其中颇有一些如今在大陆本土已经流传很少或根本未有著录的精品。"哈佛燕京"典藏的中国古籍善本，即是三十年代至四十年代，由在北平燕京大学的教授洪业（煨莲）、哈佛燕京图书馆驻平采访处主任顾廷龙（起潜）等先生采购而得到的。四十年代后期至五十年代初，裘开明先生又委托友人在日本东京等地大力搜集中国及日本的古籍文献。然而，美国各东亚图书馆内所藏的中文古籍以及各种文献的内涵究竟是什么，没有具体的书目可以检索，外界尤其是大陆的研究者更是不得其详。数十年来，研究汉学的众多学者来"哈佛燕京"，也常有身入宝山而不得尽窥其蕴藏的浩叹。1999年3月，上海辞书出版社出版了沈津先生的力著《美国哈佛大学哈佛燕京图书馆中文善本书志》，将该馆所藏宋、元、明代刻本1433种详尽揭示著录。一编在手，即可不劳远涉，且考核精详，索引完备，凡研究中国传统文化者，皆因此而受益。

哈佛燕京学社（The Harvard-Yenching Institute），是美国建立较早的正规的汉学研究机构，自从1928年成立始，即将建立图书馆，以及长期持续发展的策略纳入基本议程。七十多年来，哈佛燕京学社始终在经费上支持燕京图书馆的发展，并通过各种方式不断充实该馆的收藏，目前每年资助的经费已高达百万美元。近年来，我因到中国高等学府进行研习和交流的机缘较多，深感素材和资料的公开是学术发展不可或缺的基本条件，"货恶其弃于地也，不必藏诸己"，不流通的文献是最可惜的浪费。据悉，北京的全国古籍整理出版规划领导小组成员、顾问就古籍整理出版曾提出"对流散国外的珍本古籍进行普查，尽量争取回归和出版"一项。我觉得这是一件有益于学术研究的大事，是有前瞻性的措施，将海外所藏的罕见秘本影印出版，确是明智之举。

商务印书馆是创立于1897年（清光绪二十三年）的历史悠久的老字号出版机构，广西师范大学出版社则是成立于1986年的新秀。1999年6月，两家出版社的负责人和有关人员联袂来哈佛燕京学社和燕京图书馆访问，对燕京图书馆所藏善本之数量、质量有了全面的了解。通过友好的协商，我们决定，为了发掘中华民族优秀的文化遗产，合作出版《哈佛燕京图书馆藏中文善本汇刊》，并组织北京等地的专家、教授、学者从该馆提供的二百余种大陆所未见收藏之宋、元、明珍稀版本仔细遴选，再经过往返推敲，最后和美国哈佛大学"善本汇刊编辑顾问委员会"共同核定，将确为版本鲜见且有重要学术研究价值者67种予以影印，每种书前皆请沈津先生撰写提要一篇，把作者、内容、源流、版本皆略作介绍，俾使孤本不孤，罕本不罕，化身千百，为海内外读者提供学术研究之方便。哈佛燕京图书馆现仍继续清代善本书志之撰写，目前已聘请大陆的古籍专家合作，共襄盛举。竣事之后，当再选择稀见、重要者以作《续编》。

哈佛燕京图书馆和商务印书馆、广西师范大学出版社之间的真诚合作，是一个良好的开端。我们希望美国其他重要东亚图书馆的收藏也将能逐步著录、公开，乃至影印出版。这也是我们共同努力的目标。

哈佛燕京学社社长

美国哈佛大学中国历史、哲学及儒学研究讲座教授

杜维明　二〇〇一年八月

本序由哈佛大学哈佛燕京图书馆善本部主任沈津先生起草，经过数次协商，最后由杜先生同意署名发表。

《翁方纲年谱》自序

有清一代，学术文章之盛，莫如乾嘉，这个时期，人才辈出，涉及各领域的重要学者不知凡几，诸如戴震的经学、赵翼的史学、段玉裁的文字学、王念孙父子的训诂学、钱大昕的金石学等，都是屈指可数的大家。而其他深究经史小学、旁及诸子百家，邃于考据校雠者也可举出不少。然高寿在八十五岁以上的重要学者，仅有钱载、翁方纲、阮元（皆八十六）、鲍廷博（八十七）、赵翼（八十八）、王念孙（八十九）、程瑶田（九十）、梁同书（九十三）八人而已。

翁方纲，这位乾嘉时期极为突出的学者，无论是在经学、诗学、书志学、金石考据学以及书法艺术等方面都有很多贡献。但是，近百年来的学术界中却很少有专门的论文去对他作一个深入的评价，即使有，也仅仅局限在他的"诗论"上。实际上，翁氏著作等身，他留下的著作，包括他的文集、诗集以及散存各处的题跋、序文、笔记、提要、手札等都较明清两代任何一位学者为多，他的一生和贡献都很值得研究。

方纲精心积学，宏览多闻，故乾隆帝尝说翁氏学问甚好。盖翁氏学问，皆有根柢，其以古人为师，以质厚为本，而又自成一家。法式善云："予于并世士大夫中所见读书好古无片时自暇者，先生一人而已。"（〈跋覃溪先生临文待诏书〉）方纲于乾隆十二年（1747）举乡试，年仅十五。十七年（1752）成进士，改庶吉士，散馆，授编修。其间曾一任江西副考官，一任江西督学，三任广东督学，一任山东督学。在山东任内，因得罪权相和珅同党，未满任即调京供职。所历官，中经降革，嘉庆九年（1804），以鸿胪寺卿原品休致。十二年（1807），重预鹿鸣宴，赐加三品衔，十九年（1814），又重预琼林宴。

乾隆间，京师学者多以宏奖风流为己任，此中重要人物首推朱珪、阮元，而翁方纲则鼎峙其间，几欲狎主齐盟，互执牛耳。翁氏耽吟咏，随地随时，无不有诗，其诗宗江西派，出入黄庭坚、杨万里之间。论诗又以杜、韩、苏、黄、元遗山、虞道园六家为宗。其谓王士祯拈"神韵"二字，固为超妙，但其弊恐流为空调，故特拈"肌理"二字，盖欲以实救虚。又纯乎以学者为诗，自诸经传疏以及史传之考订，金石文字之爬梳，皆贯彻洋溢其中。清张维屏《听松庐文钞》云："《复初斋集》中诗，几于言言征实，使阅者如入宝山，心摇目眩。盖必有先生之学，然后有先生之诗，世有空疏白腹之人，于先生之学曾未窥及涯涘，而轻诋先生之诗，是则安矣。"近人袁行云又云："其诗虽有近文之弊，为姚鼐、洪亮吉所讥，然深厚有得，语不袭人，究为清中叶一大宗。"其"生平为诗，几与乾嘉考据学派相始终，同时及后世以填实为诗者，无不效之"。

翁氏的《复初斋诗集》六十六卷，为门弟子吴嵩梁等校订，又有《诗后》四卷，门人李彦章补刻，共古今体诗五千一百三十八首。近人刘承幹又刻其《集外诗》二十四卷，为缪荃孙从稿本中抄出，又得二千一百余首。此外又有不少佚诗。故清人诗作所存之多，或非翁方纲莫属。方纲之文，词采精洁，才学富赡，其学术文章，力崇程朱。《复初斋文集》三十五卷，为序、记、论、说、书札、赠序、传、赞、铭、志、祭文、杂考等，余皆跋书籍、碑帖字画之文。李慈铭说翁氏之文"颇有真意，议论亦有佳者。惟于经学甚浅，而好诋诃，往往谬妄"，此仅为一家之言。《文集》是在翁氏没后，由其门下士于道光间始为开雕。

从乾隆三十八年（1773）开始编纂的《四库全书》，到四十六年（1781）《四库全书总目》提要完成，翁方纲始终是重要参与者，"四库全书馆"当时数十位纂修官，中如戴震、邵晋涵、周永年、姚鼐等人，均为海内积学之士，而翁氏的具体职务是校办各省送到遗书纂修官。在那样的环境下，翁氏和鸿才硕学们在一起切磋学问，真可说是贤俊蔚兴，人文郁茂，这也推动了清代乾嘉间的学术研究风气。当年的"提要"，现今流传下来的仅有邵晋涵《南江文钞·四库全书提要分纂稿》、姚鼐《惜抱轩书录》、余集《秋室学古录》以及翁方纲的《四库全书总目提要稿》。其中邵氏仅存 37 篇、姚氏存 88 篇、余氏仅有 7 篇，而翁氏所存竟达 996 篇之多。这一点我们可以从《钦定四库全书总目提要》（稿本，藏上海图书馆）、《四库全书总目提要稿》（翁方纲手稿本，藏澳门何东图书馆，原为 150 册，后析为 241 册）、《苏斋纂校四库全书事略》（稿本，藏南京图书馆）中得到证明。

可惜的是，过去从四十年代到九十年代的几本重要的关于《四库全书》的著作，如《四库全书纂修考》《四库全书纂修研究》等，都没有见到翁氏参与编纂《四库》的第一手材料，而仅以"直隶大兴翁方纲之擅长经学、金石学"一言略及之。现在，澳门所藏《四库全书总目提要稿》已经由上海科学技术文献出版社影印出版，足以使人们看到翁方纲在编纂《四库全书总目》提要的大型工程中所起到的重要作用和贡献。

方纲乃金石学中之正轨，其嗜古成癖，学识兼到，而又不惮烦劳，使节所至，残幢断碣，必多方物色，摹拓以归。后代学者多将翁氏列入金石家之列，盖其有关金石学著作甚多，诸如《两汉金石记》《焦山鼎铭考》《孔子庙堂碑唐本存字考》《化度寺碑考》《汉刘熊碑考释》《题嵩洛访碑图记》《苏米斋兰亭考》《瘗鹤铭考补》《九曜石考》《汉石经残字考》《粤东金石略》《海东金石文字记》等。这些著作考证金石碑版甚多，或究其原，或正其失，言简而赅，皆于本文互相发明。至金石诸文，订讹辨异，尤足以资经史参证。

清代书法家代不乏人，然人称则谓之翁（方纲）、刘（墉）、梁（同书）、王（文治）四大家。翁方纲书法初学颜平原，继学欧阳率更，于《化度寺碑》尤所得力。隶法则得古钟鼎款识以及《史晨》《韩敕》诸碑之法，行书也得《兰亭》神韵。其书法临碑，不尽求形似，而含蓄顿挫，宁敛毋纵，直令观者不得不凝神静气也。其金石碑版外，酷爱苏东坡书，凡力所能购者储之于斋，而名之曰苏斋。其不能致者，则假而临之摹之，钩而拓之。自唐以后响拓之法绝，而方纲复为之，津尝见翁氏《宋拓化度寺碑响拓真本》，点画之间，一丝不苟，真正之绝艺也。方纲短视，一切皆须借助眼镜，惟作书则去之，且能作蝇头细楷，尝为人作《兰亭序》，纸不盈寸，而笔画锋芒，备极其致，其八十岁时，犹能作小正书，细如菽米，点画皆备，此也可见其禀赋厚而功力之深。刘承幹《复初斋诗集序》有云："大兴覃溪翁先生，以碑版题跋之学震烁当世，藻鉴家倚为斗极，今尚流风未沫也。工书法，尤足奔走海内，虽诸城之雄厚，丹徒之华润，钱塘之秀挺，艺林次其高下，称翁刘王梁，翕然无歧声。"

虽然这仅仅是一本《年谱》，但是，为了这本书，从开始运作直到今天，前前后后竟然费了整整四十年之久，这是我原来怎么也想不到的。所以，回首往事，细说从头，也算是一个交代。那是 1960 年的冬天，我从上海图书馆馆长顾廷龙先生研习流略之学。顾师是一位著名的目录版本学家，也是书法家（二十世纪六十年代初，他是中国书法家第一次访日四人代表团的成员），工作之余，每个星期天的上午，他都会像平常上班一样到上海图书馆长乐路书库去看书，这个书库过去是合众图书馆，1952 年改名历史文献图书馆，1958 年并入上海图书馆。而在 1939 年时，顾师即为合众图书馆的总干事，所以他对那个地方有很深厚的感情。我在征得他的同意后，也在星期天的上午去那儿，整理他的藏书，听他讲目录学的源流、版本的鉴定，以及清末及民国老辈学者们的掌故。总之，无拘无束，话题很多。

有一次，他很慎重地对我说："你每天都和古籍版本接触，这可以在工作中提高你的业务能力，但是你应该做一个题目，以后还应该做一些研究，不能把自己框在一个圈子里。"他又说："有一个人很值得研究，那就是翁方纲。翁方纲，是乾隆、嘉庆时期很重要的一个学者，又是书法家，很多有名的碑帖都经过他的鉴定，他的题跋在《文集》里有一些，但大多数都没有收入。你可以细查馆藏的各种善本、普通古籍以及金石拓本、尺牍，将有关翁方纲的题跋和尺牍抄录下来，数量一定很可观，将来有条件，再写一本《翁方纲年谱》。为翁方纲作谱是值得的，而且有关翁氏的背景、时代、他所涉及的上司、同僚、友朋等等你都可以了解，这对你的工作也有帮助。"

方纲曾撰有《翁氏家事略记》一卷，于道光十六年（1836）时，由英和为之刊刻。英和《恩福堂年谱》"六十六岁"记有"是年，得翁覃溪先生自记家事，为之刊行"。这本《略记》约三万字，叙其先祖由福建莆田入籍顺天大兴以来之家事，按年记事，大略用年谱形式分年提行，而不名年谱。前半多追记先祖遗事，后半则着重录其仕履、治学之事。然而，不知是什么原因，多年来竟没有人为翁氏编写年谱，甚至连他的墓志铭或碑传都没有传下来。

"年谱之作，或出于后学之景仰前贤，或出于子孙之追念先辈。夫前贤之足使后学仰慕者，尤必有其特立独行之操，历百世而尊崇不替者。"这是顾师序《文徵明年谱》中的一段话。有清二百七十余年，据后人约略统计，自撰或后人所编年谱者，或在九百种左右。而乾嘉时期的著名学者，有年谱者也仅三四十种而已。这在比例上是很少的。这只要从来新夏《近三百年人物年谱知见录》和谢巍《中国历代人物年谱考录》、黄秀文《中国年谱辞典》中就可了解。

胡适先生早年曾写了一本《章实斋先生年谱》，他得出的结论是："此书是我的一种玩意儿，但这也可见对于一个人作详细研究的不容易。我费了半年的闲空工夫，方才真正了解一个章学诚，作学史真不容易。"确实，年谱之难作，就难于资料之收集。大凡功业盛者、著述富者、艺事丰者，均必点滴积累而成，绝非一蹴即就之业。我非常赞同何炳松先生所说的："替古人做年谱，完全是一种论世知人的工作，表面看去好像不过一种以事系时的功夫，并不很难，仔细一想，实在很不容易。我们要替一个学者做一本年谱，尤其如此。因为我们不但对于他的一生境遇和全部著作要有细密考证和心知其意的功夫，而且对于和他有特殊关系的学者亦要有相当的研究，对于他当时一般社会的环境和学术界的空气亦必须要有一种鸟瞰的观察和正确的了解，我们才能估计他的学问的真价值和他在学术史中的真地位。所以做年谱的工作比较单是研究一个人的学说不知道要困难到好几倍。这种困难就是章实斋所说做'中有苦心而不能显'和'中有调剂而人不知'，只有做书的人自己明白。"

自那之后，我就在业余时间里开始抄录各种影印本、石印本碑帖中的翁跋，继而又扩展到拓本，包括宋拓本、明拓本，以及各种尺牍，只要看见就抄。直至史无前例的"文化大革命"前夕，我大约抄录了二百多篇，并把能反映具体年月日或大体时间的事情作了记录。十年"文革"，虽然慑于"破四旧"形势，但我还是将抄件和资料大部分保存了下来，没有被"处理"掉。然几经搬迁，当年做的笔记和少些资料，却再也找不到了。"文革"后期，此项工作又得以继续进行下去，潘师景郑先生为了鼓励我继续此一工作，送了一首词给我，那是调寄《赞成功》。词云："盛年奋志，点检琳琅，书城长护作梯航。廿龄精业，明眼丹黄。几多锦字，纷留篇章。徙倚图府，晨夕相商，多君才智证高翔。苏斋碎墨，收拾珍囊。摩挲老眼，欣看腾芳。"

尤其是二十世纪八十年代前后，我利用去北京、南京、杭州等地出差的机会，又收集到一部分。而台北"中央图书馆"珍藏的《复初斋文稿》二十卷、《诗稿》六十七卷、《笔记稿》十五卷、《札记稿》不分卷（台北文海出版社影印本），是一部极为重要的手稿，也是研究翁方纲生平、写作、著述以及编纂《翁方纲年谱》时不可或缺的著作。此手稿中的许多手札、序跋、记事等，多为《复初斋文集》和《复初斋集外文》所失收。多年来，由于原稿字小且密，又多行草，不易辨认，故从中探索者多望而却步，而整理引用者鲜见其有。我在阅读并作抄录时，耗在辨字读句上的时间实在是很多的，有很长一段时间，差不多每天晚上和休息日都用在这上面。直到1990年，基本上告一段落。

翁氏为有清一代金石大家，其致力校订金石文字，博证详稽，确然有据。凡金石碑版，苟具点画，到眼即知时代，故海内孤本名刻，藏家不远千里，皆欲登其之门，而求其鉴定。方纲复于所醉心者一题再题，而心犹未已，嗜好笃而发为性灵。翁氏所撰题跋之多，在宋元明清众多学者中推为第一，没有任何学者可以与其抗衡。翁氏的《复初斋文集》《复初斋集外文》，所收题跋450篇，遗漏甚多。近代以来，也有学者进行辑补，但所得有限，且为稿本，不能广为流传。如张廷济辑《复初斋文》一卷、民国间杨宝镛辑《龙渊炉斋金石丛书》中有《复初斋文集补遗》一卷、潘师景郑辑《题跋汇钞》一卷、佚名辑《苏斋题跋》二卷等。此《翁方纲题跋手札集录》所辑，乃于一般人不易得见的各种稀见善本、珍贵拓本、作者稿本以及字画碑帖的影印本中进行搜求。历年所得约九百篇，较原来刻本多出二倍，其中部分为第一次公开，总共一千三百余篇，约一百万字。这是已刊行的翁氏著作之外最重要的辑佚，也是翁氏题跋之集大成者。这些题跋之价值，不仅对于今人从事文物鉴定、考证字画源流以及古籍整理等均可提供重要佐证，而且对于已湮没不存之文物，研究者也可借此以窥原物之一斑。这批题跋中凡能考知年月日者，《年谱》中均可查知，但未录原文，研究者如欲作进一步的检索，可以参阅《集录》。

翁氏数十年间，轺车频出，胜友如云，来往之学者不可悉数，且又一生勤奋，故所书手札甚多。我从辑得的翁氏致黄易、阮元、石韫玉、程瑶田、张廷济等数十人之540通书信中，凡能得知年月日者，多入之于谱中。盖因翁氏手札涉及乾隆、嘉庆之际社会生活、历史文化、艺术品鉴以及学术活动等，是第一手文献资料。诸如翁氏在四库全书馆之活动、其子树培（清代重要钱币学家）患病乃至去世之详情等，尤其是翁氏六十岁以后之书札，更是研究京官晚年生活的重要史料。至于他和韩国学者的交流，更是传为中韩文坛佳话。手札多为原件，为北京图书馆、上海图书馆、浙江图书馆等馆之珍藏，向未对外披露，研究乾嘉学派的学者，过去很少利用书札，盖因不易得见，此书若能为研究者所利用，可以提供不少鲜为人知之史实，以利学术研究。

我在收集、整理这些资料时，总是希望尽可能地多反映翁氏学术生涯的一点一滴，所以一些有具体月日的资料我都予以保留。这在同好者见之，或能称赏，但在不事考证者看来，往往以为繁琐。有一位学者建议我将《年谱》中《翁氏家事略记》里的内容删去一些，但是，我无法下手。因为我直到今天也没有查到《大兴翁氏家谱》或《家乘》之类的书，翁氏早年的家事渊源等只能从《翁氏家事略记》中得知一二，如果贸然删去，那有些事就更不清楚了。对于翁方纲，我觉得他是绝对可以研究的一位学者，因为有不少题目可以做。这本《年谱》的写作，虽然告一段落，但有些清人文集、诗集中尚有涉及翁氏之文字，但因无法考知年份，也只能割爱。而且，谱中翁氏友朋有的还仅有字号，而未能查知其名。盖因心思所未及，耳目所未周，挂漏讹误，在所难免，至祈海内外博雅之君，有以教之，是又不仅余一人之幸也。

如今《年谱》即将出版（《翁方纲题跋手札集录》将由广西师范大学出版社出版），我不能免俗，还是要说一点我的心里话。首先，我要特别感谢我的导师顾廷龙先生，四十年前是他引导我进入了目录学、版本学领域，没有他的悉心指导，我是不可能在这个领域中有所成长的，更不要说能在美国哈佛大学这座殿堂内作进一步的研究了。如今，顾师已经御鹤西归，他再也看不到这本《年谱》和《集录》了。然而我相信，顾师九泉有知，他也会击节快赏的。我也要感谢我的内人赵宏梅女士，三十年来，她始终如一地支持我在上海、香港、美国图书馆工作时所作的各种研究。我也谢谢"中央研究院"
中国文哲研究所和林庆彰先生，他们毅然决定出版这本《年谱》，这是我所感
激不尽的。

2001 年 8 月

于美国波士顿之宏烨斋

《中国大陆古籍存藏概况》绪论

　　中国是一个有五千年悠久历史、版图广袤的文明古国，我们的祖辈繁衍生息在这片土地上。先民们以其勤劳、智慧和才华，胼手胝足，世代相传，创造了灿烂卓越的华夏文明，也造就了一大批杰出的政治家、军事家、科学家和许多优秀人物。

　　文化，是人类物质生产活动和社会生活在观念意识上的反映。文化的传播以及交流，都是文化的特质之一，而作为文化的重要载体——图书，它决定了一个民族或区域文化发展的水准。从有确切可考的文字记载商代甲骨文算起，已有三千余年。但是，从中国的纸张和印刷术发明以来，中国的古籍如今存于世者到底有多少，现代的学者各人说法不一。

　　1946 年，杨家骆先生曾统计先秦以至清末存佚图书共 181700 余种，流传至今者仅七八万种。（参见傅振伦《漫谈整理我国古籍问题》，载《古籍整理研究学刊》1985 年第 3 期）但是，根据山东大学教授王绍曾先生的推断，传存量至少在 12 万种，他的根据是：收入《中国丛书综录》的即达 38891 种（包括《四库全书总目》著录的 3461 种，不包括存目的 6793 种）；全国地方志约8200 种；《清史稿·艺文志》及《补编》著录 20071 种；王绍曾主编的《清史稿艺文志拾遗》又增补了 54880 种，合起来就在 12 万种以上。如除去重复，补上部分遗漏，估计 12 万种应该是可靠的。（参见《关于编纂〈中国古籍总目提要〉的若干意见》，载《古籍整理出版情况简报》1994 年第 3 期），如果没有历代的兵燹战乱、自然灾害以及文字狱等，那先民们传世的著作，种数将更可观。

中国近代史的开端，是在清道光二十年（1840）。英帝国主义向中国发动了第一次鸦片战争，它打开了中国"闭关自守"的大门，西方的文化，伴随着帝国主义的炮火，冲击着有几千年历史的中华文化。从清同治到光绪年间，少数的私人藏书楼从不公开对外阅览，而逐步转变成为大众服务。这是一种进步，是一种改革，是由封闭式的藏书楼转变而为以后的公共图书馆雏形。

清同治十一年（1872），浙江瑞安人许拙学创办了心兰书社，"定议之初，人约二十家，家先出钱十五千，合三百千，购置书籍……于是乡里皆知有书社。长江以南，渐有仿行者"。清光绪二年（1876），国英即构藏书楼五楹，取名"共读楼"，邀各方嗜古者，暇辄往观。国英，字鼎臣，吉林人，为满洲世胄，敏而好学，曾为粤东醵使，治绩卓著。公余辄搜罗书籍，凡二十余年。据光绪六年（1880）所刻《共读楼书目》国英自序："时值发捻回各逆滋扰，半天下版籍多毁于火，书价大昂，藏书家秘不示人，而寒儒又苦无书可读。余早有购藏书籍之志。同治甲子，劝同志诸君子共立崇正义塾，嗣屡蒙恩擢，廉俸所余，独以购书。光绪丙子，于家塾构藏书楼五楹，颜曰共读。其所以不自秘者，诚念子孙未必能读，即使能读，亦何妨与人共读，成己成人无二道也。"《书目》末附条规引曰："予今竭廿余年之心力搜罗积聚，始克有此数箧书，唯望后世永不乱所定规条，或可少保久远，倘有不肖子孙擅将书私携出楼，则散亡必速，汝等亦当体吾聚藏之艰难耳。"共读楼藏书，总计 3200 余种、25000 余卷，法帖 430 余册。这样的藏书楼，实际上已成为私人所筹办的公共图书馆性质，它的作用在于保存国粹，增进文明，辅助教育之进行，启迪人民以知识。

从这之后，不少有见识的学者在迷惘和倾慕中觉醒了，他们要求仿效东西洋文化，变法维新。其中的一些人撰文阐述公家设立书院、藏书院、书籍馆之事。如郑观应撰《藏书》、马建忠撰《拟设翻译书院议》、康有为《上清帝请大开便殿、广陈图书折》、孙家鼐奏请官办书局、清刑部左侍郎李瑞棻奏请推广学校折等。王韬《征设香海藏书楼序》中说："夫藏于私家，固不如藏于公所。私家之书，积自一人，公所之书，积自众人。私家之书辛苦积于一人，而或子孙不能守，每叹聚之难，散之易。惟能萃于公，则日见其多，无虑其散矣。"

清光绪二十三年（1897），北京通艺学堂设图书馆，并制定了会章十二条。这是中国有据可查的最早使用"图书馆"这个专用名称和制定章程的图书馆。

而在清末，影响最大的而又备受后人推崇的是古越藏书楼。此楼为徐树兰建于绍兴，为地方劝学起见，故名古越藏书楼。徐树兰，字检庵，浙江山阴人，生于1837年，曾为兵部郎中，曾为一品封盐运使衔补用道候选知府，后因母病，不再为官，回返故里。他和其弟友兰，都是清末具有维新思想的人物。1887年，徐树兰垫费四千元，创办绍兴府中西学堂，延访中西教习，聘请督课生徒，兼及译学、算学、化学，成效渐著，为地方培养了不少有用人才。但因受到入学人数的限制，又参考"泰西各国讲求教育，辄以藏书楼与学堂相辅而行"，于是乃萌生兴建藏书楼之想法。清光绪二十六年（1900），徐树兰捐银八千六百余两，购郡城西地一亩六分，议办"古越藏书楼"，并于光绪二十九年（1903）告成，次年即对社会开放。

旧时一般藏书家，往往得一善本，沾沾自喜，秘不使人知之，以私其子孙。徐树兰是一个在当时社会中具有较为先进思想的郡绅，他独捐世舍，不以所藏私子孙，而推惠于乡人。他认为"人才之兴，必由学问；学问之益，端赖读书。盖闻见广，斯智巧出；服习久，斯研究精也……近数十年来，环球各国，市舶云集，聘使交通，采风问俗，遍及海外，探知五大洲万国盛衰强弱之由，罔不视文教之兴废以为准益，恍然于圣祖神宗所以树国家万年不拔之基者，深识远虑，固非海岛群雄所能，外此而别图远略也。所可惜者，沿历日久，渐成具文，海外列邦，转熟审天演物竞，优胜劣败之故，各出其全力相争，莫肯相下。法国巴黎书楼，藏书至 2072000 卷；英国伦敦博物院书楼，藏书 112 万卷；俄国彼德堡书楼，藏书 1045000 卷；德国麻尼希城书楼，藏书 81 万卷。而奥国维也纳书楼、丹国哥本海书楼、美国华盛顿书楼、比国勃罗塞尔书楼藏书，亦皆数十万卷。且闻法国巴黎书楼书架，积长 18 英里；英国博物院书架，积长 32 英里。岁入楼观书者，约 91000 人。日本明治维新，仿效西政，亦不遗余力。其旧幕府之红叶山文库、昌平学文库，初移为浅草文库，后集诸藩学校书，网罗内外物品，皆移储上野公园，称图书馆，藏书亦数十万卷，岁入楼观书者亦不下数万人。文学蒸蒸日上，其获与欧美列强并峙也，岂无故哉？方今朝廷孜孜求治，迭奉谕旨，广兴学校，东南诸行省，集资建藏书楼者，已接踵而起。树兰自维绵薄，平日购藏书籍，虽仅 7 万余卷，窃愿公诸同好，于郡城西偏地购地建楼，为藏书观书之所，并酌拟章程，岁需经费，亦由自捐。请诸疆吏上闻于朝，以垂永久。明知涔涔之水，不足慰望洋之叹，区区此志，犹望后之君子，匡其不逮，或由此扩充，则为山九仞，亦一篑之基也"。这种捐建藏书楼，以开社会风气，造就人才，功在艺林的社会人士是值得表彰的。徐树兰由于建楼，心力交瘁，楼成即逝去。遗憾的是，在不少有关浙江或绍兴的名人录中，都无徐树兰的一席之地。

张謇撰《古越藏书楼记》云："会稽徐氏，世多贤者，藏书亦有名于时。吾友显民察使之太翁仲凡先生，乃举其累世之藏书楼以庋之，公于一郡。凡其书，一若郡人之书也者。其事集议于庚子，告成于癸卯。凡庋古今及域外之书，总七万余千卷，图器悉具。"在清末的藏书楼中，古越藏书楼也算有一定的规模，屋凡四层，前三层皆系高楼，分藏书籍，以中层之厅事为阅览室。徐树兰即参酌东西各国藏书楼规制，拟议章程，并以家中所藏经、史大部及一切有用之书 7 万余卷悉数捐入。并延聘专人将之分类排比，所有当时的译本新书，以及图书标本、雅训报章，亦皆购备。

古越藏书楼与中国历代封建藏书楼之最大区别，就是向社会公众开放。这不仅裨益绍郡地方士子，其在江浙两省也为首倡，其功在艺林，自不必说，然其重要意义，乃标志着中国私人藏书楼开始向公共图书馆的产生迈出了一大步，它直接推动了中国近代公共图书馆事业的发展。

除了古越藏书楼外，清光绪二十九年（1903）冬，在杭州东城的杭州藏书楼，改名为浙江藏书楼，并移建于大方伯里。浙江藏书楼有书目，分甲、乙二编。甲编计 4492 种、67360 余卷；乙编计 1077 种、2570 余册。书目按经、史、子、集四部分类，新译各书以类相从，间有无类可归者，酌增子目附编于后。该藏书楼之设，旨在广开民智，造就人才。故其"阅书借书章程"有"无论进士举人、贡监生童，但志在通知古今中外者，均准入楼阅书借书"。

清宣统元年（1909）前后，有不少地方大吏纷纷上奏，请求创设省图书馆，这似乎成了一种风气。如山东巡抚袁树勋奏请山东省创设图书馆、山西巡抚宝棻奏山西省建设图书馆、浙江巡抚增韫奏创建浙江省图书馆、湖南巡抚庞鸿书奏建设湖南图书馆、云南提学司叶尔恺奏设云南图书馆、广西巡抚张鸣岐奏广西建设图书馆、奉天总督徐世昌等奏建设黑龙江图书馆、安徽巡抚冯煦奏采访皖省遗书以存国粹并设图书馆。此外，又有直隶总督陈夔龙奏为前署提学使卢靖捐建图书馆请奖。当然，地方大吏中所上奏折中最重要的还是张之洞的请求设立京师图书馆折。

京师图书馆成立后，民国五年（1916）3 月，教育部通令，谓"凡国内出版书籍，均应依据出版法，报部立案，而立案之图书，均应以一部送京师图书馆庋藏，以重典策，而光文治"。此当依据欧美各国图书馆之收集图书办法，于国家图书馆之藏书大有裨益。这一年的 11 月，教育部通咨各省、县图书馆，于搜藏中外图籍之外，尤宜注意于本地人士之著述，以保存乡土艺文。民国九年（1920），内务部通饬各县立图书馆，谓"各县立图书馆，应将公私藏书及旧刻板片、印刷器物，一律切实搜求，以保存之"。

民国十五年（1926），教育部训令各县，凡商店出版及私人著述图书，应以四部送各省教育厅署，由厅分配。以一部呈部，转发国立京师图书馆，一部径寄国立编译馆，另两部分存各省立图书馆及各该地方图书馆。又中华教育改进社，为中国最大之教育会社，社内设有图书馆教育组，成员为中国有名之图书馆专家。其第二届年会议决案指出：省立图书馆，应征集各省县志及善本书籍。请中华教育改进社，转请全国各公立图书馆，将所藏善本及一切书籍，严加整理布置，酌量开放，免除收费。其第四届年会议决案又有"请教育部，并函达各省区，搜集古籍，以保存国粹"。

从近代至现代，中国的图书馆始终存在着一种极其明显的格局，即华东、华北、华南三大区域是图书馆事业较为发达的地方。据中华图书馆协会发表的全国图书馆调查表显示：1925年，整个西北五省区，仅有图书馆7所，1928年33所，1930年129所，虽至1931年增加到134所，但这个数字仅占当年全国图书馆总数1527所的8%。相比之下，1933年仅江浙两省的图书馆总数就达422所，占全国图书馆总数的27%。由此可以知道，图书馆越多，该省的文化则越呈繁荣。从古籍的保存来说，也是如此。实际上，藏书的历史，也是中国文化史发展过程中的重要组成部分。而自宋至清，从国家到地方，从公家到私人，各代的藏书家、藏书史，多有研究者的文章、专著加以阐述，这丰富了中国文化史的内容。而近代以来，尤其是处在历史的转折点，也即从清末至民国这个阶段，反而较少有学者去进行有系统地开拓。本文概括地介绍自1900年至1949年北平图书馆、中央图书馆以及部分省市图书馆；重要的私立图书馆和大学图书馆；私家对于古籍图书的收集、整理、保存的情况，探讨旧书店保存古籍和图书馆的关系，以及近代以来公私藏书的损失等。

壹、公家图书馆对于古籍的搜集与整理

一、国立北平图书馆

它的前身是京师图书馆。宣统元年（1909），清政府废除科举制度，推行新政。张之洞以大学士分管学部之名奏请设立京师图书馆。其"学部奏筹建京师图书馆折"云："伏查本年闰二月，臣部奏陈预备立宪分年筹备事宜，本年应行筹备者，有在京师开设图书馆一条，奏蒙允准，钦遵在案。自应即时修建馆舍，搜求图书，俾承学之士，得以观览。惟是图书馆为学术之渊薮，京师尤系天下观听，规模必求宏远，搜罗必极精详，庶足以供多士之研求，昭同文之盛治。""近年各省疆臣，间有创建图书馆，购求遗帙，以供众览者。江宁省城经调任督臣端方首创盛举，不惜巨款，购置杭州丁氏八千卷楼藏书，存储其中。卷帙既为宏富，其中尤多善本。并购得湖州姚氏、扬州徐氏藏书数千卷，运寄京师，以供学部储藏。并允仍向外省广为劝导搜采。兹者京师创建图书馆，实为全国儒林冠冕，尤当旁搜博采，以保国粹而惠士林。无如近来经籍散佚，征取良难，部款支绌，搜求不易。且士子近时风尚，率趋捷径，罕重国文，于是秘籍善本，多为海外重价钩致，捆载以去。若不设法搜罗保存，数年之后，中国将求一刊本经史子集而不可得，驯至道丧文敝，患气潜滋。此则臣等所惴惴汲汲，日夜忧惧而必思所以挽救之者也。"（《中国古代藏书与近代图书馆史料》，李希泌、张椒华编，北京中华书局，1982）

次年，京师图书馆正式成立。当时馆址在什刹海后海北岸的广化寺。委缪荃孙为正监督、徐梧生为副监督。由于京师图书馆是在继承了宋、元、明、清四代皇家部分藏书的基础上建立的，当初创办时，学部即奏请内阁翰林院将所藏《永乐大典》数十百册，以及内阁大库"断烂丛残，不能成册，难于编目者，亦间有宋元旧刻，拟请饬下内阁翰林院，将前项书籍，无论完阙破碎，一并移送臣部，发交图书馆妥慎储藏"（见《学部官报》第 100 期）。同时购买了归安姚觐元"咫进斋"和南陵徐乃昌"积学斋"的私人藏书，以及甘肃省藩司采进敦煌石室唐人写经 18 箱 8000 卷。当时藏书量达十万册以上。辛亥革命后由北京政府教育部接管，并调江瀚为馆长。江到任后，首先查点旧有典籍，又先后调取天津、沈阳、吉林、黑龙江、河南、山西、广东、山东、江苏、江西、四川、浙江、福建、湖北、云南等省的官书。1912 年 8 月 27 日正式开馆接待读者。1915 年 8 月，夏曾佑任馆长后，根据前请奏案，由教育部咨行内务部，调运前热河避暑山庄所藏文津阁《四库全书》充实馆藏，并通令各省检送方志及金石拓本。

1925 年 6 月 3 日，中华教育文化基金董事会（该会为保管及处置美国第二次退还庚款之机关）第一次年会，议决文化事业暂从图书馆入手，报告称："北京为人文荟萃之地，宜有规模宏大的图书馆，以广效用，又以教育部原有之京师图书馆所藏中文书籍甚善，其中且多善本，徒以地址偏僻，馆舍亦复简陋，致阅览者多感不便。如能两方合办并择适宜之地建筑新馆，则旧馆书籍既得善藏之所，而新馆亦可腾出一部分经费为购置他种图书之用。爰于十月间与教育部拟定合办国立京师图书馆。"该年 11 月，依约成立国立京师图书馆委员会，馆长为梁启超、副馆长为李四光。由于政局之故，图书馆由董事会暂时经营，并于 1926 年 3 月 1 日，改名为北京图书馆，后易名为北平北海图书馆。1928 年 7 月，改京师图书馆为国立北平图书馆，馆址在文津街。年底又迁至中南海居仁堂。

该馆藏书来源甚广，有得自文津阁《四库全书》，以及前北海图书馆者（有西文整套学术期刊及各项中西文书籍）、移存旧教育部图书室者、历年购存中外新旧图书、受赠图书、接受呈缴图书、征购之中外舆图、征购之金石拓片、接收平津区图书处理委员会委托保管之书。计藏中文书约 60 万册，西文书约 15 万册，日文书约 40 万册。在四十年代后期，中文书购入者，有聊城杨氏海源阁旧藏宋元刊本，包括驰名宇内之四经四史以及罕见古籍。此外，零星采购之善本书约 200 种。普通书则以东莞伦氏续书堂藏书最为重要，约 1800 种，又零星采购 600 种。受赠善本书 56 种、普通书百种。

京师图书馆的旨趣在辅助科学之研究，故对于各学术资料尤予以充分注意。1926 年 4 月，又发函世界各重要团体与国内各学会及藏书家，征求出版品。以古籍图书来说，刘翰怡即赠以《嘉业堂丛书》49 种、《求恕斋丛书》12 种、《留余草堂丛书》8 种、《旧五代史》《郑堂读书记》《毛诗正义》《台学统》《中兴典故汇记》《柔桥文抄》等书。为了扩大馆藏，北平馆还设法征求各种图书文献，家谱即是其一。据该馆编《北京图书馆月刊》第一卷一号，载有《征求家谱启事》："家乘世系，历代所尊，凡在清门，罔不崇宝，旷观寰宇，莫与比伦，实我民族精神之所寄焉。顾曩或藏之宗庙，遂罕流传，抑或散衍四方，时难修订，则有追源溯本而间缺无征者，亦有异地同修，而彼此相失者。至于僻俗甚或托付缁流而代远，竟莫之能究者，是皆未谋传布有以致之。本馆不自量度，窃拟荟萃万宗，庋为专藏，用启后昆景仰之思，亦著先哲行言之识，意必于史迹多资考镜，学术有所发明，海内名家其亦许之乎？倘蒙玉牒颁存，则馆藏增光荣幸靡既，不胜翘盼之至，兹用虔敬征求，敢待明教。北京图书馆谨启。"此启事一出，不少人将家藏珍贵族谱、家谱、系谱、支谱等捐给了北京图书馆，这在北京图书馆早期的年度报告中所列私人、机关捐赠图书目录中即可一览无遗。

早在 1919 年元月，京师图书馆即就采购图书有《呈教育部谨拟征集图书简章文》，其文曰："窃维中国书籍自清初建设四库搜采之后，迄今二三百年，公家久未征求，散佚之虞，匪可缕举。私家为图书建筑馆宇者，实属寥寥。一遇刀兵水火之灾，无力保全，最易毁灭。绛云之祸，前车不远，一也。私家藏书最久者，海内独推宁波范氏，然天一阁之书今亦散佚，盖子孙不能世世保守勿失，二也。海通以来，外人搜求中国善本孤本之书，日盛一日，售主迫于饥寒，书估但图厚利，数年之后，势必珍篇秘籍尽归海外书楼，中国学者副本亦难寓目，三也。名人著作及校本未刊行者，指不胜屈，亦有子孙无力刊行尚知保守者，但数传之后或渐陵夷，心血一生，空箱饱蠹，四也。且当四库搜采之时，佚书尚多，加以二百年来名臣学士项背相望，著述之多，尤当及时征集。敕馆虽限于经费不能放手购求，但抄录校雠，或者尚易为力。况热心之士苟知公家保存可以长久，或且乐意捐助，亦未可知。总之，在馆中能多一册书即学术上多受一分利益，倘或再稽时日，窃恐异时征求更属不易。"

基于此，该馆当时广购古籍善本，而以明刻本为多。其中稀见者如明嘉靖刻本《皇明太学志》《方山全集》，明刻黑口本《历代名臣奏议》，万历刻本《国朝典汇》等。明抄本如《明名人传》《金小史》，明蓝格抄本《密谕录》《阁谕录》《拟礼志》《明英宗实录》、《永乐大典》（6册）等。旧抄本如《明史》《左司笔记》；明末毛氏汲古阁抄本《切韵指掌图》；明内府抄本《宋遗民录》等。稿本如孙承宗《督师奏疏》、焦循《里堂书品》等。批校本如鲍廷博校《颜氏家训》、黄丕烈校《芦浦笔记》、孙星衍校《孙子》、莫友芝校《封氏见闻记》等。

1927年，这一年中北京书市颇见萧条，而时局不宁，私家藏书多不能守。京师图书馆限于经费，故购入普通古籍较多。善本中购有宋刻本5种，如南宋刻本《周礼》《册府元龟》《国朝诸臣奏议》《李太白集》。元刻本6种，有《事文类聚》《四书章图》及《师子林天如和尚剩语集》等。而整批购入者有李慈铭越缦堂藏书，凡为书9000余册，内有李氏批校之书2000余册，尤以史部书为多。1929年3月，王国维去世后，他的藏书中有190余种、700余册，为该馆购入，这批书数量虽不多，但皆为王氏手批手校之书。王氏生平遇有善本，必移录其佳处或异同，间有发明，则别作识语，故颇有学术价值。

从三十年代以来，北平图书馆（1928 年 7 月，由京师图书馆改为北平图书馆）每年均有不小的收获，这促使它的馆藏古籍及善本书增幅极快。如1930 年 7 月至 1931 年 6 月这一年中，北平馆采入的中文善本书，其丰美直开以前未有之记录，以词曲小说举例，该馆过去收藏此类图书不少，但罕见本不多，此年购得武进董氏藏戏曲之半，始蔚为大观。其中如息机子辑《古今杂剧》25 种、邹式《金杂剧》三集残本 10 种，明刻本传奇《樱桃梦》《题红记》《玉环记》《浣纱记》等。此外在北平还购到如《绣刻演剧》52 种，内有富春堂刻本凡十余种，又收得明刻本《灵宝刀》，凌氏刻《绣襦记》《拜月记》《红梨记》三种。综合多年所收明刻本戏曲共在 160 种左右，合之清刻本，总数在 300 种以上，且不算寻常之本。1932 年 7 月至 1933 年 6 月除了收进宁波天一阁的旧藏多种外，又购得贵阳陈田诗听阁所藏明代别集 600 种，其中约五之三不见四库总目著录，五之一不见《千顷堂书目》载入。又海盐朱希祖家藏戏曲书籍中抄本居半为清升平署旧物，大小名剧凡 500 余种有关近代戏曲史之重要史料。其他明清刻本中有如《祝发记》《白蛇记》《南北乐府》《绾春园》《时调青昆》等。而小说中有如明万历刻本《金瓶梅词话》《三国志演义》《西游记》等。

又如 1934 年 7 月至 1935 年 6 月购入元大德九路本《后汉书》及闽刻《续宋中兴编年资治通鉴》《宋季三朝政要》，皆内阁大库旧物，可配补该馆之缺。又《无冤录》一书，乃清初季振宜旧藏，后附宋傅霖《刑统赋》一卷，亦难得之秘籍。而明刻本中名目繁多，美不胜指，有王士琦《三云筹俎考》、张元汴之《馆阁漫录》、叶盛之《西垣奏草》、张瀚之《安南奏议》、赵世卿之《司农奏议》、潘埙之《淮郡文献志》等。戏曲中则以屠隆校刻之王董西厢为最名贵。章回小说则有《东西汉志传》《三国志传》可与通行本校勘。此外抄校本也多罕传之帙，如刘振撰《识大录》52 巨册，以纪传体载明初至隆庆间史事。又李文田手校明抄《国朝典故》30 册，也较其他抄本为完善。另收得历朝方志甚多，其最罕见为《（嘉靖）山海关志》《（万历）应天府志》《（万历）严州府志》《（顺治）太湖县志》《（康熙）云南通志》《（康熙）平阳府志》《（康熙）安州志》《（康熙）凤阳府志》《（康熙）兴国府志》《（雍正）广西通志》等，足使该馆生色不少。

早期，北平馆的善本（指刻本书）与抄本均各另室另橱庋藏，并用锁闭置，非取阅不开，以示郑重。而在 1933 年 7 月至 1934 年 6 月之间，该馆认为有清一代刻书之精，超越前古，其精刊精印之本价值渐与宋元版相埒，又以名著稿本发现日富，亦宜及时藏购，于是有善本乙库之筹设。其明本以上之书仍储之旧善本室，名曰甲库。自清初以来精刊精印、孤本稿本、批校及罕传之书皆藏乙库，如内阁大库所存清初方志，清代赋役全书，升平署剧本及档案，名著稿本，名人批校本，清代殿本书，精刊精印各书。《浙江省立图书馆月刊》1 卷 2 期有《国立图书馆概况撷要》中，对北平馆库藏作了较为详细的统计：宋刻本 129 部、2116 册；宋写本 2 部、51 册；翻宋本 13 部、103 册；仿宋本 2 部、34 册；影宋本 15 部、93 册；校宋本 50 部、313 册。金刊本 2 部、文津阁藏本，完全无缺，计经史子集四部 103 架、6144 函、36300 册，另有分架图书 4 函、4 册；殿本《四库全书总目提要》20 函、124 册。唐人写经 8561 卷，以及舆图、拓片等甚多。

除了购买古籍图书之外，也有不少著名学者、藏书家或他们的后裔，也将家藏古籍寄存、捐赠给北平图书馆，以作典藏。据 1929 年 7 月至 1934 年 6 月的统计，先后在该馆寄存和赠送的有前馆长梁启超遗族根据梁氏口头遗嘱，将梁氏生平所藏全部图书送馆寄存，共 2831 种、41474 册（不包括新书），并有梁氏墨迹、未刻稿本、私人信札等。福建人叶可立（于沅）收藏其闽中旧族藏书甚富，将存放在北平的琴趣楼藏书全数寄存该馆。深泽王勤（孝箴）将其洗心精舍旧藏 800 余种寄存。后王氏以所藏让与范阳望族蒋秀武，蒋又赠与北平馆。1935 年，又接受瞿宣颖寄存之补书堂藏书，共 1811 种、59769

卷（外 422 种为不分卷）。

抗日战争全面爆发之前，即九一八事变后，国民政府即决定将该馆善本书和故宫古物一起南迁，移存上海，以确保安全。当时送往上海的部分，除善本书籍甲乙库 5000 余种、6 万余册外，尚有敦煌写经 9000 余卷、金石碑帖数百件（如汉熹平石经残石、周鼎、楚器、铜镜、古钱及梁启超家属寄存碑帖等），均存放公共租界仓库。当时在上海主持北平馆驻沪办事处工作的钱存训先生，曾有回忆其时设法将北平图书馆善本书运美经过的文章。据钱先生的文章，太平洋战争发生以前，国际形势及上海租界内的情形日趋紧张，有关方面深恐存书也遭不幸，于是该馆又奉当局密令将这批珍籍运往美国国会图书馆存藏。北平图书馆馆长袁同礼先生曾向美国驻华代表磋商，并由当时驻美大使胡适先生通过美国国会图书馆的关系，拟将存沪的善本书再度迁移，运美保管，等战争结束，再物归原主。当时还决定，此批善本并在美拍成缩微胶片，以便留得副本。但是，当时上海存库善本太多，无法全运。于是在1941 年初，袁同礼先生冒险亲自到沪布置一切，并由当时在美国国会图书馆作研究的王重民先生回沪，协同徐森玉先生挑选出一部分较重要的资料，装成 102 箱，箱内用铁皮密封，以防潮湿。这 102 箱善本书，总共 2800 余种、约 21000 册。有宋版书 75 种、金版 4 种、元版 131 种、明版近 2000 种、抄本 531 种，其余则为清代及朝鲜、日本刻木活字本。宋版书中有《册府元龟》《三松集》，以及著名的宋刻南北朝七史。元版有如张伯颜刻本《文选》等。明版中，有地方志 380 种；乡试录、登科录 48 种；明代文集近 500 种；而词曲杂剧部分则有《顾曲斋元人杂剧选》《盛明杂剧》《玉夏斋传奇》《墨憨斋新曲》等。抄本中最著名的为《永乐大典》和明代历朝实录。《永乐大典》有 62 册，为清代翰林院所藏之劫余，后来拨归学部图书馆。这些善本可以说是当时北平图书馆馆藏的精华了。

这批善本如何运美，当时拟定了两套方案。一为通过上海海关丁某帮忙，由商船运美；二是由美国派遣军舰到沪接运，但是，两套方案都遇到困难。后由钱存训先生通过海关张君，将这 102 箱书化整为零，分成十批交商船运送。每批约十箱，用一中国书报社的名义，开具发票报关，作为代国会图书馆购买的新书。发单上开明的都是《四部丛刊》《图书集成》等大部头新书，但箱内所藏，却全是善本。送到海关后，箱子并不开启，即由张君签字放行。这样，从十月开始，每隔几天，当张君值班时，便送一批去海关报关。前后经过两个月的时间，最后一批便于 1941 年 12 月 5 日由上海驶美的哈里逊总统号（S·S.President Harrison）号装运出口。据钱存训先生回忆，如此紧张的工作，刚刚结束，突然 12 月 7 日珍珠港事变发生，日美正式宣战，同时日军进驻租界，接着攻占中国香港、越南、新加坡和菲律宾。不久见报载哈里逊总统号已在去马尼拉的途中被截，当时以为这最后一批善本，如非失落，必被日军俘获。后来到了次年 6 月初，忽然上海方面的报刊刊登了一则由里斯本转发的海通社电报，谓美国国会图书馆在华盛顿宣布，北平图书馆的善本书籍 102 箱，已全部到达华盛顿，即将开始摄制显微书影云云。但是，这最后一批书箱是如何到达美国，至今仍是一个谜。

1947 年春天，钱存训先生奉教育部之委派，赴美接运这批战时存美的102 箱善本书回国，一切手续都已办妥，可是上海仓库拥挤，没有地方存放，后来又因平沪之间交通断绝，即使接运到沪，也无法运返总馆，因此，又奉命从缓。1965 年 11 月 23 日，这批善本书由美国运至台湾基隆，由台北"中央图书馆"保存，暂时结束了这一段流落海外的公案。

在抗日战争期间，北平馆曾一度停止馆务，后为华北政务委员会教育总署派人接收。在北平沦陷后，该馆奉教育部令暂在长沙设办事处。1938 年奉令迁昆明。1945 年胜利复员，原留平馆图书公物幸无损失，即前存美存港之善本书，亦已次第运回，得复旧观。抗战胜利后，该馆请得专款，从天津存海学社新记购入杨氏海源阁藏书 92 种、1207 册，并建立专室收藏。

据《国立北平图书馆馆务报告》(1929 年 7 月~1930 年 6 月),该馆之"政策"中指出,"本馆为行政机关,而非研究机关,其性质与科学研究院迥不相同,故其事业不在研究本身,而在如何供给研究者之便利。本年度中举办之事业如: 1. 各种索引之编制; 2. 孤本书籍之翻印; 3.《宋史》之校勘; 4. 李慈铭遗书之整理: 5. 专门目录之编制; 6. 北平各图书馆西文书总目录之编制等,其宗旨均不外此。惟本馆事实上既为中国最大之图书馆,关于目录校勘、版本考订诸问题,各方面前来咨询者颇不乏人,爰就所知或研究所得,藉各种出版物发表之,以供社会参考。"当年的北平图书馆,出版有《李慈铭读史札记》、《越缦堂文集》、《宋会要辑稿》、《珍本丛书》6 种、《善本丛书》初集 12 种和二集 12 种、《越缦堂日记补》、《孙渊如外集》、《楚器图释》等;影印珍本有《全边略记》12 卷、《通制条格》30 卷、《埋轮亭》2 卷、《郁冈斋笔麈》4 卷、《平寇志》12 卷、《鸦片事略》2 卷等;参考工具书则有《国学论文索引》一至四编、《文学论文索引》一至三编、《清代文集篇目分类索引》、《中国边防图籍录》、《丛书子目类编》、《清代文史笔记索引》、《汉满蒙回藏五体清文鉴索引》等。

二、南京国学图书馆

南京国学图书馆是中国最早的具有一定规模的公共图书馆。清光绪末年,苏抚端方赴欧考察归来,盛道泰西之文明首在图书馆之美备。光绪三十四年(1908),端方任两江总督,在南京奏准清廷创设江南图书馆,馆址在南京龙蟠里的惜阴书院旧址。其创建图书馆折云:"窃维强国利民,莫先于教育,而图书实为教育之母。近百年来,欧美大邦兴学称盛,凡各都巨埠皆有官建图书馆,闳博辉丽,观书者日千百人,所以开益神智,增进文明,意至善也。臣奉使所至,览其藏书之盛,叹为巨观。回华后,敬陈各国导民善法四端,奏恳次第举办而以建筑图书馆为善法之首。""江浙地方建立文宗、文汇、文澜三阁,尽出四库之藏,以惠东南人士,而扬州、镇江得其二,由是江左学风冠冕全国。江宁为省会重地，自经粤乱，官府以逮缙绅之家，藏书荡然，承学之士将欲研求国粹，扬榷古今，辄苦无所藉手，爰建议于城内创立图书馆。旧时扬、镇两阁恩赐秘籍，久罹兵燹，拟即设法传抄，次则四库未收之书以及旧椠精抄之本，兼罗并蓄，不厌求详，至于各国图书义资参考，举凡专门之艺术、哲学之微言，将求转益多师，宜广征书之路，惟是购书经费所需较巨，亟应先立基础，徐议扩充。适有浙中旧家藏书 60 万卷出售，已筹款七万余元，悉数购致。此外仍当陆续采购，务臻美备。并由臣延聘四品卿衔翰林院编修缪荃孙为图书馆总办，檄委前江浦县教谕陈庆年为坐办，候补同知琦珊为提调，其司书编校各员均经分别委派。"（见《国立中央大学国学图书馆小史》，1929 年）

端方折中所谓"浙中旧家"，即丁氏嘉惠堂和八千卷楼。清光绪间，海内数收藏之富称瞿、杨、丁、陆四大家，而丁氏奋起诸生，搜罗古籍，影响于江浙两省，其藏书悉为江南图书馆购藏，馆储丁氏之书，宋刻本有 40 部，元刻本 98 部，明刻本 1120 部、旧抄本 84 部，四库底本 36 部、稿本 14 部，日本刻本 34 部，高丽刻本 9 部，合计 2000 余种。从此，私家藏书归为公有。辛亥革命以后，该馆曾多次易名，民国元年（1912）2 月更名为江南图书局，7 月改名为江苏省立图书馆；八年（1919）改称江苏省立第一图书馆；十六年（1927）6 月改名为第四中山大学图书馆；十七年（1928）2 月改称江苏大学国学图书馆，5 月改名中央大学区立国学图书馆；十八年（1929）10 月 4 日，始更立馆名为江苏省立国学图书馆。1952 年，国学图书馆并入南京图书馆。

丁氏书外，又有武昌范月槎藏书 4557 种。范氏在同治、光绪间有诗名，然仕宦偃蹇不得志。所藏以集部为多，其后以负公帑，举书以偿。又有宋教仁（渔父）遗书，宋曾助孙中山，为法制院院长、北京政府的农林总长，后主持党务，联合五政党改组国民党，助赵秉钧组阁，调和南北意见。宋卒后，以其身后无所归，由江苏省署发交该馆储藏，所藏多为普通习见之本。当时馆中善本，分藏甲、乙、丙三库，甲库所贮，均丁氏八千卷楼珍藏善本，每书有丁丙手写签语。乙、丙二库，亦泰半为丁氏书，木樨轩馆范氏藏书，居十之二三。1922 年至 1923 年以后，该馆经费支绌，增购书籍寥寥可数，仅于1920 年江苏省署拨款 2000 元收购山阴薛一鹗家藏清代名人手札 76 册。

据统计，自开办至 1930 年止，国学图书馆藏书凡 24151 部、450692 卷、173978 册（内不分卷 2554 部）。其中宋版经部 8 部、183 卷、161 册，史部14 部、1207 卷、405 册，子部 7 部、155 卷、78 册，集部 11 部、225 卷、94册。元版经部 26 部、630 卷、212 册，史部 26 部、1908 卷、703 册，子部 25部、779 卷、354 册，集部 28 部、778 卷、249 册。明版经部 229 部、4166 卷、1922 册，史部 416 部、22232 卷、7430 册，子部 856 部、20148 卷、6086 册，集部 1023 部、28075 卷、7988 册。丛书 35 部、4030 卷、1142 册。地方志 22部、226 卷、130 册。四库底本 16 部、120 卷、46 册。名人稿本 13 部、75 卷、53 册。1928 年以前所藏善本为 2603 部、60828 卷、18785 册。但从 1928 年始，至 1936 年止，该馆善本书的补充非常之少，每年新购入善本多在数种、十数种左右，从未有超过 20 种者。该馆的善本来源还有各方的捐赠、本馆的传抄以及影印本。而普通线装书，在 1928 年以前为 13259 部、267995 卷、97180 册。而 1935 年的统计，则增为 20789 部、336205 卷、130762 册。

国学图书馆曾设有传抄部，成立于 1927 年，以供外界人士传抄馆藏善本、孤本书籍，或向馆外接洽传抄馆内未藏之珍本秘籍，增入馆藏。传抄中之巨著，如向北京图书馆传抄之《永乐大典》，向刘氏嘉业堂传抄《明实录》等。在当时的条件下，于传播、流通古籍方面起了积极作用。

1937 年"七七"事变后，南京屡遭日机轰炸，在警报声中，该馆员工不分日夜，将馆藏丁氏善本书全部、武昌范氏精本，其他抄本、稿本、校本以及罕见刻本等 2 万余册，装就 110 箱，寄存故宫博物院南京分院地库。后形势险恶，又装运书籍 57 箱，3 万余册，运存兴化西仓。1940 年，兴化沦陷，江苏省立图书馆馆务停顿，寄存兴化北门外观音阁之书6808册多系木刻丛书及各省方志，亦被焚于火。其寄存北安丰中罗汉寺者，亦为日寇劫去。清季江南各公署档案6488宗及尚未清理者60余大篓，悉数被敌运去，闻多作旧纸售卖或遭焚毁。逐年印布，及存售各局印刻之书，更被掠之一空，直至胜利后，才先后将散失各处馆书，陆续装运回馆。

国学图书馆善本书目，最早有《江南图书馆善本书目》1册，所录皆为丁氏八千卷楼藏书归入该馆者，较之丁氏原有书目微有出入。1919年又编印《江苏第一图书馆覆校善本书目》4册。馆中写本目录有2种，一为《续提善本书目》凡5册。一为《阅览室书目》凡15册，均按经、史、子、集、志、丛六类编次。

三、国立中央图书馆

1928年5月15日，大学院在南京召开全国教育会议，通过王云五、韩安的提议，决议在南京筹设国立中央图书馆，由大学院计划进行。1933年，教育部令派蒋复璁为筹备委员，旋又派为筹备处主任，租用沙塘园七号民房办公。是年9月，经中央政治会议核定，筹备概算后，复添租双井巷房屋一所。1935年，购中央研究院成贤街总办事处房屋。1936年2月迁入。1937年"七七"事变发生，11月18日筹备处奉令西迁，次年2月中旬抵达重庆。1940年8月，奉令结束筹备事宜，正式成立中央图书馆。

在抗日战争之前，馆藏线装古籍以及善本书极少，这是因为该馆奉令筹设后，国内外的局势一直处于动荡不安之中，经费、人员、房舍等都显贫乏。当时央馆筹备处在京的经费每月仅四千元，抗战之初，曾减为一千元。在陈立夫任教育部长后，逐渐恢复原数。1940年成立后，始定为每月一万元，然仅供办公之用，实无余款采购善本图书。早期，教育部拨交北平旧教育部档案保管处收藏的图书46000余册，以及清顺治至光绪间殿试策千余册，由此作为藏书基础。但是这批书中，仅有《仁孝皇后劝善书》为明初内府刻本。

后虽接收南京国学书局（它的前身即是金陵书局，后称江南官书局）的藏书，但被认作善本书的却不多。此外零星购得少量善本，如明嘉靖刻本《龙江船厂志》、太平天国刻本《英杰归真》等。1940 年教育部向吴兴许博明家购得善本书 70 余种，拨归中央图书馆收藏。

国立中央图书馆于战事发生后，选择重要图书封存 263 箱，以事急时促，仅带出 130 箱。所有国学书局版图书 150 种亦均遗失。使中央图书馆的善本书收藏直线遽增的是在抗日战争期间，即从 1940 年 1 月 10 日起，至太平洋战争爆发止。抗战初期，上海成为孤岛，不少地方故家旧族收藏的古籍图书以及文献等，多遭敌骑洗掠，很难保其所有。大江南北文物，多沦煨烬，诸多宋元旧椠、珍本名抄，陆续散佚流出，且大多聚诸沪上书肆及旧书摊上。上海的古书市场较之战前更为活跃，北方书贾纷纷南下收购，美日诸国也在抢购。在这种形势下，留在上海的张元济、张寿镛、何炳松、郑振铎、张凤举等人目睹此一危机，莫不忧心忡忡，他们决定组织起来，为国家抢救古书文献。在国民政府教育部陈立夫及中英庚款董事会朱家骅的指导、关心和支持下，运用中英庚款董事会中存有中央图书馆的建筑费用作为购书经费，并由当时中央图书馆筹备处主任蒋复璁居间联络，组成"文献保存同志会"。经过两年艰苦的工作，克服了重重困难，为国家、为民族、为中央图书馆抢救收购了古籍善本共 3800 余种，其中宋元版本 300 余种。在抗战中，江南不少藏书家，如常熟瞿氏铁琴铜剑楼、赵氏旧山楼、南浔张氏韫辉斋、刘氏嘉业堂、张氏适园、苏州潘氏滂喜斋等家的图书，凡有散出者，大都归为国有，成绩极为可观。在这些善本书中，经部图书最少，子部图书颇为可观，而史部及集部图书则是精华所聚。当时的北平图书馆收藏的善本书共 3900 种，而郑振铎、张寿镛、徐森玉等人在上海所购善本书的数字差不多相当于北平图书馆数十年之积累，使得中央图书馆有如贫儿暴富，令人刮目相看。故郑振铎说：所购古书"不仅足傲视近来一切藏书家，且亦足以匹敌北平图书馆矣"（郑振铎致张寿镛 1940 年 9 月 21 日信）！除了在上海的抢救工作外，在香港由叶恭绰主持，负责购买自广东散出之书，所获也有相当数量。

抗战胜利后，教育部奉行政院令，将汪伪政府内政部长陈群泽存书库的藏书拨交中央图书馆。陈曾任北伐东路军前敌总指挥部政治部主任，后投靠汪伪。他在内政部长任内大肆购藏线装书，包括善本书。泽存书库在南京颐和路（后为中央图书馆北城阅览室，1949 年后，为南京图书馆古籍部所在地），藏新旧图书达 40 余万册，其中善本书计 4400 余部、45000 余册，以明刻本为主，宋元刻本及抄本、校本、稿本也占一定比例。重要者如宋刻本《大易粹言》《尚书》《隋书》《五代史记》《晦庵朱文公文集》《临川先生文集》等。稿本如清赵烈文《能静居日记》等。

1948 年，徐蚌会战后，江南情势紧张，中央图书馆奉令，自该年 12 月至次年 2 月，由徐森玉鉴定，将馆藏善本图书分四批（第四批未运出）运往台湾。第一批 60 箱由海军押送；第二批 398 箱（包括文物），由招商局负责运送；第三批为普通书 186 箱。据蒋复璁《国立中央图书馆当前的问题》（载《珍帚斋文集》，1985 年 9 月，台湾商务）一文所载，所运善本为宋刻本 201 部、3079 册，金刻本 5 部、16 册，元刻本 230 部、3777 册，明刻本 6129 部、78606 册，清刻本 344 部、3076 册，稿本 483 部、4337 册，批校本 446 部、2415 册，抄本 2586 部、15203 册，嘉兴藏 1 部、2241 册，高丽刻本 273 部、1494 册，日本刻本 230 部、2281 册，安南刻本 2 部、5 册。此外还有名贤手札、汉简、金石拓片等。

1934 年，中央图书馆曾影印《四库全书珍本初集》220 种、1960 册。并照四库原样影印经史子集各 1 种 6 册，由商务印书馆承印。1942 年，又将所藏善本图书，选其珍秘而切于实用者，影印为《玄览堂丛书》第一集 120 册，计有：1.张道宗著《纪古滇说集》一卷；2.许论等编《九边图说》不分卷；3.王在晋著《都督刘将军传》一卷；4.张鼐著《辽筹》二卷；5.欧阳重著《交黎抚剿事略》四卷；6. 上愚公著《考略》不分卷；7. 佚名著《安南辑略》三卷；8. 杨时宁著《三镇图说》三卷；9. 梁天锡编《安南来威图》三卷；10. 杨一葵著《裔乘》八卷。1947 年，又影印第二集 120 册，计有：1.《皇明本纪》不分卷；2. 明孙宜撰《洞庭集》四卷；3. 明何崇祖撰《庐江何氏家记》不分卷；4. 明戴笠、吴殳撰《怀陵流寇始终录》十八卷、《附录》二卷；5. 明周文郁撰《边事小纪》四卷；6,《倭志》不分卷；7. 明谢杰撰《虔台倭纂》二卷；8. 明钟薇撰《倭奴遗事》一卷；9. 明王一鹗撰《总督四镇奏议》十卷；10. 元孛兰肹等撰《大元一统志》存三五卷；11. 明陈循等撰《寰宇通志》一二九卷；12. 明郭棐撰《炎徼琐言》二卷；13. 明王临亨撰《粤剑编》四卷；14.《荒徼通考》不分卷；15. 明慎懋赏撰《四夷广记》不分卷；16. 明黄正宾撰《国朝当机录》三卷；17.《嘉隆新例》三卷；18. 明何士晋著《工部厂库须知》十二卷；19. 明李昭祥撰《龙江船厂志》八卷；20. 明郑成功等撰《延平二王遗集》不分卷。

四、浙江图书馆

1949 年以前，浙江公共图书馆只有两所，一为浙江省立图书馆，一为温州籀园图书馆（初名温属公立图书馆）。清光绪二十八年（1902），学政张亨嘉建浙江藏书楼于大方伯里，订有阅借章程，然名为藏书楼，则尤重藏不重阅。宣统元年（1909）春，巡抚增韫奏请建设图书馆，将藏书楼与官书局归并扩充。次年夏，增韫又请给文澜阁旁空地为馆址，第二年夏兴工，于民国元年（1912）落成，于是移文澜阁书于其中。可以说，乾隆时文澜阁的建置，实为浙江图书馆藏书之渊源。民国二年（1913）3 月 25 日开幕，而改藏书楼为分馆，其名称则初为浙江图书馆，藏书凡 7 万卷，继而在 1916 年 1 月更名浙江公立图书馆，直至 1927 年再改为浙江省立图书馆。

浙江图书馆的藏书，早期分保存、通用二类。据 1932 年的统计，保存者为文澜阁本《四库全书》36278 册，宋元明刻本、精抄名校本等共 13178 册。

通用类者为普通图书、杂志，其中线装书为103496册。宋元明刻本的来源有购入者，有捐赠者，有前浙江高等学校移藏者，大率购入者居多。由于经费有限，未能多购，据《浙江省立图书馆月刊》一卷二期所载，1933年全年购书经费每月700元，其中购线装书费用仅为20%，也即140元而已。

因为经费不足，该馆对于善本书籍鲜有续购，1931年时，购入单不庵先生遗书，其中有明刻本若干部。又于古本、精抄本价不甚昂者也略有所购。浙馆藏宋元版甚少，宋版仅有《周礼注疏》《礼记注疏》《春秋左传注疏》3部，即嘉靖以前刻本也不多。据统计，该馆明万历以前刻本有79部、万历至崇祯间刻本为316部。1932年，该馆曾有续征省县方志及乡贤遗著之计划，但经费、人力有限，所得甚鲜。1933年10月，浙馆以三千元巨款购入孙氏寿松堂旧藏宋刻本《新刊名臣碑传琬琰集》107卷，共32册，以为镇库之宝。1934年春，又以低价购到国内著名算学家裘冲曼先生双啸室藏算学图书，计300余种、1298册。其中多罕见之本，有明刻本2种、稿本2种、抄本8种，清刻本尤多。

对于浙江图书馆来说，文澜阁本《四库全书》是他们的骄傲。据《两浙盐法志》，文澜阁本《四库全书》凡35990册，太平天国战争中，阁毁书散，丁申、丁丙兄弟两人于流离转徙中搜购凡9062册（同治十三年止），其后百计补抄，自光绪八年至十二年冬，成书2800种，合前共得28000册。全书虽大部补得，而待访尤多。之后又有两次大的补抄工程，一为乙卯（1915）补抄，前馆长钱恂发起以集款补抄，筹得公款及私人捐赠合6200余元，补抄缺书缺卷，计33种，共268卷，又购回已有丁抄之旧抄残本182种。一为癸亥（1923）补抄，由于张宗祥长浙江教育厅，倡议续前人未竟之续，募集捐款从事补抄，浙督卢永祥捐银4000元，张元济、刘翰怡、周庆云等46人又集款12200元，先就杭州所有者补之，继而赴北京借文津阁本抄其缺者，补其漏者，并逐册详校，费时二年，竭写生200余人之力，凡补抄缺卷缺书共211种、4497卷、2416册。至是文澜阁本《四库全书》除略有缺卷外，已得复其全璧。自丁氏拾残之始，迄抄补完成凡六十二年，而阁书得全。至1926年7月，文澜阁本《四库全书》实存3459种、36278册。

1937年冬，日寇攻陷杭州，浙馆于事先仓皇撤退，因交通困难，图书分批搬运。《四库全书》初移富阳，再移龙泉，三移贵州，四移重庆；其他善本，则移龙泉后，又移庆元；较普通之书，则随馆一迁丽水，再迁青田之南田。其不及搬出分藏杭州民家者，被敌伪查得劫收，设立伪图书馆。战争中浙江省立图书馆总馆书库四层及钢骨书架全毁，馆藏之石印《古今图书集成》与《四部丛刊》《四部备要》《万有文库》以及各种中外图书、杂志、日报合订本，损失约10万册。印刷所已印成之国学图书数千部完全损失。馆藏之《张氏医通》《算法大成》《大学衍义》《槜李丛书》《近思录》《洗冤录》《入幕须知》《素问直解》《素问集注》《先后遗规》《聂氏重编家政学》《善本书室藏书志》等木刻书板，共计缺少2000块。《淳化阁石刻帖》石，损失163块。1945年，抗战胜利，全馆返杭，《四库全书》及善本先后运回，并接收伪图书馆劫余图书。经此浩劫，损失图书10万余册。

后来的浙江图书馆陆续搜集图书达20万册以上，卷帙繁富。浙江馆编辑出版之书目、专刊、专著甚多，近20种。除《壬子文澜阁所存之书目》5卷（钱恂编）、《浙江省立图书馆通常类书目》（章篯编，收1924年以前该馆藏非善本之线装书）、《丛书子目索引》（金天游编，收馆藏丛书凡390余种、子目12000余条）、《别集索引》（收该馆1930年以前所藏诗文别集）、《文澜阁目索引》（杨立诚编）。其善本书则编有《浙江省立图书馆保存类图书目录》（章篯编，收1921年以前该馆所收的善本书），此外又有《善本书目续编》，自明刻本外，亦及清季焚毁诸书及抄本、稿本，所收较泛，为1922至1930年该馆续收善本之目。《善本书目题识》（陆祖谷编），1932年出版，为该馆历年所藏善本中之宋元明刻本。所谓题识，乃"分别著其书之卷数、撰人、版本之年代刊者与其他考证，有印鉴者录其印文，有圈注者明其手笔，唯于书之内容，无论通行本与否，皆不叙及，与提要例不同，故曰题识"。书分 4 卷，卷 1 计宋元本 22 种；卷 2 为明本甲，收明嘉靖、隆庆以前刻本，凡书 73 种；卷 3、4 为明本乙，著明万历、天启、崇祯刻本，其中卷 3 为经史之属，凡 96 种；卷 4 为子集及丛书之属，凡 104 种。又编有《浙江图书馆馆刊》（双月刊，原名《浙江图书馆月刊》），1932 年 3 月创刊，以提倡学术、介绍书报、传达图书文化消息、促进图书馆事业为宗旨。内容有评坛、论文、提要、消息、书目等栏。1933 年改名为馆刊。《文澜学报》，1933 年创刊，为年刊。以阐扬浙省学术，导扬学风为主旨。内容多载专著，亦列文苑、书评等，惟不载馆务杂稿。

浙江图书馆收藏古书之旧版片也多。当时，杭州汪氏振绮堂后裔捐入先世刊版 32 种、5761 块，丁氏八千卷楼全部刊书版片 18400 余块，永康胡氏退补斋家刊《金华丛书》《续金华丛书》版片数千块，以及寿春孙氏小墨妙亭、富阳夏氏灵峰精舍、慈溪冯氏、山阴樊氏等先后捐存或寄托者，总共 23 万余片，这在全国来说，实无有出其右者。

五、其他公共图书馆

一般来说，许多公共图书馆成立后，它们的藏书基础多是以私人藏书家所藏为主，而后再广收博求。如浙江宁波，民国成立后，废除道府，改为六邑公会（六邑为鄞县、慈溪、镇海、奉化、象山、定海），为纪念薛福成，名为薛楼，将薛福成、吴引荪（有福读书堂）二氏所赠古籍全部庋藏于此。这是宁波有公共图书馆的开端。此后，又接受当地士绅张美翊的部分藏书。至 1927 年时，藏书已有八九万卷。籀园图书馆创立于 1919 年，是为纪念瑞安孙诒让（字仲容，号籀顷），而由地方人士发起成立。经过历任馆长的多年搜集，使温州地区自唐宋以迄民国的诸家存世论著，基本上得以保存。古籍图书主要以瑞安孙氏玉海楼、永嘉潘鉴宗养心寄庐、永嘉黄溯初敬乡楼、永嘉梅氏劲风阁的旧藏为基础，由 1942 年的 43000 册到 1949 年增为 10 万余册。

民国肇建以前，江西并没有图书馆的设立。有宜丰胡思敬者，历官御史三年，积书盈屋，宣统三年（1911）辞官南下，将书尽行携归南昌，筑问影楼于东湖东岸，藏书其中，题额为"退庐图书馆"。累年又复添购，凡有书40万卷，许人入内阅览。民国以后，胡思敬将其个人藏书，全部移作公共图书馆，供大众阅览，嘉惠士林。到了民国九年（1920）12月，江西省教育厅厅长许寿裳，有鉴于此，于是筹备设立公立及通俗二图书馆于南昌。民国十一年（1922）正式成立。至民国十六年（1927）欧阳祖经任馆长后，力谋发展。并以市中心百花洲为江西省图书馆馆址，次年营造新馆，并以四楼庋存线装古籍。欧阳祖经十分重视访求古籍，搜得不少明、清及近代精印本。对于江西地方文献，更是千方百计访求，在他馆长任内，江西省、府、县志几乎齐全，仅缺瑞金、石城、浮梁三县，后请人补抄得全。其又收集江西历史人物著作，嘱人编成《馆藏乡贤著作目录》。此外，他对于江西所刻的各种古籍版片，也予以设法保存，先后所得嘉庆年间南昌府学所刻阮元所校《十三经注疏》，同治、光绪年间江西书局所刻《江西通志》《五种纪事本末》《武英殿聚珍版丛书》《黄山谷全书》等82种。至于胡思敬辑刻《豫章丛书》104种的版片也收集齐全。后又购得南城李之鼎《书目举要》以及《通鉴辑要》《彭城集》《公是集》等109种。

1915年，江苏省无锡县立图书馆、常熟县立图书馆先后成立。据1926年严尧钦编《无锡县立图书馆藏书目录》，其中线装古籍经部书724种、2249册；史部书1233种、10795册；子部书2741种、5057册；集部书1375种、7114册；丛书11450种、4800册。（据《无锡文史资料》陶宝庆《无锡近代图书馆史存》）古籍图书的来源，率多由本邑学者名流和私人藏书家捐赠，而其中乡贤著作、地方文献较多，为其特色。1920年刘书勋从当时16000余种馆藏中，检出乡贤著作900余种，凡七十姓，编成《无锡县立图书馆乡贤书目》。1929年秦毓钧又编印了《无锡县图书馆善本书目》。常熟县立图书馆在筹馆之初，为丰富馆藏，印有"图书馆征文启"。文谓："……大雅宏达之彦，有愿出其藏家秘书珍籍公之于世者，当题名于壁以志勿谖。或寄存善本以供阅览者之寻绎者，亦当什袭宝藏以尽职守。他日聚书既多能收昌明国学启发新知之效，功施一州一邑而其泽广被天下，则诸君子所以嘉惠多士者良非鲜也。"首任馆长铁琴铜剑楼主人瞿启甲率先捐出部分藏书 400 余册，邑中丁芝孙、邵伯英诸家纷纷也将家藏图书捐出，成为该馆馆藏重要基础。开馆一年后，藏书达 2400 种、23227 册。至 1927 年，藏书已达 5 万余册。

有的公共图书馆的前身属于书院的藏书楼，如云南省图书馆，就是在经正书院藏书楼以及五华、育材书院藏书的基础上而发展起来的。经正书院藏书楼开办于清光绪十七年至二十八年（1891~1902），是清代云南最后一个书院，藏书不多，但趋于实用。当时，浙江图书馆袁嘉谷先生曾将浙江书局刻板归浙江馆印刷的书送给云南馆一套，如浙刻《九通》《绎史》《二十二子》等数十种。云南地处边疆，交通不便，故采购图书较为困难。当时昆明市内的一些旧书店受该馆委托，凡收到该省方志、稿本、抄本等，都优先供给该馆。昆明书贾华世尧（允三）琴砚斋停止营业后，遗书也全部为云南馆购入，包括许多云南旧刻本。民国初年，从鸡足山放光寺移送该馆收藏的刻本藏经中，就有宋代《思溪圆觉藏》、《碛砂延圣藏》、元代杭州《普宁藏》、明代南京刻《南藏》、北京刻《北藏》以及明末嘉兴刻《径山藏》等。至 1938 年时，该馆善本及重要图书约有 5 万册。云南馆对于地方文献收集甚多，并辑刻《云南丛书》，计初编 152 种、1148 卷，二编 53 种、254 卷，书版总计 6 万余片。此外又收藏了不少其他书籍的版片。

新疆的公共图书馆成立较晚。辛亥革命后，民国督军杨增新为顺应时代潮流，于 1912 年撤销提学使，设置教育司（1918 年改为教育厅）。于 1913 年 4 月，在乌鲁木齐筹设了通俗图书馆，并以现洋八百元从内地购来"新学派"图书 1200 册，公开供人阅览。1926 年，新疆发生"七七"政变，军务厅厅长樊耀南刺杀了杨增新。金树仁又镇压了樊耀南，没收了樊耀南的藏书，并利用某官僚的住宅，设立新疆省立图书馆。其中有樊耀南私人藏书及原通俗图书馆藏书，还有社会各界捐赠的书籍，共计5000多册（部）。1938年10月，迪化民众教育馆成立，并附设图书阅览室，除接收了原省立图书馆藏书外，并收缴桂芬"逆产"古籍2000余册。抗日战争时期，乌鲁木齐市各机关、学校都设立图书馆，但对古籍图书不予重视。1940年，教育厅清理书库，竟将一批储藏多年的《新疆图志》《补过斋文牍》，甚至《资治通鉴》《太平御览》等古籍都当作废纸处理了。

贰、私立公共图书馆对于古籍的搜集与整理

私立公共图书馆中，最重要的首推合众图书馆。合众图书馆筹设于1939年抗倭之际，旨在保存国粹，联合气谊相投之友，各出所藏，以期集腋成裘。那时，在日军占领下的上海，租界形成"孤岛"，当时在这里的文化学术界知名人士张元济、叶景葵、陈陶遗、陈叔通、李宣龚等深忧图籍的散亡，于是发起创办图书馆。张元济特请正在燕京大学工作的顾廷龙辞职南下负责建馆事宜。同年八月由叶景葵、张元济、陈陶遗三人主持成立筹备处并组织董事会。在陈叔通拟订的图书馆组织大纲及董事会办事规程中，明确该馆创办的目的是搜集各时代各地方的文献材料，供研究中国及东方历史者参考，是为保存中国固有文化而设的专门国学图书馆。这是因为处在那时特定环境下，想使日本侵略者不加注意，免遭嫉忌而被摧残。又由于图书馆的创办，首先是通过征集各私家藏书而成事，因取众擎易举之义，命名"合众"。它的藏书基础，首先是几位发起创办人所捐赠的家藏，他们将数十年甚至毕生搜集的珍藏无条件献出，并且各具特色。如叶景葵，家藏全部宋、元、明、清各代的刻、抄、校、稿本，尤以未刻稿本为多。张元济，数十年收藏的善本以及旧嘉兴府文

人著述 476 部、1822 册，海盐先哲著作 355 部、1115 册。蒋抑卮，原钱塘汪氏万宜楼藏书，一般印本较早的常用参考用书均齐备。李宣龚，近代学者的诗文别集和师友手札。陈叔通，家藏名人手札（其中有《冬暄草堂师友手札》）以及清末新学书刊。叶恭绰，山水寺庙专志及亲朋手札。胡朴安，本人钻研积累的经学、文字学、佛学的图书及书札。冯雄，旅蜀时收集的四川文献。顾颉刚，近代史料及其他书籍、拓片。潘景郑，有关清人传记、大宗金石拓片、清代科举考试朱卷。此外，不少学者本人或其后人捐赠的手稿也很多。该馆的收藏中如地方志即达三千种，大宗的家谱及附有履历的朱卷约一万份。附小传的总集、行状、讣闻、同官录、缙绅录及名人日记等。佛教史料相当丰富，影印的各种藏经基本齐全。戏曲文献如清末以来的戏单、清内府的唱本。石刻拓本有三千余种，其中河朔的石刻最为完备。经济史料两千种，其中有清末民初的企业章程和报告等。该馆并不公开阅览，而是采取只要董事会董事介绍，读者即可入内，读者大多是专家和大专师生。

此外又有商务印书馆，商务印书馆是中国近代出版事业中历史最久的出版机构。在继承文化和介绍新知方面，以及促进文化教育事业的发展，都有极重要的贡献。东方图书馆是从商务编译所的资料室演变而来，是张元济先生一手创立的。它的命名，是为了"聊示与西方并驾，发扬我国固有精神"（王云五《涵芬楼书目序》）。编译所的宝山路新屋落成时，编译所内置备的各种参考图书已有相当规模，1909 年，乃于编译所三楼，设立了"涵芬楼"，继续搜藏古今中外图书，供编译所人员参考。经过不断搜集，藏书益丰，蔚为大观，扩充为东方图书馆。

东方图书馆被毁前，藏书的种类、数量，凡中外古今、各科学术上必需参考书籍大致粗备。涵芬楼所藏善本，主要在 1906 年至 1924 年 9 月购入。张元济先生为访求善本，在报上刊登广告征求图书，应者接踵而来。善本古籍 3745 种、35083 册。其中经部 354 种、2973 册，史部 1117 种、11820 册，子部 1000 种、9555 册，集部 1274 种、10735 册。就版本而言，计宋版 129 种、2514 册，元版 179 种、3124 册，明版 1449 种、15833 册，清版 138 种、3037 册，抄本 1460 种、7712 册，批校本 288 种、2126 册，稿本 71 种、354 册，杂本 31 种、383 册。这些四部旧籍，原为国内各著名藏书家，如会稽徐氏熔经铸史斋、长洲蒋氏秦汉十印斋、太仓顾氏诹闻斋、丰顺丁氏持静斋、江阴缪氏艺风堂、盛氏意园等旧藏，各家藏书陆续流出，商务印书馆以重金购入。

该馆收集到的全国地方志有 2600 多种、15000 多册。其中直隶省 230 种、1798 册，盛京 27 种、160 册，吉林省 3 种、58 册，黑龙江省 3 种、16 册，山东省 194 种、1597 册，江苏省 160 种、1268 册，山西省 192 种、1408 册，河南省 172 种、2084 册，安徽省 115 种、1421 册，江西省 221 种、2622 册，福建省 95 种、1198 册，浙江省 188 种、2466 册，湖北省 122 种、1468 册，湖南省 119 种、1524 册，陕西省 133 种、776 册，甘肃省 77 种、451 册，新疆省 1 种、30 册，四川省 222 种、1754 册，广东省 159 种、1481 册，广西省 67 种、576 册，云南省 91 种、1010 册，贵州省 50 种、516 册。总共二十二省，方志共 2641 种、25682 册，中有元版 2 种、明版 139 种。各省之志搜罗赅备，蔚成巨观，国内殆无伦匹。东方图书馆的地方志收集，始于 1915 年以后。在此之前，仅有 50 多种。1915 年《辞源》出版之后，着手编辑各专科辞典。其中《中国古今地名大辞典》和《中国人名大辞典》要从方志上查找材料。当时不仅就地在上海收购，各地商务印书馆分馆在当地也辗转求觅。那时涵芬楼常年聘有两个人专门抄录借来的罕传方志。

叁、大学图书馆对于古籍的搜集与整理

民国初年的北京，仅有五所大学，到 1925 年公私立大学等已达 17 所，占全国 47 所大学的 36%。自二十年代末开始，全国的文化中心已向南方转移，

到 1948 年，北京的高等院校数有 13 所，占全国的第五位，少于上海（36 所）、四川（25 所）、江苏（22 所）、广东（15 所）。其中公立大学为北京大学、清华大学、北平师范大学、北平铁道管理学院、北平艺术专科大学、北平体育专科学校。私立大学为中法大学、朝阳大学、中国学院、华北文法学院。教会大学为燕京大学、辅仁大学、协和医学院。而图书馆则以北京大学、燕京大学为最。

北京大学，建于 1898 年，前身是京师大学堂，初成立的时候，并入京师同文馆及官书局、译书局等机构。当时并没有图书馆的设备，到了清光绪二十八年（1902），才调取江西、湖南、江苏、广东各省官书局所刻行的书籍，康有为强学会的藏书，并采购中外新旧典籍，而创建藏书楼。大学堂收藏善本书的基础，是光绪三十年（1904），接受巴陵方氏碧琳琅馆的后人方大登捐赠的大宗藏书，计值银 12190 余两，其中有从日本佐伯文库收回的珍本。1912 年，京师大学堂改称北京大学，文史课程主要由桐城派以及注重考据训诂的旧学者担任，校长为严复。

1917 年起，蔡元培任校长，经过一系列的整顿和改革，确定了以文、理二科为主的办学目标。在蔡的"造诣为主""兼容并包"的方针下，提倡学术自由、科学民主，北京大学吸收了各种不同思想的教员，以刘师培、辜鸿铭、梁漱溟等主张宣扬国故，而陈独秀、胡适、钱玄同、刘复等又形成了反对封建文化的"新派"。据 1918 年的统计，北京大学的教员共 217 人（其中教授 90 人）、学生总数 1980 人（其中研究生 148 人），在当时是全国规模最大的大学。校中供给师生书籍的机构，改称图书部。直至 1931 年，图书部才改称图书馆。1937 年，购入马廉（隅卿）先生收藏的小说戏曲书 5389 册，中多秘本。1939 年，北平伪临时政府购德化李氏木樨轩藏书 58419 册，拨交北大保管，藏书中以宋元刊本、精抄及明清善本居多。1949 年时，全部藏书已达 724894 册。北京大学图书馆出版物甚多，其中关于古籍书目的有《国立北京大学图书馆贵重书目》（1922 年）、《国立北京大学图书馆善本草目》（1932 年）、《国立北京大学图书馆方志目》（1933 年）、《北京大学图书馆善本书录》（1948 年）等。

马廉原为北京大学教授，讲授中国小说史。其藏书斋名为"不登大雅之堂"（或称"不登大雅文库"），后因收得明刻本《三遂平妖传》，又称"平妖堂"。马廉藏书共 928 种、5386 册。其中小说 372 种、戏曲 364 种，此外还有笑话、谜语等文学类书籍。藏书中善本书计 188 种，占藏书总量的 20%。小说中以长篇章回小说为最多，计 305 种；短篇白话小说 67 种。其中重要者如《新刊校正古本大字音释三国志通俗演义》（明万历周曰校刻本）、《李卓吾先生批评三国志》（明建阳吴观刻本）、《忠义水浒传》（明三多斋刻本）、《忠义水浒全传》（明万历刻本）、《新刻绣像批评金瓶梅》（明崇祯刻本）、《峥霄馆评定出像通俗演义魏忠贤小说斥奸书》（明崇祯刻本）、《红楼梦》（清乾隆五十六年木活字印本、清乾隆五十七年萃文书屋活字印本）。在戏曲中有明刻本 67 种、清初刻本 16 种、稿本 2 种。难得者如《新刻重订出像附释标注香囊记》（明唐氏世德堂刻本）、《新刻重订出像附释标注裴度香山还带记》（明世德堂刻本）、《重校埋剑记》（明继志斋刻本）、《重校义侠记》（明文林阁刻本）等。

除北京大学图书馆外，又如燕京大学图书馆，所藏线装书达 30 万册，采购经费 99% 是靠美国哈佛燕京学社的书款。该馆对于古籍中凡有价值的版本，皆广事罗致，如遇孤本则借抄以藏之。至于古刻珍本，亦量力而求。在所藏善本中，明、清刻本及抄本居多，宋、元版本也不算少。1937 年，章钰四当斋藏书 20000 余卷分别赠与和寄存该馆，以供读者借阅。1952 年前，燕大馆善本书达 3578 种、37484 册。岭南大学图书馆，历年来得校外人士如徐甘棠、潘明训、徐固卿、甘翰臣诸先生之热心捐赠珍藏善本，为数不少。又得顺德温氏旧藏曾钊藏善本百余种，全部善本近 200 种。国立中山大学，1923 年时，图书馆增购十余万册图书，其中以中文古书为多，1927 年计藏中文古书

45000 余册，1930 年时即达 167000 余册，1935 年为 18 万余册。至 1949 年，善本书共 13600 册，其中明刊本约 500 种、6600 册；地方志 1150 种、13700 册。国立湖南大学，始为岳麓书院，1924 年，湖南省政府就省立之工、商、法三专门学校，改组为省立大学，1926 年，改今名。图书馆有线装书 3186 部、41891 册。国立武汉大学，1928 年 10 月，在原有之武昌中山大学基础上改建。图书馆藏中文线装书约 10 万册，善本书 5467 册。福建协和大学图书馆，设有陈氏书库，为螺江陈弢庵先生及其哲嗣几士先生之贻赠，全库计 21800 余册、3000 余部、80000 卷，其中不乏佳本秘籍，缥缃琳琅，而又尤以福建乡贤遗著为多。盖陈氏本闽中望族，世代簪缨，积书之富，甲于全闽。兹以其一家之藏不如举而公之同好，乃于 1933 年秋，全数移储该校，俾得永久保存。

大学图书馆外，上海的南洋中学图书馆可说是别具一格者。南洋中学图书馆的藏书，为王培孙先生四十年精力之所萃。王培孙（1871~1952），名植善，培孙为其字，晚岁以字行。系出太原，为上海故家。王氏幼居南翔，鞠于大母，髫龄颖异，资性敦厚。17 岁时，习八股业，光绪十九年（1893）以第二名游邑庠。其献身教育事业，乃在毕业于南洋公学后，接替其家所办育材书塾。光绪三十年（1904），改育材书塾为南洋中学，盖其时南洋公学改为邮传部高等学堂，王氏取以示饮水思源之义者。王氏长南洋中学凡 53 年，受其教诲者遍中国，遗爱在人间。清末，王氏赁居于上海织呢厂街，广收各省地方志及山川志。那时，地方志乘，尚未为人注意，售价甚廉。每逢各省大埠书贾贩书来沪，临走时，必将剩余之大批方志，载至王氏寓所，按本计值，每册仅一二角钱。故南洋中学图书馆藏方志独多，盖由于此。其所藏图书，部分为王氏家传，部分为友好之赠与，而大部分则为他开设的利川书店，芟购故家藏书，售去宋元刻本与旧抄本，所留有关文献之图籍。盖因宋元旧椠在中学图书馆内并无搜藏之必要。

王培孙尝语陈乃乾曰："我力薄不能得古椠，顾志愿所在期于多得有用书，历史记往事，镜将来。历代官书，专制君王之所为，一面之词，率不足据，其遗闻逸事，可以考证当时事实及表现社会风俗者，莫如野史。我收罗当力集部，汗牛充栋，望洋兴叹。而明末忠节诸臣以及遗民，其忠义悲愤往往发现于诗文，读之懔懔有生气，我爱之重之，我亦力致之。"又曰："吾家本略有藏书，散亡者半，十年以来穷搜极索，合诸旧所存者，幸得若干万卷。吾当再费十年之力，以购西书。吾无家可藏，举以公之校，且将求于有力者醵金建厦以贮之上海，为交通之区，使学者得参观之便。"1919年，王氏右目失明，顿悟人生无常，遂淡然置之，所营书店，因以收歇。从此游心法界，广罗佛典，积年所聚，远过于丛林巨刹。其中除初印《大正藏》及续藏之外，复集古今中日方册本，成《百衲大藏》一部，尤为罕有之法宝。王培孙除地方志外，对于明清之际隐逸著述、方外语录，搜罗尤切，旁及词曲杂剧，所储日富，遂议筑室以藏之。1926年5月，图书馆落成，而王氏保存文献之愿乃偿。壬辰冬，王氏因病，自知不起，适南洋中学主事者，议以图书馆改充校舍，先生遂举所藏佛典、方志、史乘、词曲等珍籍76600余册，捐助于上海合众图书馆。

肆、私家藏书对于古籍的搜集与整理

私家藏书，是一种有别于公家、学校、寺庙藏书的私人收藏。根据史料考证，中国的私家藏书起源于公元前770至221年的春秋战国时期，比古希腊的私家藏书早一百年左右，又比古罗马的私家藏书早五百年左右。《庄子·天下篇》即有"惠施多方，其书五车"之记载。

人各有嗜好，有些人为陶情养性之举，意在收集各式各样的艺术品，因为可以涵濡其情性。也有人所嗜在诗书文学之伦，则意在典章文献，以修养其身心。收藏图书，和广搜古董一样，都是一种高尚嗜好。私家藏书是中国社会藏书事业的主流，它是在一定的历史和经济条件下，社会文化及文明的积累、保藏和传播的重要一环。不论是从藏家数量、藏书数量，还是从社会作用和影响来看，私家藏书都远远超过公家藏书。中国从宋元以至近代，大大小小的私人藏书家各省都有。一些专门叙述藏书家的专著，如清代有郑元庆著有《吴兴藏书录》、丁申著有《武林藏书录》。民国叶昌炽的《藏书纪事诗》，伦明的《续藏书纪事诗》《辛亥以来藏书纪事诗》，王佩诤的《续补藏书纪事诗》。直到洪有丰的《清代藏书家考略》，杨立诚、金步瀛的《中国藏书家考略》（俞运之校补），近人吴晗根据江苏、浙江两省的方志以及其他的一些资料，编有《江浙藏书家史略》。郑伟章、李万健的《中国著名藏书家考略》，苏精的《近代藏书三十家》，李玉安、陈传艺的《中国藏书家辞典》等。从宋元到民国，全部相加，藏书家人数几达一千二百人之多。

《魏书》卷九〇《李谧传》有云："丈夫拥书万卷，何假南面百城。"南面者，指地位之崇高；百城者，指土地之广大。此用以喻藏书家藏书之多。从历史上看，凡藏书家集中的地方，多是文化昌盛、人文荟萃、交通发达（不管是水路或陆路）的富庶地区。大凡地方愈富，教育就愈振兴，所出人物愈多。江浙两省，自南宋以后，一跃而为中国文化之中心，与两省之经济有绝大的关系，这也必定孕育出藏书世家。有人做过统计，据说清代的私人藏书楼有五百余座，其中半数以上位于江浙两省。

确实，江南地区因经济文化的繁荣而人才辈出。科举制是当时的读书人通过科举考试而进入仕途的必要途径，也是古代行政人才的主要来源。据统计，明代自洪武四年（1371）至万历四十四年（1616）的245年间，每科的状元、榜眼、探花和会元共244人；江南地区的人士有215人，占88%。清乾隆元年（1736）诏举博学鸿词，先后被举荐者267人，南方地区人士为201人，占75%，而江浙两省竟有146人，超过全国的半数。如果再据《明史》中的宰辅年表，可得189人，其中南方占了三分之二强。学而优则仕，读书人离不开书，而江浙两省的藏书也是这些榜上有名者成功的必要条件之一。以浙江来说，浙地山川清丽，地灵人杰，久为文化之邦。藏书之士，栉比相望，元明以来，浙中大儒、藏书旧家，亦连延不绝。而浙之学风，在顾炎武、黄宗羲等大儒的倡导下，求是返古，崇尚汉学，因之士大夫有志于学者，多以广储书籍为务。又如浙江之湖州，历史悠久，山水清远，人文荟萃，素以"鱼米之乡、丝绸之府、文化之邦"著称，清代至民国，出了好几位重要的藏书家。

作为藏书家，不仅要花费大量的精力，也要有足够的财力作保证。尤其是后者。刘承幹（1881~1963），字贞一，号翰怡，湖州南浔人。当地老百姓有"刘家的银子、顾家的房子、张家的才子、庞家的面子"之说。他的父亲刘锦藻，为清光绪甲午进士，因家拥巨资，不乐仕宦。承幹博学能文，于光绪三十一年（1905）考得秀才，后因废科举，故未得功名。他曾投资于实业，用赚得之钱大买古书，并筑嘉业堂以藏之。其最盛时，共费银30万两，购书60万卷。计藏有宋刻本77种、元刻本78种、地方志书1200种、丛书220余种，并有大量明刻本、抄本、稿本，是江南地区的著名藏书家。

近代以来的几位大藏书家几乎都是以从商起家，或继承祖上遗书再在原有基础上大加发展的。李盛铎的木樨轩藏书，部分是从他父亲手上承接下来的，部分为他随父官湖南时购买袁芳瑛卧雪庐的藏书，大部分则是他自己几十年来收集起来的。清末的四大藏书家瞿氏铁琴铜剑楼、杨氏海源阁、陆氏皕宋楼、丁氏八千卷楼，都是靠自己的力量，且是数代人所精心积聚的。如陆心源（1834~1894），字子稼，一字刚父，号存斋，晚号潜园老人，浙江湖州人。自幼聪慧好学，被誉为"苕上七才子"之一。咸丰九年（1859）中举，曾以知府衔任职广东，后为南韶兵备道、福建盐法道等。因故告官隐退，回乡养息。陆氏学识渊博，酷嗜藏书，其购书始在广东、直隶为官时，所得俸金，大量购书。值丁父忧，由京城归里时，所携物中有书百匮。同治十一年（1872），其到福建任职，又去各书坊选购。辞官后，求书之志更勤，经过几十年的辛勤搜集，到光绪八年（1882），不计普通坊刻本，已达 15 万多卷，其后又不断收集，遂达 20 万卷，约 4 万册。

陆氏的藏书，主要购自上海郁松年宜稼堂、归安严元照芳椒堂、河南周星诒勉憙堂、福建陈征芝带经堂、杨浚雪沧冠悔堂、乌程刘桐暝琴山馆等。所藏多宋元旧版。据说宋元版本在二百部左右，故有"皕宋"之称。他的藏书楼"皕宋楼"专藏宋元刻本，而"十万卷楼"则藏明刻本以及精抄、精校本。二楼均在湖州月河街陆氏居室的楼上。此外又有"守先阁"，专藏普通线装书。陆心源的祖父和父亲虽为国学生，但藏书有限。但陆的曾祖景熙在湖州经商，开陆集成烟店，生意颇好。陆氏本人在上海开办了缫丝厂，并经营钱庄、当铺。其家的当铺，最盛时，曾发展至六家。其藏书不似有些藏书家那样，视为秘藏不供借阅，他将守先阁的藏书先向公众开放，并向湖州府提出申请立案，其目的在让更多的学子充分利用藏书。而善本书也有目录，亲朋友好故旧等也可开单借阅。

藏书家有两种，一种是专收宋元本以及佳椠精抄，这主要是从收藏文物的角度去搜集的，另一种是藏书求备而不求精，与世之专尚版本者不同。前一种如潘宗周（1856~1939），字明训，广东南海人。幼入私塾，读四书五经，十八岁赴沪经商，与张元济、徐森玉、朱疆村诸人结交，耳濡目染，渐有收藏古籍善本之念。其藏书先是得自袁克文（寒云）。袁克文藏书美富，自号后百宋一廛，其藏宋刻《礼记正义》《公羊经传解诂》《韦苏州集》《曾南丰先生文粹》《六臣注文选》等，皆为清宫中之珍本秘籍。二十年代初，袁克文由北京南下，卜居上海，以日用不继，急以所藏善本求售。潘宗周不计高价，悉予收购。潘氏藏书处曰宝礼堂，盖因所得《礼记正义》为宋绍熙三年（1192）两浙东路茶盐司刻本，该书原藏曲阜孔府，为海内孤本，日人曾图谋购之，后为潘氏以巨资购得。潘氏欢欣之余，即以"宝礼"名之。十余年中，潘氏旁搜博采，共得宋本 111 种、元刻 6 种，共计 1088 册。张元济先生为之编有《宝礼堂宋本书录》，举凡各书卷帙分合、版本源流、文字异同、版式行款、刻工姓名、各家题跋以及收藏印章等，无不详加著录。张元济《宝礼堂宋本书录序》云："每估人挟书登门求沽，辄就余考其真赝，评其高下，苟为善本，重值勿吝，但非宋刻，则不屑措意。十余年来，旁搜博采，骎骎与北杨南瞿相颉颃。"1951年，潘氏所藏悉数捐献北京图书馆庋藏。

后一种如吴引孙测海楼藏书。吴引孙序《测海楼旧本书目》云："自赭寇乱后，散佚几尽，宋元以前奇编异帙为希世宝，悬价购求，所遇辄鲜，即明以后精刊旧椠暨国朝殿版各书，亦复昂值居奇，艰于购置。余惟视力量所及，耳目所周，不拘一格，凡元明刊本、旧家善本、寻常坊本、殿刻局刊各本，随时购觅，意在取其完备，不必精益求精。"吴氏自宦游浙粤十余年中，广购储藏，共得8020种、计247759卷。又如王孝箴序《博野蒋氏寄存书目》云："往者，吾祖与诸祖析居，所得书籍不过千百卷，洎先父潜心著述，搜罗购置，不遗余力，日渐月累，为数滋多。先祖旧有洗心精舍，先父遂承之辟为藏书之馆，且曰，购书为便读也，非直为收藏而已，宋元珍本价恒千百，吾力有所不逮，节吾之力，多有所聚，子孙获益良多。更尝示孝箴等曰，余所购书，皆读书人不可须臾或缺者，子子孙孙世守不失，则祖业可从不坠。"又如徐恕（字行可），武昌人。其所储皆实用书，大多稿本、精校本。南北诸书店，每得一善本，必争致之。暇则出游，志不在山水名胜，而在访书，闻某家有未见书，必辗转录得其副本而后已。一切仕宦声利，悉谢不顾，日汲汲于故纸，版不问宋元，人不问远近，一扫向来藏书家旧习，其以清代学术著作为多，明刻本也收藏不少。

藏书家中不少人本身就是读书人，如甘鹏云，自幼别无嗜好，惟好书，朝斯夕斯，非书莫适。其少时，有以《史记》求售者，值仅二缗，然甘氏囊中空无有，"谋之先太夫人，以衣物付质库乃得之，其艰如此"。顾其家贫，不可必得。每阅市，辄流连不忍去，如闻人有秘籍，即辗转假抄，克期归还无爽以为常。中年后，嗜书之癖更甚，凡足以辅德业、资治理、广知识、备参考者，必审其缓急后先，次第搜集之。自清光绪十四年（1888）至二十八年（1902），凡十五年，计得书10万卷，藏于潜江将庐。自光绪二十九年（1903）至民国六年（1917），又十五年，再积书20万卷，藏诸北平息园，盖四部要籍略备。对于甘氏来说，"以书求己，以书养心。处境之困，以书慰穷愁；拂逆之来，以书祛烦恼；恨古人之不可作也，以书为师友；欲周览四海九州之大也，以书当卧游。守官以书经世务，垂老以书娱暮年，盖终其身不废书册，无一日不与书为缘焉"。

再如四川藏书家严谷孙（1889~1976），祖籍陕西渭南，累世侨居成都。其嗜书成癖，酷爱收藏，擅鉴别，对金石、书画、古籍版本颇有研究。他毕生致力于搜藏古籍，整理精刻善本，旁及金石书画，家有"贲园书库"，所藏甚丰，经、史、子、集，四部皆备，以奇书、精刻善本、孤本驰名。全部藏书，于1949年以后全部捐献，共计30万卷（善本书约5万卷，藏书总数是其先父原藏11万卷之三倍）。自刻木板3万多片，珍贵书画碑帖文物多件。严谷孙父岳莲先生，购置书籍5万卷，并开设书坊"镉乐堂"，晚年志在兴学建祠、校勘古籍。谷孙辑有《渭南严氏孝义家塾丛书》《音韵学丛书》。严氏藏书，经传版本最丰，史部类多而杂，医书较为整齐集中。又其收集的地方志约有2000种，大凡各地之著名县志，贲园均有收藏。清顾炎武《肇域志》抄本，云南、上海、四川各一，以贲园所藏为最完整。其收集古籍、地方志的渠道，除由他经营的镉乐堂书坊外，还四处托人搜罗。另又所藏历代碑帖拓片十大箱，其又整理古籍百余种、500多卷，雕版3万多片。于右任曾为贲园写下谷孙先人自撰书库楹联一副云："无爵自尊，不官亦贵；异书满室，其富莫京。"

藏书家和图书馆不同，在选择图书时，可以顾到自己的癖好，不旁骛，不杂取，不兼收并蓄。其中有一些是专心致力于某一个专题的，如地方志、医书、小说、戏曲、佛经等。如地方志的收藏家中在民国年间最著名的有王绥珊九峰旧庐、刘承幹嘉业堂以及张国淦、任凤苞等。任凤苞，字振采，江苏宜兴人，银行家。家有天春园，为其藏书之所。后因又获抄本《大清一统志》、武英殿本《方舆路程考略》、《皇舆全览》三书残本，又题其室为"三残书屋"。任氏雅好文史，嗜书成癖，尤致力于收集各代地方志书，闻有异椠珍籍，必百方钩致而后快，瘁其心力，共积至2500余种。如明弘治刻本《八闽通志》，明嘉靖刻本《南畿志》，明隆庆刻本《云南通志》，明万历刻本《镇江府志》《徐州志》等，从而成为北方地区藏地方志之巨擘。谢国桢序《天春园方志目》云："舟车所至，通都名衢，荒江冷肆，探奇览胜，恣意搜寻。宋元佳椠，固所必收，而零圭断羽亦所不弃。"任凤苞序瞿宣颖《方志考稿》中对他刻意收藏方志作了叙述："凤苞少小粗解文字，即好聚书。长随宦辙，获奉教于当世贤达，始稍窥学问之藩，而频岁奔走，学业渐荒，将欲收视返听稍寻坠绪，则岁月侵寻，已邻炳烛之境。窃念方志一门，为国史初基。典章制度之恢闳，风俗土宜之纤悉，于是焉备。……迩年谢事，杜门却扫，发箧中所藏诸志先为编目。所未见者，百计访求。友朋驰讯，必以相属。北极穷边，南届海澨，邮裹络绎，浸以日多。生平所见，已公布之志目，学部图书馆所藏倬乎不可及矣。"

再如收藏戏曲的藏书家，近代以来以齐如山、周明泰为最。齐如山，是戏剧界大师，众所周知。而周明泰，为安徽东至县人。东至县系东流和至德两县合并而成，是明末徽池雅调盛行之地，也是清代徽班的摇篮。周氏出生在官宦世家。幼年随宦居京师，中年入仕，久官部曹，暇辄去市廛听戏，癖之既久，习闻掌故亦多。他在北平时的书斋为几礼居。历年搜罗的梨园载籍甚富，精本颇多，如最难得的版本有明刻本《昔昔盐》《怡春锦》《夹竹桃挂枝儿合刻》。而明刻本《宝晋斋明珠记》、明师俭堂刻本《鹦鹉洲》、明继志斋刻本《重校红拂记》、明倘湖小筑刻本《两纱》、明刻本《僧尼共犯》（与《不伏老》合册）等也不多见。又有大量的清代南府和升平署的抄本和精抄本。其中有较大一部分系周向合肥方氏出重价收得，方氏先人曾供奉内廷，故所得颇有精品。此外各种特藏资料也多，如从清光绪三十三年至民国三十六年（1907~1947）止，每年都有各种戏班的戏单（包括北京、天津、上海，以及堂会的戏单、民初北京各戏园海报）等，共 2861 张。周氏的收藏是中国戏剧史料的一大宝库，总共为 2876 册、3983 张，其中杂剧、传奇、单出抄本 50 余册；单出昆弋谱一百数十册；抄本戏词总计 280 种；内庭戏曲之类、昆弋乱弹的承应戏、灯戏、寿戏、诞生承应、月令承应、开场戏、戏曲提纲等 500 余种，都是很珍贵难得的本子，后来都捐赠上海合众图书馆保存（今在上海图书馆）。周氏中年居天津、上海、香港，后移居美国加州，悉心著述。他的著作颇多，如《几礼居杂著》《读曲类稿》《明本传奇杂录》《续剧说》《几礼居随笔》《枕流答问》《几礼居戏曲丛书》6 种（《都门纪略中之戏曲史料》《道咸以来梨园系年小录》《五十年来北平戏剧史料》《清升平署存档事例漫抄》《近百年的京剧》《杨小楼评传》）等。

再如傅惜华，字仲涵，原名宝泉，别字涵庐、曲庵，满族富察氏。曾为国剧学会编纂主任、华北国剧学会理事长，平生喜研古典文学，尤嗜藏书，着重于戏曲小说的搜访，数十年中从未间断，其兄芸子（原名宝珍）由日本所收善本也归其收藏，所藏戏曲小说多罕见之本。如明万历刻本《荆钗记》《红梨记》《千金记》；明继志斋刻本《旗亭记》《义侠记》；明金陵唐振吾刻本《七胜记》；明天启刻本《博笑记》；明崇祯刻本《花筵赚》《四大痴传奇》等。傅氏曾编《西厢记说唱集》，内中曲类繁多，约 140 种，版本皆其所藏明、清刻本，或珍贵抄本。

藏书家中也不乏专收乡邦文献者，如无锡人孙道始，精通法律，见善勇为，劬学不倦，其笃好乡贤遗著，历时十数年，费赀万余金，各方搜罗近 600 种。其中孤本、稿本与不经流传之本约百种，曾编成《无锡先哲遗书目》。民国初年，无锡县图书馆由邑人创办，其时即以搜藏乡贤著作为职志。侯鸿鉴序《无锡先哲遗书目》曰："避难来沪，晤孙君于玉鉴堂，左图右史，满目琳琅。其尤可敬佩者，乡贤遗籍竟搜罗至五百九十余种，与邑图书馆藏本重复者二百二十余种，不同者三百七十种，内有稿本、钞本及罕见印本百余种。此孙君以个人之嗜好及表扬先哲广传遗籍之意，殊为乡人中不可多得之士也。"又如柳亚子，为江苏吴江人，吴江自古以来就是文学渊薮，人才辈出的地方。清末民初，吴江有识之士即致力于收集吴江乡邦文献，柳树芳辑有《分湖诗苑》《笠泽竹枝词》，陈巢南有《松陵文集初编》等，但仅收辑了吴江文人的少量作品。柳亚子大力购求吴江文献是在 1917 年间，他发狂地收买旧书，凡是吴江人的著作，从古代到近代，不论精粗好歹，一律收藏。柳亚子序《灵兰精舍诗选》云："弃疾复以狂胪乡邦文献，尽耗其金。"一年后，他收集的吴江文献已达 650 余种。其中部分是从友人处借抄，或友人馈赠。附近书贾如得吴江文人著作，即托人送至柳处。由于柳亚子的刻意收集，"保存其故有，而更搜求其未有"，并着眼于"一家一卷一首之丛残，吉光片羽亦当掇拾收藏，俾无放失"，使得许多有价值的重要文献得以保存。

私人藏书家的藏书不少都是流传有绪的。宁波李氏萱荫楼藏书有宋元刻本 26 种、680 册，明刻本 556 种，抄本 189 种，清刻本 2109 种，总共 2945种、30494 册。萱荫楼藏书主要得自蔡鸿鉴（字荩卿）墨海楼，其家有书十万卷。而墨海楼藏书大部分得之于镇海姚燮（字梅伯）之大梅山馆及卢址（字青崖）之抱经楼，卢氏书中又多全祖望（字谢山）之双韭山房藏书。又如冯贞群（1886~1962），号孟颛，一字曼孺，号伏跗居士，晚号妙有子，浙江慈溪人，后迁居宁波。年轻时，继承祖先遗业经营钱业，生平好读书，精于目录版本之学，1932~1941 年间，曾任鄞县文献委员会委员长。其父有"求恒斋"，遗书 2000 册。贞群苦于藏书不足，即摒弃嗜欲，节衣缩食，搜访古籍。其时为民国初年，军阀混战，政局动乱，又因废科举、兴学校，社会上不少人认为古书用处不大，致使一些故家藏书流散，如赵氏种芸仙馆、董氏六一山房、柯氏近圣居、徐氏烟屿楼、赵氏贻谷堂、陈氏文则楼等。冯氏深以国家文物古籍毁失为虑，出资专收有用之书。经过六十年之积累，所藏古籍已达十万余卷、碑刻 400 余种。其藏书处曰"伏跗"，出自《文选》王延寿《鲁灵光殿赋》中。有"伏处乡里不求显，而致力于学"之意。其藏书中重要者有宋刻本《名臣碑传琬琰之集》，元刻本《春秋属辞》《乐府诗集》，明刻本《刘随州诗集》等，而名人手稿尤多。

私家藏书，多有书目传世，然详简不一。曾见《粹芬阁珍藏善本书目》，目录前有经、史、子、集、丛五类版本详细统计表，最后再制作"全部统计表"，自"宋绍兴"至"清光绪"，计书数、卷数、册数皆有统计。更有甚者，对于藏书之用纸也作了详细的统计，如白棉纸、桃花纸、白纸、太史纸、东洋纸、竹纸、抄本纸等。粹芬阁主人姓沈，名知方，早岁治商，后致力于出版事业。生平无他好，惟雅好藏书，于孤本精刊，尤为神往，访觅搜罗，不遗余力。其先世沈复粲鸣野山房所藏在清嘉庆、道光间已声播东南，而复粲后人藏书亦富。粹芬阁所藏不在繁浩，但求精雅，首重书品宽大，精刊初印；次则楮色古雅，如白棉、桃花诸纸，亦时入选。否则均摒弃不顾。自民国初年至二十年代初，搜罗甚富，较著者为秀水王氏信芳阁、会稽徐氏铸学斋的旧藏，多世所罕见之本。

藏书家们不仅仅是藏书、收集，而且校书、刊书，对于传播文化起到了极大的促进作用。如董康之《诵芬室丛刊》、刘承幹之《吴兴丛书》、张寿镛之《四明丛书》、刘祝群之《括苍丛书》、黄溯初《敬乡楼丛书》等。

清黄梨洲有言，藏书难，藏之久而不散则尤难。湖北崇雅堂主人甘鹏云于此而有感，其云："予每诵其言而悲之，古今书籍之厄，盖悉数之而不能终矣。但就予所知者言之，归安陆氏皕宋楼、聊城杨氏海源阁，藏弆至有名，一流入东瀛，一为驻军席卷而去。常熟瞿氏、钱唐丁氏，亦藏书家表表者，闻其后人亦不能守也。潘吴县、翁常熟两相国，王廉生、盛伯羲两祭酒，在光绪初亦侈谈收藏，身后楹书皆散如云烟不可问。江阴缪筱珊、武昌柯逊庵、长沙叶焕彬，皆富藏书，身没以后，散落厂肆殆尽矣。宜都杨惺吾，藏宋元本极多，其后人以七万元属之他氏矣。黄冈王洪甫、汉阳周退舟、江宁邓孝先，所藏颇不寂寞，乃及身而售之。黄陂陈士可精于鉴别，颇多海内孤本，其后人以贱价售之厂估，并不问箧内何书也。然则梨洲所云久而不散之难，岂不信然也耶？"

古往今来的藏书家，有不少人怕身后藏书散佚，往往在给子孙的训诫或是遗书中，都要约定如何保管图书。明代山阴人祁承㸁澹生堂藏书逾十万卷，他写有《澹生堂藏书约》，要求子孙们永远珍惜藏书，不将藏书瓜分变卖。名扬四海的宁波天一阁，垂世四百年之久，它的主人范钦，立下家规，书不借人、不出阁，凡阁橱钥匙，分房掌管，不是各房子孙集齐不得开锁，家规甚严。正由于范氏后裔恪守范钦遗训，天一阁藏书竟历四百年，而将大部分的图书保存了下来。但是，藏书家中鲜有百年长守之局，能把书籍保存到第二代、第三代的罕之又罕。清查慎行《人海记》云："义乌虞氏，藏书万卷，署曰，楼不延客，书不借人。造虞氏父子殁后，胡应麟以贱直得之。然胡氏之书，旋亦散佚。"一般说来，私人收藏，多在身后为儿孙所流散。明杨循吉既老，即散书与亲故，曰："令荡子炊妇无复着手。"

藏书家精心所聚之书，不能传之久远，也是有多种原因的。就以清末四大藏书楼来说，浙江陆氏皕宋楼因后人经济不支，变卖藏书，而后竟为日人全部捆载而去，这是国人最引以为耻的。丁氏八千卷楼后人也因经商失败而破产，全部藏书卖给当时正在筹设的江南图书馆。二十年代末、三十年代初，山东一股匪患占据聊城，杨氏海源阁藏书因此遭到洗掠，匪乱之后，海源阁第四代传人杨敬夫将精善本装了十几箱带到天津。由于杨敬夫挥金如土，在天津住了不到十年，就把这些古籍出售换钱了。再如王绶珊是一个具有才识的藏书家，但他去世后，他的哲嗣不善保存遗书，陆续予以出售，致使藏书全部散出。朱遂翔曾说，王氏购买旧书从普通书而能识宋元版，才识聪明，曾不可及。但他的儿子均未深受教育，这是他的短处。当时虽在盐务场所挂名，月可支薪，眼光不远，只度日前，故后人无一技之长，坐守家园，百无聊赖，生活维艰，不及商人、工人有一技之长，能敷衍度日。王氏聚财共有七百万元，抗战之前该财何等值钱。王瞑目后，财产均为儿女瓜分，所购之书原付值四十万元，皆陆续分散出售，实为可惜。朱遂翔于此而慨叹说"故子孙贤，要财何用？子孙不贤，要财何用？余阅世太深，故有此感慨耶"！

为了不使书籍遭受到流失损坏的命运，并且让它发挥更大的作用，国家收藏就比私人收藏要好得多。实际上，不少开明的藏书家早就看出了这一点，并为之作了实践。三十年代初，王孝箴家故居为军士所驻，遂将其家洗心精舍藏书870余种，移庋北平图书馆保存。促使他作出这样的决定还因为：清末之际，"先父弃养，国家愈益多故。鼎革之后，世变频仍，新学聿兴，旧业都废，孙曾多负籍京津，从事于所谓科学者。圣贤坟典，反视同刍狗糟粕，莫或考究。内忧外患，更迭覆起，颠沛流离，迄无宁岁。于是洗心精舍诸书，求其如石鼓之自闲于兴亡百变之间，而为鬼神所护守，盖不可得矣。嗣后，变端日逼，浸假而波及吾县，洗心精舍亦一变而为万灶貔貅之所，残毁盗卖之端见矣。余闻而忿焉伤怀，以为累世之泽不应自我而斩。乃遂谋之国立北平图书馆馆长袁君，将尽我所有移存斯馆，既获保存，又与社会人士同其用焉"。

私家藏书委托公共图书馆代为保存，这在欧美各国并不鲜见，但在中国最早者当为梁启超之饮冰室藏书，梁氏遗嘱中即有将藏书永远寄存北平图书馆之说。后继者又有紫江朱氏、善化瞿氏、深泽王氏等。在北方，和李盛铎、傅增湘齐名的是周叔弢。周叔弢（1891~1984），名暹，以字行，号弢翁。原籍安徽省东至县，出生在一个书香门第的仕宦家庭。1914年移居天津，幼年在私塾念书，一生学问全凭自学。他立志创办实业，振兴中华，是北方民族工商业的代表人物。周氏是一位精敏通达、博学多才的人，他博览群书，涉猎佛典，精于版本，以收藏宋、元、明三代的经、史、子、集善本书名扬海内外，他为收藏中国古籍，几乎花了一生心血，经营企业所得，大部分用来购买图书，其中不少善本，都是无价之宝。周氏历年来收得海源阁杨氏书凡55种，其见于《楹书隅录》及《海源阁书目》者，凡50种，目外者5种。他收得的第一部书即是宋刻本《南华真经》，于1931年以前从文在堂魏子敏处购得。周氏藏书斋名为"自庄严堪"，取《楞严经》"佛庄严，我自庄严"之意。周氏又藏敦煌写经250余卷，这在私人收藏中也是少见的。这批藏经大多是从方地山（名尔谦，别号大方）手上购得。而且，在他晚年又收集了400余种清代活字本。1952年，周叔弢把自己多年所积宋、元、明代的刻本、抄本、校本715种、2672册，全部捐给北京图书馆保存。1954年，又赠给天津南开大学中外图书3000余册。1955年及1972年，又两次赠与天津图书馆清代善本书11000册。

有盛就有衰，有聚就有散，这是一切事物都难以逃脱的规律。对于藏书家来说，他们的所作所为，我们应该充分肯定。许多藏书家节衣缩食，倾囊购书，或四方搜访，借抄不辍，不论是为读书治学，或是赏鉴把玩，没有他们的刻意保存，设法流通，许多珍贵的历史文献就难以流传后世。即使是极少数人藏书是为了借此炫耀、标榜和附庸风雅，在客观上也起到了保存文献图书的作用。因此，藏书家最大的贡献莫过于对古代历史文献的保存，这种对于中国文化传统的延续，使我们的祖先对人类文明的遗产能借藏书家的力量而传至今日。但是，由于历史的演进，社会的变革和历次的政治运动的荡涤，私人收藏古书者百分之九十九都受到无情的冲击。其中的小部分甚至连进入造纸的机会都没有，就被付诸祝融了。而如今在大陆，新出现的能称得上古书收藏家的，也仅北京、上海地区的数人而已。以藏书规模和藏书质量来说，那和过去三十年代的藏书家相比，实在是小巫见大巫，不可以道里计了。

伍、近代以来的旧书店和图书馆的关系

　　地区的富庶，交通的发达，必定带动经济的发展。而经济的发展又带动各行各业，其中也包括文化和出版业。三百六十行，贩书也其一。书贾贩书，主要目的在于图利，但是，古旧图书在流通的过程中，也赖他们而得以暂时保存。而旧书业的从业人员多半与其他行业有所不同，他们虽然文化程度不高，没有进过高等学校，有的或仅有小学的学历，但他们却多有一种特殊的素养。

　　由于政治上和社会上的各种变革，藏书的聚散逐渐由乡村向城市集中。随着城镇商品经济的发展，部分乡村地主由于家道中落，或官僚大户的宦途失意，使得故家旧族世代斯守的藏书，逐渐成为大城市里新兴的资本家（包括实业家、买办）、官员以及学者们的书斋之物。图书馆以及藏书家或学者们的收书，都离不开书店。清末民初的一些重要的书局、书肆主要集中在北方、南方的几个大城市中。不可否认的是，清末民初的旧书业，在文化传统的继承和传播上，起到了极其重要的作用，如北京琉璃厂，上海棋盘街、福州路文化街等。

　　北京是一座历史悠久的文化名城，有三千多年的建城史，辽、金、元、明、清以至民国初期，都在这里建都，溯历数朝之已往，故典章文物、宫殿街衢以及种种古迹，斐然成为大观，它留下了众多代表中华文明的珍贵文物，使之在华夏文明的发展史上，占有特殊的地位，也堪称世界上最雄伟壮丽的大城市之一。

　　北京既是全国的文化中心，故书籍的流通量也极大。清代北京书肆分布较广，但较为集中在琉璃厂、慈仁寺、隆福寺。以琉璃厂来说，清初以来一直是文物、图书、字画、文房流通的聚散地。清末民初，书肆在社会动荡中曲折发展，十余年间，仅琉璃厂一带开过字号并陆续更替的书肆，前后约220

多家。民国年间，隆福寺的书肆有数十家之多，重要者如东雅堂、修文堂、修绠堂、粹雅堂、文殿阁、鸿文阁、稽古阁、三友堂、观古堂、宝绘斋、文奎堂、带经堂、文讲阁、大雅堂、信义书店等。此外又有不少专门收购流散书籍的行商，他们走街串户收购流散于民间的王府名宦家藏，也到外地收购古籍善本，运回北京出售。据 1931 年成立的北平市书业同业公会统计，琉璃厂古旧书店将近四十户，行家聚集，历史悠久，资本雄厚者甚多。打磨厂处书店有 16 户；隆福寺书店有 18 户；东安市场有书店、书摊 30 户左右；西单商场有书店、书摊 40 户左右。不少大店进销渠道较广，其图书来源于名人学者以及官宦人家。书店经常派人前往各省收购，尤其是江南一带，文风较甚，不乏家藏万卷的"书香门第"，而读者对象，则是较高层次的文人、学者、专家、教授以及图书馆员。1936 年田蕴瑾编著的《北平市指南》（自强书局出版）所载，分布在东安市场、隆福寺街、杨梅竹斜街、琉璃厂等处的书店共 77 家，而以琉璃厂为旧书业的一大荟萃地。而至 1949 年下半年的统计，北京共有古旧书店（摊）151 家。

那时，旧书业颇重旧刻，如宋元版本、名家批校及孤本秘籍，价值甚高，业者把这些书称作"善本"。其他一般书籍，如近现代人的诗文集及笔记小说等，则称作为"用功的书"。百多年来，书店多为江西人经营。清末，废除科举制度后，其故乡子弟因路途较远，交通不便，来京讨生活者寥寥无几，故书店老板所收学徒以河北人为多，以后彼此引荐子侄，多为由乡间入京。民国以来，河北冀县、深县、枣强县、衡水县、束鹿县、任邱县人在北京开设大小书铺的，已达七八十家之多。这几处地方来的人多能吃苦耐劳，勤恳好学，虽然文化程度并不高，大多是小学毕业，但自学成才者不少，如北京通学斋孙殿起（冀县人）、文禄堂王文进（任邱人）都是旧书业中的佼佼者。琉璃厂旧书业中还有如谭锡庆、魏占良、孙锡龄、魏金水、孙殿荣、孙实君、李建吉等。这些人对于各朝刻本、著者、刻者，历历如数家珍，这些实践经验都非一般士大夫所能及。以谭锡庆为例，伦明《辛亥以来藏书纪事诗》云："五载春明熟老谭，偶谈录略亦能谱。颇传照乘多鱼目，黄帙宸章出内监。"注云："正文书店主人斋谭笃生熟版本，光宣间执书业之牛耳。惟好以赝本欺人，又内监时盗内府书出售于谭，因以起家。"邓邦述《寒瘦山房鬻存善本书目》云："余与笃生交六七年，笃生拾伯羲祭酒绪余，颇能鉴别古籍，谈娓娓不倦，虽论价倍于常贾，而为余致毛钞《宋人小集》五十册，间关奔走，力劝收藏，其谊实不可忘。笃生死后，厂肆识古书者又弱一个，足为商量旧学者加痛惜也。"

旧书业的业主中，不少人精通目录版本之学，赵万里曾称书店中能鉴别宋元本者有王文进、王雨、孙助廉、裴子英属于一把手，其他皆属二三流。三四十年代间，不少北方书商深入穷乡僻壤，注意力所及，虽烂纸破书，亦无不搜罗及之，不少罕见秘籍、佳刻孤本都被他们发掘出来。山西各县是小说、戏曲图书的集散地，清代以来，山西商人多经营钱庄，富于财，购书也多珍本，但其后人多败落，子孙不能世守，故藏书时有散出。如1932年，琉璃厂的张修德，以廉值购得明万历四十五年（1617）刻本《金瓶梅词话》20册，张又以500元售归魏文傅（笙甫）文友堂。文友堂奇货可居，后以高价售于北平图书馆，当时由于筹款困难，乃由徐森玉、袁同礼、赵万里诸先生以"古佚小说刊行社"的名义将此书影印出来，每部定价100元，以所得利润补偿书价。又如郑振铎所藏的明清戏曲多是从北平、上海两地书店购得。

在北京旧书业中最著者首推来薰阁，店主陈杭（济川）为陈连彬之侄，颇善经营，对目录版本也有研究，常往山东、山西、江浙一带收书，故业务发展甚快，从原先只有几个人的小店变为琉璃厂书业中屈指可数的大店之一。1938年，曾购得天津李善人家古书两卡车，中有宋、元版数种。抗战时，又购得上海孙毓修藏书一批，后又与修绠堂合购嘉兴沈氏爱日庐藏书。三十年代，陈氏从北京到上海收书，得南浔张钧衡的《适园藏书》《择是居丛书》及南浔刘承幹嘉业堂、庐江刘氏的部分藏书，就在上海择址开设来薰阁分店。他广交学者，与徐森玉、郑振铎等人往来密切。又有来青阁，店主杨寿祺，苏州人，颇精目录版本学，他一方面搜集老藏书家遇变故后散出的古书，又派人去江浙等地收购旧书，同时也在店中零星收进图书文物。由于书的种类多，所以图书馆和新藏书家都喜欢和他来往。

此外又如河北深县人王雨（字子霖），在琉璃厂开设的蕴玉堂，其人颇能辨识版本，收售多古本、精抄、家刻之书。常往来于饮冰室，为梁启超先生收书。曾在天津收得宋刻本唐陆德明撰《经典释文》6 册，以为奇遇，后售北京图书馆。此书共 24 册，凡四函，原为清宫旧藏，溥仪出宫时携出，后流落东北，王雨所得仅为四分之一，后王遂致力为北京图书馆配全。冀县人魏广洲的多文阁，其与藏书家多有交往，收售珍本图书，曾与文渊阁、修文堂、来薰阁合资购傅忠谟家藏书一批，有宋刻本《苏诗》等。河北衡水人刘盛誉的松筠阁，曾于 1925 年秋在打鼓摊上购得清末车王府抄曲本 1400 余种。河北人孙殿起的通学斋，长于版本鉴定，对版刻优劣，收藏去处了如指掌，所收善本颇多，如旧抄本《续精忠记》、清康熙刻本《东林列传》等。河北冀县人李建吉的宝铭堂，常往南方各省收书，曾收到宋刻本《二程遗书》、元刻本《层澜文选》、明末毛氏汲古阁抄本《九僧诗》等。河北任邱县人王文进的文禄堂，1941 年曾收得宋刻本《庄子南华真经》。王著有《文禄堂访书记》，辑有《文禄堂书影》等。而孙助廉的修绠堂曾陆续收入北京昌平县王萱龄家藏书，今王氏藏书佳者大多皆为孙氏售于北京图书馆收藏。又购得天津李国松集虚草堂藏书计三间书屋、定州王灏、苏州王颂蔚、蒯若木、郭世五家藏书等，均数量大，甚多善本书。此外，还分批购到李木斋、郭则沄、徐世昌、张燕卿家的藏书。

上海虽然是一个大的商业城市，但是经营古旧图书的店铺，却多是北方人所开，也有的是江苏人所为。如郭石麒、陈乃乾的中国书店；李紫东、黄廷斌、袁西江合伙的忠厚书庄；罗振常的蟫隐庐、王富晋的富晋书社、陈济川的来薰阁、杨寿祺的来青阁、柳蓉春的博古斋、韩士保的文海书店、孙实君的修文堂分店、孙助廉的温知书店、于士增等人的萃古斋书局、朱惠泉的秀州鼎记书店、杨文献的汉学斋、翁阆（又名朗仙）的受古书店、徐绍樵的传薪书店以及浙江陈立炎的古书流通处等都是较为重要者。这些人经常奔走于沪宁线、沪杭线以及东南沿海一带收书，经验丰富，知识渊博，一些不经见之善本都为他们所发现。因此不少古旧书业者虽然经手的古籍善本有如过眼烟云，但从另一个角度看，他们又都是书籍递藏过程的见证者。陈乃乾为学者型的书商，二十年代至三十年代，他居沪上，江南各大收藏家如缪荃孙、黄彭年、沈德寿、莫友芝散出之书，无不经目。涵芬楼所藏善本古籍和全国地方志，多数是张元济先生亲手征集的。从1918年至1936年间，几乎每天下午五时左右，总有两三个旧书店的伙计，带着大包小包的木刻本，在商务印书馆发行所二楼美术柜前等候张先生阅看。对一些值得重视的刻本，他都仔细翻阅。

如富晋书店，开办于1930年左右，是北方旧书业在上海开设分店较早的一爿老店，店主王富山（1893～1982），字一峰，其兄即王富晋。王富晋，字浩亭，河北冀县王海庄人，其做成的最大一笔交易是1931年扬州吴引孙测海楼的藏书，吴氏藏书计8020余种，共装589箱，中有明弘治刊本《八闽通志》《延安府志》，明嘉靖刊本《广西通志》等珍本。出售时，先由北京图书馆、上海涵芬楼、中华书局图书馆、大东书局选购。其余各类大丛书150余种及其他各书都留在上海分店出售。又如传薪书店，店主徐绍樵，江苏扬州人，他的店中经常有淘旧书的老顾客。郑振铎曾在该店买到不少珍本好书，《劫中得书记》中提到徐处有数十处之多。著名的明崇祯刻本《十竹斋笺谱》即是徐绍樵售于郑者。周越然收藏的不少精刻秘本、词曲小说，也多经徐绍樵手购得。而周氏晚年境况不佳，除了戏曲传奇之书另售外，其他图书基本上又都是托徐绍樵经手出让的。

在上海的古旧书店中，没有任何一家可与古书流通处相抗衡。古书流通处主人陈琰，字立炎，杭州人。始设六艺书局，闭歇后于次年设古今图书馆（后改名为古书流通处）。陈乃乾《上海书林梦忆录》云："大江以南言版本者，书肆以古书流通处为第一，藏书售出者以抱经楼为第一。古书流通处初开幕时，列架数十，无一为道光以后之物，明刻名抄，俯拾即是。入其肆者，目眩神迷，如堕万宝山中。今之抱残守阙自命为收藏家者，曾不足当其一鳞片甲也。"陈氏曾收得南宋书棚本《江湖群贤小集》等重要古书。当时，凡藏家之大批售出者，悉为陈氏网罗，如百川之朝宗于海。其中最著者为缪荃孙艺风堂及嘉定廖寿丰两家之藏。古书流通处在结束之际，将存书悉数售于中国书店，价仅万元，善本仍多。

"上有天堂，下有苏杭"，杭州和苏州都是中国最重要的城市之一，杭州是历史悠久的文化古城，不仅有西湖之美，而且也是浙江省的文化教育中心。杭州大大小小的书店中，有朱成章的经香楼、侯月樵的汲古斋、杨炳生的利川书屋、郑小林的古欢堂书局等，而以朱遂翔（1894~1967）的抱经堂最具影响力。

朱遂翔，字慎初，浙江绍兴人，在三十年代的文化界中颇有名气，是书林中的重要人物，与北京写《贩书偶记》的孙殿起有"南朱北孙"之称。1915 年，他在杭州梅花碑自己开设抱经堂，常往塘栖、湖州、宁波、绍兴、萧山、金华以及徽州等地收书，曾在章宗祥家收到宋刻本《李贺歌诗编》、元刻本《六子全书》以及顾祖禹手稿本《读史方舆纪要》等。其与杭州拜经堂主人朱立行、松泉阁主人王松泉、上海春秋书店严慕陵、秀州鼎记书店朱惠泉等人密切交往。朱遂翔和藏书家王绥珊熟，凡抱经堂送至王宅之书，王几乎都要。朱遂翔序《九峰旧庐方志目》云："王君绥珊聚书之处云九峰旧庐，是宅系丁氏八千卷楼旧址，内有灵壁石九件，故名九峰，盖取其意也。余识王君于沪上，时在民国十七年。王君雅好藏书，尤喜蓄各省方志，余为其奔走南北垂十年，初为其购瞿氏铁琴铜剑楼宋元本书十余种，继为其购双鉴楼傅氏、群碧楼邓氏等善本书籍数十箱，名闻南北。善本书售者亦接踵而至，皆由余一手鉴别。"王绶珊自1927年收购旧书始，至1937年止，共用去购书款五十万元左右，为近代藏书家花钱最多者之一，其中由朱氏个人经售及代为介绍的古书，就有30万元之多，遂翔获利也在10万元以上。王绶珊喜收地方志书，而经朱遂翔手售与王氏之方志就达3000种。因此朱氏的抱经堂是全国旧书业中资金最为雄厚的一家。

抱经堂还编有《抱经堂书目》，有目有价，一书一价，邮购的生意，远至日本、美国。朱氏自民国十年（1921）起编制书目，直至停业止，共出版目录30余册之多。此外他还印有残本书目、临时书目。朱氏由于经营古旧书业致富，他自己也收藏了不少善本书，开始专收各种罕见本的医书，有初刻初印本数百种，后来又收明版书。抗战期间，他的书店闭歇，后又转至上海营业，因各种原因，致使财务上发生危机，无奈才将店内积存的数百担古旧书籍全部作废纸称去；杭州存书，也陆续售于北京、上海、杭州的古旧书店。

苏州不仅有园林之胜，而且教化所遗，素有文明乡里之称，由于藏书人家多，学子勤读，于是贩书之业为之兴旺。民国年间，吴中护龙街，自察院场至乐桥一段，大小旧书店，林立其中。而在大井巷北的文学山房为各店之翘楚。文学山房的主人为江杏溪、江静澜、江澄波。他们三代人陆续购得木渎冯桂芬、无锡朱达夫以及管礼耕、叶昌炽、丁士涵、沈秉成、王同愈、单镇诸家珍藏。又与吴门学者名流乃至南北俊彦皆有往来。该店贩书数十年，经手罕见善本甚多，如宋蜀刻本《陈后山集》、明末毛氏汲古阁抄本《复古编》、明蓝格抄本《古今岁时杂咏》（有清何焯、黄丕烈跋）等。

　　为了赚取更多的利润，部分书店的主持者也收集书版进行重印，或对一些学者的学术著作予以影印出版。这实际上，也为传播文化、嘉惠艺林起到了重要的作用。如谭锡庆藏有《长安获古编》书版，印刷了百十余部。魏氏文友堂将贵阳陈田撰辑的《明诗纪事》书版续刻完成，刷印行世。又重新刷印《吉金志存》《宸垣识略》《古今集联》《景德镇陶录》《陶说》。孙氏修绠堂刻有《左庵集》，影印有《孟邻堂文抄》《祗平居士集》。修文堂印有《诚斋殷虚文字》，来薰阁印有《越谚》《段王学五种》《古文声系》《广韵》《山带阁楚辞》等。王富晋影印的书最多，如《说文古籀补补》《说契》《四声切韵表》《过庭录》《太霞新奏》《新定九宫大成南北宫词谱》《文镜秘府论》《龟甲兽骨文字》《述均》等，铅印本如《索引式的禁书总录》《校增纪元编》《测海楼旧本书目》《艺概》。

　　苏州文学山房江杏溪用木活字聚珍印有《文学山房丛书》（又名《江氏聚珍板丛书》），共印四集28种。屈曦跋曰："文学山房江君杏溪亦饶有思想之一人……杏溪则揣摹时好，凡丛书中金石书画书目等类，不易得单行本者，率取以排印，藉广流传，积时既久，哀然成帙，因颜之曰'文学山房聚珍板丛书初编'，后有续出，则二三之而不已。"江氏又得蒋凤藻《心矩斋丛书》、谢家福《望炊楼丛书》书板，重新刷印发行。

　　王钟翰《北京访书记》中云："厂肆书贾，非南宫即冀州，以视昔年之多为江南人者，风气迥乎不同。重行规，尚义气，目能鉴别，心有轻重。九城之肆收九城之书，厂肆收九城之肆之书，更东达齐鲁，西至秦晋，南极江浙闽粤楚蜀，于是举国之书尽归京市。昔人所不及知不及见者，寻常皆能知之见之，其功曷可没耶！"这虽是写北京琉璃厂书肆，但对于旧书业者来说，他们对于保存图书文献、促进文化交流，提供公家图书馆收藏是完全尽了心的。

　　图书馆的藏书来源，一般说来，多是来自私人的捐赠、从书店购买、馆与馆之间的交换以及其他渠道，而其中以从书店购买为主要途径。对于大的或专业图书馆来说，补充古籍善本或有实用价值的线装书，那就主要通过古旧书业者来提供。我们可以从北平图书馆的历年采购数字来看它的增长。1926 年 7 月～1927 年 6 月购入古籍经部 1034 册，史部 10449 册，子部 2500 册，集部 4781 册，丛书 1160 册。1927 年 7 月～1928 年 6 月购入古籍经部 453 种、3741 册，史部 1453 种、14096 册，子部 905 种、8730 册，集部 852 种、5631 册，丛书 114 种、5517 册。1928 年 7 月～1929 年 6 月购入古籍经部 110 种、537 册，史部 806 种、5497 册，子部 455 种、2834 册，集部 325 种、1787 册，丛书 54 种、2341 册。1929 年 7 月～1930 年 6 月购入古籍经部 63 种、382 册（又 1 卷），史部 539 种、4172 册（又 55 张 107 页），子部 352 种、2509 册（又 1 卷 1 页），集部 618 种、4720 册，丛书 44 种、1182 册。1930 年 7 月～1931 年 6 月购入古籍经部 48 种、221 册，史部 567 种、2950 册，子部 213 种、1406 册，集部 508 种、2971 册，丛书 28 种、331 册。1931 年 7 月～1932 年 6 月购入古籍经部 61 种、445 册，史部 465 种、2575 册，子部 319 种、7629 册，集部 487 种、2784 册，丛书 24 种、622 册。1932 年 7 月～1933 年 6 月购入古籍经部 16 种、147 册，史部 477 种、4788 册，子部 114 种、632 册，集部 761 种、3644 册，丛书 20 种、649 册。1933 年 7 月～1934 年 6 月购入古籍经部 175 种、887 册，史部 499 种、12060 册，子部 360 种、1818 册，集部 82 种、2529 册，丛书 58 种、2789 册。1934 年 7 月～1935 年 6 月购入古籍经部 204 种、2447 册，史部 718 种、5497 册，子部 253 部、3389 册，集部 244 种、2005 册，丛书 56 种、2346 册。

至于在 1940～1941 年间，郑振铎等人组织的"文献保存同志会"，大力为中央图书馆搜购古籍善本，更是得到各家书店的协助。郑振铎的《求书日录》中说："我十分感谢南北书贾们的合作。但这不是我个人的力量，这乃是国家民族的力量。书贾们的爱国决不敢后人。他们也知道民族文献的重要，所以不必责之以大义，他们自会自动的替我搜访罗致的。"

陆、近代以来公私藏书的损失

对于古籍图书来说，它的损毁莫过于战争。隋代牛弘的《五厄说》、明胡应麟的《续五厄论》等，多言战争对于公私藏书的破坏。大凡较有远见的统治者，大都会在战乱平息之后把崇儒尚文、搜求图书当作修明政治、发展社会的一个重要方面，因此历代的皇家藏书往往颇具规模。但是，也正因为是皇家藏书，又最容易在改朝换代的政治征战中成为首当其冲的牺牲品。每次政权更替，几乎都伴随着焚烧皇家藏书的冲天大火。公元前 213 年，秦始皇下令焚烧除秦国史籍之外的各国史书及私人所藏儒家文献、诸子百家之书；六年之后，项羽入关，又纵火焚烧秦国的阿房宫，火三月不熄，秦国的皇家藏书也基本焚毁。再以宋代"靖康之乱"为例，陆游云："本朝藏书之家，独称李邯郸、宋常山公，所蓄皆不减三万卷"，"李氏书，属靖康之变，金人犯阙，散亡皆尽。收书之富，独称江浙，继而胡骑南骛，州县悉遭焚劫，异时藏书之家，百不存一。"近人邓实（秋枚）跋《禁书目合刻》又云："西汉兰台、石渠 33090 卷尽于王莽之末，东汉东观、仁寿 13269 卷尽于董卓移都，晋秘书、中外三阁 29945 卷尽于惠怀之乱，东晋秘阁 3014 卷、孝武时 36000 卷、宋总明观斋 64582 卷、学士馆 18010 卷尽于末年兵火，梁文德殿、华林园 23106 卷，江陵 70000 余卷尽于元帝自焚。二秦 4000 卷，北齐仁寿、文林 30000 余卷，后周虎门、麟趾 15000 卷，隋修文观 103278 卷尽于砥柱舟覆，唐集贤院四库 89000 卷尽于安禄山；十二库 7 万余卷尽于黄巢；宋三馆、秘阁 36280 卷尽于祥符之火，崇文院 30669 卷别藏于龙图阁、太清楼尽于靖康之变；中兴 44486 卷尽于绍兴之灾。"历史上的战争，不论其性质如何，它总是对当时的经济、文化带来破坏，这是无可置疑的。

从 1840 年到 1949 年，在历史的长河中，仅仅是 109 年。但是，对于中国文化的摧残却是较唐、宋、元、明以及清代前期、中期以来任何一个时期都有过之而无不及。近代以来，图书毁于水灾的例子，较之兵燹、祝融来说要少许多。甘鹏云是湖北的藏书家，其少壮辛苦所得之书，藏之家者，悉为洪水收去。其《崇雅堂书录》序例云："癸亥秋，忽得潜阳溃堤之信，汉水灌潜城，将庐藏书十万卷尽付洪流矣。惜哉！惜哉！此十万卷者，皆予储积卖文钱，节衣缩食所聚，与有力购致者不同，可惜一也。其中有先君子编辑及手钞点治之书，可惜二也。有乡先生著述孤本，仅存之书，可惜三也。有予手钞手校之书，可惜四也。予有俚句云：'潜阳老屋小如舟，石墨盈车书汗牛。可惜无人勤守护，金堤一决付洪流。'咏此事也，已矣，已矣，莫如何矣！"

近代人们大书特书的毁书，首推清乾隆帝为编辑《四库全书》而"寓禁于征"，大兴文字狱，凡不利于满清统治的，或加禁毁、或加删节、或加篡改，这些书竟达4000余种，超过了《四库全书》收书3503种。据光绪年间上海国学保存会出版的焚书目录中说："盖自秦政之后，实以此次焚禁，为书籍最大厄，……盖秦火之后，大厄凡十有一，而以本朝乾隆时，焚禁之一厄为最后而最烈，何也？盖昔之毁，乃官府之所藏，而山岩屋壁尚有存者。今之毁，并毁及民间，而比户诛求，其所遗留者亦仅矣。"实际上，在中国的历史进程中，焚书、毁书最多的并不是秦皇、乾隆，近代以来最大的损失莫过于太平天国战争以及八国联军侵略中国的战争、日本帝国主义侵略中国的战争。太平天国运动，除了对于社会经济造成了特大破坏之外，还焚毁了大量图书。八国联军侵华虽是局部地区的图书受毁，但损失的却是重要版本。近代日本走上侵略道路后，不惜采用种种卑劣手法，掠夺中国文物图书，特别是1931~1945年，这长达14年之久的侵华战争中，使中国的文化事业蒙受了巨大的损失。

在抗日战争中，中国的国家损失之大罄竹难书，而文化事业也多遭到日寇的破坏，对于图书馆来说，损失尤大。据1939年国民政府教育部《教育年鉴》的统计，截至1938年12月止，大学及专科以上学校，全国共118所。十八阅月来，十四校受极大之破坏，十八校无法续办。……在各大学之损失，当以图书馆为最甚。以国立学校言，则损失 1191447 册；省立学校，104950 册；私立学校，1533989 册。总计达 2830386 册之多。但此仅就沦陷区内之四十校计，其数已如是之巨。沦陷区及战区之图书馆，凡 2500 余所，损失之最低限度，以平均每馆五千册计，全部损失当在一千万册以上。这实在是一场浩劫。国立中央大学图书馆随校西迁时，舟行川江不慎，沉没十余箱。抵渝以后，又遭轰炸，损失一部分，原有图书 40 余万册，致仅存 18 余万册。江阴南菁中学，所藏宋版书及首创南菁书院王先谦珍藏名本，俱遭焚毁。国立中山大学图书馆，散失图书 10 余万册，战后追回 147 箱。岭南损失较少，唯存香港中国文化研究室之图书杂志约 11000 册，内有《大清实录》1120 册，全部散佚。寄存香港岭南分校之善本图书 12 箱，亦失去 6 箱，内有影印明本《金瓶梅词话》及 4 种罕见《广东县志》。

据战时全民通讯社调查，卢沟桥事变后，公共图书为日寇掠运者，北平约 20 万册，上海约 40 万册，天津、济南、杭州等处 10 万余册。南京市立图书馆则与夫子庙同毁于火。八一三沪战发生，上海市中心区图书馆又毁于日寇炸弹之下，此为上海图书馆损失之最大者。南市文庙市立图书馆、鸿英图书馆等图书馆，亦散佚甚多。国府文官处、教育部、内政部、外交部及其他机关学校图书被敌运走不下 60 余万册。1943 年前，美籍人士实地考察，估计中国损失书籍在 1500 万册以上（韩启桐《中国对日战事损失之估计（1937~1943）》，中华书局 1949 年版）。而国民政府教育部 1938 年底的统计，中国抗战以来图书损失至少在 1000 万册。又据 1939 年度的统计，沦陷区专科以上院校运出图书 1190748 册，而留置沦陷区者为数 1923380 册。

侵华日军在南京不但掠夺国家图书馆藏书，而且搜掠私家藏书，东门卢冀野藏书不下数十万卷，多有珍贵古籍，悉为日军焚窃。大石坝街 50 号石筱轩家，被日军抢走名贵古籍四大箱、字画古玩 2000 余件。从 1938 年 3 月起，日军又进一步搜掠南京的公私图书，多达 88 万册。在上海松江，姚石子收藏中国典籍甚富，沦陷后，被敌全部运去。日本《赤旗报》1986 年 8 月 17 日，刊登题为"日本侵略军进行的文化大屠杀"的文章，揭露日本侵略军 1937 年在南京进行了惨绝人寰的南京大屠杀，大屠杀后，又掠夺了大量的图书和文献。当时日军特务部工作人员检查了可能有重要书籍和文献的地方共 70 处，其中有外交部、国民政府文官处、省立国学图书馆和中央研究院。他们搜集散乱的图书，装满卡车，每天搬入十几辆卡车的图书，在调查所主楼一、二、三层的房间里，筑起了二百多座书山。参与"文化大屠杀"的人员，有特工人员 330 人、士兵 367 人、苦力 830 人。共动用了卡车 310 辆次。为了对图书进行整理和分类，日军调动了在中国的满铁图书馆工作人员，和满铁调查部、东亚同文书院以及上海自然科学研究所的专家。据大连图书馆管理科主任大佐三四五说，中国政府的中央和地方的公报种类繁多，而且非常齐全，一直到事变之前的公报都在。全国经济调查委员会的刊物中，最近对中国经济产业的调查和事业计划书占了大部分，非常珍贵。此外，还有 3000 多册《清朝历代皇帝实录》。在整理完这些图书之后，才知道掠夺到的图书共有 88 万册。

东方图书馆在战争中所受到的损失最大，1932 年 1 月 29 日上午 10 时，上海商务印书馆总厂在日寇轰炸中，全厂焚毁，五层大楼仅剩断壁残垣，三十年来搜罗所得的大量中外图书，全部化为灰烬。所幸涵芬楼所藏善本古籍，有 500 余种早在 1927 年即寄存在金城银行仓库中，"一·二八"之役幸免于难。东方图书馆为中国东南图书馆之巨擘，被毁后，张元济先生痛苦地说："这也可算是我的罪过。如果我不将这五十多万册搜购起来，集中保存在图书馆中，让它们散失在全国各地，岂不可避免这场浩劫。"国内文化学术团体和教育机关曾先后通电全国及世界各国政府、民众团体等，控诉日寇暴行，并在国际上引起关注。国民党中央委员孙科、孔祥熙、吴铁城等通电全国，谓日本对中国"交通文化教育机关，辄付一炬"。南京重要文化团体及教育机关如中央研究院、中央大学、中央政治学校等，上海律师公会、各大学联合会、中国著作者协会以及北平学术界胡适、蒋梦麟、丁文江、翁文灏、傅斯年、梅贻琦、袁同礼、陶孟和、任鸿隽、陈衡哲诸人，以及上海英美籍基督教传教士百余人无不发表通电和宣言，认为日军暴行惨无人道，应请全世界人民群起制止其暴行。蔡元培先生在该馆被毁后，即领衔并联合蒋梦麟等五人致电国联，请制止日寇暴行。电文说："日本陆战队及飞机二十余架，屡在上海之闸北、江湾等地，横施暴行，并故意摧毁文化机关，即如中国最大出版事业商务印书馆、东方图书馆、暨南大学等被焚毁殆尽……"当时中外舆论界，如《申报》《大公报》《大陆报》《时事新报》等，都对上海商务印书馆被日机炸毁，无不义愤填膺、备致惋惜。

先师顾廷龙先生《涵芬楼烬余书录序》云："倭寇肆虐，俱罹焚如，仅少数善本先期移存他所者幸免浩劫，损失之重，旷古所无，岂特一馆之事，盖攸关国家文化者甚巨。忽忽二十年，尚无可以继而起者，思之能无余愤！当先生初辟图书馆，以为只便阅览，未足以广流传，遂发愿辑印善本，博访周谘，采摭畔合，成《四部丛刊》《百衲本二十四史》等，皇皇巨编，嘉惠来学。先生尝言，景印之事，早十年，诸事未备，不可也；迟廿年，物力维艰，不能也。此何幸于文化销沈之际，得网罗仅存之本，为古人续命，而又何不幸于甄择既定之本，尚未版行，乃嬴火横飞，多成灰烬，是真可为长太息者也。馆中藏弆，毁者什七八，存者什二三。"三十年的积累，在日军侵略战火中全部毁尽，仅物质上损失即在百万元以上，文化事业上的损失更是无法估计。诚如后来商务印书馆所称：书籍损失一项，以东方图书馆收藏图书为最，多系宋元精本、明清佳刻，与夫中日著名孤本珍籍，价值连城，无法估计。据该馆初步估算，这些书籍当初购进时的价值，约为 16283395 元，损失时的价值较原价高出何止数倍？

1943 年，中央研究院社会科学所研究战争损害专家韩启桐呼吁，"陷区古物如何彻底清查，实为我国损失调查重要问题之一，应从速慎筹计"（《中国对日战事损失之估计（1937~1943）》，中华书局1949年版）。为此，教育部设立"向敌要求赔偿文化事业研究会"。1944年1月22日，国民政府主席蒋介石照准该会并入行政院抗战损失调查委员会。日本投降后，中国人民要求尽速追回被掠文物图书的呼声十分强烈。1945年8月31日，浙江大学农学院教授蔡邦华致函教育部，建议调查国内教育文化机关之损失，以责令日本赔偿。9月，张道藩向蒋介石提交"请组织清理日本掠夺中国文物委员会案"，国民政府对调查、追索被掠文物一事，也十分关切。在获悉为缓和战后日本的经济恶化，日本商工省建议以日本盗取的艺术品和古物作为向国外贷款购买粮食的抵押一事后，1945年10月1日，行政院长宋子文即令"外交部转达盟军占领日本统帅部通知日本政府禁止对自甲午战争以来劫自我国文物作转让变卖"。10月5日，教育部社会司战时文物保存委员会拟具归还劫物的初步意见：一、抗战期间被日本掠夺之古代书画、美术品、古物、各校馆图书、仪器、模型、机械及其他有历史意义学术价值之文物，应责令日本将原物归还；二、被掠夺文物因损失或其他原因，原物无法偿还者，均应责令日本有相当价值器物照价赔偿；三、将损失情形调查具报；四、拟由本部派员驻东京盟军总部，协助调查文物被掠夺情形。11月8日，国防最高委员会商讨拟定"关于索赔与归还劫物之基本原则及进行办法"，规定日本应将自中国境内（包括东北）夺取之一切公私财物，凡经证明者，悉数归还，日本政府应提供劫物清单。11月26日，外交部约集军政、经济、教育、内政各部代表，讨论办理归还劫物案情形。教育部赶制了"日本公私机关收藏中国古物者之清单""见于著录在日本之中国古器物目录"及"日本应归还我国及应作抵偿甲午以来我国学术文化损失用之文物简表"供会议参考。会议商定，"应先由各有关机关遴选派代表专家组织综合代表团，赴日调查日本可先充赔偿之各种实物，及调查或鉴别日本掠夺我国之文献古物"。

为适应战后调查文物为敌掠夺或破坏所致损失，以备向日本搜寻和追偿，1945 年 11 月 1 日，行政院训令教育部战时文物保存委员会改名为清理战时文物损失委员会。战后虽追回部分文物图书，但所获与实际被劫数远非可比。如战时损失的书籍，据国内调查，不下 300 万册。

柒、结论

编辑《中国大陆古籍存藏概况》的构想，早在七十年代后期就已有萌芽了。为了说明这一点，必须话说从头。1978 年 3 月，在南京召开了第一次《中国古籍善本书目》编辑工作会议，当时，笔者除了负责会议的会务工作，也参与了具体的讨论。随着工作的进展，我有时追随主编顾师廷龙先生去一些省、市图书馆看书、讲课、开会。1980 年夏，《中国古籍善本书目》编委会在北京开始汇编书目的工作，各省、市图书馆的专家及工作人员云集北京，十来万张善本书的卡片也都齐聚一处。那时我得出的印象是，有不少省、市图书馆或大专院校馆的藏书都有自己的收藏特点，如果能把本馆的收藏来源、历史、特点等系统地作一介绍，那么读者定可得到启迪，而如果将各馆的介绍汇总起来，即可成为图书馆收藏古籍的一个专集。

《中国古籍善本书目》是一项花费了二十年时间的巨大工程，他将大陆八百余个图书馆收藏的古籍善本，以书目的形式呈现在读者面前，这在过去是难以想象的。随着大陆的改革开放，部分图书馆的专业人员撰写了本馆所藏古籍的概述，分别发表在一些杂志上，如中华书局的《书品》等。由于篇幅的限制，内容不够详尽，这对于读者来说，实在是感到不足。1994 年，台湾大学图书馆学系潘美月教授又一次来到美国哈佛大学哈佛燕京图书馆访问，由于我们两人研究的内容都和目录学、版本学有关，所以谈起来就有不少共同语言，话题越谈越多，越谈越深，于是大家都有进一步在学术领域合作的意愿。就这样，《中国大陆古籍存藏概况》的题目就出现了。

海峡两岸的文化交流势在必行，而且也必然会继续扩大。这是因为一个民族、一个祖宗、一种血缘、一种文化的联接，这是任何力量也割裂不了的。近十年来，台湾地区的学者不断地赴大陆作研究、演讲、学术交流、旅行，他们都希望能在大陆的图书馆里找到和自己研究有关的材料。台湾地区的地方毕竟太小，藏书毕竟有限。但是，对于台湾地区的学者、教授、研究者来说，去一次大陆，如果是无的放矢，不得其门而入，那岂不是白白浪费时间、金钱、精力。任何一个研究者都希望为自己的研究课题寻得新的线索，一旦觅得他意想不到的资料定会感到兴奋、雀跃。而详尽地占有资料，本身就是研究者潜往更深的学术领域所必须进行的一种形式和方法。因此，我们可以说，编辑这本书的意愿无非是两个，一是可以为部分大陆省、市一级的公共图书馆、著名的大专院校图书馆收藏的古籍作一个小结，二是也为台湾地区的研究者提供一些大陆图书馆收藏古籍的讯息。多少年来，大陆和台湾地区都没有出版类似的著作，既然如此，那这本小书就算是填补这方面的空白。如果这本小书能对海峡两岸以及各国的汉学家、研究者都有一点帮助的话，那我们也会感到莫大的欣慰。

最后，我们十分感谢为本书撰稿的专家、学者以及朋友们，没有他们的鼎力相助，这本书也是编不成的。

孔子《圣迹图》序

孔子是中国历史上的一位伟大人物。作为中国传统文化的先师，中国系统思想史的奠基者，他的思想与智慧已成为华夏的精神源泉，他的学术思想，更是代表了中华民族的精神。中国国民的尊师重道的民族性，就是因孔子的教泽而发荣滋长。孔子既为万世师表，千余年来，人们多尊而效之，其微言大义，载于六经，自非诵其诗、读其书，不能通其道。

而欲使孔子之道为众人之所知，则莫如广布有图之书，人得而藏之，即使是不识字者，亦在在处处如见圣人。这种传统，早在汉代即有，汉时宫中屏风尽画古贤像以为鉴戒。根据记载，西汉景帝时，文翁任蜀郡太守，修学官，作石室，刻孔子坐像。而以孔子为主要人物之绘图，大约是东汉灵帝光和二年（179），其时始置鸿都门学，画孔子及七十二弟子像。

《圣迹图》，即是后人据孔子一生之事迹绘之于图，以昭示来者。圣者，圣人也。《孟子·万章》云："孔子，圣之时者也。"自儒家定于一尊之后，特指孔子为圣人。迹者，业迹，事迹。《庄子·天运》云："夫六经，先王之陈迹也。"图中每一幅画都是一个故事，其绘画之基础，均来自记录孔子言论行事的《论语》，以及《史记》中的《孔子世家》。《圣迹图》有绘本、石刻本、木刻本三种类型。绘本最早，据传为元代画家王振鹏所绘，图共10幅，清光绪三十四年（1908）由邓实予以影印。石刻本今仅知明张楷编有《圣迹图》，另有今存山东曲阜孔府圣迹殿的石刻，为明万历十九年（1591）山东巡抚何出光所刻。木刻本传世版本则甚多。

中国国家图书馆藏《圣迹图》拓本，一名《圣文宣先师周流之图》，为清康熙二十一年（1682）正月十六日刻。石刻曾在上海市青浦县，为清蔺友芳捐俸所刻。清陈尹绘，朱璧镌。蔺氏刻图之缘由可见其跋。图计36幅，每幅的左上角或右上角均有文字说明及蔺友芳像赞。此本存34幅，佚去第六幅孔子适晋学琴于师襄、第七幅孔子适周见老子。全帙基本按照圣迹编年排列。

蔺友芳，字仲山，直隶宛平人，监生。康熙十八年（1679）任青浦知县，至二十一年离任。这本《圣迹图》应该是他在离任前所为。绘者陈尹，上海青浦人，学画于上海李藩，山水、人物、花鸟，有出蓝之目。此本之勾勒，线条较流畅，人物之图像比例甚准确，笔力亦工致。青浦县清代属江苏松江府，在青浦县城以北九里有"孔宅"，为汉末孔子22代孙太子太傅孔潜避地于此，因称孔宅。之后，萧梁时29代孙孔滔为海盐令，隋时32代孙孔嗣哲为吴郡主簿，34代孙孔正为苏州刺史，孔氏之著籍于吴，厥有自焉。青浦又有宣圣庙，为明末诸生陆应扬赴阙里摹孔子遗像塑于庙中。

据（光绪）《青浦县志》卷十一"名迹"载，康熙四十四年（1705），帝曾南巡至松江，道经孔宅，孔氏子孙谨将《孔氏画图》一卷、《孔宅志》一帙、墨刻孔宅《圣迹图》一册、《孔宅考证》一卷、请表章疏一道进呈御览。帝特赐御书"圣迹遗徽"及联额等与孔宅。《名迹》又云："先是，松郡治河于东郊，得古碑，高六尺余，视之乃唐吴道子所绘圣象，敬辇置宅中。张中丞又以先世所藏《圣迹图》勒石陷壁，邑人方正范曾修补之，至今尚在。"同时，在该县志卷首有《孔宅图》一幅，内绘有"圣迹"，当年张楷墨刻《圣迹图》之原石即庋藏于此。然查新本《青浦县志》，孔宅内之石迹皆荡然无影。以上所云墨刻《孔宅圣迹图》，或为张楷石刻本，抑或为据陈尹绘本所刻，因无详载，不敢妄加断论。

孔子道贯古今，德配天地，所谓万世不朽。此种图画，乃刻者出自垂永久之思。孔子为公元前春秋时人物，如要清代画师去塑造当时孔子形象，去符合历史人物之真实，是比较困难的事。因此，目前我们所能看到的《圣迹图》，不管图之多寡，全都是作者运用想象力，揣摩当时的情景，选取孔子生平事迹中最为人所津津乐道的难忘情节去创造出来的。无论如何，《圣迹图》在中国版画或石刻发展过程中所起的积极作用，是值得艺术研究者和评论家去做结论的。

此书之影印出版，是国家文化部、财政部"中华再造善本"工程计划的一部分，他们为保存善本图书，特拨出巨款，裨使孤本珍本化身千百，延其一脉，没有他们的设计和鼎力襄助，这项有意义的事情是做不成的。

2001 年 10 月 23 日

《韩南教授及其所藏清末民初小说宝卷》代序

美国哈佛大学哈佛燕京图书馆是欧美地区最重要的汉学重镇之一，该馆的藏书，近十多年来，逐渐为国内的学者所了解。这大约是因为国内的改革开放，致使不少学者和研究人员有机会走出国门，到欧洲、到美国、到哈佛、到其他的汉学中心、东亚图书馆看到了海外汉学研究的大致情况，并写文章为之绍介，这对进一步促进东方认识西方，促使中国了解世界，知己知彼，实在是大有好处的。

哈佛燕京图书馆藏的中文线装书是极其丰富的，其数量及质量完全可以和美国国会图书馆相比美。然而，在我的查证中这些书几乎多是买来的，不管是二十世纪三十至四十年代在北京、上海的书店中采购，或是五十年代在日本旧书摊上搜求，甚或六十年代从台湾私人藏家处搜觅，然而就是没有藏家将自己费尽辛苦搜集来的珍藏捐献出来的故事（除却现代作家捐赠珍贵手稿和签名本，以及重要政治人物的后人捐赠的书信及档案）。直到2000年，也即"哈佛燕京"建馆72年后，前哈佛大学东亚系的韩南（Patrick Hanan）教授在荣休后，将自己收藏的清末民初出版的小说（231种846册）、宝卷（91种131册）全数化私为公，捐赠该馆，这已成为"哈佛燕京"的珍藏之一。

一

韩南教授是 1997 年荣休的，当年 12 月，哈佛燕京学社、哈佛大学东亚系及有关单位联合举办了一场中国古典小说的学术研讨会，以赞扬韩南对研究中国传统文化的贡献。韩南的许多学生都从欧洲及美加地区赶来与会，盛会是令人瞩目的。确实，韩南不论是在当学生、读学位时期，还是在英国伦敦大学、美国哈佛大学等处任教，乃至出任哈佛燕京学社社长时，他对中国明清小说的研究始终是锲而不舍、孜孜不倦，他向学术界贡献了 11 部极有价值的著作，他的研究成果奠定了他在欧美汉学界的重要地位。

2000 年 11 月，我回上海探亲，抽暇和上海教育学院的孙戈先生见面，孙先生的硕士论文是以韩南教授的中国明清小说研究为主题来作研究的。他将他的论文印了一份给我，托我回美时带给韩南。当韩南看了论文后高兴地说："想不到还有人会以我为研究对象的，真有意思。"他笑着说："我没有做什么，还有很多事还没有做呢！"

韩南是美籍新西兰人，高高的个子，银白色的头发下是一副真诚的儒者面孔，说起话来慢声细气，他的平易近人、从不摆架子和谦虚谨慎，恐怕是所有见过他的人都认同的。尽管已经退休，但他却不甘于舒适的家居生活，而又做起了他喜欢的题目。韩南早年留学英国，于 1960 年获得伦敦大学博士学位。随后任教于美国，历任斯坦福大学中文系教授、系主任。自 1968 年起，即任哈佛大学东亚语言与文明系教授、哈佛燕京学社社长、托马斯讲座教授。

韩南的研究专重于中国戏曲及小说，尤其是后者。而他的论文《〈金瓶梅〉的版本及其他》《早期的中国短篇小说》《〈古今小说〉中某些故事的作者问题》等，更是西方世界研究中国明清小说必读的文章，而美国不少研究明清小说的学者多出其门下，或受他的影响甚大。台湾的"清华大学"荣誉讲座教授王秋桂曾将韩南的大部分论文辑成《韩南古典小说论集》（1979 年，台北联经出版事业公司），那是韩南的论文被系统翻译成中文的开始，并对台湾方面的学者研究中国古典小说有一定的推动。

西方世界致力于研究中国短篇白话小说的学者不少，但成就最大的当推韩南。韩南治学的态度严谨，勤于钻研问题，不轻信传统看法。他的中文非常好，由于能参阅丰富的原始资料及前人的成果而又成功地运用西方的观点，因此他的论文一方面言而有据，考证精详，一方面又有创新的见解。

二

韩南教授收藏的清末民初小说和宝卷，是如何得来的呢？早在 20 世纪 50 年代中，韩南在伦敦大学攻读博士学位的时候，他的指导教授西蒙（Walter Simon）建议他以中国古典小说《金瓶梅》作研究论文。1957 年，对于中国来说，是整风运动和"反右倾"斗争的一年，中国的知识分子多处于难熬的状态下。韩南在这种背景下，却得到机会在北京进修一年。他通过中国对外文化联络部门的安排，住在东单的船板胡同，只要有时间，他必定去北京图书馆、首都图书馆、北京大学图书馆查阅文献资料，同时，他也时常向郑振铎、傅惜华、吴晓铃等先生求教。而郑振铎不仅帮助他得到了北京人民文学出版社根据 1933 年影印本重印的《金瓶梅词话》，而且还介绍他去东城区中国书店的一个内部供应专家学者图书的门市部，在那里，韩南又结识了几个"老伙计"，"老伙计"们对年青的韩南特别热情，处处关照他。

当时的一般公家单位，如大图书馆、研究所采购线装书，多着眼于宋元旧椠、明清佳刻或名家抄校稿本，而对清末民初小说、宝卷则不甚看得起。由于并非有计划地去征集这类书籍，故积数十年之所藏才形成如北京图书馆的 217 种（其中郑振铎藏书 91 种）、北京大学图书馆的 186 种，这和他们被冠以国家馆及国家第一高校馆的藏书是不匹配的。即使台北"中央研究院"历史语言研究所傅斯年图书馆的 60 种左右，也是在三十、四十年代在北平所购。不少近、现代藏书家对这类"不登大雅"的印刷品，也剔除在他们的收罗范围内，况且那时没有人作研究，也很少有人看得上眼，故更谈不上有人专门收藏了。

韩南慧眼独具，他认为这些通俗读物广泛地流行于民间，必定有它的道理，近代的小说、宝卷虽然都是较近的出版物，但都是中国传统文化的组成部分，要了解近代社会百姓的阅读倾向以及信仰，这些东西都是研究的见证。他还认为西方的文学研究者可以从宝卷的研究中了解封建时代市井百姓们的生活、语言、想象、信仰、情感、艺术等。他的看法得到了吴晓铃等先生的赞赏。从此，韩南从有限的经费中"节衣缩食"地搜求这类书籍。五十年代，人们工资不高，物价甚低，书价也相对便宜，所以一部清末民初的小说或宝卷，一般是几毛钱或多至一二元而已（这在每种书的最后一页上贴的小标签上可以知道）。在"老伙计"们的协助下，他终于买下了不少这类别人看不上眼的小册子。

由于意识形态的缓慢宽松，知识分子思想的逐步开放，学术研究领域的不断扩大，在今天看来，当年韩南有心收集的这些小说、宝卷，已开始凸显出其内在的真正价值。在韩南藏的小说中，有十余种较为难得。我曾专门作了一次查对，即是看《中国通俗小说总目提要》（江苏省社会科学院明清小说研究中心文学研究所编，1990 年中国文联出版公司版）中有没有著录。因为《总目提要》是国内一百余位专家学者参与合作并编纂的学术著作，他们曾查核过国内的许多图书馆馆藏，收录的下限是清末，即是以辛亥年（1911）底成书或出版者为下限，应该说，是收通俗小说最多的一部专著了。然而在韩南的收藏中，仍有一些《总目提要》未著录之书，如：《新刻桃花庵》四卷二十四回（清宣统元年潍阳成文信刻本）、《闺阁才子奇书》四卷（清光绪三十二年上海书局石印本）、《图像新撰五剑十八义》四卷四十回（清光绪二十六年石印本）、《绘图剑侠飞仙传》六卷四十回（清末民初石印本）、《绘

图三下南唐全传》四卷五十三回（清末民初上海锦章图书局石印本）、《绘图红情快史》六卷五十六回（清末民初石印本）、《绘图花月因缘》十六卷五十二回（清末民初石印本）、《新编韩湘子九度文公道情全本》四卷（清末民初上海铸记书局石印本）、《绣像金镯玉环记》三十回（清末民初上海锦章书局石印本）、《麒麟牌》三卷（一名郑元和，清末民初上海石印本）。

按：上述十种或因有其他书名而未能查获，尚盼方家指正。此外，《总目提要》有著录但版本不同者五十余种。至于卷数、回数不同者也有多种，如《绘图睢阳忠毅录》四卷二十回（清末民初石印本），《总目提要》作《锦香亭》四卷十六回。

三

宝卷是中国封建时代的产物，也是民间宗教思想和民间通俗文化的载体，它反映了那个时代下层民众的宗教信仰和文化生活，虽然不为士流所看重，甚或为官僚阶级所鄙薄，但作为一种讲唱文学形式，表白质朴直观，通俗易懂，故所体现的多是民众的心声。车锡伦《中国宝卷总目》是一部关于宝卷的重要工具书，其综合国内外公私百家收藏的宝卷，约计一千五百八十五种，版本五千余种，其中十之七八为手抄本（包括 1950 年以后的抄本）。韩南所藏宝卷在《宝卷总目》中未著录者有：《如意宝卷》二卷，民国文元书局石印本；《新编合同记宝卷》二卷，民国石印本；《观音灵感宝卷》一卷，民国上海宏大善书局石印本；《新编田素贞宝卷》二卷，民国上海广记书局排印本；《新出曹正榜绣鞋记全本》一卷，民国上海槐荫山房石印本；《新抄经卷合刻》十种（又名《花名宝卷》），民国石印本；《五常宝卷》一卷，民国十年（1921）郑小康等集资杭州武林印书馆石印本；《阿育王宝卷》一卷十种，民国十三年（1924）上海翼化堂石印本。

韩南藏本中，《宝卷总目》未及著录版本者三十余种。如《张氏三娘卖花宝卷》一卷，民国宁波百岁坊学林堂书局本；《双凤宝卷》二卷，民国上海惜阴书局本；《普通福缘宝卷》二卷三十回，民国六年（1917）上海姚文海书局本；《最新绘图梁山伯祝英台夫妇攻书还魂团圆记》二卷，民国上海椿荫书庄本等，皆石印本。

从宝卷的流传来说，明代刊刻的本子本来就很少，国内图书馆中所存仅及 10 种左右，而清初的本子也难得一见。1986 年，我在美国作访问学者时，于哥伦比亚大学东亚图书馆内看到 3 种明刻本，那是《灵应泰山娘娘宝卷》《救苦忠孝药王宝卷》《泰山东岳十王宝卷》。目前公家单位和私人收藏家所有的多是咸丰、同治年所刻或以后的版本（包括抄本）。车锡伦《总目》序中有云："法国、美国、加拿大、英国等国学者和研究机构也有零星的收藏。据笔者《中国宝卷总目》统计，海外收藏中国宝卷约近 250 种，大部分是印本，手抄本绝少。"而燕京馆所拥有的这批韩南藏宝卷（原来馆藏仅有 10 种左右），则是车先生和大陆研究者所不了解的。所藏宝卷的数量，说多不多，说少不少，但至少可以补《中国宝卷总目》之不足。

我对宝卷没有研究，但是韩南藏有的一些宝卷从另一个角度看却是我的兴趣所在，如《太华山紫金镇两世修行刘香宝卷全集》二卷（民国蒋春记书庄石印本），此书流传甚广，《宝卷总目》即著录此书版本计 44 种，但却无此本。我不在乎此本的版本价值，而着眼于此本卷末有蒋春记书庄发行书目及每书之定价。再如《善宗宝卷》一卷（民国十一年〔1922〕上海宏大善书局石印本），此本不仅有内页，更有上海宏大善书局图及发行图书目录、价钱。又如《菱花镜宝卷》二卷（民国宁波朱彬记书庄排印本），书后有朱彬记书庄发行善卷目录。

几十年来，很少有人在这上面作文章。有极少数人知道它的重要，但是不容易或无缘见到，也就无法去做研究。另一种是不了解这种通俗图书在当时社会流通的重要性，认为是封建迷信，因此就更谈不上什么研究了。实际上这种有发行目录及价目者，对于研究中国近代、现代（1949）年以前出版史来说，都是极为重要的材料。试问，这十多年来出版的有关出版史专著用过此类资料吗？没有或几乎没有。图书之书价，包括明代、清代和近代的书价，研究的学者很少，即使是研究货币史的学者也难得一见明代的书价（国内有数篇写明代书价的文章，但作者都没有见到第一手原书上的书价，都是人云亦云，没有新意），而清代至今不到四百年，但可看到的原物书价也不多见。所以，近代包括现代的旧书价格凡有第一手资料的就必须注意保存。顺便说一句，燕京馆还藏有百余种北平、上海、苏州、杭州等地旧书店的线装书销售书目，就因为载有经史子集各类图书，且有卷数、作者、版本、售价，而被我移往善本书库"特藏"起来，我相信，总有一天，这些"线装书销售书目"一定会有人研究并派用处的。

韩南是一位在学术研究上非常慷慨的学者，他不仅时时提携后学，把他尚未出版的研究成果与同道们共享，而且一旦他不做某类研究项目后，又会把有关的图书资料送与朋友、学生（笔者也曾得到他赠送的涉及中国古典小说研究的图书，大部分是台湾的出版物，包括《金瓶梅》《肉蒲团》研究的著作，及香港明河社版附有彩色插图的《金庸作品集》等）。他认为：书和文献资料都是为人所使用的，你不利用它，它就处于"沉睡"状态，你用了它，或许会给别人以启迪。所以，韩南将他不再使用的小说宝卷捐献出来，用韩南的话来说，是让它们"物尽其用"。

"哈佛燕京"，它作为一个美国大学内的研究性质的东亚图书馆来说，乃是本着"学术乃天下之公器"之理念，敞开大门，面向研究者，而决不是"奇货可居，秘不示人"，我们欢迎一切研究者来利用"哈佛燕京"的馆藏，以及这批韩南藏小说及宝卷，以便发挥它应有的作用，这也是韩南教授赠书"哈佛燕京"的本意。

哈佛燕京图书馆所藏二本《永乐大典》

过去曾写过一篇"也说《永乐大典》"（见《书城风弦录》），里面提及"燕京"藏的二本《大典》，但未细说，故再写此小文，聊作补充。

"燕京"的二本《大典》，为卷七千七百五十六至七千七百五十七、卷八千八百四十一至八千八百四十三。卷七千七百五十六至七千七百五十七为十九庚韵，全为"形"字（最后一叶为"侀"字）。此本有四库馆臣饬钞之剩录单，由纂修官庄承篯签出，可证乾隆间编纂《四库全书》时曾提用者。膳录单有"纂修官庄陕签出第七千七百五十六，五十七，卷内《采真集》、韩淲《涧泉日记》、马明叟《实宾录》、《王融新对》、《燕语考异》、《古今事通》、《江淮异人录》、《灯下闲谈》、《三境图论》、《尚意譬喻论策》、《敬斋泛说》、《续后汉书》、汪藻《浮溪集》、《刘文贞公集》、《郑氏谭绮》、《唐鲹》、姬知常《云山集》、《僧文琦集》。共书拾玖种，计贰拾玖条。乾隆三十八年月日发写膳录。"又书后附叶署有"重录总校官侍郎臣高拱、学士臣胡正蒙、分校官编修臣吕旻、书写儒士臣吴一鸾、圈点监生臣徐克和、臣欧阳卿。""形"字卷内将自古以来古籍中于"形"之哲学与物理，收罗殆尽。其辑佚各书，如《灌畦暇语》《江州志》《南康志》《燕语考异》《玉融新对》《有官龟鉴》《萧了真集》《李方叔文集》《群书足用》《江淮异人录》《内翰谈苑》《三境图论》《史乐书》《经学明训》《唐鹄》《四书章图》《僧文琦集》《太玄宝典》、姬知常《云山集》、吴筠《步虚词》、陈纂《葆光录》、唐柳常侍《言旨》、宋薛季宣《浪语集》等，恐是今已湮没之典籍。

此本为美国哈佛大学哈佛燕京学社于 1931 年在北平购得，价为三佰圆（"哈佛燕京"隶属学社，购书经费都由学社支持）。先存之于北平燕京大学图书馆，后始运美。是年十月以前入藏"燕京"。此本，北京中华书局以及台北世界书局影印出版的《永乐大典》都未收入。

查《裘开明年谱》1931 年 4 月 8 日，裘开明致白雷格信中云，"已经为哈佛买到了一卷《永乐大典》，价格是叁佰圆。"可惜的是，没有说是购于何处。此信还说到"去年夏天，参观大英博物馆东方文献时，翟林乐博士告诉我，邓罗先生有两卷《永乐大典》要卖。翟林乐博士还说邓罗正考虑将它们还给中国政府。他是想出售还是捐赠，我还不知道。你最好能写信给邓罗先生，问他是否愿意卖或捐赠。邓罗先生所拥有的两卷没有被袁同礼列在他的《永乐大典》现存卷册的统计表上，可能因为他不知道。袁先生的统计表发表在《国立北平图书馆通讯》上。我还没看到邓罗先生的收藏，翟林乐也不记得是否有图解。如果它们有图解，而且有可观的长度，我认为值贰佰到陆佰美金。《永乐大典》在北平的价格一卷从贰佰伍拾到陆佰圆不等，取决于这些特殊卷册是以什么形式出版的，是否有图解，有多少页等。你能从伯希和教授那里了解《永乐大典》的情况吗？据说有一位法国女士有意出售一卷《永乐大典》。"

5 月 6 日，白雷格覆裘开明的信中说，他已经开始着手《大典》的事了。并说"我等了很长一段时间才收到伯希和教授关于巴黎所藏的《永乐大典》回信，这件事情已成泡影。"如此看来，当时在英法两国的民间，都有当年所劫的《大典》残册，只是"哈佛燕京"没能得到。

卷八千八百四十一为二十尤韵，全为"油"字；卷八千八百四十二至八千八百四十三为"游"字。书后附页署有"重录总校官侍郎臣高拱、学士臣胡正蒙、分校官编修臣王希烈、书写儒士臣金书、圈点监生臣敖和、臣孙世良。""油"字卷内将中国古代各种油质及其制法过程,搜罗颇备。辑佚之书,如《保宁府考究图经》《颂古联珠》《小说蒙求》《是斋售用》《云南志》《四明志》《李氏食经》《余干志》等书,今似已不存。

"游"字卷内多为游姓人名,所辑皆取材于正史方志,旁及诗文集中之碑传与墓志铭,其中如《两汉蒙求》《唐史补》《姓氏遥华》《武阳志》《重庆郡志》《顺庆路志》《顺庆府考究图经志》《抚州府志》《建昌府南丰县志》《新安志》《瑞阳志》《建安志》《吴兴续志》《存古正字》《宋陈了斋集》、张志道《碧霞洞天诗稿》、元吴澄《支言集》、明龚敦《鹅湖集》、宋吕祖俭《大愚叟集》、宋吕南公《灌园集》、吕东莱《辨志录》、赵庸斋《蓬莱馆集》等,或均为佚书。此本1998年中华书局、1962年台北世界书局出版的《永乐大典》已收入。

此本为1956年得自欧洲。在《裘开明年谱》1956年3月10日,载有美国国务院赫德生致裘开明函,谈及他的妻子在柏林探望她的母亲,"她已与加州大学来逊教授的女儿考瑞博士取得了联系。考瑞是德国民族学博物馆(即柏林人种博物馆)东方部主管,她有四册《大典》想出售,分别为卷九〇三至九〇四、卷一〇三三、卷四九〇八至四九〇九、卷一三一八九至一三一九〇,想要二千美圆一册。她还在向美国国会图书馆兜售这些《大典》。她要我写信给哈佛燕京,并等你的询问或答复。考瑞出生和生长在中国,中文很流利。"

裘开明于3月26日覆赫德生的信中表示,这四册《大典》,日本石井大慧发表在《还历纪念东详史论丛》(东京,1940年108-160)上的论文有记载,是属于德国民族学博物馆所有。学社社长叶理绥教授提出购买属于他国公共机构的东西是否合法。因此"我们想知道这四册《永乐大典》的确切合法拥有者。""至于这四册《永乐大典》的价格,当然没有定数,而是随行就市。根据我个人了解的战前《永乐大典》在各市场上销售的价格,我感到其价格太高。在北京每册的售价在叁佰–伍佰美圆之间。在欧洲则是壹佰美圆一册。正是在这个价格上,经后来的伯希和推荐,我们从一位法国女士那里购买了一册《永乐大典》。"由于《大典》为博物馆所有，"燕京"也就停止了企求。

按，四册《大典》，为卷九百零三至九百零四诗字韵、卷一千零三十三儿字韵、卷一万三千一百八十九至一万三千一百九十众字韵、卷四千九百零八至四千九百零九烟字韵，均为柏林人种博物馆入藏。卷九百零三至九百零四、卷一千零三十三、卷一万三千一百八十九至一万三千一百九十，均为 1962 年台北世界书局影印《永乐大典》收入。而北京中华书局本卷九百零三至九百零四、卷一千零三十三、卷四千九百零八至四千九百九十九、卷一万三千一百八十九至一万三千一百九十，均佚。

《大典》在乾隆间有 11095 册，光绪元年时不及 5000 册，至次年只剩 3000 余册。庚子（光绪二十六年，1900 年），尚存 300 余册。缪荃孙《艺风堂文集》中有载翰林院官员窃书事，略云：每日早间，太史到翰林院，其带一包袱，包一棉马褂，约如《大典》两本大小，晚间出院，将马褂穿于身上，将《大典》两本包于包袱内，如早间带来样式。典守者见其早挟一包入，暮挟一包出，大小如一，不虞有诈。久而久之，细水长流，三百余本，竟扫地无余。所以，缪氏大骂：太史"其偷书之法，真极妙巧刻毒也。"这实在是匪夷所思，而又令人骇怪。

我相信上面信中所说的《大典》，或许是在咸丰十年以及光绪二十六年时，八国联军入城，于中国之古物古器，大肆掠劫，而流落至欧美者。雷震《新燕语》卷上云："庚子拳乱后，四库藏书散佚过半。都人传言英法德日运去者不少。又言洋兵入城时，曾取该书之厚二寸许长尺许者以代砖，支垫军用等物。武进刘葆真太史拾得数册，阅之则《永乐大典》也，此真斯文扫地矣。"

当然，劫灰之后，《大典》散落厂肆，多为好古者所得。物以稀为贵。《大典》稀少难得，所以价格也不便宜。1914 年时，张元济托傅增湘在北京购得《大典》三册，原装每册 50 元。1918 年傅又为张购得 5 册，每册价钱仍在 50-60 元。1925 年，傅为张再购得"仓"字韵 4 册，每册则升至 120-130 元了。1926 年

9月，每册《大典》暴涨至300元。1927年傅为张又觅得《大典》4册，价大约也差不多。

此二册皆黄绢硬面。内里双边、栏线、书口、鱼尾、书名及句读均为朱色，其余则为墨色。楷书，极工整匀洁。当为明嘉靖时旧录本，而旧藏翰林院敬一亭者。

据《中国古籍善本书目》，中国国家图书馆存246卷，上海图书馆、南京图书馆、四川大学图书馆三馆存4卷二叶。大连市图书馆有明抄本，存2卷。又台北"中央图书馆"存15卷、"中央研究院"历史语言研究所傅斯年图书馆存5卷。美国国会图书馆藏40册、波士顿市图书馆存1册、哈佛大学贺腾珍本图书馆存1册。此外尚有一些藏于美国康奈尔大学、英国、法国、日本等处。至于现今《大典》尚存的400余册，藏于何处，可参阅张升编"《永乐大典》现存卷目表"（见《永乐大典研究资料辑刊》），这应该是目前最全的记录了。

《顾廷龙年谱》自序

　　辞旧迎新，年年如此。当 2004 年新年的钟声悠扬响起的时候，我的耳旁似乎听见了纽约时代广场百万人的欢呼，同时还夹杂着波士顿查尔斯河桥畔人群的互相祝福声，当然，我仿佛也看到了北京、上海竞放的那映亮天际的五色缤纷的焰花，以及那载歌载舞欢庆喜悦的情景。这个时刻，我的心情也并不平静，我仍然在为这篇序言作最后的文字润饰。有道是，有一分耕耘，就有一分收获。回首那一年又四个月已逝去的业余时间，我实在是把我几乎全部的心力投入到这本《年谱》的写作上去了。无论是编例、本谱，还是人物索引、书题留影，这其中的许多内容，都是从书桌旁堆叠至桌面的各种有关资料的复印件而来，那千万字的资料已被阅读并被浓缩成了这百万字的《年谱》。看到已输入到电脑中的每个字符、每个句子、每个段落，我都会有一种亲切的感触，因为正是这一条条、一段段的累积，才逐步使全书形成了有条理的谱文。在即将寄出《年谱》的光碟之前，我还是想对自己说，我做了一件十分有意义的事情，因为我以为这本《年谱》或许是我一生中写作的最重要的一本书，它和我写的其他几本书最大的不同，就在于这本书是带着我对先师的感情去写的。

　　二十世纪初，我国的公立、私立图书馆相继建立。百年来，在中国图书馆学界里，出了不少知名的专家、学者、教授，如缪荃孙、柳诒徵、沈祖荣、袁同礼、蒋复璁、刘国钧、皮高品、汪长炳、李小缘、姚名达、王献唐、王重民、赵万里、屈万里、顾廷龙等等，他们在分类法、目录学、版本学以及图书馆的管理上都作出了非凡的、重要的贡献。有的学者虽然没有专著出版，但他们默默无闻地用图书馆的专业知识提供给研究者许多讯息和便利，或编出了各种专题目录、索引，他们为他人作嫁衣裳的工作是值得人们赞赏的。可是，在这些有贡献的专家、学者、教授去世后，后人虽会记得他们，但是几十年来为这些学者树碑立传，或有关研究他们的专著却少有出版，至于写出年谱更鲜见其有。

这本书的写作原先是我的朋友吴格兄所做的。二年前，他曾写信给我，希望我能支持此事。当然，我毫不犹豫地答应了。后来我才知道，吴兄作为博士生导师，再加上本身的业务工作，自己手里的几个大项目都压在他的肩上而分身不开。由于 2004 年是先师一百周年诞辰纪念，所以《年谱》要赶在其时出版恐怕有些困难。

2002 年 7 月下旬，上海图书馆迎来了五十周年庆典，我被邀作为嘉宾而自美飞沪，而先师哲嗣顾诵芬院士夫妇也由北京莅临上海出席盛会。在庆典的最后一天中午，上图的缪国琴书记、吴建中馆长宴请诵芬夫妇，我也叨陪末座。席间谈及先师一百周年诞辰纪念之事，也议论了先师未出版的文稿以及为先师编写年谱一事。诵芬先生非常清楚年谱的写作不易，且也知吴教授的困难所在。我作为先师的学生，理解并明了家属和领导们的心情。这天晚上，我想了很多，并和内子赵宏梅在越洋电话上谈了此事，并表达了我想接手此年谱的写作意愿。次日下午，我将返美，在上海浦东机场候机厅内打了几个电话给上图旧日的同事和朋友，征求他们对写作先师年谱的看法。承蒙他们的鼓励，并应允将先师手札等予以提供，这对我来说，更增添了写作的信心。

返美后的第二天晚上，我即开始了《年谱》的写作，一周后，我将写出的样式十余张稿子以及我为什么想写先师年谱的信寄给顾诵芬。不多久，诵芬即有回信，表示支持此一写作，并愿意提供先师的日记原件复印件，以及先师和顾颉刚先生之间的互通信件等。在此期间，我也打电话询问吴格兄，如果他愿意继续此年谱的写作，我愿支持，如若有无法分身及时间上的问题，我可否接此题目。吴兄很爽快地说，希望我能撰写此一年谱。今年1月，吴兄即把他写的约二万字的初稿全部用计算机传给了我。这是我非常感谢他的。

截止到2002年10月底，根据我手头上的材料，三个月内我写就了大约十二万字。其间我和诵芬通过几次电话，也寄了碟片给他，请他就写作上的事提出意见。11月初我利用休假，去了香港、北京、济南、南京、上海，除了探望我父母外，主要就是收集有关先师的材料。在北京，诵芬、江泽菲已为我准备好了先师的日记，他与顾颉刚之间的互通信件以及有关家世的资料（均影印件）。我也将先师遗留的小记事本全数翻阅一过，并将有资于年谱写作的线索或可提供时间考证之处全部复印。这十来斤重的复印件在我返沪和返美之时，均刻不离身，因为它们对我的写作来说实在太重要了。

2003年10月底，《年谱》的初稿已大体就绪，大约写了近80万字。11月中旬，我再次抽暇返国，在上海、苏州、广州继续收集材料。诵芬为配合我的写作，在百忙之中，亦如约飞沪。在先师上海的寓所内，诵芬和我翻阅了大约数千通先师友人的来往信件及其他材料，并选出部分有价值者，在上海图书馆的帮助下全部复印了下来。然而我却再也挤不出时间到上图去核查原合众图书馆及历史文献图书馆的档案材料了，当然，我也无法再飞北京翻看在北苑所存的部分友人来信了，这是十分遗憾的。

年谱之作，昉于宋，盛于清，是以人为主，并系以年月之人物编年史。盖以一人之道德文章、学问事业关系史学甚巨，而其焜耀史册秩然不紊者，则有赖于年谱表而出之。津早年尝读年谱十数本，有自订年谱，也有子孙为其先人所作，也有门生为其师尊所著，又有后人因叹服谱主在学术上造诣之深，而搜辑行实作谱者。究其目的，均在表彰前人之学问事业。所以说年谱的重要，是因为那是为历史存真，为历史作证的学术著作。年谱的难作，难在搜集资料的不易，许多资料都必须点滴积累，而绝非立马得来，一蹴而成。即使得到了资料，也需要时间去思考、研究，甚或考证。因此，近几十年来，出版的自然科学、社会科学方面重要学者的年谱很少，津曾对 1980 年至 1999年出版的《全国总书目》作了一次统计，即 20 世纪中的哲学、政治、军事、经济、文化、教育、体育、语言、文学、艺术、历史、地理、科技、卫生、农业、林业等领域方面名人的传记很多，但是年谱却出版了不足百种。由此可见，年谱的编著有一定的难度。

由于年谱叙事详明，并可循是以求其时代背景，以及其在社会上之地位与所留给后人之影响，故先师对于年谱的撰著极为重视。1949 年时，他曾自告奋勇，欲为张元济、叶景葵编撰年谱，但"因循坐误，至今引为憾事"。先生所著《吴愙斋年谱》，其始辄苦事迹多湮，搜访不易。及读其家书并致汪鸣銮手札，所获稍多，事无公私巨细，往往详悉。而后来所编的《严久能年谱》则迟迟不能定稿，盖材料仍不足也。

日记是写作年谱的重要依据，我始终认为，日记虽非系统而详细的叙述，但却是片段的真实史料。先生的日记内载有其个人读书、友朋交往、其时之学术动态、清末民初文史掌故、遗闻轶事，以及版本书画鉴赏等。我在边阅读边输入的情况下，仿佛也陪侍先生，进入那段我尚未出生或在童年时的时空感觉。因此，这本年谱的四十年代所载，多以日记为基础，然而，《日记》也并非完整。最初存有 1937 年，但是断断续续，直到 1939 年下半年始，方始为每日功课。这样完整的日记延续到 1945 年，以后直至六十年代则所记寥寥了。日记都是写在印有"合众图书馆"的格纸上的，先生的书法在四十年代即小有名气，日记上所书多为行书，偶作楷法。四十年代的日记最长的为1942 年，有四万余字。

先生尝谓，近三百年来先贤年谱，其材料得自尺牍中者最为亲切，故余亦甚留意于此。也正是如此，先生昔日多次告我整理、鉴定、运用尺牍的重要性。因此，在写作这本《年谱》时，我尽我之所能将收集到的先师书信及友朋手札，多选取有用的内容编入年谱。我以为如果我也像某些年谱那般，仅仅写上某月某日致某人信，那别人就不知所云为何，也不知从何处去进一步核查，它的价值也就无从体现。

我清楚地记得 1996 年上图新馆开馆庆典前，我先飞去北京探望先师的情景。大约有一年多没有见面了，所以老人家见了我表现得很兴奋。我告诉他，我们师生两人实在是有缘分的，因为 60 年前他在北平燕京大学图书馆任中文采访主任，后又兼美国哈佛大学哈佛燕京图书馆驻平采访处主任，为"哈佛燕京"选购图书。而一个甲子后的今天，我却在"哈佛燕京"司善本书管理之职。这难道是巧合吗？抑或"命中注定"？先师笑而不答，却和我谈起了和"哈佛燕京"的裘开明馆长的交往。美国哈佛大学是世界上最重要的大学之一，近百年来，国内的莘莘学子和有志青年都希望进入哈佛攻读，三十年代的先生也不例外。

实际上，先师和"哈佛燕京"是有关系的。先生的《吴愙斋先生年谱》和《古匋文舂录》，就是得到"哈佛燕京学社"的资助而出版。三十年代末的哈佛燕京图书馆的分类法、四十年代初的《哈佛燕京图书馆中文藏书目录》在出版前，就是美方寄去北平，或转往上海请先生审定修改的。而该目录的封面最早也是先生所题。我在采集资料的过程中，在先师的《日记》中看到了当年"哈佛燕京"欲聘先生去"燕京"就任中文编目主任的记载。而程焕文教授竟在"哈佛燕京"的旧存档案里意外地发现裘开明和先生的通信，其中也透露了美方想请先生去耶鲁大学、加州柏克莱大学、哈佛大学图书馆工作的设想。但是，由于种种原因，先师放弃了出国的机会。如若先生去了美国，那么历史又会重写。

这本《年谱》希能表彰先生劬学之点滴，故片纸只字，只要以详渊源者，靡不备录，先生一生事迹，要尽于是。昔赵瓯北诗云："江山代有才人出，各领风骚数百年。"我有时会想，如果在国内省市一级的公共图书馆、大专院校图书馆中再找一位真正懂得校勘学、目录学、版本学、古文字学、图书馆学、历史学、文献学和对中国书法艺术有精深造诣的学者，那实在是难乎其难的了。这本《年谱》或许也可以反映出一位知识分子在时代的变化和发展过程中的事业、著述、艺事、思想等等。甚或也可窥见一所在大上海十里洋场中并不起眼也不挂牌的小图书馆，是如何从无到有、从小到大，直至为国家、为民族、为社会保存了许多重要传统文化典籍的发展历程，这一些，或许能给后来之人有所启迪。

《年谱》中"文革"前后的一段时间，材料是十分稀少的，我虽和先生同在上图，但当时知道的一些事，却随着时光的流逝，逐渐地淡忘，三十多年前的往事，依稀地有些许印象，而当我再转而询及当年的同事时，他们也和我一样，在具体的年月上却很难再回忆或写得准确了。《年谱》中有些材料的补充多是靠电话、信件、传真及电子邮件的联络进行的。近十多年来，先生又曾为国内一些重要名胜古迹题有匾额、对联等，但收集颇为不易。而数十年来，先生为喜爱其书法者所写条幅等更是难以数计。在我收集到的各种资料中，尚有极少数的信及材料，因为考不出年月，而只得割爱。先生生前的愿望之一，即是把自己为各种书籍出版的题签，编辑成集。津历年来仅收集了三百数十种，加上友人补充者，或当倍之。津拟暇时，当专门编一本先生的《书题留影》，以了先师遗愿。

先生是长寿之人，在他的晚年，仍是律己甚严，绩学不倦，他不顾高龄，还主持了规模宏大的《中国古籍善本书目》和《续修四库全书》的工程，他实在是做到了鞠躬尽瘁，把自己的一生都献给了中国的图书馆事业。先生功在学术，不可没也。津追随杖履整整三十年，有十多年我们师生两人的办公桌面对面，而先生对我语重心长的教诲和悉心的指导就是在这样的环境下进行的，这使我获得了受益终身的启迪。我有时会想到，我能从一个走出校门的对图书馆业务毫无所知的学生，逐步成长为八十年代后期中国图书馆学界最年轻的研究馆员，这一路走来，又不知凝聚着先师多少心血以及当时上海图书馆领导的精心培育。如果说，我能在美国哈佛大学这一世界上最重要的学术殿堂里，为图书馆学、目录版本学作出一些微薄贡献的话，那是先师的提携，是当年潘景郑、瞿凤起先生协助先师对我培养的结果。

在我写作的几本著作中，有两本是属于年谱的，第一本是《翁方纲年谱》，题目是先师在六十年代初期出的，写作时间也最长，虽然仅有50万字，但前后相加直至出版面世竟用了40年，这也是我原先所没有想到的，因为这几乎占去了一个人的大半生。第二本即是此《年谱》，从时间上来说，整整用了一年又四个月的业余时间。这本《年谱》和我写的《美国哈佛大学哈佛燕京图书馆中文善本书志》一样，实在也是"急就"之作，盖《书志》是在工作时间所写，用了整整二年，写了150万字；而《年谱》则是爬梳耕耘，奋力而为。其辛苦、急切、困难、快慰、愉欣，也非他人所想象。一年一度的感恩节、圣诞节及各种节假日，连同星期六、日，这对我的写作来说，实在是非常重要的，因为我可以每天工作十二至十四小时，而平日的清晨及晚间则不敢有任何懈怠。为了保证《年谱》以及"著述年表""师友小传""人名索引""引用书目"的顺利进行，故除了为台北《书目季刊》写的连载"云烟过眼新录"，我不能中断外（每期约一万四千字），我推迟了原来一些题目的写作，有的虽已开始，但为了"大局"而必须暂时放弃。

这本《年谱》的完成，实际上是许多人合作的成果，我只不过是作了一些综合的工作而已。如果没有顾诵芬、江泽菲夫妇的鼎力支持和提供多方面的协助，这本《年谱》是写不成的。钱存训、吴织、任光亮、周贤基、方虹、林公武、徐小蛮、水赉佑、王诚贤、陈石铭、周玉琴、吴建明、孙慧娥、王翠兰、周秋芳、白莉蓉、李国庆、宫爱东、沈燮元、骆伟、高桥智、杜泽逊、程焕文、余昌义、盛巽昌、姚伯岳、吴铭能、宋小惠、杨光辉、眭骏、王宏等都对本书的写作提供资料。我也要谢谢缪国琴、吴建中、缪其浩，以及上海古籍出版社的王兴康、魏同贤，他们不仅支持本书的写作，还安排此书的尽快出版。责任编辑吴旭民、姜俊俊为此书花费了不少劳动。饶宗颐先生挥毫为本书题签，使之焕然生色。九十高龄的王钟翰先生，早年即是哈佛的毕业生，和先生是多年的朋友；王煦华研究员曾是"合众"的老馆员，又是颉刚先生的高足，他们慨然为《年谱》赐序，是我非常感激的。我也要感谢哈佛大学哈佛燕京学社社长杜维明教授、副社长艾贝克（MR.Ed Ward Baker）先生以及苏珊（MS. Susan Albert）小姐，他们因为先生早年对"哈佛燕京"的贡献，并为这本《年谱》的写作提供去北京、上海等地收集资料的经费。我还要感谢哈佛燕京图书馆，它的丰富馆藏和使用便利，一直为我所心折。说句心里话，如果我仍在上海或它处写作这本《年谱》，那是不可能在较短的时间内完成的。内子赵宏梅，她和我一样，对于先师充满着敬仰和爱戴，所以她一直是本书写作的督导者和支持者。《年谱》虽然写就，但以我闻见狭陋，挂漏必定良多，尚请专家学者、大雅宏达不吝教益，此实津所企望也。

今年为先生一百周年诞辰纪念，当我完成这本年谱的写作时，我深深地怀念先师。我以为，做先生的学生是我的缘分，和先生相处又是我的福分，三十年来，津受业门墙最久，相知最深，屡承余论，备受启迪，获益良多。津去国后，先生也定居北京，安享天伦之乐。师生两人，虽然大洋相隔，但心确是相通的。先生骑鲸西去，实是中国图书馆界之莫大损失，为纪念先师，我愿将这本纪录先师一生的《年谱》，作为一瓣散发幽幽清香的花片、一盆茂密而勃勃生机的文竹献给先师。

2004 年元旦凌晨
于美国波士顿之宏烨斋

《顾廷龙书题留影》序

　　每一本正式出版物都有封面，而封面上也必定印有书名，书名又有印刷体、手写体之别。印刷体多为仿宋，手写体则较多样，楷书、隶书、行书、篆书皆有。也有一些作者自己题写书名，但也有不少作者喜欢请著名学者或书法名家题签。封面题签各种各样，如若以儒雅的书法配上多姿多彩的装帧，那也算是锦上添花，别具一格的了。

　　我以为，许多文史研究者的书斋里大约都有顾廷龙先生题签的图书。顾先生的书法，素为海内外所推崇，且又高怀下士，平易近人，故求书者络绎不绝。几十年来，他为各地的许多名胜古迹、碑林、故居、寺庙写了不少对联、匾额、题词，又为友朋及仰慕者书写了难以数计的作品题签。这些作品若要收集，当亦不易，1996年出版的《顾廷龙先生书法选集》，只是冰山一角而已。而先生为各种文史图书题签甚多，这些书签，大约在七百之谱，是经数十年之累积，方才成此大观之景。我想在这一点上，除启功先生外，或许没有其他学者或书法家能望其项背，如果说当代题写书签最多者应推先生，那是无可置疑的。

　　在存世的古籍中，最早的书签始于何时、何书，我没有去详加考证，或许也难以得知。不过，清代刻本中颇多请名人书写的封面，或于扉叶上并识年月、室名于左右。先生所题书签多为文史类图书，大致分为丛书（集成）、工具书（词典、字典、辞典、索引）、文集、论文集、文史著作、传记、目录学、历史、方志、古籍整理、艺术、考古等。大部头者有《续修四库全书》《古本小说集成》《清代硃卷集成》等，放在书架上，那一排排，气势颇为壮观。

先生曾任上海图书馆馆长，又是著名的目录版本学家，所以如《中国古籍善本书目》《首都图书馆善本书目》《江西省图书馆古籍善本书目》《湖南省古籍善本书目》《自庄严堪善本书目》《中国善本书提要》《中国通俗小说总目提要》《中国地方志联合目录》等十余种都出自其手笔。其所题工具书较多，属辞典一类的，如《中国地名词典》《中国学术名著大词典》《中华民国史辞典》《中国官制大辞典》《异体字字典》《中国历代职官辞典》《中华古文献大辞典》《中国工具书大辞典》《中国文物精华大辞典》等。参考书如《中国历代名人图鉴》《中国历史地图集》《全唐文篇目分类索引》《中国藏书通史》《中国史历日和中西历日对照表》《佩文韵府》《康熙字典》等。若在一些较具规模的省市一级的图书馆或大专院校图书馆的参考阅览室里，只要稍加浏览，即可发现有不少书的题签是先生所为。

从 1973 年 2 月到 1975 年底，毛泽东所阅读的大字校点注释本有《晋书》四传（《谢安传》《谢玄传》《桓伊传》《刘牢之传》）等四十余种书，书签几乎都为有关部门请先生所题。1973 年 8 月，先生去沈阳探亲，无人题签，当时有关人员急忙找上海中国画院的书法家临时题就。有意思的是 1997 年 1 月 15 日，前全国人大常委会委员长乔石和夫人视察上海图书馆时，曾对陪同在旁的上图负责人说：毛泽东晚年看古籍时要看大字本，毛泽东看的古籍注释本中，有一些是由顾廷龙题写封面的，但有一次，他指着一本注释本的封面说，这个字不是顾廷龙写的。这说明毛泽东对"顾体"十分熟悉和欣赏。

顾先生无论是写大幅的中堂，或是悬挂的匾额，抑或是寥寥数字的书签，每样都是认真对待，因为先生认为，字是写给人家看的，如果人们能从书法艺术中得到一种造型之美，能予人美的愉悦，那也就是他的乐趣。不少作者都希望自己的著作能拥有先生的题签并以此为荣，他们千方百计找关系，托人请先生题署。就是有些出版社的编辑，也都喜欢他的题签。八十年代，北京大学图书馆学系的一些有志学生组织了"学海社"的小社团，社长是当年未曾出道的徐雁。而"学海社"仰慕先生的大名，就由徐雁具函恳请先生为他们的刊物和《续补藏书纪事诗四种》（油印本）题签，甚至聘先生为顾问。对于这些不见经传的后起学子，他热情地答应了他们的请求。至于那些"大名头"学者著作，先生题的也不少。我曾见到一封编辑致先生的信，说是旅居美国的著名文史学家唐德刚教授指定他的《胡适口述自传》非顾题莫属。而美国的另一学者王伊同教授在台北出版的《王伊同论文集》，宁愿撤去别人的题签，也要改成先生的大笔。而1982年时，郑培凯也自美国致函笔者，让我请先生为他的第一本诗集《程步奎诗抄》题签，而郑教授的另一本《新英格兰诗草》也是先生挥毫的。

先生是我的老师，我曾在先生身边工作达三十年之久，他曾经教我如何挑选他所题写的书签，即左右看是否整齐、字之大小是否匀称、间隔距离都要注意。有时都不满意，就采用裁剪来拼凑。我们二人的办公桌有十多年是面对面放置的。那时，先生每题一签总是写好几张，然后交给我，让我选一张，我选中的就在右上角用铅笔画一个小圈，再还给他，请他酌定。有时，他不来馆，就嘱人或司机将题签送来交我。去年11月，我在先生上海淮海中路寓所继续寻找补充写作《顾廷龙年谱》的资料时，又见到当年不少写后而不满意的书签，并看到了许多作者及出版社编辑求题书签的信。

先生每次收到作者或出版社寄赠的由自己题签的出版物时，都是十分高兴的。据我的了解和不完全的统计，先生有据可查的最早的题签是1936年为国立北平研究院史学研究会出版的《史记》（顾颉刚、徐文珊标点）以及北平禹贡学会出版的《利玛窦坤與万国全图》题签。四十年代，先生主编的《合众图书馆丛书》15 种中就有 13 种为先生所题。经先生题签并出版最多的是 1994 年，竟达 39 种。1990 年和 1991 年，各有 30 种之多。1993 年为 27 种，1997 年为 31 种，先生去世的那一年也有 24 种。出版社竟涉及了 120 余家，"近水楼台先得月"，所以先生题的最多的是上海古籍出版社和上海辞书出版社的出版物。笔者的几本书中有四本是先生题签的，分别是《书城挹翠录》（上海社会科学院出版社）、《美国哈佛大学哈佛燕京图书馆中文善本书志》（上海辞书出版社）、《翁方纲年谱》（台北"中央研究院"文哲所）、《翁方纲题跋手札集录》（广西师范大学出版社）。先生生前最后为友人题写的书签是《陈独秀文集》《张政烺文集》，那是在 1998 年 6 月中旬，老人在书写时，开始觉得手不太听使唤，写了好几遍才写定。而 6 月 21 日他就住入医院，也即离老人去世之前的 62 天。先生身后，又出版了他所题签的文史图书 60 余种，但先生已不及见到了，包括 2000 年 10 月面世的《藏书家》第一辑，以及那 2003 年千呼万唤才迟迟出版的《胡适全集》。

中国的书法艺术，几千年来，人才辈出，重要的书法作品历久不衰。先生的书法在三十年代即小有名气，四十年代初，求书者日众，以至于叶恭绰曾出面亲为先生订定"润例"。先生曾在 1963 年作为中国第一批访日书法代表团的成员去日本作书艺交流，除了团长陶白外，还有潘天寿、王个簃，潘、王都是著名书画家，而先生则是唯一以"书法家"参与的成员。然而，先生并不以"书法家"自居，他赞同宋人程明道的话"非欲字好，即此是学"。有道是：人到无欲品自高。我又以为先生是心底无私寿南山。

综览先生所题书签，楷书为多，也有唐人写经体，如《炳烛斋杂著》。偶也作隶书，如《杭州叶氏卷庵藏书目录》、篆书如《简明钱币辞典》等。历来是书家皆文人，我以为，对于书家来说，有一分学问，便有一分雅气，一支笔落在纸上，便优劣自见。且一字有一字之形，点划虽相类，结构却迥异，而字体结构造型丰富多样，可使形式美寓变化于整齐和对称中。先生所题书签没有金石气，更没有剑拔弩张之感，他的字是属于温润静穆、平和自然、婉丽清逸一类，可以给人以一种玩味无穷、流连忘返、细嚼不尽的意味。实际上，先生的书法是他在三十年代研读文字学坚实的基础上，逐渐发展出自己端庄敦朴的"顾体"面目。老人90岁以后的书签仍是极为平整，绝无老态或抖状。即使"九三叟""九四叟""九五叟"所署的，也仍如往昔一般平淡秀逸、沉着简静，这是老人数十年之功底所致，而非一般习字者所能达到的境界。记得沈尹默先生曾说过："世人公认中国书法是最高的艺术，就是因为它能显示出惊人的奇迹，无色而有画图的灿烂，无声而有音乐的和谐，使欣赏者心畅神怡。"喜欢收集先生题签的，我知道还有一位林公武，他是福州市书画院的主持人。几年前，我在上海书店门市部见到他。林先生告诉我，他收藏了不少顾先生题签的书，还说他是收集最多者。

先生是95岁时御鹤西去的。我知道老人生前念念不忘的是很想再做几件事，一是完成《吴大澂年谱》的修订本，因为几十年来，他又收集了不少新材料；二是他想把四十年代即已收集的《元诗选》中的诗家小传编印出版，虽然材料已经集中，但尚需整理；三是完成《严久能年谱》，但还需定稿；四是这本《书题留影》，这也是先生的宿愿。前三件事，虽有遗憾，但我相信，终有一天会全部印出来。而编辑《书题留影》，集录一生所题书签，先生早在1992年岁末就有这个想法了。他在致他的日本学生高桥智的信上说："我题书签甚多，颇想印之，但编排不易，吾弟愿为设法编印，极感极感！明年台驾来华，当将照片奉教。现在收到照片约二百张，名称暂题'书题留影'。"1994年5月，先生又在致高桥智的信上说："我自'文革'后，亲友劝我多留点墨迹，自觉所题书签最多，两年前友人为我照了相片，有两百余幅，但近两年又写了不少，还没有搜集。"自从我在美国哈佛大学哈佛燕京图书馆工作后，也很注意收集先生近年来的文章和题签，十年来，约得题签三百数十种。

2003 年 11 月，我为继续收集写作《顾廷龙年谱》的材料而飞往上海，诵芬院士和高桥也在百忙之中，如约分别从北京、东京专程抵沪相聚。这之前，我们在越洋电话中，已经谈到准备编一本顾先生的《书题留影》，以了老人家之宿愿。所以，诵芬将顾先生在世时所拍摄的部分题签照片，高桥也将他自藏及所收集到的一百余种题签也摄成照片，全部交给了我。

顾先生去世后，诵芬曾遵照先生的遗愿，将部分沪上藏书移赠母校——苏州第一中学图书馆。但是在先生上海淮海中路寓所的书架上，存书仍有不少，我稍加浏览，即发现其中有部分可补我们三家所佚。在征得诵芬、高桥同意后，我们三人将挑选出的一百三十余种分别将书名、作者、出版者、出版年录出，又承上海图书馆之协助，代为拍摄先生书题的封面。

两天后，诵芬和我即赴上海古籍出版社，和王兴康社长会商《顾廷龙年谱》及《顾廷龙书题留影》出版事。王社长认为，在"上古"成立后的二十余年间，顾先生对于古籍研究、出版、影印工作，均给予了无私的有力支持。他也认为，《留影》中的不少书题皆是应"上古"之请而题，这种以书法作品来作专题的结集，是过去所没有过的，作为一种新的尝试来说，不仅可以欣赏顾先生的书法艺术，也可丰富书籍装帧的缤纷色彩。为了纪念顾先生，他们愿意承担上述两部图书的出版工作。

今年为先生百岁诞辰。元月初，诵芬与高桥、津共同携手，正式就三方（中、日、美）四地（北京、上海、东京、波士顿）所见先生题签的图书予以补充收集，然而余等虽奋力寻觅，缺漏自是难免，再加上协调不易，时间紧迫，仅得 600 种左右。尚有小部分仅知书名，多为津在先生上海寓所内所见原签，一时难加验证，只得付之阙如。兹因限于篇幅，选得部分加以大致分类编辑，以窥先生题签书法之一斑。

此书之出版，承上海图书馆提供出版资助。吴建明、周玉琴、吴旭民、姜俊俊、周小虹、杨光辉等同志为此书付出了不少辛劳；老友陈燮君馆长、盛巽昌研究员为此书赐以大序，叠添光采，特此志谢。

2004 年 1 月 20 日初稿

4 月 25 日改定

《书城风弦录》自序

收在这本小书里的文章，大多是在最近三四年中所写的。在美国写作，有一点好处，即是无论在晚间或休息日，你都会很少或不会被应酬等无谓的人情关系所干扰，你可以静心地去面对电脑写作。我曾设想过，如果我在上海，一定是很难有这样的写作条件，因为我必须面对各种会议、应酬、接待以及那繁琐的行政工作。因此，就很少有时间去思考想写的题目了。

这80多篇文章，多发表在《书品》、《旧书信息报》、《图书馆杂志》、《藏书家》、《收藏》、《文物》、《中国文物报》、《学林漫录》、《大公报》（香港）、《九州学刊》（美国）等杂志，报纸上的，现在把它们收集起来，编成一本小书，也算是对我昔日的耕耘来个小结。小书以"书城风弦"名之，盖因"书城"者，书籍环列如城，言其多也。明陈继儒《太平清话》卷二："宋政和时，都下李德茂环积坟籍，名曰书城。""风弦"者，指风吹物体发声。唐白居易《琴》诗："置琴曲几上，慵坐但含情。何烦故挥弄，风弦自有声。"

人总是讲缘分。我的"缘"有二，一是"师缘"，二是"书缘"。

"师缘"者，是指我的导师顾廷龙先生，还有潘景郑、瞿凤起先生。现在的大多数人，从小到大，不论何时，不管是幼儿园、小学、中学、大学，到研究生，人皆有师。古语云："三人行，必有我师焉。"顾先生是上海图书馆馆长，中国当代最重要的图书馆学家之一，也是举世公认的目录版本学家、书法家。潘景郑先生是国学大师章太炎、吴梅的学生，也是潘祖荫滂喜斋的后人，家有宝山楼，富藏书，精鉴别；瞿凤起先生则是清代四大藏书家铁琴铜剑楼的后人，家学渊源，对于宋元本的鉴定，颇有研究，他们二人也都是国内重要的目录版本学家。我师从顾、潘、瞿三先生，是 1960 年，当时上海市委有关部门，为了文化领域将来不至于出现事业上的青黄不接，于是指定有些专家、学者和艺术家，包括有一技之长者，必须培养接班人。我就是在这样的情况下，由组织上调至上海图书馆善本组，拜顾廷龙先生为师的。后来，又调来了吴织。那时顾、潘、瞿三位分别是 57、55、54 岁，正是在目录学、版本学的造诣上处于巅峰之时。

"书缘"者，是我这 40 余年中，都在和善本书、特藏文献打交道，皆司管理之职。对于这些浩若烟海、汗牛充栋的传统文化结晶，我能参与其中，为之整理、鉴定、编目、管理、利用，实在是我的幸运。记得在 20 世纪 60 年代初，上图善本组开始编纂《上海图书馆古籍善本书目》，潘、瞿两先生任具体的审校工作，吴织和我则负责从书库提书、还书以及将潘、瞿审校过的书及卡片重新核对，即书名、卷数、作者、版本项的为何改动，都要仔细去看。那时，我住在图书馆内，兼做保卫工作，所以也就利用晚上的时间，对所经眼的善本书作了很多笔记。日积月累，"文革"前《善本书目》初稿完成，我也将当时馆藏善本 14000 部来个"兜底翻"，这让我的业务水平有了很大的飞跃，也为我以后所进行的版本鉴定的工作打下了基础。

古人云："愚夫千虑，必有一得。"在图书馆工作，对于馆内的专业人员来说，自有一种"近水楼台先得月"的"方便"，但是馆外的研究者却很难知悉馆藏的底蕴，因此，做起研究来，就必定为资料的收集大费周折。这些年来，我很想做的一件事，即是把过去所经眼的古籍善本选择部分难得之本，写成善本书志，供研究者参考。这几年来写了 200 多万字，大部分见于《书城挹翠录》《美国哈佛大学哈佛燕京图书馆中文善本书志》及《中国珍稀古籍善本书录》，读者自可去翻查参阅。但从另外一个角度看，津曾服务于上海图书馆、香港中文大学图书馆及美国哈佛大学哈佛燕京图书馆。尤其是哈佛燕京图书馆，实在是西方世界的汉学重镇，它的藏书以及使用上的便利，使我得益不少。

我在这几个图书馆中，除了善本书，我还因工作关系，接触到不少特藏文献，涉及旧版书、旧期刊、旧报纸、签名本等等，正因为有机会在书城中遨游，偶见一些有点意思的书刊，于是乎就抽暇写一点介绍性的文章、书评以及和图书馆有关的人和事，当然，不少小文还是离不开目录版本这个前提。对于美国的几个重要的东亚图书馆所藏的中文善本，本来我很想写一个系列，但是我也想到有的馆我虽去过数次，但是真正的内涵我还是不甚清楚，包括那至今尚未曾整理之古籍图书。因此我不想写成那种蜻蜓点水、走马观花似的表面文章，所以集子里只收了五篇。

这本书的后面，附了10来篇清代别集的书志，那是我为庆贺在台北的朋友乔衍琯先生75寿辰而写的。我以为对于普通线装书来说，即使是1911年以前的出版物，也已经是迭经沧桑，在昔日为寻常之物，但今天则已难得，不易购求。所以留此鸿爪，也是作一纪念。至于《美国哈佛大学哈佛燕京图书馆藏中文善本汇刊》的67种提要，是我在编辑《汇刊》过程中所写，它和《美国哈佛大学哈佛燕京图书馆中文善本书志》中所收的略有不同，今也附录于后，以便于查考。

我在香港定居的两年中，还曾为《新晚报》写过七八十篇的小文章，每篇1200字左右。在美国时，又给《世界日报》写了20来篇，也给台北的《中外杂志》写过两三万字，这些不登大雅之堂的文字虽都发表，但都没有什么意思，所以这次一篇也没有用。除了这本集子外，我过去所写的论文，或自己以为还过得去的文章，凑在一起，大约也有三四十篇，四五十万字，其中大部分是在美国所写，而刊发在台北的学术杂志上，国内学者也不易见到，所以我想另外编一本。

年年岁岁花相似，岁岁年年人不同。大约每一个人，对于未来经常怀着一种憧憬，而对于逝去的岁月，偶有一种怀念。屈子的"路漫漫其修远兮，吾将上下而求索"，是我过去十分喜欢的一句话，在 20 世纪 80 年代中期时，我给自己订的目标是在我退休之前，必须写作、出版 300 万字的有关目录学、版本学、文献学方面的文章及研究论文、善本书志等。如今，20 年将逝，我的目标也早已达成，如果加上辑录校补并出版的文字，已经在 500 万字以上了。回首过去的光阴，自己觉得也没有什么遗憾，出的那 10 本书，加上编的 37 册《美国哈佛大学哈佛燕京图书馆藏中文善本汇刊》，如果对研究者还有些许用处，那或许就是我最大的满足了。

2004 年 12 月 25 日圣诞夜

《中国珍稀古籍善本书录》序

对于中国的善本书录或藏书志始于何时，我没有作过仔细的考证。但是在唐韩愈的《进学解》中有"记事者必提其要，纂言者必钩其玄"的话。宋元人的集子就不要去说了，就说明末清初好了，一些重要学者的集子中，也都收有题跋之作，如钱谦益的《初学集》之卷八十三至八十五、《有学集》之卷四十六至五十、朱彝尊的《曝书亭集》等等。然而有专书并为一式的，似乎自钱曾的《读书敏求记》始，在图书版本的著录以及鉴定上，从字体、纸张、墨色、版刻等特征来考订雕版的年代，并从初印、重印，甚或是原本，抑或翻刻来审酌一书版本之优劣，这就使图书的著录远非早时的仅为书名、卷数、作者、版本、册数而已。所以，《四库全书总目》提要对它的评价是："其述授受之源流，究缮刻之同异，见闻既博，辨别尤精。"然而，对《敏求记》也有持不同意见者，彭元瑞就认为"书中无甚考证，间有舛误，每拳拳于板本抄法，乃骨董家气习"。

不可否认的是，《敏求记》对著录的图书作出了一定的考证及评价，因此也推动了后代目录学及版本学研究领域上的发展。后来的《平津馆鉴藏书籍记》《士礼居藏书题跋记》《皕宋楼藏书志》等等在著录上又更为详细。而清代稍有规模的藏书楼，多有自己的藏书志。在今天，任何一个重要的图书馆，都有它的历史，包括它的藏书渊源以及藏书特点。如一馆之所藏琳琅满目，对研究者来说，虽不能亲入书库，但在读馆藏善本书目时，也会触发灵感。所谓一馆之重要典藏，均赖书目、书志为之纲举目张，穷究原委，簿而录之，以诏来者。故虽曰流略之绪余，抑亦艺林之炳烛矣。

读书要讲究版本，而版本学也是一门学问。中国五千年的文明史，经籍之博，浩若烟海，自有雕版印刷术后，同一种书，即有宋椠明刻之悬殊，同时又有家镌、坊雕、官刻之别，而校对之精粗，工料之轻重，行远之广狭久暂，收藏之流转有绪，以及价值之高低不一，都是版本目录学家、文献学研究者所研究的。我总以为，在图书馆工作的专业人员和别的研究单位或大学研究所的研究人员最大的不同，是在于他们直接和书打交道，版本学的实践经验较为丰富。同时，"近水楼台先得月"，他们可以就近获得便利，较之馆外的研究人员更易得到新的资料。

我对叶德辉、傅增湘都是很钦佩的。叶的《郎园读书志》、傅的《藏园群书题记》一直是我案头上经常翻阅的必读物。叶德辉尝言："凡读一书，必知作者意旨之所在，既知其意旨所在矣，如日久未之温习，则必依稀惝恍，日知而月忘。故余于所读之书，必于余幅笔记数语，或论本书之得失，或辨两刻之异同，故能刻骨铭心。"傅增湘戢影都门后，丹铅余暇，不废题评，《题记》的"叙版本之同异，辨字句之讹谬，烛照数计，既精且博，至于撰人仕履、著书旨意，必详人所不能详"。他们那种撮善本书之要旨，详细考证，探赜索隐，并能使学者窥见版本、文字之异同，于读书研究知所别择的《藏书志》《题记》，足证叶氏、傅氏闻见广而蕴蓄深，这应该是我撰写书志的努力方向。

近十多年来，古籍图书的提要、叙录、解题、藏书志（书志）、书录等出了不少，大约总有数十种之多，其中，以专题为主的居多，如小说提要、戏曲提要、方志提要、清人诗文集提要、医书提要、佛籍提要、道教提要等等。它们的出版，丰富了目录学、版本学的研究领域。在 20 世纪的 50 年代至九十年代，这整整五十年中，国内的各个重要图书馆，包括国家图书馆、各省市一级的公共图书馆、大专院校图书馆、科学院系统图书馆，只出版有数十种善本书目。而以国内一馆的善本藏书来撰为提要或书志者，津仅见有《苏州市图书馆藏古籍善本提要》（经部）一种，当然这内中的原因是多样的，然而即使如此，现今在图书馆内的主事者却很少有人去注意写作善本书志的重要性。

对于我的导师顾廷龙先生来说，要写善本书的书志，是他早先就有的意愿。我在读他的日记时，在 1940 年 5 月 21 日的日记里有要"刻意编一精采藏书志，以压众编"。之所以这么写，是因为嘉业堂主人刘承幹认为，《适园藏书志》颇多疏误，是因为缪荃孙之子所代撰。后来，顾师在百忙之中，也确实为合众图书馆写了一些书志。就以上海图书馆来说，60 年代初在顾师的主持下，就想编写一部馆藏善本书志，当时参加写作的除顾师外，还有潘景郑、瞿凤起以及沈文倬先生。可惜，只是开了个头，写就了数十种宋元本书志，就因其他事情而停下了。如今，上图几经搬迁，当年完成的那些书志也不知安在否？五年前，北京图书馆研究馆员冀淑英先生在给笔者的信中也曾说到，1958 年，在赵万里先生的主持下，《中国版刻图录》完成后，北图善本部就想将写作馆藏善本书志列入工作计划，遗憾的是，这之后政治运动不断，写作的气候不复存在。不过，现在北图仍有有志之士在写一些提要，将来积少成多，必能形成规模。

任何一本书志，都会有自己的写作模式。我以为今天的善本书志的写作，应该在前人的基础上更加详细地著录，尽可能使之精审确凿，而不是一张图书馆藏书卡片的放大。前人有云："若夫辨版刻之时代，订钞校之精粗，改卷数之多寡，别新旧之异同，以及藏书印记、先辈佚闻，"那就具有一定的学术价值。实际上，30 年代出版的几本有关图书馆藏善本提要的书，如《浙江省立图书馆善本书目题识》（1932）、《岭南大学图书馆馆藏善本图书题识》(1937)、40 年代的《北京大学图书馆善本书录》(1948)等，都是十分简单的。21 世纪的今天，图书馆亦处于信息社会中，如若研究者能透过书志、解题、提要，以得知原书之卷数、作者之简历、版本之认定依据、全书之内容、因何为之撰，序跋之摘录、它处之入藏以及其书之特点、收藏之钤记等，并能找到对他有用的信息加以利用，那样的书录当能受到注目。

我曾不止一次地说过，我实在是较其他在图书馆内工作的同事都要幸运，那就是我四十五年前，曾经追随顾廷龙先生、潘景郑先生、瞿凤起先生，从他们学习流略之学。当我涉及这个领域后，即开始了这难分难舍的缘，因为我几乎每天都能听到老先生们的教诲，以及从辨别善本书的各种刻本、抄本、稿本、批校本、套印本、活字本、版画的实践中汲取真知，也包括书本上没有的经验。

这几十年来，我经眼的善本书，在两万种左右，而这本《书录》的取材，主要是上海图书馆、台北"中央图书馆"、"中央研究院"历史语言研究所傅斯年图书馆、香港中文大学图书馆的藏书，此外也包括 1986 年我在美国任访问学者时，在美国国会图书馆、普林斯顿大学葛思德东方图书馆、哥伦比亚大学东亚图书馆、芝加哥大学远东图书馆，以及哈佛大学哈佛燕京图书馆所看的善本书中的较为稀见的一些版本。

这里要说明的是，这本《书录》在时间上，大致分为两个时段，一是书中的大部分是在 1994 年以前所写，曾收入在 1996 年出版的《书城挹翠录》中。还有部分是后来发表在台北《书目季刊》《"中央图书馆"馆刊》内，前者是以"云烟过眼新录"为题，而予以连载了十五期；后者则以"傅斯年图书馆中文善本书志"为题。由于这些书志都发表在台北的学术刊物上，所以国内的读者不易见到。另外，在这本《书录》中，我没有去刻意写那些所经眼的宋元版本。当然，宋元版本流传至今天，已是十分稀见难得的了。我只是觉得，这类宋元本，多数是流传有绪，前人不仅著于录，而且详考有加，我若再写，也很少心得。所以我的着眼点是稀见、难得的明刻本，以及那些未刻的稿本、抄本为主。至于那些熟名头的"老头货"，或习见的善本书，我想再写也没有什么意思了。

我在80年代及90年代初写的涉及"哈佛燕京"的数十种藏书，多曾发表在《图书馆杂志》《书目季刊》《"中央图书馆"馆刊》上，而其中明刻本已见于《美国哈佛大学哈佛燕京图书馆中文善本书志》。但我仍将所写清刻本及抄、稿本予以保留，盖因当年所写和现今所写也有不同。之所以将《书城抱翠录》中之大部收入，一是因为此书当年发行量甚少，甫出版即已售罄。二是书中舛误太多，甚或有些段落无法卒读，这是我感到十分内疚的事。

在我的几本书中，属于"善本书志"的除了《书城抱翠录》外，还有一本就是90年代所出版的《美国哈佛大学哈佛燕京图书馆中文善本书志》，那是我作为哈佛燕京学社的访问学者，费了两年的时间所写成的，《书志》共152万字，也算是对"哈佛燕京"所藏的宋元明代所刻的善本书作了一次小结。而前几年我和严佐之教授、谷辉之研究馆员共同为"哈佛燕京"撰写的清代善本书志仅完成了近千篇，100万字，尚有一半仍需努力，这些都属于《哈佛燕京图书馆中文善本书志》续编（清代）中的内容，等到全部写竣，当会另行出版。

《文心雕龙·知音》有云："观千剑然后识器，操千曲然后晓声。"对于古籍版本来说，必须要有实践，你必须大量地接触，去编目、整理、考核比对，最后得出结论。《书录》，实际上仅是书林、图府这座大厦底层大量垫石基础中的一粒不起眼的小石子，但从另一方面来说，我也希望这本《书录》就像《美国哈佛大学哈佛燕京图书馆中文善本书志》一样，作为抛砖引玉的"砖"，能够提供一种模式，给在重要的较大型的图书馆内工作的同行参酌，用他们自己的模式来写出目前深藏在馆内的珍贵古籍善本书录（书志、提要、叙录），如果大家都能为文献学、版本目录学的研究作一些力所能及的工作，那么得出的成果一定能够丰富于学术、嘉惠于学林的。

2004 年 12 月 27 日

于宏烨斋

《书韵悠悠一脉香》自序

去年的今夜，我在为即将交给出版社的《顾廷龙年谱》写序，而现在我又在为自己的集子写序了。我的心情仍然是那么不平静，因为在前几天，我还在为我的另外两本书写序。写序实在是一件苦差事，它和写别的文章不一样，但因为是自己的书，又不得不写，而且还得抓紧写。

回顾那已逝去的岁月，还是有着许多依恋。我在图书馆工作，屈指算来，也有四十五个春秋了，虽不算长，也不能说短。从上海图书馆到香港中文大学图书馆，再到美国哈佛大学哈佛燕京图书馆，从东方至西方，两个半球，从亚洲至美洲，两国三地。三个图书馆各有特点，"上图"是国内除国家图书馆之外的最大的省市一级的公共图书馆，善本书更是琳琅满目、缥囊缃帙，触手皆为难得之本。"中大"虽是起步较晚，但是珍本图书也有一些，且采购经费充足，对于购置各种新书，更是不遗余力。"燕京"则是麻雀虽小，五脏俱全，藏书之丰富，那是无可置疑的，早在1936年，罗振玉就挥毫写下了"拥书权拜小诸侯"的赞句。它的明清善本加上日、韩古籍，当在万种以上，亦是厨罗珍羞、百味杂陈，若和国内一般省市图书馆相较，或在他们之上。而"上图""燕京"二馆的特藏文献也是各有千秋。

每一个人，在他的一生中，都充满着无数次的机会，当然，如果不能把握，那机会也会失去，所谓"机不可失，时不再来"。有时我会想到，我和我当年的同事吴织大约是 60 年代初期至 80 年代后期中国图书馆学界中最幸运的人了，那是因为我们能先后追随上海图书馆馆长顾廷龙先生，在他身边工作。顾先生是中国图书馆学界屈指可数的重要的图书馆事业家、目录学家、版本学家。我永远不能忘怀的是顾先生谆谆教导我们如何从事古籍版本、碑帖、手札的整理、编目及鉴定的事。那时，潘景郑先生、瞿凤起先生两位从旁襄助，他们的提携，以及毫无保留地将他们几十年来积累的经验传授于我们，许多书本上没有的知识，以及他们的谦虚和谨慎，对于我来说，直到今天都受用不尽。我一直觉得那段时光对我来说，实在是最美好的。

我也不能忘怀的是，我在《中国古籍善本书目》编委会的八年中，参与了在各地举行的几乎所有的编辑工作会议以及主任委员扩大会议，我能在具体的实际编辑工作中，时时向当时国内的第一流专家请教，实在是难得的机会。也正是因为这样的"机遇"，我和我的同事在国内的不少图书馆去鉴别版本，开阔了眼界，也增长了不少见识。再加上这些年来，在中国香港、台北及美国所见善本书在 2 万部左右，包括敦煌唐人写经、宋元旧椠、明清精刻、名家抄校稿本、版画、活字本、套印本等。我相信，这种实践虽多是"烟云过眼"，但是它却给了我不会再忘却的经验。

我至今还记得，在 1961 年时顾廷龙先生对我说过的话，他告诫我说：你不能老是去看古籍善本，也不能钻进去就不出来了，你以后要跳出来，要找几个题目去做，你将来要做研究，那样才可以成为一个学者。所以那时，顾先生给我出的题目是收集清代乾嘉间重要学者翁方纲的资料，他要求我将来写一本《翁方纲年谱》、编一本《翁方纲题跋手札集录》。70 年代初，我和顾先生谈起我想写一篇论证缪荃孙的文章。他又对我说，不要急于写文章，还是要打基础，要多读点书，多收集资料，这对你将来有好处，你要大器晚成。对于顾先生的教诲，我一直记在心头，时刻不敢忘记。

自 70 年代中期开始，我方才写一些有关古籍版本知识以及版本鉴定方面的文章，不过，那都是为上海市文物保管委员会编写的小册子和上海图书馆古籍版本训练班授课的讲义，以及受命在中国古籍善本书目编辑委员会编辑工作会议（江西南昌）工作"关于版本鉴定的一些问题"的专题论述而已。我清楚地记得，我的第一篇用个人名义发表的习作是"校理《四库全书总目提要》残稿的新发现"，题目是顾廷龙先生起的，发表在20世纪80年代初的《中华文史论丛》上，这也是我第一次拿到稿费，心情之激动那是不言而喻的。

这些年来，我在海外的写作一直没有停止过，除了那200多万字的善本书志以外，其他的都是和书、人及图书馆有关的，加起来也在200万字之谱。即以这本集子中的文章来看，其中有9篇是在国内时所写，其余的都是在美国工作之余抽暇所做的，由于大部分是发表在台北的学术刊物上，所以大陆的读者不易见到。而从其内容来看，大致上分为三个方面，其一为古籍版本的考证，再就是对国内的北京图书馆、上海图书馆的善本文献介绍和美国所藏善本图书的叙述，第三部分是我为自己的几本书和影印古籍写的序、后记及叙论。

我要说明的是，为北图写善本收藏者少说也有十余篇文章，但是我在和台北学者合作编辑《中国大陆古籍存藏概况》时，我曾找过几位北图的学者重新撰写介绍北图善本藏书的文字，遗憾的是多被婉言谢绝。我在不得已的情况下，只得利用1980年时我在北京参与中国古籍善本书目编辑委员会的八个月中，多次去北图看书的印象，以及我对《北京图书馆古籍善本书目》中各种版本的统计数字和藏书的浅见，当然我也参考了其他有关的文章，而勉力写就"北京图书馆古籍善本概述"。而"上海图书馆的古籍及历史文献"一文，则是我在台北"中央研究院"文哲所的讲演稿，这实际上也是我在上图三十年对它所收藏的古籍及历史文献的体认。

记得我的朋友黄嫣梨教授曾说过这样一段话："学术研究工作的甘苦在于投入，投入的心力交瘁是苦，由投入的不断寻求和探索，以至洞察后由豁然贯通，而得到的欣悦与惊喜，这种快乐却是难以想象的。"我赞同她的话。我有时也有这种体会，尤其是当我写完自己的书，或是一篇较满意的论文时，那种感觉会油然而生，甚至在一两个星期内都不会消失，这大约是付出辛勤劳动后而特有的快感。在设想并决定此书的书名时，我颇费了点时间去思考，最先是想用朋友建议的《书目文献论稿》，后来又想了几个都觉得不妥，从出版社的角度来说，书名要醒目响亮，方能引人注意，或能增加卖点。思来想去，我还是选了"书韵悠悠一脉香"作书名。"韵悠悠"者，喻声音舒缓悠扬也。明杨文奎《点绛唇·四时景》套曲："韵悠悠歌着奇腔，按着宫商。"也喻香气飘散。明冯惟敏《咏四美·手板》曲："击玉敲金，移宫换羽……总不如韵悠悠彩袖香飘，斯琅琅宝钏声杂。"《红楼梦》第十七回"大观园试才题诗额、荣国府归省庆元宵"中有宝玉题"沁芳"泉水的一副七言联，曰："绕堤柳借三篙翠，隔岸花分一脉香。"它的联意我不用解释，但我借用"一脉香"，寓有学术薪火相传之意。这大约是我这一生都在图书馆工作，成天和书打交道的关系，说来奇怪，有的善本书有时会散发出一阵书香，欣赏、阅读之下，于是乎凭借着那股"书香"之劲，而去写那些关于"书"的文字。我不想使自己这本集子的书名摆出"学术"的姿态，还是"悠"着点好。

弹指日月，在"哈佛"竟忽忽十数年了，两鬓的发丝也由黑变白，额头上的皱纹也随着岁月的变换而增添、加深，自然规律的不可抗拒，实在是再正常不过的了。津虽每年都会返国探亲访友，但是家园故国，常常萦回九肠，无限眷恋；对于亲朋旧友，也时有魂牵梦绕之思。在即将交出这部已编就的稿子时，我突然又想到了孟郊的《游子吟》中的"谁言寸草心，报得三春晖"这脍炙人口的诗句，如果说我在目录版本学的研究中有什么心得的话，那都应该归功于当年顾廷龙、潘景郑、瞿凤起三位先生对我的训练和教诲，也包括当年上海市文化局及上海图书馆领导对我的培养。如果没有在上海图书馆三十年的专业训练和实践的基础，我是不可能在美国哈佛大学这座重要的殿堂里，去做一些力所能及的事的。我深深地感谢那些在当年提携过我、帮助过我的师友。我也感谢广西师范大学出版社的何林夏总编辑和责任编辑蒋辉先生，没有他们的帮助和付出的辛勤劳动，这本集子是不可能出版的。是为序。

2005 年元旦凌晨

4 月 18 日修改

4 月 24 日再改

延安版《参考消息》代序

　　《参考消息》是新华通讯社主办的一份时事性参考报纸，也是全国日报中发行最大的报纸之一。但是我却是在 1960 年时方才看到它，由于它每天选载世界各地报刊、通讯社的消息、评论、文章，全面及时地报道世界各地的政治、军事、经济、文教、科技、卫生、体育等多方面的最新消息，所以很快地就成为我业余时间里必读的报纸了。那时，《参考消息》的发行量不大，仅限干部阅读，而我正从上海图书馆馆长顾廷龙先生研习古籍目录版本之学，顾先生是当代最重要的目录版本学家之一，他订有《参考消息》，我们同处一间办公室，所以每天我就从顾师处拿报纸看。每隔一月，我就按日排比，捆扎成一包存放起来。1986 年 6 月 13 日，美国纽约当时的华文大报《中报》报道了我在美国发现许多中文古籍善本的消息，而《参考消息》（1986 年 6 月 18 日）居然转载了香港《中报》转发的文章。

　　美国哈佛大学哈佛燕京图书馆的珍藏中也有《参考消息》，存 1944 年 6 月 2 日至 12 月 31 日（内缺 6 月 18 日、9 月 6 日、12 月 17 日）、1945 年 1 月 1 日至 11 月 4 日（内缺 6 月 14 至 15 日、10 月 26 日，7 月 1 日仅存四分之一张），计 18 个月之多。每期一页，正反两版，铅印，用纸为粗糙的土纸。刊头《参考消息》印在右边，字作美术体，下印"只供参考"、刊期号、"解放日报，新华社编"、"今日出版一张"，最后为日期及星期。这些《参考消息》前后形式变化较大，或八开二版、或十六开七至八版不等。（出版者按，由于本书开本的限制，我们将八开版面的双码连着单码放置，阅读时自双码上栏至单码上栏，再自双码下栏至单码下栏。）每期都有日期和刊期号，虽日期相连，但有时刊期号有误，如 1944 年 6 月 30 日为 470 期，7 月 1 日却成了 553 期。

《参考消息》的早期历史，或许很少人知道，实际上，早在 1931 年 11 月 7 日，中国共产党在江西瑞金召开了第一次全国工农兵代表大会，那次大会宣告了中华苏维埃共和国的诞生，选举产生了由毛泽东、朱德、周恩来等六十余人组成的中共中央执行委员会。会议期间，成立了党的通讯社——红色中华通讯社，它除了对外发布大会新闻外，还抄收国民党中央通讯社的电讯广播，编印成《参考消息》，发给到会的六百多位代表参阅，这就是《参考消息》的前身。从那时起，直到 1934 年 10 月红军开始长征，《参考消息》每天出刊。早期的《参考消息》还曾用过《每日电讯》等名称。

1935 年 10 月，中央工农红军第一方面军主力胜利完成长征，到达陕北，红色中华通讯社恢复工作，11 月 25 日《参考消息》也得以复刊。1937 年 1 月，红色中华通讯社改名新华通讯社，继续出版《参考消息》。1938 年底，改名为《今日新闻》，仍为油印的内部刊物。叶蠖生在《抗日战争初期的新华社》一文中说："所有的电讯译出后，都归我处理。我每天做两件工作：一是把前一天下午和当天上午译出的电讯挑选分类，加上标题，编成《参考消息》。""印刷工作，由边区政府的油印科担任。这个油印科的科长，是一位长征老战士，每天他收到《参考消息》的稿件后，就分配人力负责刻印、校对、装订和分发工作。"当时《参考消息》每期发行约四百份。

《参考消息》改为铅印的时间为 1940 年 3 月 10 日，除刊登中外通讯社的电讯等内容外，还刊载新华社发的电讯新闻。由于战争的原因，时编时停。1941 年 3 月 31 日停刊，1942 年 12 月 1 日恢复出版并改名《参考消息》，沿用至今，此时的《参考消息》由新华社和当时的中共中央机关报——《解放日报》社合编，直至 1947 年 3 月撤出延安，《参考消息》停刊为止。1948 年 8 月，新华社迁至河北省平山县西柏坡，《参考消息》复刊。1949 年 3 月，新华社总社迁至北京，《参考消息》也从同年 3 月底起在北京出版。1957 年 3 月 1 日前，《参考消息》都是书版型内部刊物，此后改为报纸，仍然内部发行。1985 年 1 月 1 日起，《参考消息》在国内公民中发行。

哈佛燕京图书馆藏的革命文献，多为 20 世纪 30 至 40 年代延安及根据地出版物，包括文件、传单、报刊、图书等，皆为美国记者斯诺及英国友人林迈可当时收集并捐赠的。此《参考消息》，有一页上署有"林迈可"三字。按，林迈可，生于 1909 年，原籍英国伦敦，于 1937 年来华，执教于北平燕京大学。从 1938 年起，同情中国革命，反对日寇的侵略行径，利用外侨身份，协助北平地下党，并负责采购当时八路军、游击队迫切需要的药品以及通讯器材，成功地运输到日军封锁线以外。1941 年岁末，他和太太李效黎逃脱了日军宪兵队的追捕，来到八路军设在喜峰口的萧克将军司令部，后来又为聂荣臻将军所挽留，负责十八集团军的技术人员的各种通讯技巧的教学，并协助建立各部队的通讯系统。

1944 年 3 月，日军加紧清乡运动，在严峻的军事形势下，晋察冀军区采取紧急措施，将非战斗人员全部转移至后方。于是迈可夫妇在是年夏天到达延安，受到毛泽东、朱德的热情接待，并委以第十八集团军三局通讯组技术顾问及新华社英语主编顾问。迈可是当时少见的"中国通"，他在新华社时，工作得心应手，除了能直接将中文译成英文外，他又和他的同事经过多次的实验，装定天线，终于把新华社的广播，传送到太平洋彼岸的旧金山以及印度洋的孟买，他的工作也赢得了人们的尊敬。1945 年 10 月中旬，有国民党胡宗南部进攻延安的消息，林迈可一方面不愿看到中国打内战的情景，另一方面又认为中国以外的地方需要了解中国的真实情况，他愿意将自己在根据地及延安的所见所闻告诉外界。为此，在周恩来的支持下，林迈可夫妇于 11 月离开延安，经重庆、印度回到英国。这批《参考消息》的出版时间和林迈可夫妇在延安的工作时间完全吻合，因此，这份报纸应为林迈可当年保存并带出延安的。

对于书和报纸来说，报纸较书难以保存，报纸是连续出版物，且开本大，版数少则二版，多则数十版、百余版，如要想从创刊号始，集至终刊号，一期不缺，一版不少，难度甚大。无人不晓的《申报》，从清同治十一年（1872）4月30日在上海创刊，至1949年5月停刊，共77年，而最齐全者藏于上海图书馆，仅仅缺3个版面而已。这是很不容易的事情。由此而想到在革命战争环境里，要保存一套三四十年代革命根据地或边区编辑出版的报纸杂志就更为困难了。广西师范大学出版社有鉴于哈佛燕京图书馆珍藏的20世纪40年代延安出版的《参考消息》，虽然仅存五百余期，但也是难得一见的革命文献，且在中国现代新闻史上论及不多，有一定的研究价值，经哈佛燕京图书馆同意，将之影印出版。

《红军长征记》序

　　由美国哈佛大学哈佛燕京图书馆提供底本的《红军长征记》，由广西师范大学出版社出版了。这是一部在中国革命文艺运动史上极为优秀的文学作品集，是一部在当年物质条件极差的环境下，众多军队的作者围绕着一个专题，从不同的角度创作出的100篇作品。因此这本书的意义就在于讴歌中国工农红军在1934年10月开始的举世闻名的长征。这史无前例的长征，其征程之长，处境之险恶，斗争之激烈，是震撼全球的壮举，也是一首被西方学者称之为"激动人心的远征史诗"。

　　这本《红军长征记》，实际上是一本长征的回忆录，而回忆录的由来，最早始于1936年的春天，为了将每个长征的参与者不可磨灭的记忆记录下来，有关部门开始考虑编一本关于长征的书。据编者说，当时的计划是预备集中一切文件和一些个人的日记，由几个人负责写。但被指定的人忙得实在抽不出时间，一直延宕到8月，不得不改变原来的计划，而采取集体创作。

　　是年8月5日，中央军委主席毛泽东和总政治部主任杨尚昆以他们的名义，给各部队和参加长征的将士们发出电报和书信，希望他们用多种形式写出自己的经历以及在长征中的见闻和观感。电报称："现有极好机会，在全国和外国举行扩大红军影响的宣传，募捐抗日经费，必须出版关于长征记载。为此，特发起编制一部集体作品，望各首长并动员与组织师团干部，就自己在长征中所经历的战斗、民情风俗、奇闻轶事，写成许多片断，于九月五日以前汇交总政治部。事关重要，切勿忽视。"

《长征记》收到的稿子有 200 篇以上，经过丁玲等人的修改整理，最后形成初稿，又经过各方面的订正补充，而于 1937 年 2 月 22 日定稿。但由于抗日战争，许多参与者忙于其他工作，编辑的人员离开了延安，所以迟迟未予付印，直至 1942 年 11 月才将此珍贵的资料印了出来。由于当年是非公开出版物，属于非卖品的"党内参考资料"，所以可以知道，在当时的战争环境下，这本书印的很少，又由于当年参与的写作者后来多数去了抗日前线，也就不一定拿到了书。再由于多年的转战南北，交通不便，故保存极为不易，所以流传到今天已是稀见其有了。

《长征记》的最大特点，是在于执笔者写作的时间，离长征胜利仅有数月，途经之事，历历如昨。又由于执笔者中多半是"桓桓武夫"，没有什么文化，大多数人是向来不懂所谓的"写文章"，所以那一字一句出自笔杆子，又增添了几多困难。然而也正是这群文化水准甚低的从枪林弹雨以及恶劣的自然环境中冲出来的生还者，却用他们那朴实无华的文字，写出了他们所经历的伟大长征中的点滴，再由这些点滴，汇成了长征中那一幕幕英勇、悲壮、沉重、乐观的史实。所以长征途中之重大事件、历次战斗、行军之艰辛、所经之地之城镇风貌、人情习俗等均有真实的描绘，没有客套，没有加工，而是娓娓写来，原汁原味，致使它的真实性是无可置疑的，它再现了当年那惊心动魄的情景。

长征的壮举，也为中国革命谱写了光辉篇章。这支中国共产党的武装力量经历了世界上罕有的磨难，用坦诚和热忱的笔去谱写那一段难以忘怀的历史。请问世界上又有哪一支军队能在硝烟火光之中、难以想象的恶劣环境中，走过如此艰巨而又光辉的历程。《长征记》中篇篇都可看到红军浴血奋战，斩关夺隘，抢险飞渡，翻越雪山，跋涉草地的英雄气概。它显示了红军没有被强大的敌人所吓倒，又不为常人难以想象的艰难所征服，这是一支不可战胜的力量。

回忆录贵在真实。如今有的回忆录，可能是作者为了追求记述所发生事件的完整或结果的完美，多方引用他人的回忆，甚或敌方的资料，有的则是安排创作员进行人为的文学加工，并非自己当年的实际记录，所以在真实性上有一定的折扣。又因为不少人的回忆录是在进入老年状态下写的，或找捉刀人执笔，时间愈久，记忆愈模糊，许多亲历的事情或许在时间上、具体的印象都不清楚了。正因为如此，这第一本由众多将士参加创作的《长征记》，是记述这一伟大事件中最具真实性的结集，他比十多年后甚或几十年后的所有写长征的回忆录都更有权威性。

当年参加长征的 8 万 6 千多人，只有 7000 余人在一年后到达陕北，而当年撰写回忆录的英雄们，有些尚未能获知其真名，如斯顿、翰文、莫休、曙霞等。其中有好几位在抗日战争和解放战争中，就为了中国人民革命事业的成功，而流尽了最后一滴血，如 1936 年病逝的中共陕北省委宣传部部长郭滴人、1941 年牺牲的东北野战军第九纵队二十五师政委兼政治部主任艾平（他写得最多，共 17 篇）、1941 年牺牲的山东省战地工作委员会副主任兼秘书长陈明等。弹指一挥间，长征胜利 70 年后，据我所知，写作者中如今尚健在的仅有童小鹏一人了，那些已逝去的叱咤风云的指战员，他们真正做到了鞠躬尽瘁，死而后已。人们会缅怀他们的功绩，人们仍在阅读他们昔日所写的粗糙质朴的、不可忘怀的长征回忆录。

著名美国记者埃德加·斯诺当年曾说过："总有一天，会有人把这场激动人心的远征的全部史诗写出来。"然而，斯诺在出版了《西行漫记》后，由于种种原因，他没有能实现这个愿望。对于长征，这曲人类求生存的凯歌，它不是一般意义上的行军，是红军将士百折不挠、英勇牺牲的教科书。长征胜利后的 70 年中，国内共计出版以长征为主题的各种图书约有 1200 种，但是几乎所有的研究者，都鲜知这本《长征记》的存在，如郭德宏主编、中共中央党史研究室第一研究部编著的《红军长征史》（辽宁人民出版社，1996 年，所附参考书目 144 种）、郑广瑾著《长征事典》（河南人民出版社，1996 年，所附参考书目 70 种）等等，都未提及此书。

这本《长征记》的珍贵，还在于书的封面上有朱德的签名。朱德，这位中国人民的儿子，中国革命武装力量的卓越创始者之一，中国人民解放军的总司令，当年他作为红军总司令，和党内的一些领导人亲率中国工农红军走上了艰苦卓绝的长征路。在长征期间，对红军摆脱"左倾"军事错误，重新确立毛泽东正确领导；对克服张国焘分裂主义，维护党和红军团结统一；对红军在极其恶劣自然环境里求得生存；对长征中军事统战工作，以及对红军三大主力实现在西北大会师，宣告长征胜利等方面作出了巨大的贡献。如今看到书上朱老总的亲笔签名，又使我产生了一种发自内心的亲切感——这是朱总的书。是的，大约是 40 多年来一直在图书馆工作的关系，而且又是司特藏之职，所以经眼的善本书、珍本书，包括那各种各样的名人签名本实在是很多。但是这本朱总的书，却把老人家那慈祥宽厚的形象映显在我的面前。

15 年前，我在美国哈佛大学哈佛燕京图书馆的善本书库里发现了它，我的预感使我感到这是一本难得的书，在读了其中的一些篇章后，我不仅为它感动，而且我也想到我的责任，那就是要写成文章予以披露。后来陕西的《收藏》杂志发表了介绍《长征记》的拙文，继而上海的《文汇读书周报》又在第一版头条予以转载报道。这应该是几十年来，自《长征记》出版后，第一次揭示了《长征记》的存世，而且是朱老总的签名本。我们应该把《长征记》看成一部研究中国人民解放军军史、长征史的珍贵重要文献。长征不仅仅是一件事、一群人、一条路，也不仅仅是一幅壮烈的画卷，它永远激励着今天的人们不断开拓胜利，勇往直前。长征精神永存。

2006 年 10 月 14 日

一片冰心在玉壶——忆潘景郑先生

今年（2007年）是著名古籍版本目录学家潘景郑先生诞辰一百周年。回想往事，历历在目。2003年11月，我自美返沪探亲，在飞机上即在想，找个时间去探望胡道静先生和潘景郑先生。因为前一年的差不多时间，我也是在一个雨天的下午，先看胡先生，再去看潘先生的。他们两位都住在虹桥，所以顺道。可是，我到沪的次日清晨，在和上图旧日同事通话中，意外地获悉胡先生已在一个多星期前仙逝了，而潘先生也在两天前御鹤西归。这对我来说，实在是意想不到的事。对于潘先生，我自1990年离沪去港赴美后，每年返沪，都会去拜见他，有时还会打个越洋电话去问候致意。每次见到先生，大多是卧床，由于家都夫妇的精心照料，所以先生的饮食睡眠都算正常，毕竟是90多岁的老人了，以静养为上。然而先生在9月15日却因一场感冒而入医院治疗，二个月后，又因肺部感染而衍发重症，医治无效，于11月15日溘然长逝，终年97岁。

潘先生追悼会前的一天，我约严佐之教授见面，在饭桌上，我们都对潘先生的去世表示惋惜。我说，潘先生这一走，就意味着（20世纪）30年代成名的中国版本目录学家凋零殆尽。因为在此之前，70年代王重民、王大隆先生，80年代赵万里、周叔弢、瞿凤起先生，90年代又有顾师廷龙先生，就连50年代成名的冀淑英先生也在潘先生之前走了。

光绪三十三年（1907）八月十日，潘先生生于苏州的一个书香门第。潘家，其先于清初迁至苏州；乾隆时，始以科第贵显。高祖潘世恩，由翰林院修撰，官至太傅、武英殿大学士，赐谥文恭。曾祖潘曾莹，官兵、刑两部郎中。祖父潘祖同，为钦赐进士、翰林院庶吉士、封光禄大夫、户部侍郎加三级。父亲潘亨毂，为光禄寺署正、附贡生。然而先生家世虽属簪缨，且一族中有35人金榜题名，既有一甲一名之状元公，也有一甲三名之探花郎，但潘先生的一生却形同寒素，早已忘其为仕宦之裔了。

潘先生字良甫，号景郑，又号盝宀，别署寄沤。幼承庭训，颖悟夙成，雅嗜图书，博通经史。谙音律，精词曲，长于鉴别、训诂、考证之学。他的学问除了自己的努力勤奋外，是有所师承的。老师就是国学大师章太炎、词坛宗师吴梅。潘先生尝说："弱冠以还，略识为学之径途，余杭章师，诏示经史之绪；霜厓吴师，导游词曲之门。"

什么事情都得讲缘分，潘先生能成为章门弟子中的佼佼者也是有缘。1931年春，二十五六岁的潘先生为研究《说文解字》而校理沈涛之《说文古本考》，被同盟会的前辈李根源先生看见，极为赞赏，以为青年学子能有如此业绩实属难得，即向太炎先生推荐。章回信说："潘景郑年在弱冠，文章业已老成，来趣吾门，何幸有是！"从此，潘先生由太炎先生亲自"诏示经史之绪"，又悉心精研，尽得其奥秘，学业大进。1935年，章氏在苏州创办章氏国学讲习会，潘先生被聘为讲师。讲习会的刊物《制言》，章虽挂名主编，但具体做事负责的则是潘先生、朱季海等人。章氏去世后，章夫人汤国梨女士即率诸门生在上海办太炎文学院，潘先生则仍任教其中，直至文学院被汪伪政府强行停办。先生曾与人合编有《太炎先生著述目录》及《后编》。

太炎先生门下弟子众多，听其课者即在500人以上，但他却非常看重潘先生。1933年11月，章太炎致潘札有云："东原以提倡绝业自任，门下若膺、怀祖、巽轩，可谓智过其师。仆岂敢妄希惠、戴，然所望于足下辈者，必不后于若膺等三子也。""明年定当南徙吴中，与诸子日相磨礲，若天假吾年，见弟辈大成而死，庶几于心无欲，于前修无负矣。"戴震门下弟子段玉裁（若膺）、王念孙（怀祖）、孔广森（巽轩）都是乾嘉时期重要学者。章氏此札可以窥见其寄希望于潘先生将来在学术领域有所成就，并对于文献学、文字校勘学等方面有较大的贡献。

苏州，山温水软，绿畴绣野，灵秀所萃，人文蔚兴，自古即得天时地理之利，故人聪物华，士民俊秀，且历代都为文人墨客荟萃之地、士宦退隐之乡，所遗撰著之多，雄冠东南。私家收藏图书，蔚然成一时风气，其中又有著名学者专家，所藏之书多与其读书治学密切结合，故学术著作于研究贡献甚大。潘先生是藏书家，也是当代中国具有精深造诣的版本目录学家之一，他和其兄潘承厚继承了祖业，也得到祖上竹山堂藏书，并在此基础上发扬光大。

先生于版本鉴定独具只眼，功力绝非一般。先生尝云："余生薄祜，十二丧父，上袭先祖余荫，有书四万卷。稍知人事，颇喜涉猎，自经史子集以逮百家杂说，辄复流览，贪多务得，每为塾师所非斥，而余怡然自乐，未尝以他嗜少分其好。弱冠以还，力耕所入，供伏腊给衣食外，有余悉以市书，于时求备而已。秘册精椠，不暇计及。先兄妮古善鉴，与有同嗜，力所未逮，辄为援手，积累二十年，藏书卅万卷，列架插签，虽不敢自比于通都豪富之藏，然以之考览优游，无阅肆借甂之苦。"（《陟冈楼丛刊》序）又云："学艺而外，耽嗜图书金石。才十五六龄时，便节衣缩食，有志穷搜遐方绝域，尽天下古文奇字之志。自壬戌（1922）迄丙子（1936），十五年中积书卅万卷，石墨二万通，簿录甲乙，丹黄纷披，甘老是乡矣。"（《著砚楼书跋》自序）

先生弱冠起即购书，随着时间的推移，经眼之书也渐多，赏鉴能力也随之增强。20世纪20年代后期，先生即与苏州藏书家邓邦述、徐乃昌、宗舜年、丁初园等人结识，晨夕过从，获闻绪论，纵论今古，乐谈版刻，赏析奇书。甚至与老辈藏书家角逐于书林，偶见一奇帙，辄相争取，而书贾从中居奇，互相射覆。那时先生年方弱冠，而诸老皆皤然耆彦，引为忘年之交。也正是先生通过和多位老丈的沟通交流，而获得了书本上所没有的知识和经验。先生曾告诉我说：和老辈们在一起，听到的都是闻所未闻的事。他还说，那时买版本书也有鉴定错误，没有看准的，那就会请老辈们看，想怎么会上当的，然后总结教训，以求少犯错、不犯错。先生的版本鉴定学问全凭水滴石穿之苦功，非长年累月之积淀，决达不到此一境界。如此说，是因为此门学问无捷径可走，全凭所炼就的一双眼睛。

1937年，日寇侵华，苏州文物备极蹂躏，狼藉箧衍。藏书家老成凋谢后，遗笈飘零，流散市廛者不知凡几。丁初园湘素楼、孙毓修小绿天、莫氏铜井文房、曹元忠笺经室、徐氏积学斋、许氏怀辛斋藏书相继流散殆尽。沦陷区之不少文献故家，又以生活日渐艰困，所藏珍本古籍，无力世守，也纷纷流入市肆。在抗战正酣的那个年代，以个人的力量去大规模抢救古籍善本，保存传统文化是不可能的，先生尽管衣食困迫，无复购书余力，但仍以抢救传统文化为己任，访旧搜遗，择尤选萃，尽可能地去保存一些乡邦文献、故家遗物及明末史料。先生认为中华典籍文化乃前贤精力所萃，即使一般学人稿本也应保存。如诸仁勋《后汉书诸侯王世系考》一书，此稿经乱，由暌城流徙沪肆，鲜有过问及之者，先生独惜其文字之湮灭无传而留之。有些稿本流入市肆，估人莫审其撰者，一时无人问津，但先生识得手笔，急欲为故人存留纪念，如吴大澂《吴愙斋先生手校说文》、宗子戴《尔雅注》残稿等。先生还曾在市肆乱书堆中，发现劳权手抄《云山日记》，粘贴在兔园册子上，先生知道是焚燎之余，购下后觅工重装。又如像陈鳣手校本《五代史补》及《五代史阙文》，既无陈氏印记，又无署款，贾人不识，先生亟收诸箧笥。有的书流入印匠之手，破碎几罹覆瓿之厄，如《姚秋农说文摘录》稿本。先生尝叹云："锋镝余生，情怀抑郁，重以衣食困顿之际，癖嗜未解，嗟嗟吾生，徒自苦耳。"那个时期，先生在苏州还协助郑振铎搜集明清总集及清人诗文集，曾代为购得罕见本多种。先生在保存古籍方面，功不可泯。

王佩诤《续藏书纪事诗》中有一首是咏潘先生的，诗云："滂喜斋溯收藏富，金薤琳琅旧雅园。渊博当今刘子政，玄著超超七略存。"先生费尽辛苦，多方搜集，累藏珍本数万册，均藏于著砚楼中。"著砚"者，以藏宋代王著之砚也。先生很多藏书，都有函套，红红绿绿的颜色，我曾问过先生，为什么要用这种颜色。先生笑着说：那都是用被面做的，红白喜事时，亲朋好友们送的，太多了，又没有什么用处，所以就用来糊在马粪纸上做成书函套，这叫废物利用。先生藏书虽说未丰，但孤本秘籍往往而在，是犹千狐之白，所重者以精不以多也。

书籍藏弆，鲜有百年长守之局，自古皆然。先生是过来人，兴废变迁看得实在太多。抗战胜利后，先生揣返检书，30万卷所存已十不一二矣。1950年，先生在沪，又悉故乡所存之书为其侄论斤斥卖以尽。固知聚散飘忽，但及身而见，仍怆然之至。"第念三十年来，箧衍所存，一毁于兵火，再罹于胠箧，其仅存者比悉论斤于犹子之手，历劫荡然，固不免恋恋怅怅。"（《著砚楼书跋》自序）1956年在上海时，尚有宋元明刻本、抄校稿本千余种，但十余年中，生活困难，不能敷给，往往出以易米，其时，亦去十之四五。

先生深感守书不易，恐旦夕间往往所聚者容或失之，乃将所贮悉数捐赠图书馆保存。前几年我在写《顾廷龙年谱》时，就发现潘先生在四十年代赠给"合众"不少书，也包括元刻本。先生跋《大阜潘氏支谱》云："比岁旅食沪上，不暇顾及故居，家中长物悉被论斤称担，荡然无存。此书之成，与余齐年，环顾沧桑，冉冉将老，缅怀终岁饥驱，焉能长护斯籍耶？残岁检笈得之，亟捐藏合众图书馆，俾异日犹可踪迹焉。"

先生捐出的书很多，有些比较重要，如1947年将叶昌炽手稿本《缘督庐日记》捐给苏州图书馆。1949年末，将清人传记资料以及其他书籍300余种捐献合众图书馆，并编成《吴县潘氏宝山楼藏书目录》。1950年，又将不少宋元刻本捐献北京图书馆。由于先生对保护传统文化有功，且捐献了不少稀有罕见的古籍善本给国家，1951 年 6 月 7 日，时任文化部副部长郑振铎在上海设宴，宴请捐献文物图书给国家的人士，包括潘世兹、丁惠康、潘景郑、瞿凤起等人。

先生收藏中最可观的是金石拓本。弱冠时，先生思辑《苏州金石志》，搜拓石墨，即一县所得，已千余种。并曾鸠工编拓虎丘刻石，纤细靡遗。先生所辑《虎丘题名全拓》，较之《虎阜石刻仅存录》《虎丘金石经眼录》又增益十数种，并装成大册捐赠"合众"。先生后来又从孙伯渊处购得刘氏聚学轩所藏 7000 种金石拓片，内含叶昌炽五百经幢馆拓本、拓片计 3681 种。叶藏以题名造像为多，分地凡 80 余处。先生经 20 年之殚心搜罗，所聚逾 17000 种，也悉数化私为公，捐与"合众"，而今珍藏于上海图书馆。

潘先生是从事图书馆工作的资深专家，早在 1940 年 4 月，合众图书馆总干事顾师廷龙先生即深盼潘先生能来相助，这也是叶景葵先生之意。据顾先生是年 4 月 21 日日记，"揆丈意，将来须主金石一部，则景郑尤为相宜，实为图书馆中难得之真才，与龙意见融洽，合力为之，必能薄具成绩，非为私也"，"但独木不能建大厦，然得人之难若登天"。潘先生自己也说，抗战时，叶景葵创办合众图书馆于沪上，"招余从事编校之役，先后逾十年，因得尽窥枕秘，纂录藏书提要十余册，并与校勘藏目之役"。由于潘先生的加盟，顾师如虎添翼，潘先生也是如鱼得水。从 1940 年 8 月 1 日在合众图书馆上班始，直至 1988 年从上海图书馆光荣退休止，共计 48 年之久。

原"合众"的藏书基础，首先是几位发起人所捐献的家藏，他们将数十年甚至毕生搜集的珍藏无条件献出，并各具特色。如张元济将数十年收藏的善本及旧嘉兴府著述、海盐先哲著作，李宣龚将近时人的诗文别集和师友手札、叶恭绰将收集的山水寺庙专志及亲朋手札悉数捐出。而潘先生捐赠的是清人传记、大宗金石拓片、清代科举考试硃卷约一万份，数量可观。"合众"

的藏书目录大部分是潘先生所独立编竣，如 1946 年 10 月编的《海盐张氏涉园藏书目录》，1948 年 8 月编的《番禺叶氏遐庵藏书目录》，1951 年 5 月编的《胡朴安藏书目录》，1951 年 9 月编的《李宣龚藏书目录》《至德周氏几礼居藏戏曲文献录存》等等。

1958 年 10 月，上海市历史文献图书馆并入上海图书馆，自此先生就一直在上图善本组工作，一直到退休。他的工作主要就是为善本书编目、编辑《上海图书馆古籍善本书目》。上图那一万四千种善本书，包括宋元佳椠、明清善本、抄校稿本等等，就是在 1961 年至 1965 年时，由先生和瞿凤起先生编完的。

"文化大革命"对于中国人来说是一场大灾难，潘先生理所当然地受到冲击，没有逃过此劫。1966 年夏，他即作为"封建地主阶级的孝子贤孙"受到批判，处境日艰，压力日甚。不久，上海图书馆又抄了先生的家，部分图书捆载而去，余下者全部封存在柜。先生 1975 年 3 月跋《敝帚存痕》云："七八年来，囊箧屡空，笔墨顿废，虽未皈心空门，视世间文字都如嚼蜡矣。"

之后，先生每日都在"牛棚"集中学习，并参加一些适当劳动，先生在这种困难处境下，从无怨言，乐天知命，忘怀得失。那种随遇而安、豁达从容、悠然自得的态势，使我感触到常人难以达到的境界。1967 年夏，上海市文物图书清理小组要求上海图书馆上报在"文革"初期所接收的重要文物图书清单，那时上图有两批极为重要的图书，多宋元明刻本以及名家批校本。一即 1966 年夏，自刘洁敖教授家抄得其岳丈陈清华先生所藏善本；一即 1967 年春夏间，自张子美先生所在单位中所得清末朱氏结一庐藏书。为将这两批善本书编目整理，并遴选出一、二类藏品，我和当时馆内某负责人商量后，请顾师、潘先生和瞿凤起先生在上图东大楼 307 室整理，这项工作大约两个月后才结束。三位老先生各自就所编目的一、二类藏品，亲笔用复写纸一式三份写了简单介绍，一份由我保存至今。先生 1971 年还参与清查盛宣怀档案中的钓鱼岛材料。

《中国古籍善本书目》是一部全面反映国内各图书馆、博物馆、文化馆所藏中文古籍善本的专目，它的编辑意义无须我再赘述。潘先生古稀之龄，毅然参与这项伟大而艰巨的工程。我还是挑几件重要的事来叙述吧。

1978 年 11 月上旬，上海图书馆古籍组为配合《中国古籍善本书目》的准备工作，在顾师廷龙先生的提议、指导下，编辑了《善本书影》。从上图善本藏书中选出宋元明清刻本和抄校稿本共 30 种，略具简说，汇编书影，以应急需。挑选和简说主要是潘先生所为，我追随先生之后，获益亦多。这本书影从酝酿到见到样本只用了一个星期。

1979 年，潘先生被中国古籍善本书目编辑委员会聘为顾问，当时被聘者还有赵万里先生，次年 5 月，周叔弢先生也受邀聘为顾问。这三位先生都是中国最重要的版本目录学家，对于古籍善本的搜集、鉴定、整理、出版都有卓越的贡献，他们应聘为顾问，实至名归。可是，没有多久，赵、周两先生先后辞世，这对编委会和版本目录学界是重大的损失。只有潘先生是长寿者，他在 1978 至 1980 年间，即开始参与校核上海图书馆藏善本卡片，回答编委会对一些善本书中的著录疑问的咨询。1981 年 4 月，他又以 75 岁之高龄，与主编顾师廷龙先生前去南京，参加《中国古籍善本书目》主编工作会议，就如何复审、定稿而提出了不少好的建议。1983 年 8 月，《中国古籍善本书目》的定稿工作在上海图书馆进行，先是经部，继而是史部卡片的复审工作，参与工作的有编委会主编顾师廷龙先生、副主编冀淑英先生、潘天祯先生，潘先生，还有沈燮元、任光亮和我（当中短期参与者有丁瑜、陈杏珍先生）。此项工作持续了好几年，而潘先生每天都到办公室审阅卡片。

《中国古籍善本书目》经部终于在 1986 年 10 月由上海古籍出版社出版，潘先生拿到样书后非常兴奋，按捺不住喜悦之情，专门写了一首《赞成功》，词云："百年大计，簿录新容，搜罗珍秘一编中。克成遗愿，群策群从，妙哉四库。遮莫喻隆，今日高会，看奏奇功。俊贤毕集兴怀浓，快披鸿祓，万紫千红。低首折服，寰宇皆同。一九八六年十月二十三日，潘景郑为中国古籍善本书目经部发行作。"从 72 岁到 83 岁，潘先生为这一国家重要的大型书目矻矻终日，克尽厥职，不辞劳瘁，奋力工作。而这一工程竣工出版后，他又功成不居，劳不矜功，这与当今学术界中某些好大喜功、沽名钓誉之人和事完全相反。

先生书法在学界有一定影响，但他从来不以"书法家"自居，他自己就说过：我不是书法家。但先生却是 1961 年 4 月成立的"上海中国书法篆刻研究会"首批 87 位会员中的一位，当年的成员有沈尹默、沙彦楷、潘伯鹰、朱东润、王个簃、顾廷龙等。潘先生书法笔取中锋，含蓄温润，清雅绝伦，自成一家，深得学者之喜爱。先生尤善行书，流畅圆润，秀逸平淡，从容而追求洒脱。学者书法能臻入此境者，实不多见，这完全是先生学识修养，通过笔毫而流于纸上，故内涵蕴厚，绝无矜持造作之态。明项穆《书法雅言》云："资分高下，学别浅深。资学兼具，神融笔畅，苟非交善，讵得从心？"所以"资贵聪颖，学尚浩渊。"也就是说学术成就高，人的境界也就高，笔下自有常人难及之韵律，地位及成就往往在职业书法家之上。先生不轻易为人作书，然人得其尺牍、诗文，即使是片纸只字，皆视如珙璧，珍若鸿宝，什袭而藏。广东重要收藏家王贵忱先生即将先生手札汇为一编，影印传世。

先生弱冠即亲文字之业，偶有采获，多寄情于笔墨之间，不光是写跋作词。据我所知，早在 30 年代，先生仅 29 岁，著名的江南词人谢玉岑即慕先生名，并函索先生填词书扇，以订缟纻之约。1983 年 2 月 15 日，顾师为《中国古籍善本书目》工作汇报事致笔者函，云："专家无回音的，拟去函催询。你便中拟一稿，要情意迫切，措词宛转。不知你以为何如？这种文笔，潘老优为之，你可一学。"顾师的文章，写就后多请潘先生润饰，如《跋徐光启墨迹刻石》《章太炎篆书墨迹序》等，就有信嘱我送呈潘先生推敲教正。而我在 70 年代末和 80 年代所写的文章几乎全部都呈请潘先生修正，我尚珍藏的还有潘先生、顾师修改的《进瓜记》《关于四库全书总目提要稿本的新发现》等文稿。

《明代版本图录初编》，是先生与顾师廷龙先生在上海成为"孤岛"后联袂编著的研究明代版本之必读物。自清末杨守敬编《留真谱》，至民国间公私藏家编撰的图录10余种，然多宋元书影，明代版刻一直处于空白。顾、潘二师以为"惟朱明承先启后，继往昭来，传递之迹，有所踪寻，而其精粗高下，尤足以觇文献之盛衰"。有鉴于此，顾师"实综大纲，发凡起例"，潘先生"摄影撰说，历时两年"，克服了搜辑不易，瓻借维艰等困难后，终于克成。以往各种图录之编纂，虽多出专家学者之手，但并无特色。《初编》类别十二，影逾葡叶，不仅存一代雕椠之程式，且每种皆有略说，以藉明原委，每类前之文字概括简明，图文相辅，纲举目张。张元济先生在审阅《明代版本图录》原稿后，即有信致顾师，云："大著《明代版本图录》亦捧读一过，琳琅溢目，信为必传，自惭谫陋，不能赞一辞。"而徐森玉先生则告蒋复璁先生，顾、潘所编之"《明代版本图录》乃为研究所得，非一般收藏家之书影"。此实为有真知灼见之语。编图录易，撰解说难，如若没有坚实的版本学根柢，断难肩荷这样的工作。近几十年来国内所编各种善本图录，唯此书及《中国版刻图录》最具学术价值，其他图录虽然在印制装帧上华丽非凡，但在学术上却没有一本能望此二种之项背。

潘先生是一位极重感情的人，对于章太炎先生、吴梅先生的遗著，他在书肆是有见必收。如太炎先生稿本《广论语骈枝》一卷，1938年经乱散在吴市，因斥重值购置。在百物腾贵的年月里，又节衣缩食出资印了章氏的好几本集子。1940年，为吴梅刻印《霜厓词录》时，因北平文楷斋所刻工劣，未遑传布。先生又于1943年6月，重写一本授诸墨版，以告慰其师在天之灵。1985年，潘先生将珍藏的太炎先生手写底本《訄书》，交上海古籍出版社出版。并在跋文后附词《凄凉犯》，云："师门暗忆人天远，星霜卅载递隔。迷离旧梦，乡魂久绕，寸怀翘翼。江干旅食，风雨流光暗掷。早琳琅，成散席，片羽作珍泽。

追念名山业，尴迫留痕，立言盈策，景星阅世。渺初粜，莫寻鸿迹。蒲柳惊心，待长护，淹迟旦夕。乞垂芬，化影千编慰欲臆。"

1988 年初，我非常想做的几件事中有一件是想为顾师廷龙先生、潘师景郑先生做录音，那是 1986 年我在美国哥伦比亚大学访问时，了解到唐德刚教授曾为李宗仁先生、胡适先生完成口述历史工作，对我有很多启示。我也想记录顾、潘二师过去的工作，如潘先生如何追随章太炎、吴梅学习文字学、词曲的过程、二十至四十年代与耆宿遗老交往之逸事、其时沪苏两地书肆情况等等。遗憾的是，当我提出此项计划后，领导却以没有经费购置录音设备及人力支持而否决。

潘先生是我在上海图书馆杖随 30 年的老师之一，我永远也不会忘记他对我业务上的指导和提携。40 多年前，我在辑录清代乾嘉学者翁方纲的资料，准备编写《翁方纲年谱》。那时的我，只是一个初涉版本目录领域的年轻人，什么都不懂，但这项工作，时时得到潘先生的帮助，潘先生将他在 40 年代钞录的不见于《复初斋文集》及《集外文》的题跋等，大约有数十篇，都交给我，让我补入。他还将年轻时买到的抄本《覃溪碎墨》（未见著录，有容庚、潘先生跋）送给我。1988 年，我见到了台北文海出版社出版的《清代稿本百种汇刊》，里面收有翁方纲的《复初斋文稿》20 卷、《诗稿》67 卷、《笔记稿》15 卷、《札记稿》不分卷，总共 138 册（缩印为 28 册），是"中央图书馆"的珍藏之一。然而这部价值极高的手稿本，却因书中之字大都是行草书，台北学者无法阅读。我虽熟悉翁氏书法，经眼也多，但还是有不少字辨认困难。我将晚上识不了的字用小纸条夹着，次日上班前请教潘先生。而潘先生就从字里行间辨识，对照语句，最终也就冰解雾释了。后来，《翁方纲题跋手札集录》的稿子全部请先生通读一过。不然的话，这本书是难以面世的。

尺牍中的字，有不少是行草书写，那是书写者率性所为，收信人如相熟，大致知道所言之事，那就不难理解。反之，则要花工夫，视文意猜测。潘先生的认字功夫十分了得，如没有深厚的学术底蕴，以及早年在书法上的临池所得，那就根本无法释读。1961年间，上图请来早年任职商务印书馆的文书高乐赓、项平甫先生抄写《汪康年师友手札》，《手札》60巨册，700余人，3000余通，对研究中国近代政治史、文化史、经济史都有重要参考价值。这批手札多为行书，间有草书，有些字不易辨认，高、项二人都临帖数十年，基础虽好，但有些字也无法识得，必须请益潘先生方得冰释。

我的著作中最早出版的是《书城抱翠录》，潘先生专门作了一首词以代序。后来所辑录的《翁方纲题跋手札集录》，则是潘先生作的序。如今我珍藏先生的手书，除翰札外，尚有先生赠我的三首词，第一首是77岁时所作的《赞成功》，词云："盛年奋志，点检琳琅。书城长护作梯航。廿龄精业，明眼丹黄。几多锦字，纷留篇章。徙倚图府，晨夕相商，多君才智证高翔。苏斋碎墨，收拾珍囊，摩挲老眼，欣看腾芳。"那是先生为鼓励我完成《翁方纲年谱》及《翁方纲题跋手札集录》而写的。

第二首是79岁时所作的《西地锦》，词云："廿载同舟图府，更几多风雨。琳琅点检，丹黄共理，勤奋堪数。壮志鹏程，高步万里登云路。期君放眼归来，日展经纶芳杜。"那是1986年初，我将赴美任访问学者，离沪前先生书此以志别。

第三首是84岁时所作的《减字木兰花》，词云："清才高艺，壮志凌云称拔萃。流略精治，海外名扬树一帜。同舟卅载，图府论文深契在。振翅重飞，离别情怀盼后期。""沈津大兄远志港行，骊车在迩，赋以赠别。"那是1990年4月，我要移居香港时所写。

如今展对先生手书，摩挲遗泽，能无山阳邻笛之感？能无山颓之痛！

先生所写题跋有千篇之多，六七十年来，所至官私库藏，列肆冷摊，靡不恣意览阅，耳目闻见，籍记于册。50年代出版的《著砚楼书跋》，仅收先生所写跋文403篇，那是捃30年藏见所记，掇拾丛残，十存二三。而前几年出版的《著砚楼读书记》，在《书跋》的基础上略加补充，虽可以视为潘先生的历年所写文章之总集，但这只是先生著作的一部分，还有不少文章都没有被收入，如《章门问业记略》等。津在先生去世后之次年，曾应潘家都之约去了虹桥潘寓，细细看了存放先生文翰的六七个大纸箱，并将先生历年的日记、题跋、诗词，以及小笔记本、杂件等作了区分，我曾将十多本先生手书题跋和《读书记》稍作比对，发现不载之跋甚多，或俟之将来，再加订补。

先生人格的纯洁几乎是有口皆碑的。这位恂恂儒雅、敦厚和蔼的长者学问深厚，但不张扬，他从来没有恃才傲物，顾盼自雄之态。他的床头上挂着一幅金山高吹万（燮）先生写的"无事此静坐，有福方读书"对联，这是他最喜欢的联句，淡泊而有味，令人遐思无穷。是啊，如今淡泊名利，视富贵若浮云的名士又有几多呢？我的记忆中，先生似乎从来就没有胖过，也从没有穿过什么新衣服，他是那么的朴实无华，那么的平凡，没有人推崇他的所作所为，但他的学谊行谊，皆可窥见学术精微，实足为后世所楷则。我时时想起先生那精神矍铄、面容清癯的形象，他手夹着最廉价的工字牌雪茄，那一口轻侬细软的吴语似乎还在向我诉说着什么。有时还会浮现出 60 年代初，先生教授我和吴织及二位修补组的青年同事古文和吟唱唐诗的情景。想得多了，真觉得先生须眉馨欵，一一如在目前。回忆当日追随顾师廷龙、潘师景郑、瞿师凤起三公杖履，获承教益，赏析之乐，恍在昨日。

潘先生退休后没二年即卧病在床，此后就再也没有起来。每年我返沪探亲，必定要去探望先生，问候饮食起居，拍几张照片。潘先生走了，听潘家都说，老人走的时候很安然，没有什么痛苦。潘先生长眠了，他去了一个很远很远的地方。对于这样一位温润敦厚、知识渊博、学贯九流才一艺的老人，现代最先进的医疗条件也无法留住他。先生是当代重要图书馆文献学家、目录版本学大家中最长寿者，王重民、王大隆、赵万里、瞿凤起、周叔弢、顾廷龙、冀淑英诸先生都走在潘先生之前。而今，像潘先生这样广纳百川、触类旁通，既渊博而又精深的版本目录学家恐怕最近这数十年之间不一定再会出现。

潘先生枕耽典籍，和书相伴一生，他走完了极其平凡又极其有意义的一生。他无愧于自己，无愧于他所热爱的事业，也无愧于这个社会。

2007 年 9 月 28 日初稿

2007 年 10 月 2 日定稿

《藏书与读书》序

　　年年圣诞，今又圣诞。过了圣诞，元旦就指日可待了。人们又进入了新的鼠年，年岁则又加了个"一"。大前年的圣诞夜，我还伏案在写《顾廷龙年谱》的序，前年则是在新年的钟声敲响之前，赶写《书城风弦录》的序，而元旦凌晨又在为《书韵悠悠一脉香》的前言定稿而推敲文字，只有在去年最为闲适，那是因为健康的原因，不允许我再坐在电脑前写稿了。两星期前，徐雁教授托姚伯岳兄转来邮件，嘱我为他即将出版的《藏书与读书》写序，我力不能辞，乘今年的圣诞休假，抽暇将书中的内容匆匆快读一过。

　　中华文化丰富多彩，内容广博而深厚，它凝聚着先人的辛劳和智慧，而作为文化载体的文献典籍，更是诸子百家，汗牛充栋。"藏书"与"读书"，这个题目，古往今来，不知有多少藏书家、学者写过，更有好事者将这些"读书种子"的体会及经验之谈编辑成书，以使后人读后少走弯路。我非常服膺清嘉庆间张金吾在《爱日精庐藏书志》序中的一段话，有云："欲致力于学者，必先读书；欲读书者，必先藏书。藏书者，诵读之资，而学问之本也。"又说："藏书而不知读书，犹弗藏也；读书而不知研精覃思，随性分所近，成专门绝业，犹弗读也。"读书必藏书，藏书为读书，此乃藏书家及学者之所宗。当然，若是附庸风雅，只藏不读，那又是另一回事了。

　　古代的藏书家就不去说了，就拿清末至现代的傅增湘、叶德辉、周越然、唐弢、郑振铎来说，他们都是我所敬佩之人，藏书虽有多寡，侧重面也有不同，然藏而读，读而研，却是他们的共同点。而且他们的撰述，无论大著甚或短文，都凝聚着睿智和哲理，所以他们对中国文化是有贡献的，他们的著作直到今日仍是读书人喜藏和喜读之书。

年轻的时候，为在业务上有所提高，除了版本学的实践，还大看其书，不少书是顾师廷龙先生指定读的，如《四库全书总目》提要。至于当时有的版本目录之书几乎全读了，《书林清话》竟读了二三遍。而今，可能是岁月不饶人，正儿八经地将一本书通读一过的倒是极少，但每天仍要翻个十来种书，汲取若干条自己需要的材料写入善本书志。而在夜晚，还要写一点自己有兴趣而别人暂不会写的豆腐干小文，就权充读书笔记吧。

所以我的读书，还不如说是翻书多多。翻书或许也是一种读书的方式，也就是看见有用的资料细读一过，然后复印或是记入笔记本，或输入电脑，待将来有机会再派上用场。前些时，花了半年多的业余时间，翻了万余部的线装书，居然翻到了不少有关中国印刷史、中国出版史上的材料，而这些材料都是可遇而不可求的，且从不为研究者、撰述者所利用。就以清代官府发布的"翻刻必究"告示来说，这在张静庐《中国近代出版史料》中仅有一张图片，而我所得竟有 10 张之多。看来，如不是有意识地去大翻其书，那是无法知道"告示"的原件（石印）会在什么书中会有，这也应了辛弃疾的《青玉案·元夕》中的一段词，"众里寻他千百度，蓦然回首，那人却在，灯火阑珊处"。因此，在某种意义上说，翻阅线装书也是我在心灵上和长眠已久的古人如相面对，是我摆弄书皮子学问的一种不可或缺的读书方式。

我大约也算是和书有缘分，一辈子在图书馆里和书打交道，搞了近 50 年的书皮子。回顾过去，无论是在上海图书馆、香港中文大学图书馆，还是在美国的哈佛燕京图书馆，我的工作就是管理图书馆里的珍贵藏书，数十年不变，这仿佛也是命里注定。也正是因为成天和善本书、普通古籍、特藏文献打交道，每次进入书库，虽没有沁人脾胃的桂馥兰薰，但会有一种莫名的芸香悠悠袭来，而当我游弋于其中，摩挲典籍，时间长了，还真有一种坐拥书城、醉卧书丛之感，这或许也是我用"书丛老蠹鱼"的名字在新浪博客上写作的缘由之一。同时"哈佛燕京"每年近 2 万种的社科新书进馆，重要学术著作基本不缺，目前 70 万册的中文图书，1500 种的社科期刊，大到影印文渊阁本《四库全书》，小到一般的文史著作，开架取书，借阅自是十分方便。所以这些年来，我并不刻意买书、藏书，家中之书也仅千册而已。而在"哈佛燕京"做研究的条件，则远比在上海、香港、台北来得方便。

哈佛燕京图书馆的大阅览室里有一幅叶恭绰书"小琅嬛福地"的横批，那当然是指"哈佛燕京"是块藏书福地，也可见藏书是有福的。有道是人生一乐，莫过读书。徐雁教授曾是南京市的藏书状元之一，其雁斋藏书也近 2 万之谱，这都是书中之书——有关藏书、读书的专题。我的朋友中也有两位藏书很多的，一位是北京的藏书家，他所藏都是线装古籍，不久前他告诉我，已开始将自己的藏书进行编目，现完成了 7000 种，还有不少待编。另一位是台北的讲座教授，他的藏书有 4 万册，在 80 年代，他藏的大陆学术出版物竟然比当时的"中央图书馆"还多。而今，他收藏的有关傩文化的物件（包括文字资料）又是独占花魁。这二位朋友也都是利用藏书，读出了心得者。

长期以来，徐雁教授对中国图书文化史的研究情有独钟，并深切关注其周边的人和事。对于一位学者来说，大凡平时耳有所闻，目有所见，心有所会，均有所记。他也是慎思明辨、熔铸今古之人，厚积多了，字符也就落实到了纸上，不光如此，而且多产，亦可谓是"插架与腹笥俱富"。这本新书，就是他从近几年所写的百余篇有关藏书和读书文章中选编出来的，我曾读过其中的大部分，并对其中述及叶德辉、叶昌炽、杨守敬、黄丕烈等人的文章有着很浓的兴趣，也从中得到不少新知。

书籍是传播知识的工具，如果一个人的生活经验很丰富，那他读书的鉴赏能力和理解力就会更加深广，也更能领略书中之真谛。说来也巧，前二年为台北《人间福报》的社长兼总编永芸法师的书也写过一篇序，那本书的书名却叫《哈佛燕京的沉思——你不要读书了》，永芸的师父佛光山的星云大师对她说的。为什么如此说，您去看吧。

徐雁教授和我也算是半个同行，他学的是图书馆专业，却在大学里传授中国图书文化史的知识，他的本书后记写得真实、动情，读了感人。直到今天，我还没有机会和他相见握手，只在他的著作中窥见他"玉树临风"的靓照。回想起来，我注意到他，并不是读他的文章或著作，好像是在90年代后期，我在家中的中文电视节目里，看到介绍他的纪录片，印象中有他回故里探亲，还去学校探望旧日教过他的老师的情节。后来由于姚伯岳兄的绍介，我们通过几次电话，算是接上了线。徐雁的著作已有10余种之多，我祝愿他不断地有新的成果继续奉献给社会、奉献给学术界。拉杂写下几句，权当小序，徐雁教授以为如何？

2007年12月24日圣诞夜
于美国波士顿塞慕维尔之宏烨斋

《老蠹鱼读书随笔》自序

我总觉得给自己的书写序，实在是一件难事，因为不像写善本书志，也不似写小文章，所以就一拖再拖，实在是过意不去了，才赶快执笔。

4年前的春夏之际，我突患重症，幸天意垂怜，得有更生之庆。在我饮食不思、寝寐难安之时，仍在思索、回忆过去。也真是缘分，这几十年中，无论是在上海图书馆、香港中文大学图书馆，还是美国哈佛大学哈佛燕京图书馆，我一直都在书丛里探索学习。对于过去接触到的善本书、稀见的文献以及相关的学者，或是自身经历，或是耳闻目见，其中一些重要之事总觉得值得回味、值得深念，可以说是"往事并不如烟"。缠绵病榻之日，曾萌发心愿，倘若恢复健康，当抽暇将自己从事图书馆工作中油然而生的心得体会写将出来，诉之于世。因为经验告诉我，如不及时执笔，时间久了，往昔珍贵的记忆与思绪，真的会如烟消云散一般，渐渐淡薄得说不出个所以然了。

然而借助于"博客"这个时尚平台，正儿八经地去写自己想写的东西，却是始料所未及，完全得益于同事高青助缘。两年前的一天午休时间，高青让我浏览她的博客，并指导我进入"新浪"网站。她见我有点进入角色的样子，于是怂恿我也来登陆个网站，有空就随手涂抹些文字。老实说，"博客"这个名词对我而言，实在是个新鲜事物，愚笨如我，于此实在是一无所知，最初是我的朋友建议我上网去看"孔夫子旧书网"，说是里面有不少旧书信息。于是打开一看，果不其然，读了几篇，有的还有些内容，写得也不错。最终，当年病榻上许下的笔头债令我禁不住高青的鼓动和诱惑，也就答应了。她又要我起个网名，我也是随口说那就叫"书丛老蠹鱼"吧。只不过三四分钟的工夫，她就让我拥有了自己的一片空间，这简直太奇妙了。

蠹鱼是吃书的虫子，也叫蠹字鱼，唐常衮《晚秋集贤院即事》诗云："墨润冰文茧，香销蠹字鱼。"但也被喻埋头苦读的学者，唐韩愈《昌黎集》卷五杂诗："古史散左右，诗书置后前。岂殊蠹书虫，生死文字间。"虽有食古不化、不合时宜之意，但还是可以将之引喻为在书海里游弋。

我用"书丛老蠹鱼"作网名，缘于张元济先生《赠静嘉堂藤田昆一君》的诗，"我是书丛老蠹鱼，骆驼桥畔自欷歔。羡君食尽神仙字，守静舍嘉愧不如"。当年我读张先生的诗文，对这首诗的印象很深。以"蠹鱼"入诗的还有如秦岘为知不足斋主人鲍廷博作《寿鲍渌饮七十》，有云"名山事业老蟫鱼，万卷琳琅重石渠"句。而宜兴任阆室徐畹芝的《借书》诗亦云："玉翦堂前万卷储，一编许读乐何如。浮生愿向书丛老，不惜将身化蠹鱼。"因此，我以为自己这五十年的书丛生涯，也权作是"蠹鱼"的岁月。用清唐孙华的话来说，现在就是"衰年仿佛烛光余，犹向残编作蠹鱼"（《再叠随庵韵》）。

接下来，我也就成了一颗过了河并拼命向前的卒子，这也算是"赶鸭子上架"。赵万里先生是我钦仰的版本目录学家，他尝戏称自己从事的"研究是书皮之学，没有什么用处"（谢国桢《瓜蒂庵文集》）。那是赵先生的谦词。书皮中的学问很大，那真是一辈子也学不完。我总以为治学之根本，在于原材料的占有，治学也切忌浮夸之言及无根之论。写文章要言之有物，就必须详尽地占有第一手资料，来作为研究的出发点和立足点。我在图书馆里工作，也是近水楼台先得月，所见"书皮"中涉及目录学、版本学、文献学的原始材料甚多，又由于各个书库都是开放的，使用参考书工具书也极为方便，所以积累各种证据，也就寄希望能有所为。

有道是"天道酬勤"，一分耕耘，必有点滴收获。两年来，我在博客上杂七杂八写了大约有八九十篇的文章（姑且称之为文章吧），选出部分凑成这本《老蠹鱼读书随笔》。说是"随笔"，无非都是在哈佛燕京图书馆工作之余读书所得，基本上都和古籍图书有关。这些得之于"书皮"中的撮毛，有些是可遇而不可求的，某些内容或可补中国出版史、中国印刷史、中国文献学史之不足。有些或是研究版本学的专家们很少论及，而涉及善本之事皆是亲身所历，写出来或可供研究者佐证。写人物的几篇，尤其是缅怀潘师景郑先生一文，是我早就想写的，因为不写出来，心中难安。

岁月催人老。所谓的"人老珠黄"，看来也包括男性，并非女性的"专利"。大概是上了年纪的关系，人一过六十，好像就一点点在走下坡路。现在不比前几年了，不光是精力不济，而且思考问题也不易集中，我的几位前辈、忘年交也都说过这类的话。不过这也是自然规律，就像是额头上的皱纹一天天在加深，头发也是由黑逐渐变白，即使你去做美容染发、拉皮整容，那都是表面文章，它改变不了人慢慢衰老的现象。苍狗白云，大地沧桑，所不变者，惟是自己的人格和心态。

美国哈佛大学的校训是："让柏拉图与你为友，让亚里士多德与你为友，更重要的，让真理与你为友。"（Amicus Plato, Amicus Aristotle, sed Magis Amica, Veritas）这十多年来，我略有所悟。由此而想到的是，顾师廷龙先生，以目录版本之学相勖，孜孜矻矻六十余年，未尝稍懈。而从事图书馆专业正好 50 年的我，正向"古来稀"迈进，只是希望追随前辈的脚印再往前一步。拉扯这些不相干的话，是想说趁脑子还没有十分糊涂，抽暇再去思考并去完成一些自己想做的题目，或许对自己、对他人还有什么用处。是为序。

2009 年 2 月 18 日初稿

2009 年 2 月 20 日修改

《加拿大多伦多大学东亚图书馆藏中文古籍善本提要》序

    美加地区的不少东亚图书馆里都有古籍善本及普通线装书的收藏，以美国来说，重要者如美国国会图书馆、哈佛大学哈佛燕京图书馆、普林斯顿大学葛思德东方图书馆、柏克莱加州大学东亚图书馆，以及加拿大多伦多大学郑裕彤东亚图书馆等。这些图书馆都有自己的历史，藏书也各有特色，有一些品种和版本甚至是大陆各图书馆所未收藏的。对于这些图书馆来说，能形成较为丰富的馆藏，是极为不易之事，有道是聚沙成塔、粒米成箩，那可是经过几代人不懈的努力搜集、私人藏家高度信任并捐赠的结果。

    我以为在美加的东亚图书馆，能把中国古籍图书保管得如此之好，那是因为责任者对于中国传统文化的认同，加上图书馆内的各种设施也较国内先进，所以这些书不仅保存完好，而且大都整理上架。旧时代那种束之高阁、秘不示人的积习，在当代的图书馆里早已扬弃，而揭示馆藏正是服务读者的一种重要手段。也正因为如此，不少图书馆多有自己的善本书目，甚或善本图录，供读者检索。

    多伦多是加拿大的一个美丽城市，而多伦多大学亦历史悠久，规模宏大，专业齐全，更是加拿大最好的学府之一。郑裕彤东亚图书馆不仅在多伦多大学图书馆系统中占有重要位置，而且在加拿大也最受研究中国传统文化的学者教授瞩目。郑裕彤馆的"慕氏藏书"，是20世纪的1935年从中国购得的，是加拿大收藏中国古籍图书中最早最重要的一批，因此它在海外颇负盛名。70余年里，它的藏书保存良好，一如其旧。在那4000余种的古籍中，明代所刻的版本达230余种，清初至乾隆所刻者也有400余种，而稿本、抄本50余种，且有数十种为难得一见者。

然而，加拿大毕竟是在大洋彼岸的美洲，国内学者欲知"慕氏藏书"的内涵，就必须寻找机会出国探访，当然，这也不是什么容易的事。即如身处"哈佛"的我，如想去加国多城，也须驾车10小时，所以，我至今仍无机会一睹"慕藏"真谛。近10年来，国内的一些有识者，在调查国内古籍藏书的同时，也在了解北美、日韩所藏中国古籍，但限于时间、专家及经费，工作进展缓慢。

3年前，乔晓勤先生来"哈佛燕京"，谈及想将郑裕彤馆所藏"慕氏藏书"撰成善本书志事。对此，我极为赞成。记得前几年，我和国内某省馆古籍部负责人聊天，他告诉我，他一直想把馆藏善本书目编出来，但做了好多年还是不行。于是，我给了他一个建议，那就是在已有的基础上去写善本书志，而且早写比晚写好。因为对于一个藏书卷帙缥缃、佳椠珍籍美富的图书馆来说，如想将馆藏的重要资源予以详细揭示，那善本书志的撰写，将是该馆最为艰巨的挑战。编一部馆藏善本书目已属不易，而写作善本书志则是难上加难，并要有"持久作战"的概念，当然将来的成果、贡献也是显然不同的。

世上无难事，只要肯登攀。在图书馆里想做成一件较大的事，需要的就是目标明确，决心加上毅力。乔先生是不怕困难，自力更生的书志撰写者，他参考了十数种清代以来的公私善本书志、提要，决定了郑裕彤馆善本书志写作的模式和方法，实实在在地写了两年，终于达成所愿。津以为，无论是善本书目还是善本书志，如若以为编辑质量不过关而待字闺中，或以为暂不面世，而不断修订、精益求精，待上 5 年、10 年、20 年再予出版，那对研究者来说，真有望洋兴叹之感。实际上，近十多年中出版的各种书目、书影、书志等等（包括我自己的著作），如果想一点错误都没有，那是很难做到的。当然，我只是希望将错讹减少到最低。

流传至今的各种形式的藏书志（或作书志、提要、书录、叙录、题跋记等），上溯汉代，继起宋时，至清而极盛。藏书志的编纂不外乎三类：政府（或公家）所编，如《钦定天禄琳琅书目》《四库全书总目》等；私家所编，如清钱谦益《绛云楼题跋》、清黄丕烈《荛圃藏书题识》等；一为坊贾所编，如王文进《文禄堂访书记》、严宝善《贩书经眼录》等；此外还有学者读书所得而撰为读书志、经眼录、访书记者，如张舜徽《清人文集别录》、袁行云《清人诗集叙录》等。其中公家藏书志较少，私家藏书志最多。

从清光绪三十四年（1908）始，端方在南京奏准清廷创设江南图书馆（南京图书馆前身），之后的 1910 年，京师图书馆（中国国家图书馆前身）正式成立。1913 年，浙江图书馆（前身为浙江藏书楼）开幕。而 1949 年后，在中国辽阔的大地上，每个省市都在原有的基础上加强了公共图书馆和大学图书馆的藏书设施和建设，这当中也创设了一些新图书馆。可以说，在这些图书馆中收藏的古籍图书几乎占了全国数量的 90% 左右。这些古籍图书是先民们传世的著作，是中华民族的文化遗产，其中存有大量珍贵文献，是各个领域的研究者据以了解历史的昨天所不可或缺的佐证。

在那已逝去的 100 年里，各种形式的图书馆经过几代人的努力，有的也曾创造出令人艳羡的辉煌，一些书目、索引、图录、解题、工具书、展览，乃至于有关图书馆著述等，也都出自图书馆员之手。然而，重要的图书馆（无论是公家或大学）却鲜有反映自己馆藏的善本书志面世。

先师顾廷龙先生是提倡写作善本书志的，他的日记中即有"刻意编一精彩藏书志，以压众编"的记载。在他主持的合众图书馆，他和潘师景郑先生撰写馆藏善本书志数百篇，后因事没有继续下去。60 年代初，先师主持上海图书馆工作，又将写作馆藏善本书志之事提上日程，但仅完成数十篇宋元刻本的书志即告停摆。而 1999 年，北京图书馆研究馆员冀淑英先生致津的信中，也提起 1958 年时赵万里先生曾考虑在《中国版刻图录》出版后，将写作北图善本书志事列入计划，可惜的是，没多久，就因各种政治运动不断，无法再进行了。

津孤陋寡闻，只见有 1948 年岁末出版的《北京大学图书馆善本书录》，那是北大 50 周年纪念会展览的馆藏精品，包括宋元明清刻本、抄本、稿本、日本及朝鲜刻本计 499 种，书录约 6 万字，平均每种 120 字，极简略。至于一些市级图书馆，却着意将数量有限的馆藏善本逐步写成善本书志，如《苏州图书馆藏古籍善本提要》(经部，172 种，9 万字);《武汉图书馆馆藏古籍善本书志》(经部，119 种，28 万字)。由此可见，小馆也可以做大事，小馆也敢于向大馆叫板、挑战。

非常有意思的是，在中国台北"中央图书馆"，从 1996 年至 2000 年，出版了《善本书志初稿》12 册，著录 12369 部，约 400 万字。在香港特区，1970 年即出版饶宗颐编著的《香港大学冯平山图书馆藏善本书录》，著录 229 部，约 6 万字。2003 年又重新编著《香港大学冯平山图书馆藏善本书录》，著录 704 部，约 25 万字。香港中文大学图书馆也于 1999 年出版了《香港中文大学图书馆古籍善本书录》，著录 848 部，约 30 万字。

在北美地区，则有王重民著、袁同礼修订《美国国会图书馆藏中国善本书录》，著录 1775 部，约 10 万字。王重民著、屈万里校订《普林斯顿大学葛思德东方图书馆中文善本书志》(台北艺文印书馆，1975 年)，著录 1136 部，约 8 万字。李直方著《华盛顿大学远东图书馆藏明板书录》(该馆印，1975 年)，著录 138 部，约 1 万字。沈津著《美国哈佛大学哈佛燕京图书馆中文善本书志》（上海辞书出版社，1999 年），著录 1450 部，约 152 万字。柏克莱加州大学东亚图书馆编《柏克莱加州大学东亚图书馆中文古籍善本书志》（上海古籍出版社，2005 年），著录 768 部，计 98 万字。而欧洲的《法兰西学院汉学研究所藏汉籍善本书目提要》，则由田涛完成，著录 136 部，计 16 万字。

《易·大传》云："天下同归而殊途，一致而百虑。""哈佛燕京"与"郑裕彤馆"一样，都是大学里的东亚图书馆，都藏有一些中文古籍善本，且都认识到馆藏善本应该写成书志，予以详细揭示，广为众晓。虽然两馆的书志模式略有不同，但这种"功德"却是馆藏古籍善本的详细记录，不仅使家底清楚，同时也可提供有关研究者各种资讯，至于每种书志所配书影，也为其他图书馆编目人员核对版本提供依据。如果把"书志"看成是开发古籍文献，实现资源共享的必要手段，也未尝不可。

实际上在对善本书的揭示上，许多国家的学者都是非常重视的，如日本的书志学研究，就促成了《图书寮典籍解题》《国立国会图书馆所藏贵重书解题》《庆应义塾图书馆藏和汉书善本解题》等书的出版。津虽草芥小民，人微言轻，但这些年来，却一直鼓吹善本书志的写作。前不久，在山东大学举办的"古籍整理研究与中国古典文献学学科建设国际学术研讨会"上，我提供的论文也是讲善本书志的。我把拙著《美国哈佛大学哈佛燕京图书馆中文古籍善本书志》《中国珍稀古籍善本书录》（广西师范大学出版社，2006 年）看作是提供一种模式，并作为一块小石子，盼望并引出国内的重要图书馆将拥有的傲人资源予以逐步揭示，并供学界利用及研究。

早在 20 世纪的 30 年代，先师顾廷龙先生曾为《美国哈佛大学哈佛燕京图书馆中文分类目录》题写书名，80 年代又为美国的普林斯顿大学葛思德东方图书馆、加州洛杉矶大学东亚图书馆题写馆额，90 年代再为多伦多大学郑裕彤东亚图书馆题写馆额，这正彰显先生与美加图书馆的缘分。作为先师的学生，我在《加拿大多伦多大学郑裕彤图书馆中文善本书志》即将付梓之际，也接获乔晓勤先生电话，嘱为书序，因此拉杂写上几段文字，一为再续机缘，二则权以塞责。

2009 年 6 月
于美国哈佛大学哈佛燕京图书馆

《书丛老蠹鱼》自序

　　深秋的波士顿，天旷云高，湛蓝明净。每天走在去"哈佛燕京"的路上，望着那新英格兰的红叶，真觉得秋天才是最富有诗意的。树上的叶片由绿变黄，各种橙黄、浅绛、殷红、楮黑、深紫的叶子，在光线的作用下，远远望去，明媚撩人，层次不一。短短的一个月里，校园的路径和草地上，已覆盖了大小、色泽不一的红叶。或许在水彩画家们的眼里，这是一次风华绝代的色之绽放，也正因为秋天的短暂，所以才更加无与伦比。而在最后一阵秋风冷雨过后，最后一拨叶片，极不情愿地飘落于屋前宅后和街道两旁。然而，秋天也是收获的季节，春天播下的种子，经过各种艰辛的劳动，那就必有"秋收"的情景呈现。

　　又要为书写序了。序不好写，但自己的书却没有理由推却，所以只得勉力为之。

　　这本小书以"书丛老蠹鱼"作书名，盖取自我在新浪博客上的网名。"书丛老蠹鱼"这个词，缘于张元济先生《赠静嘉堂藤田昆一君》诗："我是书丛老蠹鱼，骆驼桥畔自欷歔。羡君食尽神仙字，守静含嘉愧不如。"当年读张先生的诗文，对这首诗的印象很深。以"蠹鱼"入诗的还有如秦岘为知不足斋主人鲍廷博作《寿鲍渌饮七十》，有云："名山事业老蟫鱼，万卷琳琅重石渠。"而宜兴任东阁室徐畹芝的《借书》诗亦云："玉翦堂前万卷储，一编许读乐何

177

如。浮生愿向书丛老，不惜将身化蠹鱼。"我以为自己这五十年书丛生涯，也堪称是"蠹鱼"的岁月。用清唐孙华的话来说，现在就是"衰年仿佛烛光余，犹向残编作蠹鱼"（《再叠随庵韵》）。

波士顿，是美东麻州的重要城市，这里有闻名世界的高等学府，如哈佛大学、麻省理工学院等等，每天有来自四方的游客，用他们的眼睛欣赏着这座文化名城。我以为，波士顿的魅力，在于它的宁静，它没有如上海那般城市的喧嚣，这里没有无谓的应酬，却有心情的愉快和写作的自由，这对一个很想"写我所想，写我所知"的草民来说，无疑是适合的。我这辈子都是和古籍善本打交道，想做的事无非有三，一是将所见善本书的部分写成书志；再是将一些难得之本写成书话之类的小文，尽可能写出点所以然；三则想把五十年中目之所接、耳之所闻，与古籍版本有关的人和事，或自以为有点心得的感想写出来，或可补文献学史、印刷史、出版史之所遗。而要想做到这三点，也颇不易，十多年来，写成的善本书志似有三千之数，凡三百余万字，且早有罢手之念，人入老境，力有不逮，尽力而为的小文权作是对社会的回馈。

居美东一十八年，惜见闻寡陋，耳目所及，囿于片隅，虽日览哈佛燕京图书馆所藏，亦不能广所见闻。"哈佛燕京"创始于 1928 年，藏弆素有盛名，搜集东亚文献甚多，中日韩善本古籍即达八千余种，而中文古籍（含善本）达二万二千种，善本书中有二百余种为国内各大小图书馆所不见。进入该馆善本书库，琳琅万卷，如登群玉之山，入万花之谷，有奇必露，无美不呈。收在本书里的文章，是从我的博客中选出的，所写大多是我经眼的古籍善本和较为难得的旧书，且多为"燕京"所藏，还有就是关于版本鉴定的文字。

这几年，即使如宋元精椠、明清佳本、名稿旧抄，对我来说，好像亦没有多大吸引力了，看不看无所谓。或者是即使看到，也只会说句"难得""不错"的话，而不会产生相见恨晚的感叹。与之相反的是，在普通书中时可"捡漏"。小书中的某些小文，所据的底本较之重要版本有另外一层意义，或者说，是一些有意思的书。我以为我的责任之一，或许就在于寻觅机会去揭示"哈佛燕京"所藏的罕见之本。事实上，如延安出版物《严氏兄弟》、范长江签名本《中国的西北角》等，都是我从普通书库中挑出来的。即使如清光绪刻本《人寿集》，也是稀见之书，那可是哈佛大学第一位中文教授戈鲲化的著作，并钤有戈氏小印，乃为自藏之本。小文中也有应朋友之邀而写，如《傅斯年图书馆的镇库之宝》等。

版本鉴定，实在是一门学问，没有长期而大量的实践，是不可能获得真知的。我深知这几十年来有些许长进，无疑是拜先师顾廷龙、潘景郑、瞿凤起三先生之赐教，其次则是经眼了那两万种的中文古籍善本。由于人们生活水平与文化素养的不断提高，近些年来古籍图书的收藏与拍卖持续升温，随之而起的一些版本鉴定专著，有些作为撰者的真知，经验值得借鉴，但是，其中也有一些似是而非或重复别人的观点，甚或没有实际的举例。老友沈燮元先生时常挂在口边的是"内行看门道，外行看热闹"，所以《〈史记〉版本鉴定的故事》《聪明反为聪明误》等数篇，算是呈给初习版本鉴定者的几则"注意事项"。

近些年来，国内出版的书话类图书，少说也有数十种，包括各种介绍中国文学、外国文学，甚或解放前出版的图书、期刊、报纸等的著作，但写善本书或珍稀版本的并不多。至于文章长短，不拘一格，而写作手法，自是见仁见智，各有千秋。我喜欢书话这类文章，记得 20 世纪 60 年代初，郑振铎先生的《劫中得书记》、唐弢先生的《书话》等，我是把它们当作小说去读的，而且都不止一遍。那个时候，我曾梦想，将来或许我也能追随大家之后，尝试学写这类文章的乐趣。我发在博客上的小文，大多每星期一篇，一个题目酝酿确定之后，于星期六、日完成，工作余暇，写自己想写的东西，无人干扰，也是人间一乐。

忽然想到"封官许愿"这个词，因为哈佛燕京图书馆的门前两旁，各立有一座六米高的石狮，左雄右雌，外观大气，雕琢质朴，前额突出，目圆瞪，口露齿，有一种强悍威猛、守门壮威的感觉。国内访问"哈佛燕京"的学者或旅游者，多以此为一景，立其旁摄影存念。我每天上班进馆，总觉得那二位被赋予神力的"百兽长"在对我微笑，似乎是认识我，并有一种默契。据说雕刻石狮始于印度，随着佛教传入中国，成为中国传统建筑中经常使用的装饰物。两座石狮不知何时舶载美东，我过去的同事张凤曾说过，这对石狮是波丽·柴尔·斯达太太（Polly Thayer Starr）为纪念母亲柴尔太太（E.R.Thayer），特地从中国买来的。但前些年，程焕文教授为撰写哈佛燕京图书馆第一任馆长裘开明先生的年谱，曾将"燕京"积年旧档翻遍，似乎也未查知石狮是如何报进哈佛户口的。我写石狮，意在为它"封官许愿"，即拟"封"其并不存在的官名——"燕京镇守使"，"愿"上苍佑我"燕京"，使这座"藏古今学术，聚天地精华"的欧美汉学资料重镇，永远为传播中国传统文化而尽其所能。是为序。

2009 年 11 月 22 日

《美国哈佛大学哈佛燕京图书馆藏中文善本书志》序

中国目录之学，肇自汉代刘向、刘歆父子。《汉书·艺文志》云："至成帝时，以书颇散亡，使谒者陈农求遗书于天下。诏光禄大夫刘向校经传、诸子、诗赋，步兵校尉任宏校兵书，太史令尹咸校数术，侍医李柱国校方技。每一书已，向辄条其篇目，撮其指意，录而奏之。会向卒，哀帝复使向子侍中奉车都尉歆卒父业。"二刘所撰书录仅存《战国策》《管子》《晏子》《列子》《邓析子》《孙卿书》《说苑》《山海经》八篇，考作者之行事、时代、学术，略于叙述评论书之本身，这应是中国最早的解题目录。宋代晁公武《郡斋读书志》、陈振孙《直斋书录解题》等，明代高儒《百川书志》、焦竑《国史经籍志》、晁瑮《宝文堂书目》等始标注旧椠，枚举同异，遂为清代藏书家重视版本之滥觞，而学者亦多借重稽考之。

中国传统目录学、版本学的著述中，书志、读书志、藏书志、访书记、提要、书录、叙录、经眼录、题跋记等，都注重介绍古籍图书的形式内容。唐韩愈《进学解》即有"记事者必提其要，纂言者必钩其玄"的话。《王公神道碑铭》又云："维德维绩，志于斯石，日远弥高。"盖志者，记载之意。应该说，书志是在书目的基础上发展起来的。书目著录了一书之书名、卷数、作者、版本、册数，稍为简略，于所藏善本之内容特色无从彰显。

无论何种写作形式，对书的描述，却是有简有详。详者则对书名、卷数、作者、版本、行款、版式，以及著者简历、内容、牌记、序跋、题识、刻工、讳字、流传著录、藏印等详细备载。而一般的经眼录、题跋记、访书记等都较简，其记录则各取所需。

流传至今的各种书志，不外乎四种类型：一为政府（或公家）出面所编，如《钦定天禄琳琅书目》《四库全书总目》等；一为私家所编，如陆心源《皕宋楼藏书志》、叶德辉《郎园读书志》、傅增湘《藏园群书题记》、潘宗周《宝礼堂宋本书录》等；一为坊贾所编，如王文进《文禄堂访书记》、严宝善《贩书经眼录》等；一为学者读书所得，如张舜徽《清人文集别录》、袁行云《清人诗集叙录》等。

公家藏书志较少。有清一代，稽古右文，内廷书目，极有可称。如《钦定天禄琳琅书目》十卷，清于敏中等奉敕编，所收属皇家所藏，皆秘笈珍函、宛委丛编、琅嬛坠简，其源起则是弘历于乾隆九年（1744）命内直诸臣检阅秘府藏书，择其善本进呈御览，并于昭仁殿列架庋置。《书目》所收 429 种图书，每种皆考其时代爵里，并著授受源流。又《钦定天禄琳琅书目后编》二十卷，清彭元瑞等奉敕编，所收 664 部，体例一依前目，每书举篇目、详考证、订鉴赏、胪补缺，前人题跋印记亦为附录。此《天禄琳琅书目》，实为清代宫中所藏善本书志，它和《四库全书总目》最大的不同，就在于它是典型的注重著录版本的"书目"王先谦跋《后编》云："复命辑后编二十卷，书都一千六十三部，自宋迄明，五朝旧籍咸备，旁罗远绍，既大极无外。而于刊印流传之时地，鉴赏采择之源流，并收藏家生平事略，图记真伪，研讨弗遗，尤细破无内。于版本严择广收，而明代影宋钞本并从甄录。"

各种藏书志中，私家藏书志最多，其中最重要者，推《读书敏求记》四卷，其特色在详于图书版本的著录与鉴定，或从版式、行款、字体、刀刻、纸张、墨色、装帧以及序跋、印章等方面确定雕版年代，或从初印、重印、甚或是原本、抑或翻刻来审酌一书版本之优劣，这就使图书的著录远非早时的仅为书名卷数作者版本册数而已。《四库全书总目》将之列入存目，《提要》谓其"述授受之源流，究缮刻之同异，见闻既博，辨别尤精，但以版本而论，亦可谓之赏鉴家矣"。清代书志大小几近百种，重要者流传也最广。如海昌耆宿吴骞，耽道学古，居浙江海宁新仓里，于小桐溪畔筑拜经楼，藏书五万卷，多善本。晨夕坐楼中，展诵摩挲，成《拜经楼题跋记》。

坊贾所编书目，其所依据古籍俱为"临时"藏本，具流动性，故其书目有经眼录之性质。王文进《文禄堂访书记》董康序云："综其所列四部书，都七百五十余种，去取精慎，考核翔实，一书之官私刊本、雕造区域，及名人钞校，流传源委，皆记其跋语与收藏图记，细如行格字数、刊工姓氏，靡弗备纪，其用力可谓勤矣。"王氏以一贩鬻之书友，积三十年之力，勤苦搜访，发潜阐幽，斠订同异，津逮学林，不仅较乾嘉间钱时霁（听默）、陶正祥（五柳）而过之，实亦可与清代重要藏书家相媲美。

近现代学者中，将读书心得写成专书且最具功力者，当推袁行云《清人诗集叙录》，凡80卷，近二百万言，著录清人诗集2511种，皆作者半生精力所经眼者。《叙录》缜密细致，实事求是，不仅吸收前辈考据家之长，又能化古求新，注此存彼，爬梳抉剔，纠谬补阙，辑佚钩玄，考证辨误，纵论时风，发微抉隐，融会贯通，此《叙录》当可视为清人诗集总目提要。此外如清周中孚的《郑堂读书记》，就其所见古今各书，将内容写成提要，详其得失，间附己见，共收录四千余种。清耿文光《万卷精华楼藏书记》，著录书籍二千余种，创始于光绪五年（1879），完成于十四年（1888），共九易寒暑，四易其稿。其式为先撰人、次版本、次解题、次录序跋、次采本书要语、次集诸家论说，或书所见、记所得。征引诸书，每书各著提要，俾览者得以考见本末，至文字异同、篇帙分合，亦必详为辨订，巨细不遗。原有序跋，取其有关宏旨者节录概略，亦为留心文献者所共许。作者生平及其仕履，亦多方考索，务使有所凭借。

晚清民国以来，随着时势、环境等各种因素的发展变化，私人藏书百川汇海，逐渐转为公藏。清光绪三十四年（1908），地方大吏端方在南京奏请朝廷，奉诏创设江南图书馆（南京图书馆前身）。1910年，京师图书馆（中国国家图书馆前身）正式成立。1913年，浙江图书馆（前身为浙江藏书楼）开馆。这些，都是中国公共图书馆的前身。1949年以后，在中国的大地上，每个省市都在原有的基础上加强了公共图书馆和大学图书馆的建设，这当中也创设了一些新的图书馆，如上海图书馆。可以说，这些图书馆中收藏的古籍图书几乎占了全国数量的百分之九十左右。这些古籍图书是先民们传世的著作，是中华民族的文化遗产，其中存有大量珍贵文献，是各个领域的研究者据以了解历史的昨天所不可或缺的佐证，而公家收藏也为合理有效地利用提供了先决条件。

对于这些收藏古籍图书较为丰富的大型图书馆来说，既有为之傲人的"镇库之宝"，也有视若枕秘的孤椠秘本。但若馆藏珍本多多，却严锢深扃，既不与研究者利用共赏，又不传播流布，而只是"养在深闺人未识"的待字闺中，那就真是一种无意义的资源浪费。因而，对于鲜为人知、少见世面的珍本，如能让馆内专家予以揭示，广为众晓，那也算是一种"功德"。因此，大型图书馆编著善本书志，不仅是馆藏古籍善本文献的详细记录，使家底清楚，同时可以提供给有关研究者各种资讯，也可为其他图书馆编目人员核对版本提供依据。那不仅仅是扩大影响，而且是开发古籍文献、实现资源共享的必要手段。从另外一个角度来说，也训练了干部，培养了人才。故善本书志的编著，或许也是一些重要收藏单位在若干年后，必定会编订计划、配备班子来进行的重要工作，当然，这种目录学版本学的实践，必定是一项长期而艰巨的工程。

中国是收藏中文古籍最多的地方，虽然古籍整理在20世纪50年代至"文革"以前做了不少工作，80 年代以后乃至现今，又陆续出版了一些有关书目、书影或提要（包括专类的提要，如戏曲小说、诗文集、医家释道等等）等专著。其中影响最大的有王重民著《中国善本书提要》、吴格整理《嘉业堂藏书志》、杜泽逊编著《四库存目标注》、袁行云著《清人诗集叙录》等，然而可惜的是，以一家图书馆之善本藏书为对象撰成书志者却不多见。

目前，国内大馆如国家图书馆，省市馆如上海、南京、浙江，以及重要的大专院校图书馆都没有自己的善本书志。大有大的难处、家大业盛，资源丰富，人丁兴旺，门面大，应付的场面也大不一样，编辑善本书志涉及也多，顾虑也大，反而是一些小型图书馆，却在这一方面先声夺人。我所看到国内出版的馆藏善本书志，有《苏州图书馆藏古籍善本提要》（经部，172 种，9 万字，11 人撰写，2004 年，凤凰出版社），及《武汉图书馆馆藏古籍善本书志》（经部，119 种，30 万字，3 人撰写，2004 年，湖北人民出版社）。以武汉图书馆为例，该馆善本藏书不多，和湖北省馆相比，是小巫见大巫，和其他省市一级的大图书馆相较，那更是不能望其项背。然而，小馆也可以做大事，可以做大馆一时半会所做不到的事。那就是他们有意将数量有限的馆藏善本逐步写成善本书志，而且已经出版了经部（第一辑）。书志著录了原书各种记录及刻工、钤印等，汇辑资料，并加上自己的见解，有图有文，图文并茂。

在香港特区，1970 年即出版饶宗颐编著的《香港大学冯平山图书馆藏善本书录》，著录 229 部，约 6 万字。2003 年又重编著《香港大学冯平山图书馆藏善本书录》，著录 704 部，约 25 万字。香港中文大学图书馆也于 1999 年出版了《香港中文大学图书馆古籍善本书录》，著录 848 部，约 30 万字。

在中国台湾地区，"中央图书馆"于 1994 年开始"第二阶段古籍整编计画"，组织了 13 人撰写该馆所藏善本书志，从 1996 年出版《善本书志初稿》经部始，到 2000 年出版丛部止，共 12 册，著录 12369 部，约 400 万字。

在北美地区，则有王重民著、袁同礼修订《美国国会图书馆藏中国善本书录》(该馆印，1957年)，著录1775部，约10万字。王重民著、屈万里校订《普林斯顿大学葛思德东方图书馆中文善本书志》(台北艺文印书馆，1975年)，著录1136部，约8万字。李直方著《华盛顿大学远东图书馆藏明板书录》(该馆印，1975年)，著录138部，约1万字。沈津著《美国哈佛大学哈佛燕京图书馆中文善本书志》(上海辞书出版社，1999年)，著录1433部，约152万字。柏克莱加州大学东亚图书馆编《柏克莱加州大学东亚图书馆中文古籍善本书志》(上海古籍出版社，2005年)，著录768部，计98万字。以及加拿大多伦多大学的《加拿大多伦多大学东亚图书馆藏中文古籍善本提要》(广西师范大学出版社，2009年)，著录626部，计70万字。

上述港台、美国的这些善本书志，有的较简单，如香港二馆、美国国会、葛思德馆、华大远东馆，很少揭示书之内涵，所以信息量较少。可惜的是台北的书志采用传统的方式，就书客观著录，馆藏特色难以反映，如中国现存最早的套印本，元资福寺刻朱墨套印本《金刚般若波罗蜜经》，是中国文献学、版本学、版画史上必说的重要图书，但书志从书名到钤印，仅有二百余字的简单记录，由于吝于文字，其文献价值很难彰显。

美国哈佛大学创立于1636年(明崇祯九年)，大学图书馆下属73个分馆，哈佛燕京图书馆是其中之一。"哈佛燕京"为欧美地区研究中国传统文化的重镇，收藏中日韩越出版物100余万册，以及用英文撰写的有关东亚研究的论文、专著等(不含复本)。所藏善本藏书约12300部，含中国善本书3800部(含明代至清乾隆地方志700部)、日本善本书3700部、韩国善本书4800部。中国善本书中包括宋元明清刻本、稿本、抄本、活字本、套印本、版画等，其中明代(1368~1644)刻本1500部，清初至乾隆(1644~1795)刻本约1600部。明代刻本中有近200部，是中国国内(包括台湾地区、香港特区)、日本、韩国、美国其他公共图书馆所未有的名目或版本，又有百余部是见于著录的清代禁毁图书。在普通书库的中文线装图书，大部分是1928年至1949年间，在北京等地购得，数量近20000部，包括2100余种地方志和千种左右的丛书。

《魏书·逸士传·李谧》云："丈夫拥书万卷，何假南面百城。"而早在1936年，罗振玉即为"哈佛汉和图书馆"（"哈佛燕京"前身）题有"拥书权拜小诸侯"的篆额。如若从版本学的角度去看，虽公私藏弃未能尽致，然縢帙满前，犹如一席丰盛的菜肴，各类海味山珍、人间美馔都有，燕京藏书之盛可以概见。可以说，"哈佛燕京"的中文善本收藏的数量和质量，在欧美地区来说，足可与美国国会图书馆相抗衡，在国内，也可与一般的省市图书馆相颉颃。当然，相对于国内的几个大型图书馆，那就不可企及、相形见绌了。

书志的写作，无非是简单或详细。笔者以为今天的学者在善本书志的撰写中，不仅仅要将群书部次甲乙，条别异同，推阐大义，疏通伦类，更应辨章学术，考镜源流，乃至搜讨佚亡，而备后人之征考。前人于书志写作认为，应"辨版刻之时代，订抄校之精粗，改卷数之多寡，别新旧之异同，以及藏书印记、先辈佚闻"等，所以撰写书志应在前人的基础上更加详细地揭示书之内容版本，尽可能使之精审确凿，而不仅仅是一张图书馆藏书卡片的放大。这样的书志才会具有一定的学术价值。因此，燕京《书志》的写作，是将原书之书名、卷数、行款、板框宽广、题名、序跋先作揭示，再著录作者之简历、各卷之内容、撰著之缘由、序跋之摘录、版本认定之依据、其书之特点、讳字刻工写工绘工印工出版者、他处之入藏以及收藏钤记等，尽可能地将书中得到的不同信息详细勾稽，依次排比，供研究者参考利用。每篇书志平均字数1000字至1500字，最长者5000字。研究者透过善本书志，就能找到对他有用的信息并加以利用，这样的写作方式，我们称之为"哈佛模式"。

"哈佛燕京"中文善本书志的撰写，并非一蹴而成，其中甘苦亦非局外人所知。津最先写的是宋元明代刻本，始于1992年5月，至1994年4月，除去节假日，500余天疲于奔命的写作，方才完成1400余种152万字，并于

1999 年由上海辞书出版社出版。之后，因工作增多，时写时停，再三年又专做古籍整理、调整书库、读者工作等，书志的撰写几乎停顿，直至 2006 年始得继续，至 2008 年岁末，终于完成了 1600 余种清刻本以及抄稿本书志。其中，清代善本书志是集体创作的成果，由沈津、严佐之、谷辉之、刘蔷、张丽娟合作撰写。严、谷、刘、张都是国内从事版本目录学、文献学教学、研究的专业人员，他们每人都曾作为"哈佛燕京"的访问学者，在燕京一年（200 余个工作日），分别撰写经部、史部、子部、丛部书志，丰富的实践、学识和工作经验使得他们在撰写善本书志时，既得心应手，又不断挑战自我，每人都完成了约 20 万字的工作量。

撰写《书志》的过程中，也发现并揭示了一批国内所没有收藏的善本图书，如明杨继盛手稿《弹劾严嵩奏疏草稿》、明蓝格抄本《钦明大狱录》、清初毛氏汲古阁抄本《离骚草木疏》、清袁氏贞节堂抄本《五经异义纂》、清中期吴骞稿本《皇氏论语义疏参订》、清末丁日昌稿本《炮录》、二本《永乐大典》以及一些明清文集、戏曲小说等。又，"哈佛燕京"本着发掘中华民族优秀文化遗产，提倡"学术乃天下之公器"之精神，于 2002 年与广西师范大学出版社合作，从已写成的善本书志中觅得国内没有收藏的 188 部宋元明刻本，再遴选出有资料及文献价值的善本 67 种，如《休宁苏语二溪程氏宗谱》《潞城县志》《龙门集》《三渠先生集》《新刻全像汉刘秀云台记》《新刻全像点板张子房赤松记》等予以影印出版。这也是化"哈佛燕京"藏孤本为不孤，罕本为不罕，化身千百，为海内外读者提供学术研究之方便，这项工作还会持续去做，如未刻稿本、未刻抄本、罕见清人文集等的集刊影印。值得骄傲的是，这套《美国哈佛大学哈佛燕京图书馆藏中文善本汇刊》37 册，曾获得 2003 年第十四届中国图书奖。这些或也可视作撰写《书志》衍生出的副产品。

另外，《书志》也纠正了《中国古籍善本书目》中一些版本著录的不妥及疏忽之处。盖"燕京"藏明代善本，有一部分是在第二次世界大战后从日本购得，书的封面装潢虽已变更，但却保存了原书的扉叶或牌记，其文字往往对书的出版年提供确切的依据。然国内的有些图书佚去扉叶和牌记，或已残缺不全，只能笼统定为"明刻本"。现今有了确证，书之版本项著录也可随之而更准确。

"燕京"自1928年成立，至今已82年，其间仅有三任馆长，而本书志的写作，始终贯穿三位馆长之辛劳。盖因首任馆长裘开明先生（任期1928.1~1965.9）的不遗余力，方达成该馆如此丰富的馆藏。裘氏早有编纂"燕京"善本书志之念，然心有余而力不足。吴文津馆长任内（1965.10~1996.12），专从香港中文大学聘请笔者担纲书志之写作。郑炯文馆长继任后（1997.1~今），于各处筹款，聘请国内学者严、谷、刘、张四人来馆相助援手，裘氏遗愿，于此得偿，亦幸事也。

春去冬来，星霜荏苒。21世纪的今天，资讯量较之过去已有长足的进步，工具书、参考书、学术论著及各种新编目录、图录，加上旧籍的影印出版，对于写作善本书志来说，都是极为重要的条件和基础。"哈佛燕京"善本书志的编写，或许能为"学林"这座大厦加一小石、添一小砖，以供学界参考利用。根据和出版社的协议，清代善本书志连同宋元明代部分合并重新编排，部分书志配一至二张书影，其书之庐山真面和版本依据当可一同呈现。然而从另一方面来说，燕京《书志》只是暂时告一段落，并未正式落下帷幕，盖因史部方志类中乾隆及乾隆以前的版本有近700部，以后单出，权作《书志》之补编。

《书志》即将出版，但我清楚地知道，书中不足之处时有可见，帝虎亥豕，乌焉成马，舛误亦繁，恳请大雅方家，多所赐正。最后，我要向责任编辑任雅君、冯勤先生致谢，他们在一年半的审稿时间里，尽心尽责，细加勘读，使《书志》的错误率减少许多。又《书志》的书名及作者索引，均由任雅君独力完成。还有何朝晖教授、张海惠女士，他们在"燕京"期间，也曾助我写过数十篇的书志,这是不能忘却的。《书志》的出版事宜,自始至终都由广西师范大学出版社何林夏社长、雷回兴分社长为之关心操劳。所以,没有各方的努力,这本书志是很难面世的。

2010 年 7 月

《书林物语》后记

大约自 2007 年开始，我就在新浪网上写自己的博客，网名就叫"书丛老蠹鱼"，写的都是我在美国哈佛大学哈佛燕京图书馆所见到的善本书和自以为难得之书，杂七杂八的有八九十篇之多。后来，居然有出版社认为其中有些内容或是研究版本学的专家很少论及的，又有些资料可补中国出版史、印刷史及文献学史之不足，可以集成小书出版，这就是后来出版的《老蠹鱼读书随笔》(广西师范大学出版社)、《书丛老蠹鱼》(中华书局)。

这本《书林物语》，实际上是上面两本书之后续。书中的小文，写作的时间大约在 2009~2010 年间，所有的资料也都是从"哈佛燕京"所藏的图书文献中得来。取名"物语"，倒不是因为日本的什么"物语"之类的原因，我只是觉得这一生都是和古籍善本打交道，选一些有意思的书，加上一些查书所得，实际上是把我的读书笔记呈现出来，供研究者参考而已，然书林之密，只能窥其一叶，就像麒麟一毛、虬龙片甲一般，所得甚少。

一般来说，在大图书馆的特藏部门，所藏文献浩如烟海，古籍汗牛充栋，而在特藏部门工作的人员，可以时时接触到珍藏的罕本或文献，这种"近水楼台先得月"的感觉，实在是上天赐予的一种福分，而对于一般读者，甚或是很多学者、教授来说，那是很难体会得到的。当然，身入宝山，而不知所以者也是有的。

佛家曰：百年修得同船渡。我以为不只人与人相逢靠的是缘分，人与书的相逢亦然。五十年来，津经眼的古籍善本不在少数，而在作某些题目的研究时，也深感难得之本与第一手资料的巧遇，同样也要善缘具足。故《物语》中所写到的《金粟山大藏经》《永乐大典》《古今图书集成》等书，也确实是难得之本。而"哈佛燕京"藏纳西族象形文字经书以及斯诺先生捐赠的革命文献，也是外界很少人所能知。至于我写的几种普通本子，数十年来，亦迭经沧桑，昔为寻常，今已难得，所以择选了一些。

有时，我真觉得人生在世，恍若梦境，来去匆匆，转瞬即逝，各色人等的生活踪迹，又如飞鸿印雪，至于有些人的功名利禄，却是云烟过眼，所以，我以为这本小书，似乎是将我的读书笔记般的小文，权当是奉献给读者的一朵小花而已。

董宁文先生为策划此套丛书，通过电邮电话，多方沟通督导。彭卫国兄和刘小明先生作为责编，为了拙著更是尽心尽力，而陈昌强博士，在"哈佛燕京"做访问学者期间，很认真地阅读了这部小稿，提出了不少修改意见，这是我要谢谢他们的。

2011 年 5 月
于广州中山大学图书馆特藏部

《日本汉籍图录》序

这是一部《日本汉籍图录》，是我和卞东波兄合作研究日本汉籍的成果之一。

古籍图录是各种图录中的一种，其功能在于揭示重要的有文物、文献价值的善本书，使图书馆内最好的精华之本能够得到彰显、披露。这些善本书都是数十年来，经过几代人的努力搜集才得以保存的，平时，读者很难一睹善本之庐山真面，有了图录，即能略窥大概。此外，图录也可以作为版本鉴定的参考。

各种图录的专业性都很强，是研究者不可或缺的利器，以古籍版本图录来说，这些年所见基本上有四种类型。第一种为收录各图书馆、博物馆、文化馆所藏珍贵善本，如《第一批国家珍贵古籍名录图录》。再一种是收录各省市图书馆、大学图书馆所藏善本的图录，如《天津图书馆古籍善本图录》。第二种是私人收藏家编成的图录，如《书香人淡自庄严——周叔弢自庄严堪善本古籍展图录》《西谛藏书善本图录》。第三种是通代或断代的版本图录，如《中国版刻图录》《明代版本图录》等。最后一类为专题版本图录，如《中国活字本图录》《明代闵凌刻套印本图录》等。各种图录收录的刻本多为宋、元、明、清时期有代表性的出版物，也包括历代的抄本、稿本、校本、版画、套印本、活字本，以及馆藏的比较难得的尺牍、碑帖，乃至旧报纸、旧期刊。

中国最早的书影式图录，是清末学人杨守敬编的《留真谱》，他于光绪六年至十年（1880~1884）作为清廷使日大臣何如璋、黎庶昌的随员，驻日期间，肆力搜集日本所藏中国古代典籍，并在日本学者森立之影抄各种古抄本书叶汇订而成的书稿基础上，增入了大量中国宋、元刻本和日本古刻本的书叶。这是在中国各种版本图录中第一次出现日本雕版出版物和旧抄本的见证。

收藏在日本的中国古籍图书，包括中国刊刻的宋、元、明、清、民国刻本、稿本、抄本、活字本、套印本及版画等，大部分是由海上丝绸之路的贸易交换，或由学人之间的馈赠，或由在华的文化使者携回，也包括日本在侵华战争中肆无忌惮的掠夺而达成。这些图书中，不乏珍贵稀见的"文化财"，或者宋、元、明代刊刻而中土已失传的典籍。此类文献内容丰富，涉及中国传统文化的各个方面，也是研究中国历史的重要资料，我们应该把它们视为中国文化的一部分，并称之为收藏在日本的中国典籍。而在日本、韩国，则视这些中国典籍为"汉籍"，"汉"者，中华民族也。

"域外汉籍"，是指在中国周边国家如日本、韩国、越南等国翻刻的有关中国传统文化以及中国学者著作的统称，而翻刻本的版本著录，则分别为日本刻本（和刻本）、韩国刻本（高丽本、朝鲜本）、越南刻本（安南本）等。如今，有些研究者又将"域外汉籍"演绎成中国历史上流失到海外的汉文著作。

现今保存在欧美地区的美国、加拿大、英国、法国、荷兰等国的中国古籍数量庞大，其中善本在两万部上下，而普通线装书则不计其数。这些藏书是中国宋、元、明、清、民国时期的出版物（含稿本、抄本、活字本、套印本、版画），是中华民族传统文化的物质载体，更是全人类共同拥有的宝贵财富。在美加地区的各个大学东亚图书馆里，这些中国古籍都和中文图书放在一起（善本书则置放于善本书库），对于欧美的大学教授和学者来说，这些中国古籍就是纯粹的中国雕版印刷物，以及用汉字书写的稿本、抄本，并不被视作什么"域外汉籍"。

历来文化的传播，主要依据于书籍的传布，因为书籍可以长期保存和利用，重要的著作可以一再翻刻，影响深远。中国的历史文化丰富多彩，在其形成和发展的历史过程中，也影响到周边国家，日、中两国文化交流绵亘两千年，这种交流主要是通过学者和书籍来完成的。日本翻刻有关中国传统文化的典籍，也即"日本汉籍"，书内多有日本假名和各种符号，这是日人为了阅读中文原本，在汉字句旁添加假名和符号，以直接用日语读就。用日本学者大庭修的话说，就是"这一仅通过变换语序来翻译、理解外语的汉文训点术，可以说是日本人的一项惊人的创造。加训点后在日本出版的汉籍称'和刻本'，此乃日、中文化交流最具体的见证物"。日本和刻本汉籍，有长泽规矩也氏所编《和刻本汉籍分类目录》及其补正（汲古书院，1978 年、1980 年）可证。

在国内，收藏日本所刻的汉籍（含明治、大正、昭和时期）最多者，当推辽宁省图书馆、北京大学图书馆、天津图书馆三家，但每家所藏都不逾千。至于其他各图书馆所藏更在少数，无法形成藏书特色，在各图书馆所编善本书目里，多作为附录收入，或排在各类之后。对于域外汉籍的研究，在过去很长一段时间里，始终是一个薄弱环节，没有引起重视。直至 1995 年，杭州大学出版社出版了王宝平、韩锡铎编《中国馆藏和刻本汉籍书目》，第一次著录了国内 68 家主要图书馆所藏和刻汉籍 3063 种，于此，研究者可以窥见日本对中国历史文化的研究，已经达到巨细无遗的地步。

美国哈佛大学哈佛燕京图书馆是欧美地区最重要的东亚图书馆之一，也是西方世界研究汉学的重镇。除了收藏有众多的中国典籍外，也有不少日本、韩国刊刻的古籍。据统计，日本刻本（含日刻汉籍及日人纂注、释解、评点本）约 3600 部，韩国刻本（含活字本）约 3800 部，其中难得之本指不胜屈，冷僻之书时有所见，中土未见之传本往往也可窥得，数量之大，国内省市一级公共图书馆多不能望其项背。"燕京"如此丰厚的馆藏，国内研究者大多并不知晓，或不得其门而入。少数访问学者，于"燕京"虽有所获，但限于时间，多有"望洋兴叹"之感。我在"燕京"工作期间，曾将这3600余部日本刻本全部经眼一过，并编出一份馆藏日本据中国古籍翻刻书目录，约600部，由于时间匆忙，我没有将释家类中的佛教经书1200部列入，盖因我当时想要编一套有关日本刻本的系列丛书。

我和东波兄的合作，始于他第一次赴美国哈佛大学哈佛燕京学社做访问学者时，他多次来我的办公室聊天叙谈，也看了不少日本典籍。他给我的印象是扎实的学院"少壮派"，工作认真努力，对研究的课题全力以赴，精力充沛，似乎有使不完的力量。他也是一位聪敏好学之人，我们曾谈过合作研究的计划，这本《日本汉籍图录》就是我们合作的第一套书。

整理、出版域外汉籍是一项规模宏大的文化工程，我和东波兄合作的《日本汉籍图录》，是前人没有做过的，我们应该填补这一空白。《图录》是第一部大规模展示日本汉籍的著作。中国虽然已经出版了不少中国古代善本的图录，但从没有出版过中国之外的汉籍图录。就日本来说，虽然也出版过日本所藏历代刊刻的中国典籍图录，如《静嘉堂文库宋元版图录》；日本出版的一些文库的书影也包括了部分和刻本书影，如杏雨书屋所编《新修恭仁山庄善本书影》，却从未出版过完全以日本翻刻的中国典籍或日本学人纂注的汉籍图录。

《日本汉籍图录》不但汇集了日本各个时代翻刻的中国典籍的书影，而且还酌量收录日本学者用汉字完成的注释、研究中国古典著作的书影，这对我们了解中国典籍在日本的流传与影响有很大的帮助。本书所收图录，既有比较稀见的五山版典籍，也有江户时代初期的古活字本，还有部分古抄本，以及在中国已经失传而经日本翻刻后得以保存、流传的中国典籍的书影；更有翻刻朝鲜版中国古籍（即朝鲜翻刻的中国古籍，再由日本翻刻）和琉球学人在中国刊刻的典籍。

研究古籍版本学，最讲究对书的目验，而日本及美国所藏的大量珍稀汉籍，由于种种原因，很多人无法一饱眼福。本图录的出版对于我们了解这些深藏于日本的汉籍起了非常重要的帮助作用，是了解日本汉籍版本形制的第一手数据，也可以借此比对中日不同版本间的差异。所以《图录》对了解日本印刷史也有不容忽视的参考价值。本书收录的日本汉籍图片，多得自日本各大公立图书馆、著名大学图书馆的藏本，还有一些难得一见的日本古寺庙里的藏本，也包括日本本土之外的美国哈佛大学哈佛燕京图书馆所藏日本汉籍，因此基本上可以反映各个时代日本汉籍的全貌。

这套《图录》是我们两人就经眼的日本汉籍（多为明治以前的日本出版物，明治本酌收一小部分）编成的，包括日本翻刻中国经、史、子、集四部中经学、史学、儒学、佛学、文学等方面的重要著作，所收约1800种。《图录》中的图书版式、行款、刻工、牌记，尤其是扉页及版权页，可以反映日本不同时期、不同地域所刻古书原貌。所以，此《图录》的出版，不仅能窥见中国传统文化对东亚地区的深远影响，亦是汉学东传、中日文化交流的实物见证，对中日书籍交流史、日本汉学史以及中国版本学、中国古代文史之学的研究都大有裨益，也极大地丰富了日本汉籍的研究内容。

此部《图录》，东波兄出力最多，他数次进出日本，除了演讲、交流、研究，大部分时间都在为增补《图录》奔波。在海外访书，复制扫描，时间对于东波兄来说，就如打仗一般，分秒必争，我自己当年也有如此体会。《图录》中每种图书的文字说明均为东波兄所撰，读者可对书之作者、内容及版本有所了解。我在文字说明最后定稿前全部审读一过，时间仓促，或有帝虎亥豕、乌焉成马之讹，恳请方家学者有所匡正。

广西师范大学出版社是这十多年中出版界崛起的"桂军"，他们出版的各种文史图书，颇得学者好评。我非常感谢何林夏社长以及文献分社社长雷回兴女士，他们在百忙中为《图录》的出版倾注了较多的心力，责任编辑金学勇先生更是夜以继日为《图录》操劳，没有他们的支持和努力，这套《图录》是难以面世的。

2013 年 3 月 15 日

美国波士顿家中

《书海扬舲录》自序

除夕，深夜，不眠的我，仍然在为本书写序。拉开窗帘的一角，廓落的街道是那么的恬静，对面几幢屋宇的主人早已进入梦乡，街道两旁没有行人，偶尔才有一辆小车亮着车灯疾驶而过，更深夜静，正是我写作思考的最佳时间。看着前几天大雪后还未融去的雪堆，我想到了祖国大陆南方的景色，唐李峤的《鹧鸪》诗云："可怜鹧鸪飞，飞向树南枝。南枝日照暖，北枝霜露滋。"同样是冬天，但广州与波士顿的气候却是南枝北枝，迥然不同。

人的际遇永远充满了变数，不仅是年轻人，人老了，更会胡思乱想，新念也不时涌出。我原想自"哈佛燕京"退休后，隐于山林，静下心来把自己尚未完成的几本小书写完。但是没有想到的是，中山大学图书馆程焕文兄赐我机会，为我创造条件，邀去中大图书馆和一群年轻人相处，使我得入身心舒畅、优哉游哉的境地。所以我在中大时，很想将自己工作中的点滴经验写出来，也就是我写我知，我写我得，当然也希望对读者有所裨益。

收在本书里的小文，都是这几年在广州和波士顿写的，内容大多涉及人物、书话、古籍版本鉴定以及近年来媒体对我的访谈，有的曾经发表在《南方都市报》《藏书》《藏书报》《藏书家》上，有的则见于我的《书丛老蠹鱼》博客上（新浪网）。

五十多年前，我在上海图书馆从顾师廷龙先生习版本目录之学，又得潘师景郑、瞿师凤起两先生教诲，其时善本组内文彦过从，其乐无极，追念前游，宛如梦境。工作之余，我也很喜欢读些书话一类的小文，尤其对唐弢的《晦庵书话》及郑振铎的《劫中得书记》特感兴趣，因为他们不仅是大手笔写小文章，而且文字活泼，信息量大，知识面广，让我受益无穷。

大约是六年前，我也开始学写此类书话体，但我以为若以经眼的古籍善本为基础来写书话，极易写成正襟危坐、凛若冰霜的文字，我没有本事将难得之本写得绘声绘色，令人神往，但尽可能去写情真词切、如见如闻的性情之作。书中《明代的书法范本——〈镌古今名笔便学临池真迹〉》《有"民国第一善本"之誉的〈校注项氏历代名瓷图谱〉》《"书中自有颜如玉"——也说女子抄书》《说线装书的书口》《书也可为寿礼》等都是过去出版的《老蠹鱼读书随笔》《书丛老蠹鱼》《书林物语》之余篇。

书中所写徐森玉、蒋复璁、昌彼得、饶宗颐、钱存训诸先生，都是我所景仰的学界重要人物，数十年来，他们的所作所为，都充满着对中国传统文化的热爱，他们的贡献及著作，也是传之名山，有目共睹的。林章松、韦力、田涛是我无话不谈的朋友，他们是民间收藏家中的翘楚，我写他们，是以为他们为民族传统文化典籍的保存及整理、研究、传播，做出了卓越贡献，所以他们也是这个时代社会文化的精英分子。

我在"哈佛燕京"时，除了管理善本书库、回答读者咨询外，也写了三百多万字的善本书志，在经眼了众多"燕京"馆藏的善本外，还积累了不少过去一些文献学者未曾注意及发现的重要资料，这也是我写作书话及古籍版本鉴定的重要材料。顾颉刚先生曾说过："凡是人的知识和心得，总是零碎的。必须把许多人的知识和心得合起来，方可认识它的全体。"就以版本鉴定来说，这是一门学问，难的就是必须有大量的实践方能掌握，正因为此，我写过一些有关书估作伪及版本鉴定的小文，集子中的《宋刻本〈新刊名臣碑传琬琰集〉版本质疑》《元刻本的字体赵体乎？》《从鉴定〈读诗疏笺钞〉而想到的》《藏书印及藏书印的鉴定》皆是。

2013 年岁末，广西师范大学出版社出版的《美国哈佛大学哈佛燕京图书馆藏中文善本书志》荣获中国出版政府奖，获此殊荣，实属不易。十年前，我编的《美国哈佛大学哈佛燕京图书馆藏中文善本汇刊》出版后，反响还不错，那时我不敢有其他任何奢想。我和我的同事共同完成的这部《书志》，是"哈佛燕京"的荣耀，也是广西师范大学出版社的骄傲，书中的几篇文章都涉及《书志》的编写过程，或许能为以后编写书志者参考，所以我也收入此集。

有道是"拥百城之图籍，作平地之神仙"。津曾在上海图书馆、香港中文大学图书馆、美国哈佛大学哈佛燕京图书馆三馆任职，三馆皆是重要之馆。我游览过国内的一些名山大川，夏秋之时，所见山光与苍翠之色互相辉映，厕身其中，何异蓬壶阆苑？然游弋于各馆之善本书库，那版刻之美善、珍籍之繁富，尽入目中，较之各地名胜古迹，别有另番意境。本书名为《书海扬舲录》，盖因"书海"者，书之海洋也，也喻海之深也。"扬舲"者，舲指小船上的窗户，此指扬帆。南朝梁刘孝威《蜀道难》诗云："戏马登珠界，扬舲濯锦流。"唐杜甫《别蔡十四著作》诗又云："扬舲洪涛间，仗子济物身。"此也指揭示所见图书意。

时光荏苒，岁月如流。如今，津亦暮景飞腾，已入"古来稀"流，衰老之态日增月益，颇有"人生在世，来去匆匆，转瞬即逝"之慨。但愿新的一年里，摈弃杂务，抓紧时间，去从事那些尚未完成的写作。

这本小书的出版，离不开姜寻兄的鼎力，我记得第一次和他见面，是 2001 年在北京的潘家园，那次，他告诉我，买了一本上海辞书版《美国哈佛大学哈佛燕京图书馆中文善本书志》，并仔细地读了。问他为什么要买我的这本书，他说他这几年来收藏了不少明代刻本，可用来参考。姜寻兄不仅是诗人、书籍装帧设计家，而且还是一位明清古籍木刻雕版的收藏家，北京的文津雕版博物馆即是他对传统民族文化的贡献。这本书，他是策划者，费心劳时，没有他的积极督导，小书是难以面世的。"丑媳妇总要见公婆"，津知其中谬误难免，尚请方家学者指正为盼。

2014 年除夕夜
于波士顿之渥特镇
2015 年国庆前夕定稿

丁瑜《延年集》序

丁瑜先生的文集，终于要出版了，这是一件令人高兴且期盼已久的事，也是国家图书馆策划的又一件有意义的事。

丁瑜先生，是河北高阳人，我国老一辈的版本目录学家。早在 1968 年，北京图书馆原善本组林小安先生到上海，我即知其大名。第一次见到他，是在 1980 年 5 月，各省、市、自治区图书馆从事版本目录学工作的专家学者及有关人员，为落实已故周恩来总理"要尽快地把全国善本书总目编出来"的遗愿，集中于北京香厂路国务院招待所一起工作时。我见到的丁瑜是一副慈眉善目、胖乎乎温文尔雅的"老干部"模样，54 岁的他，头发已经有点斑白，老花镜架在鼻梁上，一件白色短袖衬衫，一双北京老布鞋。我总感到他风度翩翩，似乎"温良恭俭让"都被他占了，有意思的是，大家都尊称他为"丁公"。

丁公，今年高寿九十，是"九十年来留逸志、八千岁后又生春"的人物，是业界的前辈，23 岁即入中国国家图书馆（时称北京图书馆）。35 岁时，从中文编目组组长的职位调至善本组，在赵万里、冀淑英、陈恩惠三先生的指导下，习版本目录之学，这在当时，是领导有意要培养丁公，有点"接班人"的意思。如今，在我之前入行的几位先生都已是耄耋之年了，其中沈燮元先生九十有三、王贵忱先生八十有八。以丁公数十年阅历，加上他丰富的经验，注定成为德高望重的业内精英，也就是上海人口中被尊称为"老法师"的学者。

丁公是中国国家文物鉴定委员会委员，对于古籍版本鉴定眼光独到。记得1979年在南昌举行的中国古籍善本书目编委会的一次会上，某图书馆为配合会议，专门将馆藏的一些善本陈列，邀与会者鉴赏。其中有一部《大广益会玉篇》，题作"元刻本"。我以为有疑，于是有人请来丁公审定，他有如老吏断狱，直言此乃"日本刻本"。由此可见丁公版本经验之丰富、深厚。

1973年，丁公偕路工先生去苏州访书，所得颇丰，这在江澄波的《古刻名抄经眼录》多有载及。比如，明归昌世手稿本《假庵杂著》一卷和《记季父遗言遗事》一卷、清费云溪手抄本《青丘诗集撷华》八卷等，又尤以明黑格抄本《野客丛书》三十卷为最难得，盖此本为明弘治正德间黑格抄本，虽残存四册（卷一至十五），但字里行间及书眉上皆有校字，并有清黄丕烈跋。此书在"文化大革命"期间，为江氏得之于南浔张钧衡之孙，"后为北京图书馆丁瑜同志来苏收去，为此书目前传世之最古之本"。这里要说明的是，"文革"以后，很多图书馆恢复了古书采购，于是当时的北图委托江澄波，留意能否在江南地区，包括无锡、镇江、苏州，看看有没有民间收藏家在"文革"劫后遗下之书。江氏通过关系居然找到了不少，当然最后全部给了丁公。

70年代末，丁公又和冀淑英先生一起，在南京觅得清初毛氏汲古阁影宋抄本《梅花衲》一卷、《剪绡集》二卷。两书原亦为南浔张氏适园旧藏，"文革"中在苏州流散，为江氏所收。其时，北图已有翁同龢藏毛氏影宋抄本，但经过核对，两书行款字数不同，并且此本有用白粉涂抹校改错字之处，故其内容较翁藏本为佳。清孙从添《藏书纪要》云："汲古阁影宋精抄，古今绝作，字划纸张，乌丝图章，追摹宋刻，为近世无有。"故这两种书是近代藏家所重视的精品。

我以为，丁公最大的贡献在于编纂《中国古籍善本书目》。这部大型工具书，共著录除台湾地区、香港特区以外中国各省、市、自治区公共图书馆、博物馆、文物保管委员会、大专院校和中等学校图书馆、科学院系统图书馆、名人纪念馆、寺庙等781个单位的藏书约6万种，13万部。在《书目》编委会中，除浙江图书馆二位，其他馆多是一位，而北京图书馆参加具体审订工作的有冀淑英、丁瑜及陈杏珍先生，上海图书馆则有顾廷龙、任光亮和我，南京图书馆有潘天祯、沈燮元及宫爱东先生。在编委会开始工作前，丁公就曾在广州召开的"全国古籍善本书版本鉴定及著录工作座谈会"上作了"古籍善本书著录浅说"的报告，为以后各省市图书馆古籍善本著录统一了思想。《书目》从编纂到出版，共费时18年之久，当年编委会中完整经历了初审、复审、定稿的工作人员也仅为上述9位，如今尚健在者仅沈燮元、丁公、任光亮和我4人了。丁公在《书目》编纂过程中，老成持重，任劳任怨，兢兢业业，笃行不倦。他和北京、南京的专家都克服了家庭中的困难，毅然以大局为重，在上海待了几个寒暑，终于完成了编纂任务。

这本集子里收录了丁公这些年来所写的各种文章。其中有关于簿录之学的介绍，或叙述一些重要版本古籍的来龙去脉，也有对前辈的回忆。他还用丙寅生、丁岳、丁令威的笔名写过多篇文章。我以为丁公最着力的，还是为原北图修复专家肖振棠的古籍装订修复工作进行系统整理而成的《中国古籍装订修补技术》以及对清钱曾《读书敏求记》的校理。

我特别喜欢听丁公讲旧日在北图善本部经历的事，我也曾对丁公说："您应该把在北图善本部跟赵万里、冀淑英先生接触的那些事情，包括看到的、听到的，或者赵先生对某些书的评价等等写出来，也可供后学者参考。"比如他曾回忆当年北图自香港得到湖南祁阳陈澄中藏书的事。陈是中国现代最重要的藏书家之一，他的藏书在1949年前后从上海转移到了香港，1964年，北图通过努力，由周恩来总理批示而得到了其中的部分。丁公把当时赵万里先生完成任务返京后，怎么去接站、清点、提验的过程，以及入库后，中央领导同志要求北图做内部小型展览，一直到结束，那个过程写得非常详细，因为只有他在场。我深切地感受到，版本目录学领域中的许多轶事、佳话、藏书故实，须靠当时经历人的回忆亲笔写出来、留下去，其他人是杜撰不了的。可惜的是，丁公因忙于其他事务而写得不多，很多事情将来可能就湮没了。

丁公能诗词，这是过去我所不知道的，他也从不在朋辈中说起。在中国图书馆学界、版本目录学领域，真正会作诗词的不多，我所知仅有上图的潘景郑先生和大连馆的张本义先生。我不会作诗，更不懂词，但知"诗言志"。《诗·大序》云："诗者，志之所之也。在心为志，发言为诗，情动于中而形于言。言之不足，故嗟叹之。嗟叹之不足，故咏歌之。"

打开丁公的《延年诗草》，映入眼帘的居然是数首新诗，且都作于 40 年代，正是丁公意气风发的大好时光，青年时的朝气，在诗中显露无遗。60 年代又重拾旧好，不管是旧体诗词，或者是新诗，习得者各有所好，真可谓孤芳自赏，洁身自好，自得其乐。丁公曾将他的居所命名为"延年居"，所作诗也题作"延年"，或为他 1940 至 2006 年曾在德内大街延年胡同里度过了大半辈子生活，怀有美好的回忆而署的吧。

2011 年前，我虽在大洋彼岸，但亦时与国内的良师益友保持联系，幸运的是，丁公诗中有几首涉及我。其中有两首的起因是 2002 年 8 月，拙著《翁方纲年谱》由台北"中央研究院"文哲所出版，我将样书寄呈丁公指正。他读了我写的序文后，颇有感触，即掷下一信，有云："欣阅《年谱》全书，读史以知今，读传以知人，史传使人以悟世事，君之赐予我之帮助大矣。阅读之顷，率成七言二首，以寄友人，虽为七言八句，但非七律之韵，吾友当勿讥之。""羊年复始又开头，挚友情谊堪回眸。凌云壮志思鸿鹄，大洋彼岸率斗牛。书城挹翠添嘉话，著作等身胜二酉。点检琳琅诚如是，不朽名篇宏烨楼。""来年花甲六十秋，春风哈佛更上楼。羡公文捷真良骥，笑我吟迟笨如牛。苏斋年谱拜读毕，订讹辨伪足消愁。明眼丹黄精神具，顾老门人第一流。"按诗中"书城挹翠"，是指我的第一本著作《书城挹翠录》，"宏烨楼"，为我读书之楼名，"苏斋年谱"系指台北"中央研究院"出版的《翁方纲年谱》，"顾老"即顾廷龙先生。

2005 年元月，丁公在给我的信中谈到为拙著《中国珍稀古籍善本书录》写序及《赵万里文集》事，最后又为我赋诗一首："长笺序文我未能，纸短情长献愚诚。三十三载欣识荆，敢为宏文添附庸。"并作注云："1961 年赵先生江南访书归来，对我言及沈兄拜顾老为师事，令吾效之。但愚鲁如我，终未能成正果，但此时是识荆之始也。"

丁公和我是忘年之交，在工作中于我时有指导与鼓励，拙著《中国珍稀古籍善本书录》即将出版之际，我曾恳请他作序。不多久，他就将序寄到。序中有云："余悉沈津先生之名，始于 1962 年春（津按：1961 年 11 月中，赵万里先生到浙东、闽北、闽东南一带进行图书文物调查工作，历时三月，次年 2 月 25 日返回北京），识荆则在十六年后参加《中国古籍善本书目》编辑一役中。《书目》汇编阶段，沈兄文旌北上，居于北京香厂路，任经部副主编，我则忝列丛部，朝夕相处八阅月之久。《书目》定稿阶段，我则南下沪渎，与沈兄同室办公，于业务多所交流，颇得三友之益。"

我还记得在香厂路期间，某个星期天的晚上，他专门来接顾廷龙先生、沈燮元先生和我，去他在德内大街延年胡同的家里吃饺子。看得出来，那天晚上他特别高兴，几杯酒下肚，不仅脸色有点红，话也特别多。2012 年冬，我去北京出差，顺道看朋友，其中最想见的就是丁公，也数他年龄最大。他新搬的家还挺远，林小安兄开的车，临近他家，还问了两位路人，方才找到。虽然是近九十的老人，但看上去精神健康，齿德俱尊。他说平时不大出去，怕跌跤，在家也就翻翻书，看看电视里的新闻。询之还做什么题目吗，他笑着说：人老了，不想动了。那天晚上，我们就近去了一家他熟悉的饭店，他的儿子陪同前往。我对丁公说：您想吃什么，尽管点。我知道他酒量不错，但那晚没有要酒，大约也是为了老爷子的健康吧。

丁公是一位高简、淡泊、深藏若虚、与世无争、不求闻达、洁身自好的文化人，这是非常难得的。我很感谢丁公对我的信任，嘱我为他的大著撰序。在他鲐背之年，且进军期颐之际，我也谨祝他"人瑞先征五色云，期颐岁月益康宁"。

是为序。

2015 年 11 月 15 日

于中山大学图书馆特藏部

《前尘梦影录》序

乙未深秋，津有北京之行，其间在孟繁之兄的带领下，拜见了住在北大的周景良先生。景良先生为周叔弢先生第七子，雍容大雅，受家庭熏陶和影响，虚怀若谷，不露锋芒。对新科技、新事物，他又表现出浓厚的兴趣，能与时俱进；而对于版本目录、金石书画、国粹京戏等，方寸海纳，休闲时则以此为乐。是一位上交不谄、下交不骄的纯正长者。那次见面，景良先生嘱繁之兄将顾师廷龙先生早年过录前人批注的《前尘梦影录》光碟寄我，希望我写一篇"读后记"之类的小文。回广州不到三天，我就收到了繁之兄发来的快递。

《前尘梦影录》是一部记录文房珍品、金石书画的书，涉及旧墨古纸、砚石碑拓、古铜玉器、牙牌铜牌、书法刻石、古籍绣像、泥封以及杂件等，也记程瑶田、姜埰、汪启淑、许梿、伊秉绶、董洵及汲古阁毛晋等人物琐事，评骘其源流高下，井井有条，盖非寻常古董家所能道者。还记得四十多年前，因为想要弄明白元代刻书字体是怎么回事，我即注意到这部在清末民初比较有名的书并去查核过。

《梦影录》的作者徐康是一个没有什么功名的读书人，生于嘉庆十九年（1814），约卒于光绪十四年（1888），寿七十五岁上下。康，字子晋，号窳叟，别署玉蟾馆主，江苏苏州人。博雅嗜古，精鉴赏，世擅岐黄，善书法，尤工篆隶。除《梦影录》外，还撰有《虚字浅说》一卷、《古人别号录》两册，可惜的是，在太平天国战争中，家中书籍文物荡然无存，此两种书亦一同付诸劫灰。

据《梦影录》自序，可知此书为徐康随忆随录吴地所见古籍、书画、文物等的记载。序云："蘐园主人属记所见古今隃糜，卒卒鲜暇。客夏养疴虞阳旧山楼，地邻北麓，几砚无俗尘扰，遂日忆疏录，得数十则，牵连及文房纸砚、法书、名画、书籍。忆昔在道光壬辰冬，于破书堆中买不全《书影》二本，读之爱不释手，余之嗜书籍古董即于是年始。"旧山楼为清末赵宗建藏书处，赵为江苏常熟人，字次侯，号非昔居士。居县城北门外报慈桥东之半亩园，藏金石图史甚富。半亩园明代天顺间为南京左副都御史吴讷所有，在虞山北麓之破山寺前，有思庵郊居、乐宾堂、贞寿堂、东小楼等，宗建重为修葺，并颜其东小楼为"旧山楼"。是书当为光绪十一年（1885）徐康养疴旧山楼时所写，其时徐氏七十二岁。壬辰，为道光十二年（1832）。《书影》者，即周亮工之《因树屋书影》。

此书名"前尘梦影"，盖因"考因树屋斋名，为栎园先生在请室中，庭有大树，随笔记忆而无伦类，以携无编籍可稽核也。余于先生无能为役，然随忆随录，则同前尘梦影"。按："前尘"者，佛教称色、声、香、味、触、法为六尘，认为当前之境界乃由六尘构成，都为虚幻，所以称之"前尘"。今指从前的或过去经历之事。"梦影"，犹幻影。不同的是，周亮工的《书影》是在其蒙难图圄时写成，而此《梦影录》则完成于香雪成海，暗香疏影，风景这边独好的旧山楼。

《梦影录》，计二卷，卷上 119 则，卷下 103 则，共 222 则，37000 余字。光绪二十三年（1897）江标任湖南学政时刻于湖南使院，并入《灵鹣阁丛书》中。《丛书》共六集 56 种，此在第四集。江标，字建霞，号师鄦，江苏元和人。光绪十四年（1888）举人，翌年成进士，授翰林院编修，戊戌变法失败后革职永不叙用。江标最初见到徐康，是在苏州玄妙观世经堂书肆中，那时标仅十六七岁，他对徐康的印象是"非寻常古董家"。

江标是据徐氏稿本而刊刻的，并作序云："方今事事崇新学，而于金石、书画、图籍一切好古之事，恐二十年后无有知之者矣！"作序时江标三十七岁，后三年即卒去，年仅四十，也正是他学养功深之时，可惜天厄贤人。除了江标，《梦影录》中还有杨岘、李芝绶序，于徐氏之说如见如闻，赞誉有加。杨岘云：徐氏"精鉴赏，金石书画，到手皆能别其真赝，盖今日之宋商丘（荦）也……于所见文房珍品，一一论说，并著其究竟，诚考古家之指南，后来者之龟鉴矣"。李芝绶亦云："凡书籍字画、古器奇珍，一入其目，真赝立辨，盖阅历深也……壮岁得周栎园《书影》残帙，因仿其意，追忆劫前所见文房珍品，以类相从，著为论说，以示来兹。"

打开《梦影录》的光碟，图片清晰之极，与原件几无差别，展页重观，细读先师手迹，老泪滂沱，竟有恍如隔世之感。56年前，津追随杖履，重忆旧游，坠雨飘风，零落都尽。如今先师墓有宿草，人天永隔，余亦晚景侵寻，非复昔年胜概，念此为之怃然。

这是江标刻的《灵鹣阁丛书》本，顾先生在1938年9月为周叔弢先生迻录前人批注的《梦影录》文字，扉页上书有"戊寅九月，据章氏四当斋藏批本，为叔弢世丈迻录一通。朱笔传式之先生语，蓝笔传吴伯宛先生语，绿笔传某氏语。间附管见，并希鉴教。顾廷龙记于燕京大学霜根老人纪念室"。按：戊寅，为1938年。式之，为章钰。吴伯宛，即吴昌绶。

章钰，字式之，又字望孟、茗理，别署霜根老人等，江苏长洲人。生于同治四年（1865），卒于民国二十六年（1937），享年七十三。光绪二十九年（1903）为进士，以主事用，签分刑部湖广清吏司行走，三十三年（1907）入两江总督端方幕。宣统元年（1909）入京供职吏部，调外务部，充一等秘书、庶务司主稿兼京师图书馆编修。辛亥后退居天津北郊求是里，食贫沽上，却扫杜门，校书遣日。晚年移居北平。平生治学，尤长于金石目录及乙部掌故之学，晚年积书至百六十箧。章氏有书癖，尝以南宋尤袤嗜书有"饥当肉，寒当裘，孤寂当友朋，幽忧当金石琴瑟"语，将读书处名曰"四当斋"。

吴昌绶，字印臣，又字伯宛，号甘遁，别号松邻、甘遁村萌，浙江仁和人。吴焯之后裔。光绪二十三年（1897）举人，官内阁中书，尝佐尚书吕海寰、侍郎吴重熹幕。熟于目录学，尤究心典故名物，为人俶傥不羁，与章钰交谊之笃数十年如一日，通借往还甚密，章氏四当斋之书多有吴氏手批题识。好刻书，有《松邻丛书》，又影刻双照楼《宋金元明词》17种。殁后，章氏代其女吴蕊圆辑有《松邻遗集》10卷，顾先生又搜得其零稿编成《吴伯宛先生遗墨》，又有《定盦年谱》等。

早在1931年秋，顾先生始识章氏，据顾先生云："辛未季秋，龙来燕京大学肄业，时先生亦方自津步就养旧都，始克以年家后进登堂展谒，获聆绪论。"章氏亦云："年家子顾子起潜，修业燕京大学，时过余织女桥傀舍，讨论金石文字及乡邦掌故，至相得也。"章顾为忘年之交，开始交往时，章67岁，顾28岁。顾先生自1933年7月在北平燕京大学图书馆工作，任中文采访主任。1938年2月，先生编《章氏四当斋藏书目》，费时四月，日坐霜根老人纪念室中，9月，《藏书目》出版，先生为周叔弢迻录《前尘梦影录》中之批语也是此时完成。如今，燕大藏书早已并入北京大学图书馆，纪念室也成幻梦之影了。

吴昌绶是在1915年从章钰处借观，并注"后二十年乙卯岁，从茗簃先生借观，小有签记，殆所谓强不知以为知者""徐叟文字，颇有市气，中多耳食。然老辈见闻赅洽，终不可及，循玩数过，以鄙说附著简耑，俟二十年后人批抹。""昔人颇讥覃谿专辄批抹，吾忍不能忍，复蹈其辙，涂坏吾茗簃一本好书耳。前不见古人，后不见来者，如此大涂大抹，亦诚无谓吾对过矣。"

此本又有张絅伯及周叔弢批注。絅伯，名晋，字絅伯，号千笏居士，浙江宁波人。1885年生，23岁在上海南洋公学毕业后赴日本留学，读商科一年。回国后在宁波任教员。1921年供职哈尔滨盐务稽核所，越二年在青岛筹设明华商业储蓄银行分行，任经理。后至上海，任总经理兼青岛分行经理。抗战胜利后，参加爱国民主运动，加入中国民主建国会。1946 年 6 月 23 日，被上海各界人民团体推举为和平请愿团十一名代表之一，与马叙伦等赴南京请愿。新中国成立后历任第一、二届全国政协委员，第一、二、三届全国人民代表大会代表，政务院外交部条约司专门委员。1969 年病逝于北京。余暇致力于研究徽墨、古钱币，收藏颇富，为当时钱币收藏界知名人士。著有《四家藏墨图录》等。

张絧伯批注中对徐氏所作颇有微词，认为其叙事往往张冠李戴，且有耳食之谈，不诚不实。如："松邻评注作于 1915 年，距今逾五十寒暑。顷又假读一过，徐叟不仅文字多市气，录中所托古今隃糜，综计四十七则，序次凌乱，时代颠倒，稽诸载籍，考之实物，谬讹百出，鱼龙杂糅，无多取焉。""程氏墨苑、方氏墨谱，徐叟殆未见原书，妄加臆测，以致谬讹百出。""徐叟叙事颇多不符事实，论断亦欠恰当，松邻批注评点中时露不满，我有同感。""徐叟对古泉是门外汉。"张絧伯曾参加各种泉币学社，并参与创办《泉币》杂志，对钱币学、钱币史及钱币的考据均有研究。提倡"凡创一议，立一说，必本诸货币原理，史志依据，实事求是，言之有物，力避穿凿"，颇多真知灼见。

周叔弢，又名暹，字叔弢，以字行，晚号弢翁，安徽至德人。早年为华新纱厂常务董事，又为启新洋灰公司董事长、开滦煤矿公司代理董事长。解放后，历任全国政协副主席、全国人大常委会委员、天津市副市长、全国工商联副主席等职。富藏书，精鉴别，藏书均献于各图书馆。有《自庄严堪善本书目》。据周景良书中所志，"此册乃亡兄珏良故物，盖受之先父者也。其上卷之第十、十二、十八、二十四、二十八、二十九各叶，及下卷之第一、二、三、四、五、六、七、九、十一、十七、十八、二十二各叶诸墨批，是先父叔弢公手迹，而皆未署名，因书此以志之。一九九九年七月十一日，周景良志。景良妇朱宜书。"

此本批注共 195 则，计章钰 76 则，吴昌绶 41 则，某氏 6 则，张綗伯 38 则，周叔弢 30 则，顾廷龙 4 则。其中吴氏批注在 1915 年，章氏在 1920 年，顾氏在 1938 年，张氏在 1967 年。顾先生之批注又见《顾廷龙全集·文集卷》。我不知道顾与周叔弢先生是如何认识的，仅知他与周叔弢的长子周一良（太初）是燕京同学。

《梦影录》经江标刊刻后，引起学界之注意，后来《丛书集成初编》《美术丛书初集》均予以收录。又钱启同辑《玉说荟刊》时收录了《前尘梦影录摘抄》一卷，吴昌绶曾取其上卷"纪墨"部分，刻入《十六家墨说》，题作《窳叟墨录》。然经周绍良先生核实考订，发现徐氏所记多与实际不合，共找出 17 条错误。《梦影录》在流传过程中，也有一些学人如赵宗建、许增、曹元忠、缪荃孙、丁国钧、李放、范祥雍等人，就己所见予以批注，其中不少颇具史料价值。2000 年，中国美术学院出版社出版《艺苑珠尘丛书》，其中有孙迎春校点、范景中作序的《前尘梦影录》，该书增入了整理者收集的许增和赵宗建批注，其中许氏所批 21 则，赵氏为 19 则，共 40 则。

也正是流播所及，《梦影录》中的一些错误，一直延续至今，如"元代不但士大夫竞学赵书，如鲜于困学、康里子山，即方外和伯雨辈，亦刻意力追，且各存自己面目。其时如官本刻经史，私家刊诗文集，亦皆摹吴兴体"之说，以致写版本鉴定、书史简编的作者，几乎全部受其误导。

《灵鹣阁丛书》本《前尘梦影录》并不珍贵，但周叔弢先生藏本之价值，却在于不仅有顾廷龙先生的手迹，并且过录了前贤的许多批注。细读此书，不但可以增长见识，开阔眼界，而且可以窥见老辈学者对学术研究的细致认真、一丝不苟的态度。过录前辈批注的顾廷龙先生（1904~1998），字起潜，号匋誃，江苏苏州人。为图书馆学家、版本目录学家和文献学家，而且也是书法家。他治学严谨，著述精博，书法造诣也深，是 1961 年 4 月成立的上海市中国书法篆刻研究会的六位理事之一，曾于 1963 年、1979 年，分别作为中国第一批书法家访日代表团和上海书法家代表团成员访问日本，他也是中国书法家协会名誉理事。顾先生从来不以书家自居，但他的书法是温润静穆、平和自然、婉丽清逸一类，可以给人一种玩味无穷、流连忘返、细嚼不尽的意味。

2016 年"五一"国际劳动节
写于广州中山大学

《天禄琳琅知见书录》序

今年 8 月，我在美国休假，刘蔷在电话中告诉我，她的《天禄琳琅知见书录》（以下简称《知见书录》）即将定稿，8 年的辛苦劳作，终于要见曙光了。此说令我为她高兴。9 月中旬，当我回到中山大学，即在办公室见到了一厚本的《知见书录》，抽暇翻阅之后，就感觉到这不是一本泛泛之作，而是含金量颇高的学术著作。

天禄又称"天鹿"，是古代传说中的神兽，后多雕刻成形以避邪，谓能祛除不祥，永绥百禄。琳琅者，美玉也，是玉石中最精品、最上乘的一种。"天禄琳琅"，是清朝乾隆帝的藏书精华，也是仍存于世的清代皇室藏书。清乾隆九年（1744）开始在乾清宫昭仁殿列架藏置宋元等善本书，题室名为"天禄琳琅"，意谓内府藏书琳琅满目。乾隆四十年（1775），大臣于敏中、王际华、彭元瑞等十人受命整理入藏昭仁殿的善本书籍，"详其年代刊印、流传藏弆、鉴赏采择之由"，编成《钦定天禄琳琅书目》。书目共十卷，按宋、金、影宋、元、明本时间先后为序，版本时代相同，再按经、史、子、集四部排序，计有宋版 71 部，金版 1 部，影宋抄本 20 部，元版 86 部，明版 251 部，总共著录善本书 429 部。

嘉庆二年（1797），昭仁殿所藏典籍因祝融而全部焚毁，当时已是太上皇的乾隆帝诏令重建昭仁殿并搜集藏书，彭元瑞受命仿前编体例，编成《钦定

216

天禄琳琅书目后编》二十卷，收录宋、辽、金、元、明五朝善本 664 部，"凡皆宛委琅函，嫏嬛宝简，前人评跋，名家印记，确有可证，绝无翻雕赝刻，为坊肆书贾及好事家所伪托者"。"遍理珠囊，详验楮墨，旁稽互证，各有源流，而其规模析而弥精；恢而愈富。"

乾隆年间编的《天禄琳琅书目》，并非一般意义上的书目，它实为清代宫中所藏善本书志，它和《四库全书总目》最大的不同，就在于它是典型的注重版本著录的"书目"。王先谦跋《天禄琳琅书目》云："复命辑《后编》二十卷，书都一千六十三部，自宋迄明，五朝旧籍咸备，旁罗远绍，既大极无外，而于刊印流传之时地，鉴赏采择之源流，并收藏家生平事略，图记真伪，研讨弗遗，尤细破无内。于版本严择广收，而明代影宋钞本并从甄录。"

实际上，"天禄琳琅"早已成为清代皇室典藏珍籍之代称，毕竟是贵重图书，其所藏每一册书都钤有多枚乾隆御玺，可视作皇家藏书之象征。可以想象的是宫廷大内之门禁森严，也不是什么臣工们都可直达之处。然而清末民初的战乱和改朝换代导致清宫藏书不断外流，至 1925 年清室善后委员会点查故宫物品时，原本 664 部的"天禄琳琅"后编藏书只剩下 311 部，留在宫内的这批书几经辗转，如今收藏在台北故宫博物院。其余 353 部中有 176 部见于记载，是被溥仪通过赏赐溥杰的方式流出皇宫。流失宫外的藏书，如今散藏在海内外 60 个公私藏家，以国家图书馆和辽宁省图书馆所藏为最多，民间也有不少收藏。

"天禄琳琅"是内廷专藏，它的藏书历来只有《天禄琳琅书目》《天禄琳琅书目后编》可以了解，但"天禄琳琅"是个不容易做的冷题目，所以鲜有以此皇室专藏为题做研究者，井底之蛙如我，也仅知台湾地区有《清代天禄琳琅藏书印记研究》一书出版。然而，刘蔷却选择了这个难题，4 年前，她完成了《天禄琳琅研究》的写作，而今又以 4 年之力，再接再厉，将力作《知见书录》杀青，为"天禄琳琅"藏书作了一次全面的总结。

　　"辨章学术，考镜源流"，这句话用在版本目录学的研究上，不仅在于对各种版本的介绍、版刻源流的考察，更在于揭示其内涵。《天禄琳琅书目后编》最为人所诟病之处，即其所著录之书在版本鉴别上多有讹误。而在图书馆工作的专家，责任之一即尽可能地揭示一书之版本，在编目过程中，最难认定的便是版本项。而此书详尽介绍每书之卷端书名、题署、序跋、板框高宽、行款版式、刻工、牌记、讳字。至于原本装帧之信息，则录其书衣、书签、函套等，以见清室书籍装帧之特殊风格。我特别在意及欣赏的就是此书中版本考证的部分，正如刘蔷在"凡例"中所云："版本考证。节录序跋中涉及书籍编纂、刊刻之文字，并目录、书志及相关研究资料，每书约叙数行，略呈版刻崖略。对照《天禄琳琅书目后编》之记载，正其错讹，补其无考，辨其真伪。特别揭示版本作伪痕迹，辨析阐明《天禄琳琅书目后编》致误原因。"

　　我以为除了了解现今的"天禄琳琅"原书存于何处之外，更为重要的是要鉴定书之版本真伪。以《知见书录》正编宋本之第二种《御题尚书详解》十三卷为例，此书实为清康熙通志堂刻本。《知见书录》此篇计2200字，除揭示基本概况外，又着重叙述了为什么乾隆帝会将康熙时所刻之《通志堂经解》本误认为是宋版并为之题诗之原因。再如《史记》一百三十卷，明嘉靖四至六年（1525~1527）王延喆刻本，此书在流传过程中，书估多有作伪，"天禄琳琅"所藏4部，皆以明充宋，手法拙劣，而刘蔷目验比勘，判定真伪，发人深思，读者若细细品味，当可增益，津以为此可作版本鉴定教材之例也。由此可见，辨伪之功夫大为不易，这也远非一般版本学家所能为，因为这是版本学及文献学研究的实践和深入。

　　如果说去写"天禄琳琅"是目标，是毅力的表现，那版本鉴定之真伪则是刘蔷业务能力和鉴定实力的展示，两者不能缺一。顾师廷龙先生曾私下对我说过几次，有些人虽然也称为版本鉴定专家，可是真要他去作实践，却是两眼墨黑。为"天禄琳琅"写书录者，刘蔷是第一人。我相信，刘蔷的责任是在进一步揭示原书的真实面目，故《知见书录》提供给研究者之信息量颇大，以其每书存藏及版本审定来说，存者则有著录甄别、鉴定后之版本，又全本录其册函数，残本则注明存缺卷及册数。现存之馆藏地点及书号信息，藏于私人者，则注明藏家姓氏或堂号。即使见于各种拍卖之图录，也会记录首次拍卖信息，以期留下蛛丝马迹。

刘蔷将她的大作书名定作《知见书录》，盖知见者，有见识、见解意，也有看见、知道意。然此亦佛教用语，知为意识，见为眼识，意谓识别事理、判断疑难。宋秦观《法云寺长老疏文》云："无前后来去之际，有解脱知见之因。"清龚自珍《重辑〈六妙门〉序》又云："不停心，则虽有无上知见，为烦恼风动摇慧灯，若存若灭……制心一处，何事不办，如开佛知见矣。"这样的知见录实际上也属于书录、书志、提要的范畴之中。在此之前，知见录一类的参考用书很难有此境界及如此之水平。至于前些年出版的《古籍珍稀版本知见录》《日藏汉籍善本书录》都是知见录一类的参考用书，不过要写好，却是不易，盖因知见录有很大的局限性，即如前者庞杂无序，学术上亦乏创见，而后者所收之书虽有部分目验，但有相当数量为抄录日本各种书目之著录，以及转抄日本学人记述，编著者本身没有去作版本上的任何判断，故难免出错。所以同样是知见录，刘蔷《知见书录》是实事求是的著录，它的重要就在于对版本实情的揭示较之原来的书目文字更为得宜，若将《知见书录》著录的准确和详细与上述二书相较，更显得高下悬殊，天差地远了，相去又岂能以道里计！

《知见书录》的写作实在不易，则在于刘蔷的深层发掘，难就难在她目标既定，方向明确，即不遗余力地去国内各地寻访，这需要调阅众多公藏单位及私人藏家所存"天禄琳琅"原书，而且还要申请、寻找经费上的支持，去台湾地区及海外图书馆访书，这其中的难度可想而知。也因此，中国台北、日本以及欧美东亚馆、国内各馆都留有她的访书芳踪。

　　"天禄琳琅"的研究虽然是个案，但我以为刘蔷在研究这个课题中，不仅是费时费力，且写作之难度，较之于清代馆臣学士作《天禄琳琅书目》《天禄琳琅书目后编》更为艰难。相继完成的《天禄琳琅研究》《知见书录》两部姊妹篇，真正是别具一格，独辟蹊径，戛戛独造，自出机杼，起到了承前启后的作用。她既继承了清代乾隆、嘉庆时大学士们的先期成果，也开启了以后学者作进一步研究的锁钥。

　　记得我第一次见到刘蔷是在 1998 年的冬天。那次我从波士顿飞去北京办事，事毕见了几位朋友，最后见的是中国人民大学图书馆宋平生兄，其间，他说您要不要见见清华大学图书馆的刘蔷。那时的刘蔷虽然还是一个小姑娘，但她发表在刊物上的大作，却引起了我的注意。记得她是骑自行车赶来的，脸冻得通红，但那次谈了什么，则记不起来了。

　　刘蔷，曾是"哈佛燕京"的访问学者，自从 2006 年 8 月 1 日开始参与写作《美国哈佛大学哈佛燕京图书馆藏中文善本书志》（清代部分），直至 2007 年 7 月止，她完成了 200 多种善本书、30 万字书志的写作。工作充实，效率很高，所以她自我感觉很好，有一种成就感。因为如果在北京清华，那她必定是有各种"干扰"，也必定是无法完成这样质量和数量的文字。刘蔷自己也如是说。记得她在"哈佛燕京"时，曾跟我讨论过她想写的博士论文题目，说或者写叶德辉，或者写"天禄琳琅"。

　　在"哈佛燕京"写善本书志，一天基本一篇，1000 字至 2000 字不等。按照"哈佛书志模式"，版本项的认定及依据、作者的简历、各卷的内容、为何而写，乃至于书的特点及钤印、各馆的收藏情况等等，能写清楚的要尽量写入。因为我们都认为 21 世纪的善本书志不能还是上个世纪三四十年代的"老面孔"，总应该在前人的肩膀上更上层楼吧。一年后，刘蔷返回国内，她给我的信中说：在哈佛的这一年，真是有很多所谓的进步，回到清华后，节奏慢了下来，觉得有一种失落感。她每天写 1000 多字的书志，一个星期五个工作日，再去掉美国国庆节、感恩节、圣诞假期等，天天写，220多天下来，写了30万字。30万字对于在国内图书馆工作的人来说，诸事丛脞，做到不易。如今我初读这本《知见书录》，觉得似乎又看到了当年刘蔷参与写作《美国哈佛大学哈佛燕京图书馆藏中文善本书志》时的模样，她那瘦高健靓的身影，时常穿梭在书库里查书，或是坐在办公室的电脑前，不停地敲着键盘，也难怪她每天都觉得充实，时有成就感。因为她有时运用别人想不到的材料，写出了质量不一般的书志。看到逐渐加厚的书稿，也会想到不久的将来，那一个个的字符，一个个的标点，就会变成一页页、厚厚的正规出版物。

我们提倡在图书馆工作涉及版本目录学、文献学领域的专业工作人员需要踏踏实实做事，认认真真研究，这个领域尤其需要基础扎实、有研究实力的专家。可惜的是这方面的人才不是太多，出类拔萃者更为难得，至于女性则更是凤毛麟角，最杰出者当推前辈冀淑英先生。刘蔷长期在大学图书馆古籍部工作，是这个领域中的佼佼者，我也期待于刘蔷更上层楼，在古籍整理研究领域中做出更大成绩。我愿意为她点个赞。

刘蔷是有"眼福"之人，她应该是百多年来，与"天禄琳琅"藏书最为有缘，也是见到"天禄琳琅"藏书最多的人，这是当仁不让的。我对于"天禄琳琅"之书，历年所见大约也只在十数部之谱，所以并没有什么研究心得，但是我很感谢刘蔷对我的信任，嘱我为她的大作写序，故东拉西扯地写上几句，聊以塞责，不知刘蔷以为然否。

2016年10月31日
写于中山大学图书馆将要举办第三届
版本目录学文献学国际学术研讨会之前夜

《自将摩挲认前朝——宋绍定井栏题字释注》序

　　在我的记忆中，童年时代我和爷爷奶奶及父母亲住在上海虹口区宝安路延龄新村 14 号，房子的外面有一口并不很大的水井，上有石质的井栏。盛夏的时候，水特别的清凉，祖父喜欢吃冰镇的西瓜，那时没有冰箱，我和弟弟就把西瓜放在一个编织的口袋中，沉入水井，大约浸个一天，晚上切片食之，感觉上就会沁人心脾，去掉暑气了。40 多年前，我曾去宝山城厢镇南门街我未婚妻家，她家的天井里也有一口水井，夏日，她们和邻居家的用水也是从井中汲取。这大约就是我初时对井的认识了。然而这种井都是现代所开凿，时间不长，历史也谈不上悠久。

　　在几千年的封建社会里，井是不可或缺的，乡村城镇的不说，即在一些大家之第宅园林里，应皆有井。或以北京为例，老北京居民的饮用水在没有自来水之前，是靠井水。元大都有十万居民和军队，包括宫廷用水都是打井取地下水。光绪年间内外城即有土井 1245 眼。在现代化的城市中，任何家庭不仅是洗衣做饭如厕，都离不开自来水，如今城市多经改造，森林般的大楼矗立，所以水井已经很难见到了。

　　井栏的外形有圆形、棱形、八角形、方形，质地也有石质、铁质、陶质，有意思的是井栏上有的凿字，有的则无，字体也有楷书、隶书及篆书之别。当然，井栏之历史悠久者则称之为文物古迹，需要有关文物单位特意保存的。

苏州历史上多井，亦多井栏。苏州文人对古井栏有很多记述。叶昌炽在《语石》一书中，就记有苏州的宋元井栏拓片十余通，其中以"亨泉""智井""方便泉"为最精。清代顾震涛的《吴门表隐》里，也有对井栏石刻的记录。

大约是 7 年前，我为增订《顾廷龙年谱》之事，前去上海收集材料，事先我和顾廷龙师的哲嗣诵芬先生相约在上海淮海中路顾师旧居见面。那次在诵芬先生的帮助下，我居然又发现了不少新材料，其中就有合并为一册的《复泉题咏》及《冰谷老人遗墨题咏》，由于是顾师手迹，初初一看且有年月日，又是我过去所未见过的，所以我就向诵芬先生提出，可否让我先借用并核查。后来我在美国将之细细读了一过，才知道这是顾师在 40 年代时据原件所录的。取之核校《顾廷龙年谱》，实有多处记述，如：

1942 年 10 月 11 日，有"访林子有，持《张惠肃年谱稿》，请其审定，并以《先君遗墨》及复泉拓求题"。

1943 年 4 月 28 日，有"访姚光，还《复初斋文》，并求题'先君字卷'及宋阑拓本"。

1945 年 1 月 7 日，有"钞《先君手卷》题"。

1 月 8 日，有"钞《复泉题咏》"。

这里所说的"复泉"即指复泉之井栏，为宋代绍定三年（1230）所置，位于苏州十梓街 58 号。那是民国六年（1917），顾祖庆购得原严衙前清代布政使朱之榛旧宅，在清理维修庭院时，发现一井栏，形制古朴，经清洗辨认，竟为清金石学家叶昌炽《语石》中所云苏州城内著名的宋代二井栏之一，名"复泉"，另一为"亨泉"，在杉渎桥。顾祖庆为顾师之祖父，字绳武，号荫孙，同治十三年（1874）以苏郡第一人补元庠博士弟子员。光绪四年（1878）以湖南协黔助赈，议叙中书科中书。其潜心经史有用之书，旁及诸子百家，兼通禅理。

井栏刻字始见于南朝梁代，现存最早的井栏大约是梁天监十五年（516）所造，根据记载，似有二件，其一是字可完整识读者，但今已下落不明；其二即《金石萃编》著录的孙星衍访得本，王壮弘《增补校碑随笔》在石井栏题记中云："天监十五年，正书，乾隆五十年孙星衍访得，原在江苏南京。"罗振玉《石交录》卷二载云：清末端方任江苏巡抚，署两江总督时，从句容城把此天监井栏运至南京，后经估人手，辗转东北，于1922至1924年间售于日本京都藤井氏。今此井栏上的文字为："梁天监十五年，太岁丙申，皇帝愍绠汲之渴乏，爰诏茅山道出钱救苦，作亭，掘井十五口。"凡7行，字体与《瘗鹤铭》相似，然字迹漫漶残缺，现在日本陈列于京都有邻馆。

梁天监十六年（517）井栏，是1981年3月在句容市茅山玉晨观旧址处的张姓村民家中猪圈里发现的，早在1958年即从玉晨观旧址前的废井中挖出，当时被这户村民搬到家中，后被发现再移至县图书馆院中，1992年3月转徙至茅山大茅峰九霄万福宫。井栏为圆形，在井栏外表石面上竖行题刻："此是晋世真人许长史旧井，天监十四年更开治，十六年安栏。"楷书大字，共6行，行4字，共24字，字迹多模糊漫漶。

井栏刻字至宋代则极盛。宋人凿井多为追荐亡人，他们认为凿井供周边邻舍使用，以此功德，超度亡灵，使之离苦得乐。此井栏内圆，外呈八角，每面高54厘米，宽26厘米。一面刻有宋人题记七行，意谓绍定三年十二月，沈某妻王二娘30岁难产身亡，特造义井普施十方。另四面刻大字"顾衙复泉义井"和"崇祯七年（1634）四月"字样。考为明天启御史顾宗孟所题。查顾宗孟，字岩叟，江苏苏州人。万历四十七年（1619）进士，授定海知县，在任五年，去时民争相留。周顺昌逮下诏狱，宗孟尽力为之奔走。崇祯初，起福建参政。以母老归，卒年五十二。

顾祖庆得此宋代文物，自是欣喜，乃将其移至东书房，并命名为"复泉山馆"。祖庆仲子元昌（1876~1933），曾对此井栏有详细考证并撰跋文，又令子廷龙将"复泉"井栏之铭文拓下。后顾师将之裱成大本册页，遍邀当时吴中耆宿、社会名流留题以为纪念。此册前有吴湖帆绘画，题端、题款及作词赋者为：王同愈、金天翮、王怀霖、顾柏年、张一麐、王季烈、吴梅、徐中舒、商承祚、许厚基、江宁宗、汪荣宝、许同莘、钱玄同、黄子通、胡适、闻宥、郭绍虞、潘昌煦、俞陛云、章钰、祝廉先、吴雷川、商衍鎏、唐兰、张尔田、刘节、胡玉缙、费树蔚、胡朴安、王謇、潘承弼、章炳麟、叶景葵、张元济、单镇、杨钟羲、夏孙桐、邵章、李宣龚、陈叔通、刘承幹、叶恭绰、林葆恒、钱锺书、吴湖帆、姚光。诸人题咏时间为1929至1943年间，顾廷龙先生题之为"复泉题咏"。

我最初只是以为当年顾师为了这件文物曾请数十位名家题诗题词题画，确是文人雅事，收集不易，脑子里闪过的只是苏州顾家老宅的宋代井栏以及各家题咏原件或在"文革"浩劫中毁去，而没有去追查他们的下落。

我之所以特别看重这册《复泉题咏》，是因为一是顾师的手迹，那端庄秀丽的楷书中又夹杂着笔势优美的行书，是我最为熟悉的"顾体"，用的也是顾师当年自用的稿纸。二是保存了那么多的名人学者对于宋代井栏的历史考证和吟咏，尤其是须眉交白的德高望重、万流景仰的人物，如王同愈、吴梅等，不少考证是文字凝练、言简意赅，这是极为难得的。三则顾元昌、廷龙父子竟然在14年中，锲而不舍、笃行不倦求得四十余位大家的题词题诗考证，这在存世的各种大型图册中是不多的。

两年前，我萌发将《复泉题咏》重新整理并予发表之念，于是我请一位同事朱婧女史据顾师当年誊写本全部录入电脑，并加标点整理，她还写了一段引言加以说明。（后来稿子交给《四库文丛》，已经校样，但因经费问题，迟迟不能发表）顾师手录的原件仍保存在我广州中山大学的宿舍处。

去年，也是偶然的机会，我从苏州博物馆的李军先生处意外地获知顾师早在 1981 年 10 月下旬，就将家藏宋代井栏捐献苏州博物馆庋藏，顾师给苏州博物馆馆长张英灵先生的信中写道："寒家旧藏南宋绍定井阑，现储存红旗东路 56 号。请派人往找舍弟顾廷鹤同志领取。他只有星期六（厂休）在家。另有题词一册，俟加跋后并携呈。"这种保存文物，化私为公的精神是他早在1980 年 9 月将家藏稿本《元诗选》癸集、明代《皇甫浲诗卷》捐献上海图书馆的继续，这是值得表彰的。

没过几天，我又从诵芬先生处得知，顾师在 90 年代初，将《复泉题咏》的原件自上海携往北京，后由诵芬先生收藏。我后来又收到了诵芬先生寄来的原件扫描件以及师元光先生对原件的考释。这让我对井栏的认识从模糊的意会过渡到有清新的认知，井栏内容及历史的考证暂且不论，仅从名噪一时的学者来说，就有前清进士、秀才，也有诗客、骚人、画师、鸿儒、耆宿，至于国器、哲匠、高才、宗师也在列其中。细谛各家之手迹，但见书法苍劲、笔锋峭拔者有之，而劲健有致、挥洒自如者多多，又见笔意纵横、行云流水者也在在不同，这实在是对一代数十位民国学者不寻常书体的检阅。

2014 年，由于诵芬先生对中国现代航空工业的重要贡献，他被选为中国科协等部委联合开展的"老科学家学术成长采集工程"采集对象。中航工业科技委与沈阳飞机设计研究所联合组成的采集小组在工作过程中，发现了顾师在 20 世纪 90 年代带到北京、后一直保存在诵芬家中的《宋绍定井栏题字》册页原件，觉得有必要将其整理，作为采集工程的衍生成果，在征得诵芬先生同意后，也开始整理并成稿。

我曾拜读了诵芬先生及师元光先生等对原件的考释，我的感觉是，作为中国航空工业的翘楚与相佐的凤雏骥子一旦涉足史学的考证中，也同样会利用他们的理工科专业背景，把整理过程作为学习机会，矻矻终日、不辞劳瘁，多方请教，对每位题记者的简历、学术成就、学养道德以及与顾氏家族关系等方面有所校注解读，并增入诵芬先生对题字作者的回忆文字，文字浅显，带有普及性读物特点。我欣喜地看到作为采集工程的衍生成果现已成为现实，将成为书本式的记录呈现给读者。

如今，诵芬先生已将各家题咏的原件大册捐赠苏州博物馆。他在捐赠之前告知苏博的是：不要举办捐赠仪式，不要发布消息，不要颁发捐赠证书，只需来人至京领取，开具一张收条即可。这种不张扬的低调，与顾师如出一辙，毫无二致。我处的顾师所录《复泉题咏》手迹，也于去年十一月间在广州面交李军先生。于此，井栏原物、名家题咏原件和顾师辑抄的手迹，全部都由苏州博物馆珍藏。

一件宋代绍定三年（1230）的井栏，在经过了687年的凄风苦雨、沧桑巨变之后，始由苏州顾祖庆在购得前代旧宅，经过清理维修庭院时发现，又历经64年，祖庆长孙廷龙先生将井栏无私捐献苏州博物馆，再越35年，诵芬先生又将各名家之题咏原件续捐入苏博。它见证了一件历史文物从民间收藏到化私为公，归于国家的整个过程，演绎了一段文物流传的佳话。

去年2月，诵芬先生在北京约见国家图书馆出版社和上海科学技术文献出版社的负责人，委托他们影印出版宋代井栏以及名家题咏，并排印出版《自将摩挲认前朝——宋绍定井栏题字释注》。3月，我自上海飞美之前，又接受诵芬先生委托，抽暇去和上海科学技术文献出版社的老总洽谈落实《释注》的出版之事。作为上海图书馆的下属单位以及上海顾廷龙先生纪念馆的协办单位，他们非常愿意出版这本《释注》，这不仅是以此来怀念顾师的无私贡献，也是将诵芬先生和师元光先生在中国航空工业之外的学术研究奉献给社会及学界的成果。是为序。

2017年6月20日
于美国波士顿之慕维居

《续补藏书纪事诗笺证》序

纪事诗乃以诗为主体，并加以"注文"记载历史，其或单章叙一人一事，或以组诗叙一地数事。实际上，纪事诗这种体材，在历代诗文集中并不多见。自清初至今，以纪事诗命名之书有三十余种，最早者或为雍正间果亲王的《奉使纪事诗》，再乾隆时许承基辑《玉岑楼纪事诗》、嘉庆间汤运泰撰《金源纪事诗》、道光间成书撰《避暑山庄纪事诗》、咸丰间东郭子等撰《杭城辛酉纪事诗》、同治间彭崧毓撰《云南风土纪事诗》、光绪间陈毅撰《东陵纪事诗》、宣统间卢奕春撰《乍浦纪事诗》、民国间黄棣华撰《负暄山馆六十纪事诗钞》、现代李右之撰《六十年来上海地方见闻纪事诗》等，而仅光绪一朝便多达 12种。而近现代最著名者，应推刘成禺的《洪宪纪事诗》，是以袁世凯称帝为题材，收诗约 300 首。每首诗后附长篇注释，叙述当时事实经过，或摘引时人记述。

叶昌炽的《藏书纪事诗》，是我过去在工作或写作中经常要参考使用的一部工具书。此书以藏书家事迹为主题，加以吟咏，较之以上各书更为专门。全书收录五代至清末藏书家 1100 余人，每人各冠以七言绝句一首，再以散文缕述每位藏书家的生平、藏书特点、研究专长、主要著述及所作贡献。内容涉及藏书、刻书、勘书、收书、抄书、读书、版本、目录以及书林掌故等，是研究我国藏书史的重要著作。此书自清宣统二年（1910）刊刻出版后，在版本目录学界以及文献学界有很大影响，它让后来的研究者得到一种启示，即在古代藏书史的研究上这是一种新的途径。

不过，《藏书纪事诗》毕竟是筚路蓝缕、以启山林之作，书中不可避免地存在着若干错误和缺漏，叶氏在写作中，有些史料有明显讹误。对此王欣夫先生进行了大量纠谬补缺的工作，他将平时所见各省地方志、各家藏书志以及文集、笔记中有关材料，随手摘录于叶书刻本的书眉上，这些批语，经过数十年的积累，颇具规模。后由王先生的弟子徐鹏先生予以辑录，整理成《藏书纪事诗补正》一书，1989 年 9 月由上海古籍出版社公开出版。

自叶氏《藏书纪事诗》出版后，有不少赓续之作。如新近出版的吴则虞《续藏书纪事诗》，收录明代到近现代藏书家 423 位。民国间，伦明撰有《辛亥以来藏书纪事诗》，收辛亥以来藏书家 149 人，开创了断代藏书纪事诗体。徐信符《广东藏书纪事诗》，收广东藏书家 54 人。"文革"后，周退密、宋路霞合撰《上海近代藏书纪事诗》，收近代以来上海地区出生及客居沪渎的藏书家 60 人。蔡贵华《扬州近代藏书纪事诗》收近来扬州藏书家 15 人。徐、周、宋、蔡所撰，均囿于地域观念，故可视作地方性的藏书纪事诗。

此《续补藏书纪事诗》，王謇所撰。王謇（1888~1969），原名鼎，字培春，又字佩诤，号瓠庐，晚署瓠叟。1917 年，三十岁时改名謇。江苏吴县人。清光绪三十一年（1905）以童龄录取元邑庠生，蜚声乡里间。年未弱冠，从苏州名宿沈修学习考据，后从黄人、金天翮、章炳麟、吴梅、叶德辉、邓邦述诸大师问学。1915 年毕业于东吴大学，获文学士学位。毕生从事文教事业，历任《吴县志》协纂，苏州女中教务主任，振华女中副校长，江苏省立苏州图书馆编目部主任、馆刊总编辑，国学会副主任干事，章氏国学讲习会讲师。1937 年移居上海，执教震旦大学、大同大学、东吴大学法学院、华东师范大学等院校。嗜古成癖，博学多才，善治诸子，精熟吴中文献掌故。并热心地方公益事业，为保护吴中古墓、玄妙观照墙、韩世忠墓碣及图书馆珍贵古籍，奔走呼号，不遗余力。家有海粟楼，所藏多清人词集、乡邦文献，佳椠善抄甚富。移居上海后，在愚园路寓筑流碧精舍，所藏多为行箧中之精品。"文革"中，遭受迫害，含冤去世，遗书大半散失。一生勤于撰述，著有《宋平江城坊考》《西厢记注释》《吴县志校补》《书目答问版本疏证》等。其《先秦汉魏两晋南北朝群书校释》，除《盐铁论札记》一种刊印行世外，其余书稿或散佚，或未及整理刊行。

王氏此书，系受伦明《辛亥以来藏书纪事诗》之启迪而作，书中"伦明"诗传云："（伦明）因见叶鞠裳（昌炽）《藏书纪事诗》尚有可续补者，乃作《辛亥以来藏书纪事诗》，载天津《正风杂志》。拙诗之作，盖由先生启之也。"由此可见其撰作之渊源。全书依叶氏体例，补作诗 120 余首，共收录 145 人，偏重江苏、浙江两省，旁及安徽、广东等地，中有王氏熟识者，亦有获闻自师友亲朋者。书中所收诸家并非皆以藏书名世，有学者如汪振民、王树枏、朱曼君、沈福庭、武延绪、吴保初、罗惇曧、王季点、徐绍桢等，所藏之书，多为日用参看之物。

王佩诤先生晚年，友人集赀将此稿刻蜡纸油印，其曾手自批校。1987 年，北京书目文献出版社据油印本标点出版，未参考王氏手校本及校勘记，实多舛误。后出各版，多以此为据，辗转翻印，虽经校改，仍无精善之本可用。佩诤先生曾孙王学雷兄，年富力强，能传家学，执教之暇，旰食宵衣，网罗先人遗书，已整理出版《海粟楼丛稿》《瓠庐笔记》等。今费数年之力，笺注、校证《续补藏书纪事诗》。书名"笺证"，乃注释之一种。《毛诗》篇首"郑氏笺"孔颖达疏："郑于诸经皆谓之注。此言笺者。吕忱《字林》云：'笺者，表也，识也。'郑以毛学审备，遵畅厥旨，所以表明毛意，记识其意，故特称为笺。"《笺证》所据，多前人日记、传记、家谱、方志、别集、杂记、书跋等，征之家藏佩诤先生遗书，有详有简，梦影前尘，近人学行，得以彰显，掌故逸闻，增我新知。部分鲜少人知之事也藉《笺证》而得以披露，如顾建勋藏清人词集五百余种；陆鸣冈日记专藏，俱为六丁所摄，而救火警士坐视不救；程守中收小部僻书，品种繁富。至于王其毅、丁惠康、王培荪、丁祖荫、李根源之材料，也可补它文之不足，于近世藏书家故实之考订、藏书源流之研究皆有裨益。书后附录与本书相关之资料、作者著述中与本书相关之资料、友人文字（信札、作者生平及评述）、书目及捐献吴中文献清单等，颇有价值。有不少地方上的小名家著作，当年所印不多，流传稀少，不能因版本时代较近而轻视也。《笺证》又据清稿本及作者散存手稿作"补遗"，得 12 人，皆未见于通行诸本，尤足珍视。

明清以降，吴邑人才辈出，近现代版本目录学界即有顾廷龙、潘景郑、王欣夫、王謇诸先生。先师顾廷龙、潘景郑二先生与王先生相交五十年之久，往还走动，皆为图书之事。津编《顾廷龙年谱》即有涉及王氏记载二十条。始自 1933 年 8 月 29 日，颉刚先生致函顾师，告知已嘱佩诤先生代奉上唱本若干册及中央图书馆所拟《四库未刊珍本目》事。顾师晚年撰文，曾借阅佩诤先生遗书，学雷兄携书面谒，接谈之下，亦获赞许。今其《笺证》告成，为《藏书纪事诗》系列增一狐之腋，并将由国家图书馆出版社出版，嘱弁其首，余嘉其志而序焉。

2018 年 8 月 15 日
于美国波士顿之慕维居

《万篆楼藏契》序

　　大约是 2014 年，福平兄即告诉我，广西师范大学出版社已决定要出版《万篆楼藏契》，他希望我能为此书作序。那时我正在中山大学图书馆工作，杂事较多，所以也不敢应承。今年六月，他在电话中说：《藏契》已准备下厂印刷，就等你这篇序了。我是史学研究的门外汉，至于封建时代的文书契约，我见过的也不多，更遑论去写文章或作序了。所以在百般推辞不成后，只好去寻思如何去完成福平兄所嘱之事。

　　想来也是，最初绍介此书出版的或是因缘于我。由于福平兄曾为我道及他藏契之事，在问明了大致情况后，我又告诉了广西师范大学出版社的朋友，因为影印出版稀见文献一直是他们的强项。记得没多久，我们就约好先在香港见面，那是先看收藏家林章松先生藏的各种珍贵印谱，而后移师鹏城，专程去易府了解藏契的价值。不久，出版社即与福平兄达成口头上的出版协议。

　　文书契约，是民间百姓在平等自愿的基础上订立的，且对双方均有约束力的约定。几千年来，契约一直是人们在社会生活各个方面建立关系的重要见证，直至今天，条约、协议、契约、合同等，仍然是维护人们正常社会秩序的一种手段，契约实际上已经成为社会功能的一个不可忽略的部分。

　　中国现存最早的契约，不是纸质文书，而是西周时镌刻在青铜器上的铭文，即 1975 年在陕西岐山县董家村一铜器窖穴出土的三件青铜器，为恭王时期（前 913~919）《卫盉铭文》（《裘卫典田契》）、《五祀卫鼎铭文》（《裘卫租田契》）、《九年卫鼎铭文》（《裘卫易田契》），也即在土地完成交易后，契约的主人裘卫就将三份契约刻在盉、鼎之上，以求契约上的内容得到各方的信守。

纸本的契约在唐代已经形成，而在宋、元、明、清的各个时期，则经历了由多项条款而向简约方面发展的过程，这是因为封建商品经济的发展，导致民间借贷成为社会化的行业，而田亩、土地、房屋等也受到市场的影响。民间契约订立的前提应是平等、自愿，但是在封建社会等级的制度下，社会贫富并不平等，更不要说还有一层贵贱尊卑秩序，也正因为如此，双方订立的契约往往基于剥削者与被剥削者的经济地位上。

国内的学术研究在这几十年里，有着长足的发展，引人注意的是甲骨学、简牍学、敦煌学、明清文书这四大类中，学者们特别看重对原始文献的研究，这些文献实物，可以弥补旧时文献记载的缺失和空白。仅以徽州文书来说，近年来的研究成果颇丰，出版的专书如《明清土地契约文书研究》《田藏契约文书粹编》《中国历代契约粹编》《徽州千年契约文书》《徽州文书》等。杨国桢先生的《明清土地契约文书研究》曾说："中外学术机关搜集入藏的明清契约文书的总和，保守的估计，也当在一千万件以上。"

2011 年 4 月，我到广州中山大学图书馆工作，由于我对民间收藏一直存有兴趣，所以我觅着机会就携中大馆特藏部的二位主任倪莉、王蕾就近去深圳探寻。记得那次我们看了二位朋友的收藏，先去看的是邹毅先生藏的各种活字本及活字实物与工具，再去的就是福平兄的万箓楼。

福平兄的万箓楼珍藏 1589 种地契、房契，计 2200 多张，包括三联契、四联契，乃数年前福平兄得之于刘申宁先生。若以地区分，则山东地区居多，山西、湖南、湖北次之。这些地契时间最早者为明崇祯间物，房契以清康熙居首。清代自乾隆以后历朝都有，又以光绪朝为最。最为难得者为解放初期山东地区的土地证，居然有 150 余种，除年月日外，并钤当地政府公章，这种中国式的土地改革，似可窥见我国在某一时期土地从私有制转为公有制的过程。由于契约作为实物，没有复份，其重要性，也就在于它的文献价值。

文书契约在国内仍有不少存世，我所知道的中山大学图书馆藏有明清两代徽州文书 25 万余件，是国内收藏的最大宗者，我虽对此初有了解，但却无细究，但我知道，一旦进入"研究"程序，那必定能为研究者提供进一步探索的重要佐证。此外，美国哈佛大学哈佛燕京图书馆藏的中国历代文献中，也有极少的清代至民国间契约，有地契、房契，其中乾隆间的五张《房屋买卖契约》较为重要，那是江苏吴县地区的买卖契券，首尾完整，弥足珍视。至于咸丰时的《分析基塘及田产买卖契约汇编》，那是由义字及礼字分单两部分组成，共红白契 27 张，虽然仅是契约抄副备存者，但也对乾隆、嘉庆间广东地区经济史的研究有一定的史料价值。

我的朋友中藏契较多的只有两位，一位是已故的田涛兄，另一位是福平兄。田涛兄收集的安徽契约文书，多为歙县、屯溪、休宁、黟县、祁门、绩溪，以及后来划归江西的婺源等地之物，大约有 5000 件，始明代天顺，迄清末光绪，前后 400 余年。其中之一部为田涛兄编成《田藏契约文书粹编》，由中华书局于 2001 年出版了。

福平兄是深圳地区近年来崛起的重要收藏家中的一位，长着一副娃娃脸，谨厚颖慧，精明中又透出一股睿智和飘逸。大约是春秋正富，殚见洽闻，却又生出一层深藏若虚，后生可畏的气概。记得第一次和他见面是十年前了，那次是我从香港至深圳，看望我的一位收藏家朋友，朋友将当地"读书会"的十几位收藏家聚在一起与我聊天。那天晚上即是由福平兄做东，饭局之后，他又开车将我送到罗湖口岸，其热情好客、古道热肠让我心存感激。

而第二次见面，则在香港林章松先生的松荫轩里聚谈，福平兄专程自深圳赶来见面，这之后，我们就比较熟悉了。我很佩服他，不是因为他是佛弟子，而是他的锲而不舍，持之以恒。就拿抄经来说，那是他的日课，他曾送我一卷他抄写的佛经，数万字的楷书浓淡划一，一笔不苟，足见他对佛门的虔诚。近几年他的书风为之一变，转向当今书法领域中很少有人去尝试的金文一路，我想这是属于剑走偏锋，或许可以认为他从青年时代起就喜金石文字而发愤忘食地去实践。我也喜欢他的金文书法，因为先师顾廷龙先生推崇吴大澂的篆书，而且都将小篆与古籀文相结合，写得工整精绝，显见功力之深。而福平兄平时临池也走愙斋之路，他的大作不时可在朋友圈中窥见，大约再过数年，他的书法造诣必定更上层楼。

学术乃天下之公器，这并不是普通的一句话，我以为这是一种理念。刘半农在《奉答王敬轩先生》中说："文字是一种表示思想学术的符号，是世界的公器。"说白了，公器，就是共用之器。所以我觉得图书馆里收藏的丰厚文献资源应为研究者所用，而不应有所设限，而且对于私人收藏家来说，这也是一种"化私为公"的馨德。福平兄万簠楼所藏契约文书将由广西师范大学出版社集团有限公司出版，这无疑是为这方面的研究提供了新的文献佐证，这是值得赞许的，我应为之击掌。拉杂写来，或为急就之作，旨在应嘱也。是为序。

2018 年 7 月 31 日

于美国波士顿之慕维居

《惜古拂尘录》序

姚伯岳兄的大作《惜古拂尘录》即将出版，真是令人高兴之事。这是继其《黄丕烈评传》《中国图书版本学》《燕北书城困学集》之后的又一部力作。书名"惜古拂尘"，乍一看颇有道家的韵味，但做过图书馆古籍工作的人都知道，古籍被尘封土埋，那是司空见惯的。伯岳兄做了二十多年的古籍编目工作，不知为多少古籍掸土去尘，这种又脏又累的活儿，若没有对古籍深深的眷恋，是不大容易坚持下来的。所以这里所说的"惜古拂尘"，或许就是伯岳兄命中注定的机缘；也正因为他对古籍的挚爱，才有了这部书中的这些文字。

回忆第一次和伯岳兄见面，他就将刚刚出版的大作《中国图书版本学》送给我。他告诉我，这是他在离开北京赴美前的两天在出版社取到的样书，一共才拿到三本。看来这墨香犹存的新作，我算是先睹为快的第一读者了。

我在图书馆里工作，接触到的各种新旧图书多得不计其数，至于善本书库，每日必进数次至十数次，但是要去专心读一本书，却是没有闲工夫。然而伯岳兄的这本即将出版的书稿，我却是要读的。他看得起我，还要我为他的大作撰序，我不敢作序，但我愿意将我的读后感写出来供伯岳兄参考。

中国历代藏书家很多，仅以清代至现代来说，郑伟章的《文献家通考》就著录了1500余人，然细细读来，对后代有大影响并值得研究者并不多。除去清末的丁氏八千卷楼、瞿氏铁琴铜剑楼、陆氏皕宋楼、杨氏海源阁四大藏书家外，我以为乾嘉时代的吴骞、鲍廷博、黄丕烈也是其中的佼佼者。藏书之举，必逢升平之世、文富之家，方可得遂其盛，其聚书之苦辛、庋藏之慎谨，实有难以言之者也。

譬如黄丕烈，表面上看，他只不过是位鸿儒，时人及后人称之为"书痴""书淫""书虫""书魔"，被誉为藏书界的"五百年来第一人"。黄丕烈是中国历史上的一个很平常的人物，既没有登过什么高官显位，也没有创下轰轰烈烈的伟业，他的一生只是平平静静地藏书、鉴书、校书、刻书、为书编目、题跋。但这样一个人竟然能够名噪一时，在藏书界广泛传扬，甚至在其逝后近二百年的今天，仍为人们所津津乐道，说明此人确有其非同寻常之处。

也正因为黄氏在古书收藏、研究、传播上的贡献，他引起了学者们的注意。据我所知，这几十年来，港台地区的学者以黄丕烈为题所做的研究，较重要者有1962年香港学者罗炳绵的论文《黄丕烈研究》，1978年台北出版的封思毅的《士礼居黄氏学》，1994年台湾大学赵飞鹏的博士论文《黄丕烈〈百宋一廛赋注〉笺证及相关问题研究》。至于其他论文及文章有二十余篇，他们从不同的角度对黄丕烈做出了诠释。而在内地，研究成果并不多，且多为辑录出版的黄氏题跋。

黄丕烈是书林中之识途老马、芝林玉树，他的贡献是多方面的。我对其并无专门之研究，但我对黄氏的八百多篇"黄跋"有极大的兴趣。黄的题跋曾被后来的学者多方搜集，编辑成为《藏书题识》数种，涉及古书的品评、鉴赏、考订、记事等。我喜欢读黄跋，就在于其中所述书之源流及书林掌故，尤其是在不经意的记载中，透析出当年书之递藏、书价、学人藏家之交往，这不仅被今天的研究者所认识，也丰富了书志学、目录学、版本学、文献学的内容。近代学者缪荃孙对黄氏的题跋评价云："于版本之后先，篇第之多寡，音训之异同，字画之增损，授受之源流，翻摹之本末，下至行幅之疏密广狭，装缉之精粗弊好，莫不心营目识，条分缕析。跋一书而其书之形状如在目前，非《敏求记》空发议论可比。"这段评价是极为允当的。

有道是知音难觅，而伯岳兄实在是黄丕烈的知音。早在三十年前，伯岳兄的硕士论文就是《论黄丕烈在版本目录学上的成就》，而二十年前的1998年，他的《黄丕烈评传》面世，这或许是国内第一本专研黄氏的专著，从质量上看，也是一部言之有物的著作。我相信这与伯岳兄自1984年以来接触古籍整理有关，用他自己的话来说："我几十年来所从事的图书馆古籍整理工作，又是和黄丕烈一生为之献身的古籍收藏，内容性质大致相同。大概也正是因为这些因素，我对黄丕烈充满了一种既景仰又亲切的感情。"可以设想的是，如若没有"景仰"，没有"感情"，又怎么能写出《评传》？对于这一点，我是深有体会的。当年我在写《翁方纲年谱》和《顾廷龙年谱》时，花费了许多精力，前者从收集资料到整理出版，先后费时四十五年之久；后者历时一年半，所有的业余时间全都倾注于此。我曾说："这本年谱（《顾廷龙年谱》）或许是我一生中写作的最重要的一本书，它和我写的其他几本书最大的不同，就在于这本书是带着我对先师的感情去写的。"所以黄丕烈九泉之下，如有所知，当必引伯岳兄为知己，并额手称谢。

王重民先生是一位很重要的版本目录学家，对于这位前辈，我是非常崇敬的，这倒并非他是先师顾廷龙先生的朋友，而是在于他对敦煌学、太平天国文献、版本目录学的贡献。我在撰写《美国哈佛大学哈佛燕京图书馆善本书志》时，经常要参考王先生的《中国善本书提要》。王先生应该是二十世纪三十至四十年代在美国访书的为数极少的中国学者之一，他的贡献就在于揭示了当年美国国会图书馆、普林斯顿大学葛思德东方图书馆馆藏的中文古籍善本，而且都写成了书录。

自清末到二十世纪三十年代，中国私家藏书楼凡有规模者多撰有藏书志，或本人撰写，或聘请学者为之。但自有图书馆始，却没有图书馆内的专家或学者专门就馆藏善本撰为书录的。因此王先生不仅为海外尤其是在欧美地区的两个重要藏馆做了善本记录，而且我们可以认为，海外图书馆中国古籍善本书录的有系统撰写，发端于王先生，王先生开了个好头。伯岳兄有关王先生的几篇考证文章，写得很有趣，他就所得史料信件娓娓道来，引人细思。尤其是《王重民 1941 年秘密返国史事钩沉》，将王先生的几件重要史实从小处入手，并就细节作了详细分析，有理有据，使王先生的形象更为清楚地挺立在读者面前。我们读这样的文章丝毫不会有厌倦之感。

美国东亚图书馆所藏中国古籍，数量及质量都不容小看。从二十世纪八十年代直至现在，我去过美国不少图书馆，甚至或短期或长期曾在一些重要图书馆工作过，但所见并非全部，尤其是美国西部的东亚馆，我仅能从简单的书目中略知一二。至于国内社科领域中的一些访问学者，近二十年来访美人数骤增，但他们所利用的图书馆只是东亚馆中的极少数，且局限性很大，更不要说是一馆之藏能了然于胸了。重要的著名东亚馆也仅有善本古籍被不断揭示，而一些小馆甚至不为国内同人所认知。

伯岳兄曾在 2015 年 1 月至 2016 年 5 月，在美国华盛顿大学东亚图书馆和加拿大不列颠哥伦比亚大学（UBC）亚洲图书馆做访问学者，期间，他将两个馆的古籍以及金石拓片、舆图悉数做了整理，并完成了工作报告。这不仅为国内的出版单位了解华大及加拿大 UBC 藏书提供了第一手的材料，而且使一些研究者得其门而入。我在美国的哈佛大学哈佛燕京图书馆工作了十八年，深知要了解并解剖分析馆藏之不易，要想了解西方的图书馆所藏中文典籍，必须要有像伯岳兄这样的专才，可惜目前这方面的人才太少了。

一些大的重要的图书馆多有累年积存之未曾编目的线装古书，北大图书馆也不例外，一百五十万册的古籍几乎要接近上海图书馆的馆藏了，当然，这个数字中还有四十万册左右需要编目。大有大的难处，要弄清家底实在是不容易的事。所以有的大馆编目人员长年累月地在努力为未整理之书编目入藏。伯岳兄是古籍编目总校，这项工作并不是什么人都可以胜任的，他不是理论上的什么家，他要为多位同仁所编之书把关，这就要求他的工作能力必须能够去发现问题，这也决定了北大馆古籍编目的质量。

2004年12月，伯岳兄作为美国哈佛大学哈佛燕京学社的访问学者，来到哈佛燕京图书馆，为期一年，为该馆整理日本人堀越喜博"堀越文库"所藏碑帖拓片。应该说，伯岳兄于哈佛燕京是有贡献的。哈佛燕京学社的访问学者一般都不坐班，可在宿舍也可在办公室做自己的课题研究，基本上活动自由，没有杂七杂八的琐事去烦扰你，也没有人管着你，你只要在一年时间结束时，将你的学术报告交出来即可。但伯岳兄就没有这么自由了，他每天要到哈佛燕京上下班。堀越文库所藏图书万余册、金石拓片八百多种以及艺术品百余种是1945年捐献给哈佛燕京的，但存放了六十年，一直没有人去整理，直至伯岳兄的驾临，才了解了这批文献的数量、质量和价值。如今，要想了解哈佛燕京所藏金石拓片，那就必须参阅他所写的《拂去历史的尘埃——哈佛燕京图书馆藏金石拓片综述》。

在中国图书馆领域中的版本目录学界，真正的有实践经验的版本学家是很少的，高手更是难得。在二十世纪三十年代至四十年代成名者，也仅有北京的赵万里、王重民，上海的顾廷龙、潘景郑、瞿凤起，浙江杭州的毛春翔、夏定棫，山东的王献唐，仅此而已。他们长期在图书馆一线工作，得天独厚的环境优势造就了他们扎实的专业水平，这种丰富的编目、整理、鉴定实践，也就显得愈加珍贵。而二十世纪五十年代成名者仅有冀淑英一人。

二十世纪七十年代，我曾和浙江图书馆邱力成副馆长专门聊过一次关于培养古籍整理及版本鉴定专业人员的事。我当时说的三点是从我自己走过的路来总结的。分别是：第一是自己主观上想学，而领导也蓄意培养；第二是要有好的导师，最好是一流的专家，他们的实践经验丰富，可以从各方面去指导你；第三是要有大量的善本书、普通线装书以及工具书、参考书可以看、查，而且要不断地总结。三条缺一不可。这些年来，在国内几乎没有人能说出自己的"师承"，所谓的"专家"也多是自学努力而成，直至今天，国内的古籍版本鉴定都没有一位"一言九鼎"的人物，今后三十年内也不会出现像徐森玉、顾廷龙、赵万里、潘景郑这样的大家了，包括他们的道德文章。

这个圈子本来就很小，要产生版本学家并不是一件容易的事，这需要有大量的业务实践，像黄裳、黄永年、王贵忱、韦力等都是在实践中去获得真知。伯岳兄是近年来崛起的为数极少的版本目录学家之一。他在北京大学图书馆古籍部工作，北大馆古籍资源丰厚，宋元秘椠、明清雕本、名稿精钞，应有尽有，那是几代人为之搜集而成规模的。伯岳兄在图书馆近水楼台先得月，又时时请教有经验的前辈，通过他自身的努力，勤看多查，版本实践不断增多，因某种机缘可以随时调阅比对，以增加实践和知识之积累。我相信，他写的《古籍版本鉴别和著录中的内封、牌记依据问题》《活字本鉴别与著录的几个问题及思考》《图书馆古籍编目中广州刻书的版本著录问题》等文，就是以他的实践并借助于丰富的馆藏而得出的真知。

版本鉴定，是一门科学，来不得半点虚假，二十世纪八九十年代出版的几本有关版本鉴定的专书，除少数的一二本外，其他的多为唬人之作。有的图书馆里的古籍"专家"谈起版本来多是人云亦云，很少实践，而堕落到剽窃、抄袭他人学术文字的人中居然也有些是有脸面的人物。不可否认的是，在版本鉴定中时常会遇到一些复杂的特殊情况和事例，如鉴定者的眼光一般，必定一晃而过，但若有心，则疑难杂症有时也会迎刃而解，就似翻刻本或书贾作伪等，只要细查，迷惑也会逐步变得清晰，版本的真相当能得以揭示。我是赞同伯岳兄的一些做法的，文章必须从小处入手，以小见大，发人之未说，且有见地，虽不敢说是大手笔写小文章，却是有血有肉，让读者包括研究者感到文中没有大道理，没有冗繁的文字，耐看、爱看。

北大馆的中文古籍善本的收藏，其数量和质量，在国内的大学馆中是首屈一指的，这些资源的整理和揭示或许还要等若干年后才能陆续完成。就以撰写馆藏善本书志来说，自 1900 年庚子事变前京师大学堂藏书楼建立，一直到今天的北大馆，一百多年来，都没有一本像样的善本书志，或提要，或书录，王重民先生当年曾写过一些，但在内容的揭示上略显单薄，多为卡片的放大。伯岳兄也曾写过数十篇，虽然没有收入此书，但或许也可看作为北大馆写作善本书志的先声。

近些年来，伯岳兄利用业余时间写了不少文章，而这本书中的不少大作都是我喜欢读的，因为独具匠心，启我新知。有些题目是前人没有想到的，当然也就无人去查核材料认真探究了。由此，我的感觉是，伯岳兄有自信，在这个领域里脚踏实地，不断实践，时时挑战自我，终于在事业上有所成就。当然我也是很钦佩他的工作能力，在北大馆工作的几年中，他费力并思考最多的应该是"高校古文献资源库"的规划和设计，这发轫于 2000 年"北京大学数字图书馆古文献资源库"的建设，于是年 9 月筹备，至 2003 年底初步建成。如今有"秘籍琳琅""学苑汲古"这样的网络化古籍书目数据库，为国内外广大读者提供服务，其嘉惠于学林多多，伯岳兄之功不可没也。

如今伯岳兄在天津师范大学古籍保护研究院获得新职，虽重担在肩，实际上也是如鱼得水，这也要感谢天津师大为他提供了一个新的平台，让他放开手脚，运用他的聪明才智，为培养、训练中国古籍保护以及整理、编目、鉴定的专业人才多做贡献，我也期望他能够不负各方众望，做出新的成绩。

对于伯岳兄，我个人是感铭斯切的。2005 年春夏之际，津患重症，幸天意垂怜，得有更生之庆。那个时候的我，手术之后，全身乏力，寝寐难安，伯岳兄则每隔三五天来看我，并带来各处寄来的书信等物件，其时又恰遇出版社发来《中国珍稀古籍善本书录》等三本书之校样，在急难之中，是伯岳兄助余一臂之力，他费半月之功，将《书录》中的集部全部雠竣，这是我特别感激于他的。借此机会，我要郑重地对伯岳兄说一声：谢谢！

2018 年 8 月 8 日

写于美国波士顿之慕维居

《沈燮元文集》序

今年 9 月中旬，李军兄即告诉我，沈燮元先生会在中秋节那一天由宁返苏，他希望与我见面。这几年，燮翁和我都感到年龄逐年增大，老朋友间见面实非易事，故只要燮翁在苏州，我们就一定要选个地方聊聊，而居中联络者就是李军兄。所以，国庆前的一天，我们又如约相聚在苏州博物馆的古籍图书馆里。

刚坐下，还没寒暄几句，燮翁就递过来一张纸，只说了三个字："你看看。"原来是老先生和国家图书馆出版社合作，拟出版自己的文集，纸上是他手抄的目录。他要我拍下图片，让我为他的集子写篇序。他下的通牒是："你给丁瑜的《延年集》写了序，我的书你能不写吗？"

我和燮翁是忘年之交，早在 20 世纪的 70 年代就认识了，之间的互动，都是因编纂《中国古籍善本书目》而起。1977 年秋，北京、上海、南京等地的图书馆专家学者为即将编纂的《中国古籍善本书目》起草了"收录范围""著录条例""分类表"三个文件。次年的 3 月 26 日至 4 月 8 日，编辑《中国古籍善本书目》的全国会议在南京举行，而我们都参会并发表了意见。

不可否认的是，《中国古籍善本书目》是近百年来编得最好的一部联合目录，刚进入 80 年代，人们的生活并不宽裕，物资仍然匮乏，但是编委会的工作始终有条不紊地奋力迈进。我还记得，那时我们每天在分编室里接触的是

800 多个图书馆上报的卡片，面对各种不合常理的著录方式，也只能凭借过去的经验去辨识卡片上的著录有无错误。燮翁和我们私下里调侃说：我们这些人成天都和卡片打交道，我们都成了片（骗）子手了。当然，也正是在那样的环境下，我们每一位参与者的眼界才变得更为开阔，分辨及鉴定能力也相应提高许多。很多青年同事在经过这样的训练后，业务上也奠定了基础。

1981 年至 1987 年，编委会曾借上海图书馆的 206 室，作为经部、史部复审、定稿的工作室，编委会的主编顾廷龙，副主编冀淑英、潘天祯，顾问潘景郑，与燮翁、任光亮、我等聚于一室。能和当时国内最好的版本目录学家一起工作，是我们几人的缘分。当年参加编委会汇编、复审、定稿的人员已大半凋零，如今仅存燮翁、丁瑜、任光亮、我四人了。燮翁是自始至终的参加者之一，无论在南京、上海，还是在北京，他都坚决服从编委会的安排，从不讨价还价，认真做事，克尽厥职，功成不居，为《善本书目》的完成做出了重要贡献。燮翁为了工作，四海为家，毫无怨言。我以为他参与编委会工作的十余年，是他数十年图书馆生涯中意最浓、色最灿、义最重的一段经历。

燮翁的版本鉴定能力很强，顾廷龙先生曾戏赠他一顶"派出所所长"的桂冠。1980 年代，我们在北京参加《中国古籍善本书目》编委会工作期间，有一次同去北京某图书馆看一些有问题的版本图书时，编委会的何金元（四川省图书馆古籍部，英年早逝）委托燮翁顺便也审看一下该馆藏的明正德刻本《中吴纪闻》。那是因为何金元在审阅此书卡片时，发现卡片上写有"据宋本校及清黄丕烈校"，并有李盛铎跋。他觉得"黄丕烈校"有疑问，曾请教过同在编委会工作的该大学馆某先生，某先生说没问题。但何金元不放心，就请燮翁和我去看一下黄跋的真伪。燮翁是研究黄丕烈的专家，当时已从事黄跋的搜集整理，所以他对"黄体"太熟悉了。果不其然，书刚一打开，他就一眼定"乾坤"。黄跋的字有些形似，但没有黄丕烈的韵味，那当然是后人摹写，而非黄氏手书。后《中国古籍善本书目》虽收入此书，但删去有黄跋之语。

那天我们还看了该馆一种明抄本，也有黄丕烈校并跋，纸较新，字迹是比黄丕烈还黄丕烈，又是书估作伪的小伎俩（后因抄本不旧，又有伪黄跋，删去不入目）。又如原作元泰定刻本的《广韵》，由杨守敬自日本购回，每页均裱糊，装订形式悉日人所为，实为日本所刻，非中国刻本，亦不入目，此类例子尚有不少，不再赘述。

除了《中国古籍善本书目》外，燮翁一生对文献学的贡献，自然莫过于对黄丕烈的研究。我总以为被誉为"五百年来藏书第一人"的黄丕烈，实在是藏书史上一位传奇人物，只要读读他的《士礼居藏书题跋记》，你就可以知道这位佞宋刻、嗜旧钞、为先贤存古留真的学者是何等的"痴"、别样的"淫"。至于其精校勘、析疑义、详考辨、求古籍尽善尽美，完全凸显了乾嘉学人的风貌，至今仍为后人所津津乐道、交口称赞。

近百余年来，黄跋先后经几代学者多方搜集、汇编成书，先是潘祖荫辑《士礼居藏书题跋记》，再由江标辑《续录》，其后缪荃孙、章钰、吴昌绶又集南北各藏书家所见，辑成《荛圃藏书题识》十卷《补遗》一卷《刻书题识》一卷。之后，王大隆续辑《荛圃藏书题识续录》四卷《再续录》三卷《杂著》一卷，详尽地记述了古书版本、校勘内容和收藏源流，这对于研究版本学、目录学、校勘学的学者们，无疑是极有帮助的。

燮翁以一人之力，四十余年如一日，每天都和黄氏进行时空"对话"，说他是黄氏的异代知己，那一点儿也不过分。我不知道、也没有问过他，为什么要做黄丕烈的年谱、重新辑佚荛圃题跋。但是，燮翁和黄氏都是苏州人，不能说没有一点乡邦之情，更或许是他被黄氏的藏书魅力所诱惑。在前人的基础上，燮翁费尽心机，多方掇拾，矻矻不倦，终于从中外各地的图书馆、博物馆、研究所等处，新发现他人未见之黄跋数十则，同时还纠正了旧辑本的不少讹误。因此，到目前为止，燮翁所辑的《士礼居题跋》应是最全、最好、最重要的黄跋本子，不久之后，该书将由北京中华书局出版。此外，燮翁又重新辑录黄氏诗文，编纂黄氏年谱，皆大有裨益于文献学研究者。

1990 年，八七高龄的顾廷龙先生曾为燮翁写过一副对联，句云："复翁异代逢知己，中垒钩玄喜后生。"这是对燮翁在版本目录学、黄丕烈研究两方面恰如其分的评价。他整理的《士礼居集》分题跋、诗文两部分，问世有期，令人欣喜。此外，燮翁数十年所作文章，汇编成此文集，反映了他一生治学的概貌。文集所收，计文 8 篇、跋 5 篇、序 5 篇，以及年谱 1 种、方志目录 1 种，凡 20 篇，十余万字。尽管数量、篇幅并不巨大，细读之下，我才知大手笔作文，轻易不肯动手，一落笔必言之有物，有理有据。从小文章中，可窥见燮翁考证功夫之细密。如《〈嵇康集〉佚名题跋姓氏考辨》一文，纠正之前两位学者考证的失误，并得出"凡从事版本鉴定，无非都要从行格、避讳、刻工、刀法、纸张多方面去考量，但我觉得书法的比对、印章的辨别，也可以作为鉴定版本的不二选项"的结论。

版本目录学是一门从实践中来的学问，只有在图书馆编目及采购工作中积累了大量的实践经验，才能练就一双鉴定版本的慧眼。早在 50 年代初期，二十余岁的他，就在赵万里先生的指导下，为北京图书馆购书，先后买到《韩诗外传》（明万历刻《广汉魏丛书》本，清卢文弨批校）、《南唐近事》（清嘉庆二十年吴翌凤抄本）、《资世通训》（明刻本）、《梅妃传》（清吴氏古欢堂抄本）、《杨太真外传》（清吴氏古欢堂抄本）、《长恩阁丛书》（清末傅氏长恩阁抄本，清傅以礼校）等。1955 年以后，他调入南京图书馆，退休前曾任古籍部副主任，但没架子，不钻营取巧，也没有那种羡慕荣华之心，而是把心思都用在业务工作上，数十年间为南图征集到不少重要善本。其中如北宋刻《佛说温室洗浴众僧经》一卷、辽代重熙四年（1035）写本《大方广佛华严经》一卷等，已成为国宝级藏品。

而今耄耋之年的燮翁，三十余年里退而不休，坚持每天风雨无阻地去南图古籍部，不仅日日伏于几案，潜心典籍，还不时为读者排忧解难，指点迷津，

为他人作嫁衣裳。我的《翁方纲题跋手札集录》120万字，在出版前，也曾请
爕翁全部校读一过，对此我非常感谢他。无论我在国内还是海外，他与我的
通信，我全部都保存了下来，厚厚一沓，居然也有四五十通之多。

最令我感动的是，去年5月我们在李军兄的引导下，去祭拜顾廷龙先生墓，
如果说我跪拜先师是天经地义之礼，但爕翁也要跪拜，我说："您就不要跪了，
鞠三个躬吧。"他说："不行，顾老对我有恩，提携过我，我是一定要跪拜的。"
一位九四老人，腿脚不便，平时行动缓慢，走路都谨慎小心，却坚持要做如
此这般"大动作"。当时我侍立在旁，礼毕，赶紧扶他慢慢起立，只见他喘个
不停。今年5月，我们又联袂去苏州十梓街看复泉山馆（顾廷龙故居），还拍
了几张照片留念呢。

说到底，爕翁是一位平凡的读书人，和书打了一辈子交道，业余爱好无他，
就是喜欢书。我看到他在苏州居所的书房，各式的目录学、版本学、文献学
的图书，以及相关的参考书、工具书，排放整齐，即使小部分的港台出版物，
他也通过相应的渠道多方访得，而他在南京的住处，图书也是堆积如山。除
了书之外，在我们这个小圈子里，不知是否还有嗜酒若爕翁者？还记得三十
年前，同道们互传爕翁喜酒，但不能多饮，每次一小杯，多则要舞《红色娘
子军》中的洪长青。这是爕翁认可之说，直到今日，他仍保持旧日习惯，但
并不贪杯，或许小酒也是他的长寿秘诀之一！这样一位老人，思想上却并不
僵化陈旧，他也领略一些社会上的娱乐八卦，不时关心科技领域中的新成果，
套用一句时髦的话，他也在除旧布新，与时俱进。

爕翁高龄，今年九十有五，已逾鲐背之年，更难得是他康健如昔，不时
往来于苏、宁两地。我不由想起"九五之尊"这个词，"九五"旧指帝王之尊，
位高而不傲，有谦和之德。以爕翁目前在图书馆界中版本目录学领域的地位，
是当仁不让的老法师级人物，无人可出其上，其阅历资之深，也无人能望其
项背，似乎也德配"九五"之词了。《礼记·曲礼》云："百年曰期颐。"元人

陈澔释云："人寿以百年为期，故曰期；饮食起居动人无不待于养，故曰颐。"很多见过燮翁的朋友，都为老人的健康表现出欣羡之情。我亦以为，待到山花烂漫时，老人期颐之年，约上一班忘年之交，好好来一次畅怀痛饮。

燮翁嘱我为他的集子作序，实在荣幸之至。回顾四十多年的交往，拉杂写上一些感想，不知先生以为然否？！

2018 年 10 月 21 日

于上海

《伏枥集》自序

又要为自己的小书写序了，这也是必须要做的事。记得上一次为《书海扬舲录》写序，是在波士顿澳特镇女儿的家，而现在女儿则搬至北卡罗来纳州的维克森林镇了。同样是季冬，然而地域的不同，飞机飞行时间仅一个小时三十分钟，维克森林镇却是阳光明媚，风和日丽，人们的穿着居然是 T 恤及衬衣，不似波士顿仍然滑雪衫罩身般的臃肿。

津自"哈佛燕京"退休之后，即接受广州中山大学图书馆馆长程焕文教授之聘，作为特聘专家在中大馆与特藏部的同事一起工作学习。这本集子中的文章大多是在其时所写，而又多刊发于《南方都市报》《藏书家》《藏书报》以及一些纪念文集上。

张菊老是超群绝伦、名扬天下的巨人大匠，在纪念老人诞辰一百五十周年之际，我应约写了这篇小文。之前，我已有写一篇《顾廷龙与涵芬楼烬余书录》的计划，而且收集了不少材料，然而在一次和上图的黄显功兄闲聊时，说起此写作之事，他说张老先生的《烬余书录》稿本尚存上海图书馆，而且已列入和出版社合作的影印计划。我听后之所以惊讶，是因为"井蛙"如我，竟然不知涉及此文之最为重要的原稿居然近在咫尺。先师顾廷龙先生是在张老先生的诱掖提携下，为《书录》做了缜密精到的统筹兼顾工作，这不仅使《书录》成为后人从事版本目录学研究的必读参考之作，也是先师后来向笔者多次谈到的快事一件。

顾廷龙先生是我的恩师，从 1960 年 3 月始，我即追随杖履，直至我离开上海。我清楚地知道，驽顽似我之成长，离不开先师的教导，他的峭直刚正、不求闻达、克尽厥职、劳不矜功都深深影响于我。津去国后，先师也定居北京诵芬先生处，安享晚年生活。我总认为先师的一生是极为平凡的，他能逐步成为练达老到、功垂竹帛的重要的中国图书馆事业家、版本目录学家，自有他刻苦的细针密缕、呕心沥血的工作实践，然而把他放在一个中国图书馆事业的大环境下，我们可以发现，在 40 年代经济竭蹶、物质艰困的战争环境下，先师费了许多心力和张元济、叶景葵诸先生一起为民族、为国家保存了许多先民的传统文化著作。当年的不少私立图书馆都先后销声匿影，唯独"合众"，包括了许多第一手的档案、会议记录等，这也在中国图书馆史上留下了重重的、浓浓的一笔丽彩。先师在世时，时时提到"合众"，盖其感情之深，就似从小带大的孩子般。"合众"是一本书，是非常值得研究图书馆史的学者进行探索的一个课题。

我在进入版本目录学这个领域后，就受到顾廷龙、潘景郑、瞿凤起三位先生的教诲，那个时候，三公正值半百茂齿之年，也是他们的功业处于巅峰时期，这种缘分是 50 年来在中国图书馆学界中一些版本目录学家从来没有过的，不要说是三位，即使是其中的一位，也是百载难逢的，所以我特别珍惜这个机会，唯有奉命唯谨、临深履薄、刻苦学习而已。如今三位导师墓有宿草，然而他们的芝宇仪观却时有呈现。我过去曾写过顾、潘二师，但瞿公过去仅见谢正光兄发表在香港《明报月刊》上的一篇，国内知道的人不多，瞿公的最大贡献就在于他在晚年将清末四大藏书楼之一——瞿氏铁琴铜剑楼的藏书悉数捐献国家，这在当世功利第一的社会中绝对是一股清流，是值得大书而表彰的。

赵万里先生是当代版本目录学之前辈，我是非常敬重他的。他在"文革"

浩劫中受到某些人的迫害，乃至含冤而死，实是令人难过。他编的《中国版刻图录》，是研流略者所必读的重要工具书，而他对北图的最大贡献，就在于他在解放前夕，和有关人士一起奋力保护了重要馆藏而没有流落台湾。林章松先生是极为低调的一位印谱收藏家，他对各种印谱的熟悉程度，真是了如指掌，烂于心胸，这不仅在于他的收藏数量大、品种全，稀见本触目皆是，更在于他笔勤多思，研究的成果首屈一指，在他这个领域中，他无疑就是魁首。

这本集子里的几篇序多是在广州时所写，且皆为朋友所托。前一阵子，又有几位朋友的大著即将付梓，承蒙他们的信任，嘱我作序，所以在不长的时间里连写了四篇。由此，将这些年来所写的序、前言、后记、绪论、代序等，作了一个统计，居然也有30来篇，包括自己的书、朋友的著作、公家的影印本、丛刊等。

国内的重要的省市一级的公共图书馆和大学图书馆都有不少中文古籍善本的收藏，这是图书馆经过几代人的不懈搜集而达成的，多年来，图书馆在揭示馆藏方面做了大量的工作，尤其是十年前国家古籍保护中心推行古籍保护计划以来，各馆都更加予以重视，这中间包括培养古籍的修复力量、古籍版本的编目鉴定人员以及馆藏善本书志的写作等。我以为善本书志的写作不仅有助于使图书馆所藏鲜为人知、少见世面的珍本，广为众晓，而且也是训练有关专业人员多方面地接触图书，加强实践，强调潜移默化，心领神会，所谓"观千剑然后识器，操千曲然后晓声"。在掌握书志写作方法的同时，又可以熟练地使用工具书、参考书。所以写成的善本书志也给无缘见到善本书的人一种信息，乃至于传道、授业、解惑。津这20年来写就4000余篇善本书志，凡400万字，用的即是"哈佛模式"。而这种模式是从我和我的同事们大量的写作实践中总结出来的，并非在想象中脱颖而出。

五十多年来，津分别在上海图书馆、香港中文大学图书馆和美国哈佛大学哈佛燕京图书馆工作过，管理的都是这三馆的珍贵藏书，和古籍善本打了一辈子的交道，说实话，我也确实曾将这三馆的善本书全数翻过一遍，经眼的古籍达四万余部，善本书与普通古籍各半。很多年前，先师顾廷龙先生即告诉我：版本鉴定只是雕虫小技，你在图书馆古籍部门工作，必须要跳出这个框框，要选定一个题目做研究，而且大量的普通线装书中有许多乾嘉以后的学者著作，你绝对要重视。所以，我在"哈佛燕京"时，曾利用星期六、星期日休息的时间，费了数月，终于将库里的所有普通古籍全数翻了一遍。当然，辛勤的劳动，也换来了许多第一手的新知。书中的《古书的衬页》《金壶精萃》等即是其中的几篇。

说美国哈佛大学哈佛燕京图书馆是西方的汉学重镇，这话一点也不过分，中文的古籍善本 4000 部，普通古籍 18000 部，足可与美国国会图书馆抗衡，即在中国的大学图书馆中也仅次于北京大学图书馆。至于日本、韩国的古籍收藏，更是国内各大省市一级的公共图书馆莫能望其项背的。我在"燕京"时，曾将善本书库中的日本刻本 2400 部（不含明治、大正、昭和）全数翻阅一遍，发现涉及中国作者的著作在日本被翻刻的本子约在 600 部之谱。这个数字不包括日本子部释家类的著作（1200 部左右），究其原因，是我没有时间去区别查核中国僧人和日本的佛徒。而这些翻刻中国作者的本子有极少数为国内所未收藏，有的甚至湮灭不存。所以，我很想把我所见到的难得之本写出来，供研究者利用。先写的 30 篇书志，就算是开个头，待觅得时间再写，或交有志者去续之吧。

"老骥伏枥，志在千里。烈士暮年，壮心不已。"这是中国的许多少年即知的成语。语出东汉曹操《龟虽寿》。春去秋来，烈日寒霜，时间在重复中缓缓流淌，我也从青丝到白发，年少到迟暮，这也是每位过来人必经之路。津这一生都在图书馆中度过，又始终在一线工作，每天面对各种线装古籍，尝试着与古人对话。说实话，春秋正富时确有志耕耘，且在工作中奋发不已，然年岁一过花甲，记忆力明显衰退，精力体质大不如前，自强不息的进取精神，早已不见。俗话说"人生七十古来稀",科学家们在经过大量的研究后,发现人的平均寿命是 75 年,但如今的社会,杖乡之年者多了去了。所以,虽是夕阳桑榆,暮岁余年,且对生命的自然规律已有清醒认识,但对于我来说,时时念到的是还需扬蹄奋进,尽早结束手头上两本书的写作,也好给自己的工作画上一个句号。

2019 年 3 月 4 日

于美国波士顿之慕维居

《松荫轩藏印谱提要》序

　　深夜无眠，辗转反侧，目不交睫。白云亲舍，落月屋梁，思乡怀土，抚今追昔，旧事竟不断涌现脑际。再由书而想到收藏，再想到收藏家的不易，林章松先生的名字也屡被映入。回味既久，愈觉得他既极其平凡，却又是一位不可多得的奇人。

　　说到林章松先生，就不得不先从收藏说起。中国作为世界文明古国之一，曾为人类文明的发展做出过巨大贡献。而其辉煌灿烂的文化传统，以及沉淀丰沛的文化遗产，更成为历代收藏家的精神和物质源泉。从物质方面说，这些收藏包括传统的碑拓字画、金铭石刻、善本佳椠、砖石瓦当、陶瓷琉璃、明清家具、竹木牙角、货币印章等等。近代以来，更是百千品类、花样繁多，玉器珠宝固然不论，什么观赏石、电话卡、粮油券、藏书票、邮票、磁卡、烟标、火花、徽志、像章、书信、签封、海报、地图等杂项，不一而足。至于书籍大类中，又有红色文献、线装古籍、尺牍碑帖、旧报杂志、连环画等品种，可谓奇彩纷呈。乃至细分开来，又有藏家就戏曲小说、弹词宝卷、各朝活字本、绣像版画、释道经卷、宗族家谱、医卜星算等各类古籍专列柜藏，日积月累，竟为当世所瞩。这其中的印谱，是百花丛中的一朵奇葩，数十年来致力于印谱收藏的林章松先生，亦自然成为印学界共宗的人物。

　　林先生，字秉承，号志在，别署天舒，广东海丰人。林先生所藏印谱最

255

初的 100 余种全部得自于他的国文老师曾荣光先生。从 1982 年初开始，林先生利用出差之机辗转于东南亚、日本、广州等地的古旧书肆，经数十年的勤谨笃学，多方搜访，入藏了以清代为主的 3000 多部印谱文献。据统计，当今存世印谱有七至八千余种，分散在世界各地，而林先生收藏的几近半数，是当今公私机构中印谱藏量之魁首。

在港岛新界葵涌的一座工业大厦，电梯上去的某层，即为林先生印谱贮藏之所，铁栅之上的"松荫轩"三字匾额，即出于他自己的手笔。其取名"松荫"，盖因林先生和内助的名字中都有一个"松"字。"荫"者，有树荫及庇护之意，《荀子·劝学》云："树成荫而众鸟息焉。"我曾想过，什么样的人可以称之为藏书家呢？明李贽云："藏书者何？言此书但可自怡，不可示人，故名曰藏书也。"（《藏书·世纪列传总目前论》）明末清初黄宗羲说："藏书非好之与有力者不能。"（见《天一阁藏书记》）。李贽的话，说的是藏书的目的，黄宗羲的话，说的是藏书的途径。总之，要想切实拥有"藏书家"的称号，只有喜欢书的动力和经济支撑能力同时具备才行，两者不可缺一。我以为现代藏书家的收藏，多利用自己事业成就积累所得，也有些人是节衣缩食所得，尤其是知识分子，很少有人是巧取豪夺，这和 1949 年以前的藏书家是一脉相承的。这种收藏，可以说是在为民族为国家而保存，而不是作为一种投资转卖，不是视若枕秘，或对人炫耀，而是共赏，用最简单的话来说，就是"资源共享"，这和李贽"不可示人"的初衷不可同日而语。

林先生从收藏印谱初始，就已着手从事目录的编纂工作。林先生曾明言，他要把所藏印谱作一系统整理，编一部私家藏书提要，以提供给研治印谱者参考。2011 年 8 月，我第一次见到林先生，就曾在他的电脑里，看到他平时录入的每种印谱的各种信息，包括书名、卷数、作者、版本、序跋、装帧、扉页、牌记、版权页以及各种书目著录等情况，甚至同一书名的不同版本模样、特征都有反映，这正是唐韩愈《进学解》中述及的："记事者必提其要，纂言者必钩其玄。"而其时林先生就已完成 800 部印谱的详尽著录。

中国不缺收藏家，缺的是将自己的收藏转而研究的学者。我的几位藏家朋友如韦力、田涛、励双杰等人都有著作，他们写的都没有什么大道理，都是实实在在的内容，都是锲而不舍地收藏并作研究。而林先生浸淫印学五十余年，胸中存谱数千卷，积毕生才学于《提要》撰修之事，自不会假手他人。

我以为写作古籍提要或书志，只要有版本目录学的基础，能熟练地掌握工具书、参考书的使用，并有详细的写作凡例，应该是并不困难之事，大凡数十种，乃至数百种，坚持三二年，总能瓜熟蒂落。难的是如若数量以千计，森罗万象、纷然杂陈，且以一人之力致力于斯，则是如牛负重，步履维艰。有道是：绳锯木断，水滴石穿。林先生在印谱提要的写作过程中，克服了衰体之病疼，孜孜不倦，矻矻终日，在书志体例和撰写细节方面，注此存彼，纠谬补阙，辑佚钩玄，考证辨误，最终时序变迁，寒暑易节，从简单的目录登记，到如今的皇皇《提要》，林先生不辞劳瘁，持之以恒，前后耗费三十余年韶光的皇皇 420 多万字巨著卒底于成，这是功德圆满的大手笔，不得不让人悦服而生钦佩之心，不由人不为其宏远抱负而肃然起敬。在私人藏书家中，古今以一己之力写作古籍提要种数、字数最多的一位，林先生鳌头独占，这是毫无疑问的。在我看来，林先生《松荫轩藏印谱提要》（以下简称"提要"），至少具有三个方面之意义。

一、《提要》全面展示了松荫轩庋藏之全貌。印谱是汇集古代印章或名家篆刻印章书籍之通称，也是古文献中较为特殊的一种类型。钤印本的印谱一经传写，必失其真，故而乾隆间编纂《四库全书》，仅收诸家品题之书和屈指可数的印谱存目。流风所及，清代、民国以来的藏书家纵有佳谱在手，也鲜在藏书目录中得到准确的反映。

从印谱庋藏角度视之，民国间张鲁庵先生无疑是其中最具成就的一位。张氏以药材业立家，拥资数十万，酷喜印谱，藏稀有印谱凡 400 多种，张氏殁后，家人悉数捐入西泠印社，致使"西泠"锦上添花、虎角生翼，顿成印谱收藏重镇。而林先生倾力蒐集 30 余年，所得甚丰，则以清代中晚期及民国时期的印谱收藏最为齐全。《传朴堂藏印菁华》《丁丑劫余印存》等名谱自不必说，其收藏之宏富，举一例即可见一斑：道咸间海虞顾湘、顾浩昆仲，有金石癖，富收藏，尤嗜印章，于搜集、刊行印谱及印学专著用力甚勤，而仅冠以"小石山房"名者，即有九种之多，如《小石山房印苑》（钤印本）、《小石山房印苑》（钤印本附目次本）、《小石山房印苑》（印刷本）、《小石山房印谱》（道光辑本）、《小石山房印谱》（伪辑本）、《小石山房印谱》（钤印本 六册）、《小石山房印谱》（钤印本 四册）、《小石山房印谱》（印刷本）、《小石山房印存》，齐全赅备，学人欲研讨顾氏之学，不入松荫轩，诚徒劳无功耳。而此次林先生把诸提要结集出版，以 1528 种佳善收入，按笔画排列，举凡书名、卷数、题签、册数、叶数、印数、印文、边款，乃至附注考据，对寻常书志所不欲取者，皆投入了极大关注，可谓精审致密，巨细无遗，全面展示了松荫轩印谱收藏之完貌，顺理成为印谱收藏领域轶古迈今之第一宏著，必当在古籍收藏史上占据重要位置。

二、《提要》深入体现了林先生在印谱版本鉴定中之成就。从中国版本学发展历史来看，专述古籍版本鉴定的专著，几乎都不涉及印谱。这是因为印谱本身的专业性、形制的特殊性、内容的艺术性，导致其成为小众眼中的"阳春白雪"。篆刻家和收藏家的印谱大都是不售卖的，只是家藏或赠与亲朋友好。正是如此，当时钤印的印谱绝不会多，津曾写过一篇小文，专门探讨钤印本印谱的印数问题，且经过若干年的兵燹灾害和人为原因，当时所钤印谱今天也所存无几。

因此，在印谱版本鉴定过程中，就不能完全参照普通的古籍鉴定方法，而是要从印谱本身的特征出发，去揭示其版本。林先生对印谱版本的鉴定，就极其重视本谱细节，在封面、题签、版框形式、版框尺寸、书口、收印数量、有无边款等方面，独具慧眼，再结合印风、史实等旁证，详察秋毫，从而断以版本类别、年代及其价值。林先生认为，印谱版本类别有钤印本、木刻本、描摹本、石印本、锌版印本数种，而"锌版印本"是林先生特别提出并重视的版本类型。他曾在诸多细节上分辨出锌版印本与钤印本不同的七八种特征。根据这些特征，林先生辨别了《赵㧑叔印谱》《二金蝶堂印谱》与《二金蝶堂印稿》《观自得斋印集》《听雨楼印集》等赵之谦各种印谱不同的版本类型，犹如老吏断狱，轻车熟道，一言而决，许为定论。如果不是日久浸淫其中，下大功夫摩挲把玩，锻造出一双金睛火眼，如何能观察得如此精细，总结得如此妥帖？

林先生藏谱并不刻意追求那些人所共知的名谱，反而对一些名不见经传的小谱，倾注了特有的眼光和心血。众所周知，一般篆刻爱好者或印学研究者，较多关注印谱所反映的流派和风格，对印谱版框纹饰较少关注，但是林先生却剑走偏锋，深入发掘诸多纹饰之形式和内涵，从而肯定其价值所在。如民国董熊篆、周庆云辑《玉兰仙馆印谱》，以"梅花纹"作为版框纹饰，一定程度上反映了董熊"为人诚谨真率，无趋炎之态"的亮节高风。又如叶德辉篆并辑《观古堂印存》，用"竹节纹"作为版框纹饰，"以示其傲骨精神"。而林先生却通过对印谱细节的把握，见人之所未见，发人之所未发，视其作为印谱版框之重要类型而存在。可见，这样的小谱本是见仁见智，南枝北枝，有着与众不同的价值，从这一角度视之，林先生通过对板框形式内涵予以探研，从而断定版本之学术价值，当为不同凡响、石破天惊之得。

三、专科书志，素有传统。就子部言之，诸子而外，如医家、释家、道家等，编目撰志已不鲜见，而印谱目录提要的编纂，则远远晚于其他专科类属。从印谱目录编纂史来看，我以为，国内以冼玉清之《广东印谱考》考辨最为精审，国外则以日本太田孝太郎《古铜印谱举隅》体例最为完善，二种皆为印谱书志撰著的标杆之作。津从事书志撰写有年，深知各种书志之优劣，不独与版本鉴定功夫密切相关，更与撰志者的学术修养、眼界、意识有着莫大牵系。

在林先生《提要》中，往往在成谱年代、版本类型等方面一锤定音，省减很多繁琐考辨，却在印谱的客观形态上用心至巨，以力图揭示印谱内涵及版本的真实状态。有很多记录详细的书志，使学者手持《提要》，即能通晓表里，不假他书，完全为学人对印谱版本之比对省去很多舟车翻检之劳，于此，则此书不啻为当下书志撰写之高水平专著，相信百年内学者阅此，当不河汉予言。

藏印谱者不一定擅篆刻，能铁笔者也未见得会聚藏印谱。但林先生不仅蒐藏善著，更擅篆刻之道。事实上，林先生早年在本科所习商业设计、艺术设计的基础上，就已另辟蹊径，爱上了篆刻印章。他早年师从曾荣光先生学习篆刻技法。初学清末岭南篆刻大师、黟山派创始人黄士陵，练就一手猛辣刚健、洗练沉厚的线条，后又钻研赵之谦、吴熙载等人，印风愈发磊落璨丽、奇倔雄强，别出时俗。六十余年来，他陆续应友朋之请治印千余方，艺名广播。我有一方"沈"字小印，即出自先生之手，且微型印袋也为其亲手制就。林先生如今腕疾，不常奏刀，但功夫精熟，人书俱老，每一下笔，便如庖丁解牛，心手相应，出蜕即有率直潇洒、舒展飘逸之姿。

林先生曾自云不喜著述，但言传身教，大陆、香港及中国台北等各地学者和博硕研究生群相追随。我曾读过林先生"楚天舒"的博客，除了绍介自己新得印谱或考证作者履历外，还可以看到他为篆刻家及慕名而来的爱好者提出的各种难题缓急相助，费时查找，亲手复印拍照，不求任何回报，这种为他人排忧解难，助人为乐的精神，实在是不多的。而今林先生更以其宏阔胸襟，积数十年印谱鉴藏经验于一身，条列归纳，款款道来，使学人明白通晓，有所凭依，无异为当今学界之一股清流。

回忆和林先生的交往，大约有十多年之久，当年知道他的大名和藏书，是韦力兄提供的讯息，即刻让我为之神往。而首次和林先生见面，则是易福平先生和丁小明教授的安排，请益的感觉是如遇故人，印象深刻，历久难忘。我尚记得林先生在其"楚天舒"的博客里，也记录下了我们相见的文字。这之后，只要我去香港，都会去林先生的松荫轩，看他新得的稀见印谱，与他聊感兴趣的佚闻旧事，常常开我心智，广我见闻，有一种或和风如沐，或骤雨淋漓之感。

林先生是位大智若愚、操履高洁的君子，他数十年来对历代印谱的精心收藏，其中苦楚外人实难体味，但如今他以提要的形式无私奉献于艺林，这种高风，在近三百年中也是空前的。我和林先生相交，有感于他的温文尔雅，古道热肠，曾写过两篇关于先生行述的文章，一是《访印谱收藏家林章松记》，二是《方寸之间天地宽——记印谱收藏家林章松先生》，对先生不可谓不相知相悉。因此，《提要》即将付梓，林先生嘱我作序，这更是断不可推辞的。但承应下来以后，却惶恐难安：虽说我从事古籍版本编目、整理、鉴定、保管六十年之久，也曾经眼了数百种印谱，尤其在"哈佛燕京"时期，还撰写了近五十种善本印谱书志，但系统地对印谱乃至印学文献进行考索梳理，却是未曾下过大功夫的；况且林先生从事印学研究数十年，阅历既博，专研既深，加上交游广阔，桃李众多，故而我断不敢说对先生的学术成就有多少体悟。但转念一想，我对林先生的学问、才思、志趣，更于其低调行事之作风，应该说有着我独特的理解。因此，受林先生之命，就我所思所想，权书数言，勉为喤引如是。

2020 年 12 月初稿

于北卡罗来纳州之约克森林

2023 年 7 月定稿

于北卡罗来纳州之落基山城

《印谱所见人物小传》序

中华民族在创造历史的同时，也涌现出了众多超群绝伦、出类拔萃的人物。这其中或以著述、书画名家，或以工、商、医、卜闻世，遍布诸业，不拘一隅。这些专精、博大之士，或为一代人杰，或为一方冠冕。因此人们为其作传，不仅是为历史留一踪迹，嘉勉先驱，也是为后世树立楷则，激扬继起。从流传下来的文字来看，历代正史传记自不必说，专科传记亦呈煌煌之势，如唐张彦远之《历代名画记》、明李濂之《医史》、清阮元之《畴人传》、清黄俊之《奕人传》、近人马宗霍之《书林藻鉴》、朱启钤之《哲匠录》等等，可谓百家九流，无不该备。实际上，这种专科传记，往往呈现体裁灵动、文字活泼的特点，因此不独具有史料价值，亦是人们重要的销夏良品、茶饭谈资。

以篆刻之道来说，方寸之间见天地，印石藉人而传，人亦藉印石以名。然上古印人，地位不显，多被时人目为工匠，纵为"良工"，亦仅为主事者所礼遇而已，因而很少能留名史册，殊可为憾。直到明清文人介入此道，流派盛行，群相影从，方蔚大观。故而为印人事迹作传者，乃为传古人于不朽之善举。寻诸典籍，最早为清周亮工之《印人传》三卷，收 58 人，附见 5 人。清乾隆间，汪启淑有《续印人传》八卷之作，收 128 人，较周著多至一倍有奇。后又有叶铭辑《广印人传》十六卷，收 1551 人，上自元明，下迄同光，搜辑史传，旁参志乘，以及私家纪述，600 年来，专门名家，不问存殁，悉著于录。

坊间所见当代辑录印人传之书亦复不少，所载印人更为丰富。但千百年来，印人之多，何胜枚举？除了开宗立派的名家以及有代表性的篆刻家外，名气稍弱的印人多被人们所遗忘。此中如尹祚鼐（及郎）、李相定（寇如）、李傧（吉人）、孙赟（汉南）、倪品之（品芝）等等，如非检诸典籍，甚至考索勾稽，很少有人还记得他们的生平。而香港林章松先生就是当今致力于为这些名不见经传的印人作纪之代表人物。

从林先生涉足印谱领域之始，即有编纂《印谱所见人物小传》（以下简称《小传》）的东山之志。然而要做成此事谈何容易？林先生常常为了撰写某人之字号、里籍那区区数十字的材料，费去大量的时间和精力去翻书、思索，甚至往往兀兀经年，才能见灯火阑珊，爬梳得一言半句，因为查找这些"小"人物文献，有如海底捞针，可遇难求。不过，还是那句非常朴素的话："世上无难事，只要肯登攀"，林先生知难而上，穷搜博考，最终给学界呈现了这样一部铭心之作。

《小传》是林先生印学研究著作之一。其中所撰传记，并不局限于"篆""刻"之家，而是以松荫轩所藏印谱为基础，广涉印主、藏主、印谱序跋者、印谱编辑者等与篆刻相关的各种人物，包罗万象，俨然是一部松荫轩藏印谱所见人物集成。如陈寿乾传曰："陈寿乾（伯三）。生卒年不详。籍贯不详。字伯三。善诗文。与曹鼎元幼同砚席，长相过从，相交称莫逆，尝为曹氏《养竹山房印稿》撰序并题辞。"丁石昌传曰："丁石昌，生卒年不详。籍贯不详。生平不详。别署百砚园丁。尝为林乾良《瓦当印谱》撰题词。"《爱吾鼎斋印存》序跋者李遇春、徐葆乾、夏子洛传曰："李遇春（秀之）。生卒年不详。福建泉州人。字秀之。善书，精诗词。尝为郭慎行《爱吾鼎斋印存》题诗。""徐葆乾（仲宾）。生卒年不详。福建福州人。字仲宾。善书，精诗词。尝为郭慎行《爱吾鼎斋印存》题诗。""夏子洛（黄石）。生卒年不详。福建人。字黄石。善书，精诗词。尝为郭慎行《爱吾鼎斋印存》题诗。"这些不曾亲自参与篆刻创作，亦不见他书有点滴记载的人物，都是林先生根据印谱本身信息所作的编传工作。若没有他的勾描，许多稀有印谱所呈现出的不同侧面将杳无可寻。

印人之传记，虽简略至数百字、数十字，但最忌于史无据、主观偏颇。对于那些大家熟知的人物，林先生往往通过对各类方志和《人物志》《艺文志》《印人传》乃至最新研究成果进行勾稽探赜、排比综合而重新作传；对于那些看似不足为奇从而鲜为人知或被人遗忘的人物，他往往通过立足本谱、同道相依、学术考辨等方法，通过对零星材料的查考，从而别为一传，而这些人物也就因是书之著录而名垂史册。整体来看，后者应该说是本书最见功力的地方。

所谓立足本谱，即是在本谱印作、序跋等零碎资料中寻找如字号、籍贯、交游乃至艺术风格等线索，从而汇录成传。这是林先生《小传》对无名人物立传的最基本方式。如《张一川印集》篆刻者张一川："生卒年不详。湖北省鄂州市人。生平不详，工书，擅篆刻。有《张一川印集》存世。"吴慰祖传曰："吴慰祖（勤孙）。生卒年不详。字勤孙。工书，擅诗词。《三十六鸳鸯馆印存》录有其用印。"姜绣虎传曰："姜绣虎，生卒年不详，籍贯不详。生平不详。善刻印。作曾被选入于《退斋印类》。"等等，皆为此类。林先生在寻找印人史料的过程中，意识到在浩如烟海的资料里寻找一位寂寂无名的印人是一件非常困难的事情，且不说明清、民国时期的印人资料难以寻觅，就连有些近现代的印人资料也无从下手。因此，立足本谱，无疑是最妥善也是最客观的作传方式。

所谓同道相依，即是林先生借广阔的旧雨新知，往往在不经意间，得到友朋提供的线索，从而能对一些长期悬而未决的史实进行补充和考证，一旦冰释，豁然开朗。如《颐寿堂印品》的作者唐毓厚，素以医术擅名当时，但其人其艺很少见诸记载，鲜有人知，几近湮没无闻。刊于光绪二十四年（1898）

之《津门纪略》在"书画门"唐之名下仅记"山水、篆隶"四字，而陆辛农先生《天津书画家小记》也只转引此四字。《天津三百年书法选集》亦未收录其作品。但是林先生在好友今声兄之帮助下，"得今声兄之赐下其业师龚望先生所撰文章，另今声兄更赐下所集到之唐先生之书法图片"，知道龚望先生于《李叔同金石书画师承略述》中对唐的艺术有全面评价："早岁学唐隶，后改习秦汉，取径虽高，然先入为主，终有唐隶气息，后以博涉之功，始能一洗唐隶之习。篆刻深稳，有秦汉风度，尤以转折处颇有《天发神谶》意。著有《颐寿堂印谱》一卷行世。尤工山水，然不多作，获者珍之。"龚先生文中还特别指出当时从唐毓厚学习书法篆刻者有华靖、王雨南、李叔同三人，"三人所学，则纯系秦汉六朝，毫无唐人之气，亦足见唐先生之善于教诲也"。林先生从事印谱鉴藏数十年，海内外友朋门生众多，在学术交往之中，往往互通有无，品鉴甲乙，相得益彰。在撰著《小传》的过程中，如果没有友朋之帮助，实是无法对唐毓厚这类印史失载的人物，在其书法篆刻成就方面妄下断语的。

所谓学术考辨，即是对人物籍贯、生卒年等素存争议的重要史实，通过考辨提出自己的看法。如赵祖欢传后附注云："《广印人传》载赵氏为广东人，按赵氏所刻'彬元愚卿'一印款述：'愚卿仁兄大人正之，会稽赵祖欢作，壬午三月同客羊城。'知赵氏应是浙江会稽人，尝客广州。按赵氏系以县丞候补广东。"赵鹤琴传后附注云："《中国印学年表（增补本）》载生年为1893年；《近代印人传》载其生卒年为1894～1971年。然按自刻'老而不朽'朱文一印款载：'又为程祖麟刻'，'我书意造本无法'白文一印之款载：'…己亥秋…时年六十有五也。'己亥系1959年，则其生年应在1895年。"这些关乎印学史的重要史实，如果只是移钞罗列，而不进行排比辨正，那就会以讹传讹，贻害学界。当然，学术难有定论，这些考辨结论在今后亦恐会有被推翻或更新的可能。而也正因如此，林先生的人物考辨之功，更具基石意义，在印人史的研究中，不会被湮没。

　　津曾在不同场合说过，要想在古籍版本鉴定领域取得成绩，不仅要有良师的耳提面命，而且必须要参与大型项目的整理或研究，在实践中培养定力、学力、眼力，前者靠机缘，后者则主要靠自身的勤奋和努力。林先生是襟怀宽阔的实干家，师事曾荣光先生三十余年，又整理数千种印谱，爬梳文献，剔抉故纸，锲而不舍地撰著《松荫轩藏印谱提要》，又为印谱所见人物作传，更走访调查世界各地公私印谱存藏情况，终成为印学领域的一代通人，从而为学术界瞩目瞻仰，我想与其过人之勤奋是分不开的。林先生宏著即付枣梨，津得先睹为快，有感先生行述，略记数言，想后之来者，有所取焉。

2020 年 12 月

于美国北卡罗来纳州之约克森林

沈强书《唐诗三百首》序

早在 1995 年，沈强的《现代彩墨书法作品集》出版，我为此书写了一篇序。如今过去了二十七年，其间他又陆续推出了多本书法篆刻集，成绩斐然。前不久他告我，又完成了行书《唐诗三百首》的创作，嘱我再为之序。毕竟是兄弟，我不仅为他的勤奋击赏，也为他的笃行不倦而感到高兴。

说到《唐诗三百首》，就会想到《全唐诗》。《全唐诗》是清康熙间编订的，收诗近五万首，常人难以全读，于是各种选本陆续问世。其中由蘅塘退士孙洙于乾隆二十九年（1764）编辑完成的《唐诗三百首》，成为两百多年来流传最广、影响最大的唐诗普及读本。其选入唐代诗人 77 位，包括五古、乐府、七古、七律、五绝、七绝等类型计 300 余首，诸诗配有注释和评点。《三百首》收诗经典之极，自不必说，以其所收单篇诗歌进行书法创作者，亦自是不少，但抄录全书而为艺术作品的，确实不多。

沈强是在 20 世纪 90 年代成名的。自幼受到祖父沈曾迈先生的影响习书，操笔不辍，1974 年从徐志文先生学国画，1979 年从海上名家钱君匋先生学艺，1985 年卒业于上海大学美术学院，1989 年赴日，入东京学艺大学作研究，遂定居日本，迄今三十余年。其成果卓著，篆刻方面先后出版了《沈强刻三十六计印谱》（1993）、《松韵居印存》（1994）、《沈强印存》（1996）三部作品集，书法方面则首创"彩墨书法"，出版了《沈强现代彩墨书作品集》一

267

书（1995），给当时的大陆书法界吹进了一股新风。而今年近古稀的沈强，勤奋不减，治印逾三万五千方，培育良材无数，在海外书法界已然有着举足轻重的地位。

当代书坛，大概经历了传统－现代－复古三个时期。20世纪80年代是传统时期，其时林散之、启功、沙孟海、王蘧常、顾廷龙等老一辈书家尚健在，高标犹存。经过1985年"中国现代书法首展"的铺垫，在1993年，第五届"中青展"举办，遂掀起了"现代书法"和"学院派书法"交错并行的探索运动，影响持续了二十余年，但学界批评者亦多。而随着高等书法教育的普及和传统意识的觉醒，在2015年以后，复古思潮占据了上风。不过，在历史发展的洪流中，总不乏那些踽踽独行的智者，他们不为流俗所缚，游离于时风之外，从而创造属于自己的一方世界。

沈强的书法受钱君匋先生影响颇深，一直到今天，书风都差许带有钱氏端庄、刚劲的神采，这也是沈强浸淫传统至深的功力体现。而九十年代融中西艺术于一炉的"彩墨书法"，作为"现代书法"时期书坛的重要成果，亦使其鳌然立于书坛的先锋之地。近年来，沈强书作中渐有一种"平正"姿态和"平淡"境界，这次出版的《唐诗三百首》即是集中体现。

是作用荣宝斋八行笺，小字细密，不拘行界，由熟返生，一任天真，非历经甘苦者不足以至。东坡云："凡文字，少小时须令气象峥嵘，彩色绚烂。渐老渐熟，乃造平淡。其实不是平淡，绚烂之极也。"是语最得个中三昧。沈强书《唐诗三百首》跋曰："每日清晨的挥毫练习，驱走了清早的热气。俗话说'心静自然凉'，写字得静下心来，更得沉得住气，注意力高度集中，逐使渐渐得心应手。心意舒坦，顿感暑气全消。"中国古代文人早就看出了读书作字的"破睡"功用，当然这里读的不会是六经正史，而是道书图画、诗文词曲、小说家言。就拿清人来说，孙承泽《庚子销夏记》得风气之先，高士奇《江村销夏录》、端方《壬寅消夏录》、吴荣光《辛丑销夏记》鳞次而出，这种以"消

（销）夏"为旨的书画随记就有数十种。文人读书作字，消夏复销忧，最懂得这种"平淡"的浪漫，而沈强也是温暖自知的。

晚清以降，中国书画大量流入日本，尤自大正时代（1912~1926）起，经过上野理一、阿部房次郎、山本悌二郎、中村不折等藏家的运作，数以千计宗师巨匠的作品流落日本，至今犹保存在其各大公、私博物馆中。在创作方面，杨守敬、康有为、吴昌硕、郑孝胥、齐白石，因同日本政治圈、文人圈的深入交往，又为东瀛留下了大量墨宝。新中国成立后的1963年，由团长陶白，副团长潘天寿，团员王个簃、顾廷龙、郭劳为、崔太山组成的"中国书法家代表团"首次访日，意义深远，而先师的《访日游记》中即有不少在当时为日人作字的记录。改革开放以来，中日两国书法界之来往，更是不胜枚举，很多书法家侨居扶桑，传道受艺，在日本有着广泛的影响力，而沈强不啻为其中的翘楚。

沈强书《唐诗三百首》即将付梓，我由衷地感到高兴。近几年来，每有暇时，津亦喜操翰弄墨，然总有做不完的学术课题，未能如沈强一样，可以纯粹地沉醉于书印艺术，达到辩才无碍、挥洒自如的境地。对此，除了欣羡、服膺之外，只能写下上面这些话，聊补技痒难耐之情吧！

2022 年 3 月 10 日

于美国北卡罗来纳州之维克森林

《书于竹帛》再版序

2015年4月9日，钱存训先生在美国芝加哥御鹤西去，享年105岁。他的去世，是中美两国图书馆事业的重大损失。钱先生是著名的图书馆事业家，早年为美国芝加哥大学图书馆研究院杰出博士研究生，后任美国芝加哥大学远东图书馆馆长、芝大图书馆研究院及东亚语言文明系教授。

钱先生是图书馆事业之名宿大儒、人杰翘楚。他和我是忘年之交，我们的结缘，不得不话说从头，早在1986年初，我在香港《明报月刊》（1986年第1期）上读到钱先生的《欧美各国所藏中国古籍简介》（又见台北《古籍鉴定与维护研习会专集》），在那个年代，这方面的资讯极少得见，所以这也是我最早了解美国东亚图书馆收藏中国典籍的文章。

没多久，我就以访问学者的身份去美国纽约州立大学石溪分校世界宗教高等研究院图书馆做研究了。那时，诺贝尔物理学奖得主杨振宁教授在石溪主持物理研究所的工作，他希望我每星期六上午可以到他办公室见面。对于这种可以聆听教诲，可以请益的机会我岂能放弃。所以，在石溪的近二年中，我有很多机会向杨教授报告我的学习、工作、生活以及在美各东亚图书馆的所见所闻。他也可以对我的一些问题解惑，或提供帮助。

有一次，杨教授问我，你在美国作访问和研究，是否还有想见的学者？我如实说很想见钱存训先生和翁万戈先生，前者是前芝加哥大学远东馆的馆长，对美国各东亚图书馆馆藏极为熟悉的学者；后者是美国纽约华美协进社的社长，他收藏的清代著名学者翁方纲的手稿本，是我想看的。杨听后马上说，这个容易。说着就打开书桌的抽屉，拿出一个小通讯录，上面记有许多人的电话和联络地址。杨立刻就拨通了钱、翁的电话，向他们介绍了我，并说明了我的企图。

根据我保存的钱先生致我的信件，最早的一通是 1986 年 9 月 12 日，信中说："前闻先生来美访问，亟图良晤。你有意来芝参观我校中文善本收藏，曷胜欢迎！我校远东研究和远东图书馆将于明年一月中举行建立五十周年纪念。如果你今年不回国，届时希望你来参加一些庆祝活动，并作一次学术报告，我们将感到十分荣幸。如果你年底离美，就安排在今年十月底或十一月初，可在此小留二三天，也作一次报告，谈谈你在美国各馆参观印象和你对编制美洲所藏中文善本联合目录的意见，希望你决定后早日告知，以便作出安排。"

我是在次年的 1 月 16 日由纽约飞抵芝加哥的，是钱先生亲自开车到机场接我。安顿我后，他就取出一张他手写的"沈津先生访问芝加哥日程（1/17 至 1/24）"，详细写明了我在芝的时间、参观地点、陪同人员等，以及一张拟贴在芝馆门口广告牌上我要作演讲的"广告"。钱先生的细致安排让我感动。如今，这些亲手写的原件都和他后来致我的原信、传真、邮件被我当成"文献"而珍藏。

钱先生对学术上的贡献，我也是通过不断阅读他的大著才逐步了解的。入古出新，不拘旧说，器识弘旷，使钱先生在学术上不断有所突破。我以为，这和他得天独厚的家学渊源，自身的锲而不舍，方使他的才学过人，而又得种种机缘，理所当然地完成了他的历史使命。

钱先生的曾祖即为钱桂森，为清道光三十年（1850）进士，内阁大学士，曾任安徽省学政。精研小学，家有教经堂，藏书丰富。祖父钱锡彤，工书画。

父亲钱慰贞，精研佛学，为太虚法师弟子。钱先生早年在南京金陵大学主修历史，从黄季刚、胡小石习国文，文字学；又从缪凤林习中国史。副修图书馆学，受教于刘国钧习中国书史；从李小缘习图书馆学。毕业后，先后在上海交通大学图书馆、北平图书馆南京分馆及上海办事处工作。由此可见，钱先生在国内受过完整的图书馆训练和实践，他曾告诉我：在学术上，他受刘国钧的影响；在行政上，获袁同礼的指导；在图书馆大众化通俗化受教于杜定友，同时，在图书馆编目规则上，也完全是采用杜定友的一套。

一位成功的文史学者，他在学术上的创新、慎重以及考据功夫，往往是取得成功的基础。20 世纪 90 年代初，在温州白象塔发现了《佛说观无量寿佛经》残页，为了厘清这张残页是镂刻还是活字排印，钱先生花了很多工夫、收集证据。他在给我的二封信中，都提到此事，所云："温州白象塔发现之佛经残页，可能为北宋活字本之说，不知尊意如何？""其中关键似在回文中'色'字横排，刘云谓系指示方向，尚待觅得其他回文规则。吾兄见闻广博，如有所知，乞便中见告。"没多久，他又写道："有关白象塔佛经照片，前电温州博物馆，寄来黑白及彩色照片，曾放大复印，附上一张供参考。'色'字横排应是重要证据，曾遍检回文，尚未见到此种无规则之旋回排列方式，另有高见，请便中惠示。"后来他写就的《现存最早的印刷品和雕版实物》即阐明了他倾向于活字排版的观点。

五十年来，国内以及美国图书馆学界，我所熟识且最服膺的为我的导师顾廷龙先生和钱先生，他们二位都是年高德劭、殚见洽闻的伟器宏才，是当代最重要的图书馆事业家，他们对图书馆事业以及文献学、版本目录学的贡献是有目共睹的。先师对我的教诲自不必说，然钱先生的所有著作或新刊之文，无论是在国内或中国台北、香港地区，每有推出，皆会寄我，使我得以分享、研习。从《中国科学技术史》（第五卷第一分册《纸与印刷》），到《中华文史论丛》的中文版抽印本，我几乎都有拜读，我以为这是前辈对我的一种提携。

先师和钱先生不仅是同行，而且分别在东西半球的两个重要图书馆任馆长之职，虽远隔万里，但最为有意思的是他们两人竟然有着"亲缘"关系。先师1998年骑鲸西归后，钱先生即撰有《怀念顾起潜先生》一文。文中忆及先生八十寿辰时，芝大同学编辑《中国图书文史论集》为贺。先师有《沈子佗斝拓本题记》载入，文后有"今年为我姨丈钱存训教授八旬双庆，马泰来先生等将编印论文集为寿，征文下逮，芜荒不敢辞。今年三月获访芝城，承钱丈伉俪优渥款接，铭感不能忘。"先师时年八十有六，却尊称钱先生为姨丈，盖因先师的继母许葆真，为浙江海宁人，和钱太太许文锦是姻亲。

早在1945年3月，文博界的大佬徐森玉先生陪同钱先生到上海合众图书馆与先师相见，是年，先师42岁，钱先生35岁。直至1947年8月，钱先生赴美，先师赶去送行止，这期间，他们都有共同的朋友，来往颇多，时有见面餐叙。三十二年后的1979年，中美建交后，美国政府派遣的第一个美国图书馆界访华代表团中钱先生在列。当钱先生莅沪再和先师把手言欢上海图书馆时，先师年已七十有六，而钱先生则为古稀之年。

钱先生的《书于竹帛》是百年来中国图书出版史上最为重要的书史著作之一，此书经过不断修订，多次再版，版次之多当推为首列，也可见此书的学术价值，以及受读者欢迎的程度，将之喻之为畅销书也不为过。

《书于竹帛》一书，最初是先生1952至1957年在芝加哥大学图书馆研究院修完博士学位，论文是用英文作的，译成中文的题目是《印刷发明前的中国文字纪录》(后改为《书于竹帛》)，由美国芝加哥大学出版社在1962年出版，列为"芝加哥大学图书馆学研究丛书"之一。于1975年由香港中文大学出版社出版繁体字版。1981年再版。1980年，宇都木章、泽谷昭次教授等将其译为日文，由东京法政大学出版社出版，题为《中国古代书籍史—书于竹帛》。此书韩文版于1990年由汉城东文选出版。中文第二次增订本由郑如斯教授增补，改题《印刷发明前的中国书和文字记录》，于 1988 年由北京印刷工业出版社用简体字横排出版。此后，又有其他的本子，包括中国台北的出版物及英文原版亦修订再版。

《书于竹帛》的写作缘起，和出版后的各方好评如潮，不必我去赘述，但最为代表性和远见卓识的当推美国匹兹堡大学历史学系荣休讲座教授许倬云先生所云："这书是西文著述中至今唯一有系统介绍印刷发明前中国文字记载方式的书籍，可说凡是中国先民曾经著过一笔一划的东西莫不讨论到了！""这书以印刷术之发明为断代标准，是一个真知灼见的决定。"

钱先生曾告诉我，为了写这篇论文，他费了许多功夫，星期六、星期日全天不休息，每天约用十二个小时。暑假期间，都是早晨六时起至晚上十二时才歇息，这期间，他还要兼课。

在中国，研究书史者不乏其人，然人云亦云者多，有独立见解者少。自清末到民国，较有成就而自成一家者更是凤毛麟角，当然，叶德辉的《书林清话》是研究书史者不可不读的专著，然叶之后的几十年，查猛济的《中国书史》则以《清话》为蓝本，大量地抄袭，或是改头换面，了无新意。钱先生告诉我，台湾有一白庄出版社，出版的"白庄学术"第一种是叶松发的《中国书籍史话》，其中有多处，不仅文字，包括图版都是抄袭《中国古代书史》。我问钱先生，为何不向出版社讨要个说法，但先生笑着说："不必了，谁又有那么多精力去管这事。"

我以为，从事中国古代书史研究最出色，最重要的学者，当推钱先生，这是毫无疑问的。当年，英国学者李约瑟在写《中国科学技术史》多卷本时，就说到他想"尽我们余生自己编写本书，能写到哪里就写到哪里，还是约请一些合作者，争取在有生之年早些完成它呢？我们决定采取后一种办法"。《纸与印刷》"就是这种做法的第一个果实。我们请到了关于这一课题的世界最著名的权威学者之一，我们亲密的朋友芝加哥大学的钱存训教授来完成此事，他所作的一切令我们钦佩"。所以，钱先生的这本大著称之为"权威"著作，一点也不为过。

从1949年至1957年，钱先生在芝大远东语言文化系任教授衔讲师，授中国目录学、史学方法、印刷史、中国现代文学选读、英译中国文学概论等课程，指导硕士、博士论文有五十人之多。1964年始，他升任芝大图书馆研究院教授。我熟识的几位朋友，都曾在美国重要大学东亚图书馆任馆长，他们几乎都出自钱先生的门下。

昔读庄子《逍遥游》，有云："北冥有鱼，其名为鲲。鲲之大，不知其几千里也；化而为鸟，其名为鹏。……鹏之徙于南冥也，水击三千里，抟扶摇而上者九万里。"钱先生是道德文章第一流的人物，即如北冥鲲化之鹏，若展翅，即迢递关山，追风逐电。二十多年后，钱先生在致我的信中说："仍每周到馆二三次，查阅资料。"我在得知老人家每晚仍在不遗余力写作时，我即写信建议他不要再作拼搏了。为此，我在给普林斯顿大学的艾思仁兄的信（1993年7月16日）中说："钱先生一辈子和图书、图书馆打交道，即使退休后，也还是那么深入地投入工作，这足为我辈所敬仰，亦为我等之楷模。"

在这篇小序结束之前，我想到的是：或许在美国著名大学的东亚图书馆工作的专业人员在退休前，都会由校方或馆方为他举行的欢送会上得到校方或馆方的一个评价，我在"哈佛燕京"时就曾参加过几次，包括"燕京"的吴文津馆长、赖永祥副馆长等。即似草民如我，在退休时哈佛文理学院图书馆的大馆长竟也亲临发表了感谢词。而在钱先生的退休会上，芝大负责学术资源的副校长哈里斯教授曾出席并讲话，他对钱先生的贡献推崇备至，他说："你在将原有规模很小的中文藏书，建设成为一个主要的、国家一级的东亚馆的过程中起到了关键性的作用，你在推进全国东亚图书馆的发展的组织工作方面，领导能力超群，成绩卓著，无论是东亚研究领域，还是图书馆界，或是我们的大学，都因你的杰出贡献而获益，你献身美国图书馆事业的三十年为我们留下了一个极为丰富而无价的传统。"哈里斯的这个评价是恰如其分，允当相宜的，也正是钱先生的功垂竹帛，才使芝大东亚馆成为闻名遐迩的二酉之地。

上海东方文化出版中心为纪念钱先生《书于竹帛》出版六十周年，特准增订再版，这无疑是嘉惠学林的大好事，钱孝文兄和出版社副总编辑朱宝元先生知钱先生视我是至好小友，特嘱津为之写重版序。津不敏，拉杂写上几句，以告慰钱老，是为序。

2022 年 7 月 29 日

于美国北卡罗来纳州之落基山城

《公私藏印谱综录》序

    林章松先生的《松荫轩藏印谱提要》《印谱所见人物小传》《公私藏印谱综录》同时由北京、上海的两家出版社付梓，这是值得庆幸之事，也是林先生为学界奉献的重要成果。林先生常说自己不善著述，这当然是极其自谦的话，实际上他在此三种数百万字的巨著结集出版前，就已于 2010 至 2017 年整整八年的时间，在"天舒的博客"里连续登载过"莫愁前路无知己""谁人曾与评说"两个系列的藏谱故事和资料丛汇近 300 篇，享誉学界，传播甚广。津以为这是林先生在这熙来攘往、车马喧阗的香港闹市里，不受侵扰搅乱，全力投入艰难竭蹶、劳瘁困坷的写作里，去享受他人不能有的快意和舒缓。

    林先生是谦谦君子，耿介之士，中年之后没有其他癖好，惟有印谱念兹在兹，铭诸肺腑，我在他公司的办公室以及藏书处，只见印谱及有关图录、工具书。十多年前，他曾告诉我，为整理印谱、查核印人，修复残帙，撰写提要，每天都要工作至晚上十时半，然后开车返回鲗鱼涌寓所。可以知道的是，在香港这个一隅之地，竟然有着这么一位低调的藏书家，为了蒐集那三千种印谱，耗费了大半辈子的心血。

    印谱之所以流传不多，盖多为手钤操作，慢郎中的活儿，故篆刻家和收藏家的印谱大多非售卖牟利，钤数部、十数部乃至百部而已。数百年来，各种天灾人祸，兵燹、人为的因素，导致书籍毁亡甚多，印谱本身传世就少，故留存至今，则多为稀有之本。

《公私藏印谱综录》（以下简称"《综录》"）是《松荫轩藏印谱提要》的姊妹篇，两者相辅相成、互得益彰。大凡各种目录以综合性的知见目录为最难编。盖知见者，有见识、见解意，也有看见、知道意。然此亦佛教用语，知为意识，见为眼识，意谓识别事理、判断疑难。近些年来，一些知见书目不断推出，《文字音韵训诂知见书目》《中国弹词书目知见综录》《民国版本知见录》《天禄琳琅知见书录》等，而知见书目的作用就在于提供给研究者咨询和扩大他们的眼界，不然谁会知道梵蒂冈教廷、西班牙修道院、日本文库、韩国寺院等处会出现什么中土佚存之本呢？如今，林先生的大著又将问世，也填补了印谱这个小类专题的空白。

在我看来，印谱和其他书籍一样，无论收藏在何处，都是"公器"的局部。或许受传统的典藏思维影响，加上印谱本身具有的艺术特征，藏家多奇货可居，视若枕秘，私钤入阁，很少外传，故外界难以知晓底细。然资源的共建共享，实际上就是"公器"的持续发展。在中国古籍书目的四部分类中，印谱排在史部金石类之玺印或子部艺术类之篆刻。各种印谱本身就是小众学科，昔日王敦化有《印谱知见传本书目》，后有《广东印谱知见补略》等。随着近年"中华古籍保护计划"的开展，经过多年的普查工作，国内各大博物馆（院）、公共图书馆、高校图书馆的古籍存藏情况不断完善递增。然国内各馆的印谱联合目录尚未面世，遑论世界公藏、私藏。

毫无疑问，《综录》的编撰，是极有价值的。和一般"知见书目"不同的是，林先生是以收藏家兼研究者的身份去投入的。林先生是印谱鉴藏家，国内的公藏及私家所藏，他多有了解，也有所目睹。此外，国内、中国台湾地区及海外出版的各种目录、提要、访书志中所涉印谱，也向学求知，熟记谱名、作者、版本等著录，再通过广阔的交游和检索手段，获取海内外各公私机构印谱典藏信息，从而每见一谱，即知渊源流变、残佚存亡。每有新谱入藏，必以先贤遗老所言、目录志书所载、公私机构所藏加以鉴核，因此对这类印存有着清晰澄湛的了解，实现了无有复帙、补漏充缺的理念和初衷。

《综录》的特点在于：1. 收藏的公私藏家数量多，有极大的广度，国内重要图书馆的典藏，如京津沪宁馆，并中国香港、台北各馆，囊括殆尽，乃至扶桑之国、欧美重镇也概莫能外。至于戴丛洁秋水斋、童衍方宝甓斋、杨广泰文雅堂、韩天衡百乐斋、林霄近墨堂及日本太田孝太郎等海内外各大私家印谱典藏大半记录在案。2. 所收印谱种数繁多，竟达一万余种，在初读之后，即感知林先生对待每条款目的条分缕析、擘肌分理，而审慎条酌就是他编纂《综录》的宗旨。3.《综录》七十余万字，研究者手持一编，即知某一印谱某一版本在世界各地的存藏情况，或就近取阅，或托朋探告，为学人专研印学提供了极大便利，省去诸多舟车翻检之劳。故而此书之出版，也为学界摸清印谱家底提供了重要线索，这无疑是印学研究者之福音。

林先生《综录》的编撰，为世界公、私所藏印谱提供了一席之地，下面即以三例证之：

吴大澂辑《十六金符斋印存》。《印存》乃吴氏蓄印十六年，积累至二千，后辑为谱。我过去仅知上海图书馆藏有清光绪十四年钤印本一种，没想到的是《综录》中竟然著录了《印存》的三十四种版本，分别是《十二金符斋印存》六种、《十六金符斋印存》二十二种、《十六金符斋官印》一种、《十六金符斋汉金玉印谱》一种、《十六金符斋古玉印存》一种、《十六金符斋古印存》一种、《十六金符斋古玉印选》一种、《十六金符斋古玉印影》一种。而《十六金符斋印存》中又有一册、二册、三册、四册、五册、六册、八册、十册、十二册之别。

陈介祺辑《十钟山房印举》。《印举》为陈氏古玺印研究之集大成之作。其以所藏古代玺印，又汇集吴云、吴式芬、吴大澂、李佐贤、鲍康等藏印钤拓而成，并举类分别各种印式，故名“印举”，收印万余方，考订繁复，数易其稿。《综录》著录之本，竟达三十五种之多，以册数计，有一册、二册、三册、四册、八册、十册、十二册、十四册、十六册、十八册、二十册、二十二册、二十八册、二十九册、四十册、五十册、六十册、六十三册、六十四册、七十二册、八十一册、一百册、一百零四册、一百零八册、一百十册、一百二十册、一百二十五册、一百三十六册、一百八十二册、一百九十册、一百九十一册、一百九十二册之别，闻见可谓赅博。

汪启淑辑《飞鸿堂印谱》。此谱钤录汪氏所藏明清时期篆刻作品四千余方，闲章居多，乃名家奏刀最多的一部印谱，可以概见当时篆刻艺术风格及其源流、演变，风行一时，影响至今。《综录》著录二十三种，以册数计，有一册、三册、戊辰本、四册、五册、八册、十册、十二册、十四册、十六册、十八册、二十册、三十二册等。研究者和篆刻爱好者据此当可了解版本及收藏处。

还是老话说得好，"世上无难事，只怕有心人"。做这样的"大工程"，必然是难度大、进度慢，面对纷然杂陈、层出不穷的条目及著录，林先生选择了知难而进，锲而不舍。我以为，如若没有数十年丰富的鉴藏实践，加上始终不渝的意志，谁又敢去碰这块硬骨头、铁山芋！然而林先生做到了。

《综录》实乃古今印谱之集大成者，林先生功莫大焉。作为特种文献的印谱，如果家底不清，小则使其藏之名山，供极少数人赏玩，隐没不显；大则佳谱毁佚，无法挽回。

毕竟是知见书目的性质，《综录》也偶见信息不确之处，当然任何一部工具书都不可能做到尽善尽美、白璧无瑕。即以私家印谱藏书处来说，就存在着一定的变数，和雕版古籍一样，随着时间的推移，这些都属于商品，是流通的。例如中国嘉德2014秋季拍卖会"印薮大观"，即嘉德公司从日本征集回来的金山铸斋藏中国集古及流派印谱专场。该专场共有印谱176部参拍，其中《铜鼓书堂印谱》为童衍方宝篑斋所得，《秋室印剩》为韦力芷兰斋所得。又如随着"中华古籍保护计划"的开展，古籍典藏信息仍有些微显现，像乾隆四十六年（1781）成谱的《抱经楼日课编》钤印本，湖南省图书馆亦有入藏。而此谱另有嘉庆四年（1799）卢氏抱经楼钤印本，天一阁博物馆、浙江省博物馆有藏；再有乾隆四十四年（1779）卢氏抱经楼刻本，国家图书馆藏。另一咸丰二年（1852）成谱的《华黍斋集印》四卷本，河北省图书馆亦有藏。而此谱另有二卷本，于道光三十年（1850）成谱，孔子博物馆、湖南图书馆有藏，《综录》亦欠收失载。

苏轼曾云：古之立大事者，不惟有超世之才，亦必有坚忍不拔之志。任何事都需要人去做的，然而敢于尝试新事物，去开拓一个不被人认识的新课题，那是何等的不易。我特别喜欢苏轼的《定风波》词，有云："竹杖芒鞋轻胜马，谁怕，一蓑烟雨任平生。""回首向来萧瑟处，归去，也无风雨也无晴。"老话说第一个吃螃蟹的人是勇敢者，而在充满荆棘的崎岖小径里艰苦探索的行者，也应视为光前裕后的勇者，因为这都需要勇气，需要"明知山有虎，偏向虎山行"的气概。林先生小我二岁，但我非常钦佩他的为人及奋勉，在蒐集、研究印谱的过程中，视力的减退、手部的痉挛、小腿的不举、背部的芒刺，给他的健康和写作带来了严重的不便，敲打键盘仅凭感觉的滋味并不好受，但他仍然坚持工作，真正达到了笃行不倦、矻矻终日的境界。

在文献学界及艺术领域，嘉惠艺林者众，但德泽后人的大爱者罕。林先生作为海内外印谱收藏巨擘，一直无偿向学界分享其印谱典藏信息，他于2019年与上海复旦大学图书馆合作，共建"印谱文献虚拟图书馆"，收录印人274位，印谱938种，于此松荫轩藏谱精华一览无余。这种亮节高风和博大胸襟，绝非等闲之辈所能及之。

大约每个人在他成长的过程中，从稚子的懵懂到求学的黄花后生，从壮夫至老耆，数十年中都会不断改变自己的梦想。因为"梦"本身就有希望、美好、幸福之意。林先生也有自己的憧憬，在他杖国之年他也想圆梦，想成立一间小小的印谱资料室，让所有篆刻爱好者都能享受他长年累月辛苦所得的各种印学资源，能给研究者和读者提供一隅治学之地。

　　《综录》是林先生业师曾荣光先生生前所嘱，如今付梓在即，凯歌初奏，曾先生地下有灵，当击掌为之庆。《综录》的出版不会是这一项目的终结，而应是新的研究领域的开始。林先生以为然否？

2023 年 9 月

定稿于美国北卡罗来纳州之落基山城

《顾廷龙年谱长编》后记

2004 年，《顾廷龙年谱》由上海古籍出版社出版。然而对我来说，似乎又是一个新的开始：自那以后我继续收集了不少顾师的佚文及信件，其中尤为重要的是方虹女史给我的当年顾师致方行先生的全部书简和李军、师元光先生整理的合众图书馆档案等。大约十年前，顾诵芬院士将顾师自沪携京的不少材料，如友朋手札、笔记、剪报等悉数捐赠上海图书馆，同时，诵芬将捐赠清单复印了一份给我。于是我利用回国休假的机会，将其中有用的材料予以拍摄，这些都是我增补《顾谱》的基础。

从七十万字的《顾廷龙年谱》增至一百三十万字的《顾廷龙年谱长编》，这不仅仅使顾师一生的行述更为丰富、完整，也见证了二十世纪三十年代至九十年代一个甲子中国图书馆事业的发展过程，从 1933 年任北平燕京大学图书馆中文采访主任始，六年后去沪筹划上海合众图书馆，又从一个灯红酒绿的十里洋场里从未亮出招牌的私立图书馆总干事，到 1962 年被任命为上海图书馆馆长。顾师克尽厥职、笃行不倦，为上海的图书馆事业发展，为保存中国传统文化典籍作出了卓越的贡献。

百余年来，中国图书馆学界人才辈出，然而为这些茂士俊彦撰成年谱者却不多见，数十年中仅《顾廷龙年谱》（2004 年）、程焕文兄的《裘开明年谱》（2008 年）、刘波兄的《赵万里先生年谱长编》（2018 年）三本而已，盖年谱编撰难度之高，使不少学者望而却步。

我这六十余年里，总计写成并出版的著作大约一千万字，其中最难写的就是年谱。我曾在《顾谱》的序中写道："我以为这本《年谱》或许是我一生中写作的最重要的一本书，它和我写的其他几本书最大的不同，就在于这本书是带着我对先师的感情去写的。"顾师确实是图坛宗匠、人中之龙。我曾在先生的小笔记本中读到"能遭天磨真铁汉，不为人忌是庸才"，又见老人所书东坡金句："古之立大事者，不惟有超世之才，亦必有坚忍不拔之志。"他服膺古人之言，也在人生中不断实践，因此这部《年谱长编》或可让后学者知悉顾师为他人作嫁衣裳的图书馆人之表率、典范。

我想说明的是，当这本书即将付梓时，我又获得了数千字的新材料，如增入，将会改动版面造成不便。好在顾师的人格魅力，已有仰慕者，我已将新材料陆续转赠，以待赓续增订。

《顾廷龙年谱》出版至今已十九年，而今《年谱长编》审校竣工，出版指日可待。津老矣，更感流年似水，韶华如箭。忆往昔，追随先生整整三十年，随侍左右，杖履前后，而今先生墓有宿草，津则悲痛难言，谨以此书献与先生，致敬先生。

我要特别感谢中华书局的朱兆虎、白爱虎两位先生，万水相隔，缘悭一面，藉顾师年谱幸获垂注，又鼎力促成拙作在中华立项、出版，令我十分荣幸与感动。我也要感谢任雅君女史对本书所做的认真审校与修改，她不仅是我信任的编辑朋友，也与晚年的顾师有一段交集，熟悉顾师的为人、工作内容和他身边的人与事，我想这本书由她审校，定能增色不少。总之，没有他们的幕后帮助，这本书是不可能那么顺利地与读者见面的。

2023 年 10 月

于美国北卡罗来纳州落基山城之宏烨斋

后　记

　　庚子年初，突如其来的新冠病毒肆虐全球，而沈津先生在疫病爆发的圣诞节前夕，已返美与家人团聚，之后再联络，虽时差颠倒、远隔重洋，有了现代化的通讯工具，倒也没太多妨碍。那段时间，就顾廷龙先生与潘景郑先生编撰的《明代版本图录初编》等问题，我常向沈先生请教，先生再想到什么，便随时与我联络。因此，不管是清晨还是夜晚，只要沈先生来电，我除了拿起手机，已习惯性地抽取纸笔，边听边记录，这种"课程"有时会持续大半个钟头，然后一张稿纸已被我写得密密麻麻。

　　一次与先生聊天，说他所作的自序、他序和代序，不知不觉已有四十余篇，约二十万字，其中有些序文，涉及到古籍版本的特殊问题，若能汇辑起来，于今日研治古籍版本者，应具有一定的借鉴意义。于是，沈津先生序文集的整编，立刻由构想提上了工作日程，根据沈先生列出的一些书单，我则进行查阅和连缀字符的工作。疫情期间，种种困顿与忧心，惟有读书和写作能够与之相抵，长达数月的居家工作、生活，竟也没太过荒废，沈津先生的这部序文集，大部分在此期间内整理完成。

　　众所周知，沈津先生是著名古籍版本目录学家顾廷龙先生的衣钵弟子，从二十世纪六十年代初，就开始在上海图书馆随侍于顾老先生左右，那时，"沈津小哥"（查阜西先生语）是多少人艳羡的对象。如今，沈津先生已年近八十，思维依旧敏捷，他非常健谈，睿智而又风趣的语言，每每引领我"重回"上海图书馆、香港中文大学图书馆、哈佛燕京图书馆……，带我"认识"顾廷龙先生、潘景郑先生、瞿凤起先生、吴文津先生……。往事并不如烟，无论沈先生身在哪里，每次提起那些古书、故友，如同对仰其风者传递一个时代的精神文化力量。整理这部序文集，我又知道了更多沈先生与书、与人之间的往事。

为著作撰写序文，以西汉司马迁《史记》中的《太史公自序》为最早，至南朝萧统《文选》时，首次提出序文这种体裁，并移至正文之前，发展成为说明成书缘由和评论性质的文章。自序主要是著者自述心路历程和写作主旨，言辞往往审慎而又自谦，而他序则是邀约业内名师、同道为之评论，经常会有格外的见解和精辟的论断。一九二一年，蒋百里写成《欧洲文艺复兴史》，请老师梁启超为之作序，梁启超洋洋洒洒竟作五万余言，体量与书稿相埒，只得另作短序，长序最终别为《清代学术概论》，出版时梁启超反请学生蒋百里作序，可谓美谈。而沈先生为《中国大陆古籍存藏概况》所撰写的绪论，也有将近五万字，总体概括了中国乃至世界各地重要馆库的聚书过程及藏书规模。现如今，能够对古籍存藏了如指掌、如数家珍的，唯有沈先生一人。

沈津先生凭借半个多世纪的古书之缘，在海内外的各个图书馆和收藏机构，曾经眼两万种古籍善本，博识洽闻而又著作等身，恰恰践行了顾廷龙先生早年对沈先生的寄语："资之深则取之左右逢其原。"再观沈先生所撰四十余篇序文，无不是他与书、与人的相遇、相知。名师著述、编辑整理文献需作序跋，又常受邀为他人之书作序，久而久之，此类文章便成大观。近现代以个人之名义汇集出版的序文集、序跋集并不少见，如张元济、鲁迅、胡适、叶圣陶、林语堂、朱自清、老舍、俞平伯、巴金、季羡林、饶宗颐、周汝昌、余英时等，都先后有序跋集、序文集整理出版。从这类序、跋文中，不难看出作者在各种出版物问世时，所表达的真情实感与真知灼见。在沈津先生这部序文集中，不止有出版说明、学术评论、版本鉴别、文献钩沉，并且还记有一些学林琐事等等。

　　钱存训先生的《书于竹帛》即将再版，沈津先生受邀为新版作序。二十世纪八十年代，沈先生在杨振宁教授的介绍下结识钱存训先生，后被邀请到芝加哥大学远东图书馆作短期访问和学术报告。钱存训先生不但亲自开车到机场迎接沈先生，还详细安排了"沈津先生访问芝加哥日程"，这份手书的"日程表"，以及其后数封为学术探讨的往来信札，至今还被沈先生珍藏。在得知我对温州白象塔所发现的《佛说观无量寿佛经》残页很有兴趣时，沈先生在百忙中，找出那份钱存训先生与他探讨此残页的信件，拍照给我作参考，我才得知钱存训先生作《现存最早的印刷品和雕版实物》一文时，是如何与沈先生商讨这个问题的。

　　沈津先生虽不收入室弟子，但在海内外却有很多受益于他的学生。无论是在哈佛燕京图书馆，还是归聘于国内各大高校和学术机构，沈津先生都极平易近人，又十分注意提携后学，将师道于不经意间传播四方，为中国古籍版本目录学的研究和古籍保护播下星星火种。初见沈津先生，是在二零一八年十一月南京艺术学院承办的"中华古籍保护名师讲堂"，沈先生的讲题是："美国东亚图书馆所藏中国古籍述略"。次年五月，南京艺术学院又举办"名人手稿修复人才培训班"，沈先生作为特邀专家前来授课。期间，我奉师命陪同沈先生去南京颐和路探望沈燮元先生，到古栖霞寺藏经楼查看所藏经卷。二零一九年九月，上海复旦大学古籍保护研究院开办由沈津先生与吴格先生主导的"古籍书志高级培训班"，这次培训旨在为各省市图书馆培养能够撰写书志的专业人员，我听沈先生之令前去修学。在培训期间，沈先生整日埋首为学员们批改撰写的书志，他从不吝于贡献自己的所知、所能，既没有架子，也不摆谱子，树立了老一辈师者的风范。

　　沈津先生跟我讲过最多的人还属沈燮元先生，两位沈先生在二十世纪七十年代的《中国古籍善本书目》编纂工作中相识，沈燮元年纪虽长二十一岁，但相同的志趣使他们的友情长达快半个世纪，期间无论山海相隔，他们飞鸿不断，一有机会便在苏州、南京等地相聚。有一次，他们在苏州博物馆见面，燮翁拿出《沈燮元文集》他手抄的目录，对沈津先生说："你给丁瑜的《延年集》写了序，我的书你能不写吗？"是的，为沈燮元先生的文集作序，沈津先生当然责无旁贷，我以为他们是世界上最推心置腹的老友。沈燮元先生从南京图书馆退休后，一直致力于士礼居题跋的研究，四十余年退而不休，近百岁高龄依旧风雨无阻地到南京图书馆"上班"，并手写书稿八十余万字，让人心生敬佩的同时，大家也都担心着燮翁的饮食起居及交通安全。尤其是疫情期间，沈津先生非常挂念沈燮元先生，曾对我说："远在美国的老沈想念万水千山之外的老老沈。"遗憾的是，时隔四年之后，他们最终没能迎来再次的聚首，今年三月二十九日沈燮元先生在南京病逝，我代异国他乡的沈津先生去送沈燮元先生最后一程。

这部序文集能够顺利出版，特别感谢国家图书馆出版社的廖生训先生，以及责任编辑潘肖蔷女士，他们认真细致的工作，令人感佩万分。

沈津先生虽年已古稀，晨夕仍在园中不辍劳作，房前屋后遍植花树蔬果，处处枝繁叶茂、硕果累累；闲暇时在书房挥墨、著书、电话访谈、网络授课，这样的生活也算惬意极了。在这样的黄金季节，沈先生每日都在忙于丰收，我祝先生身体越来越康健，也期盼他能够早日归国，能将此书亲手奉于先生。

王宇

二零二三年十月于南京